U0011634

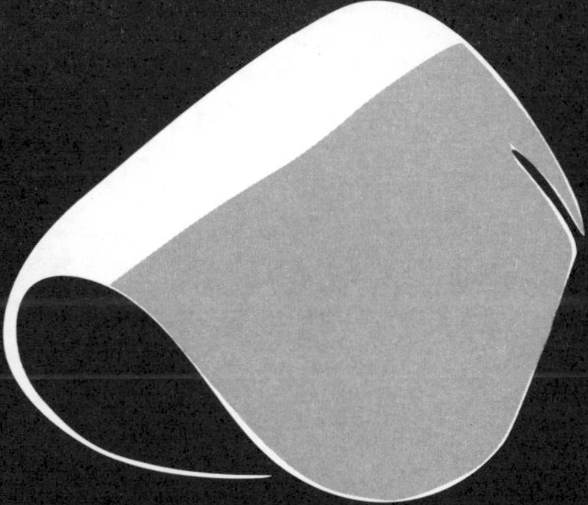

使女的故事

瑪格麗特·愛特伍——著
陳小慰——譯

Margaret Atwood

THE HANDMAID'S TALE

目錄

包含現實內涵的未來小說

——《使女的故事》導讀

I

《使女的故事》（The Handmaid's Tale，以下簡稱《使女》）是世界文壇上享有盛譽的加拿大著名小說家、詩人和文學評論家瑪格麗特·愛特伍（Margaret Atwood,1939-）一九八五年完成的作品。該小說爲作者繼一九六六年以詩集《圈戲》（The Circle Game, 1965）第一次獲加拿大總督文學獎後，於二十年後的一九八六年再次贏得總督文學獎。該書出版後好評如潮，在美國連獲洛杉磯時報最佳小說獎及《紐約時報》一九八五年年度最佳小說兩個獎項。並獲英國布克獎（Booker Prize）提名及阿瑟·C·克拉克最佳科幻小說獎。時至今日，該書魅力仍經久不衰，一直是國際評論界研究的熱點並成爲歐美一些國家高校英語文學課的必選教材。

《使女》是一部未來小說。這部以美國麻塞諸塞州爲背景的小說講述的是發生在未來基列國的故事。在這個現有美國政府被國內基督教正統教派（fundamentalism，也譯「原教旨主義」）信徒中的極端分子取而代之的世界裏，一方面是一個在宗教極權主義分子眼中無比美好的理想國度；另一方面，卻是在這種政權下廣大女性群體（也包括男性）所遭受的悲慘命運，尤其是以主人公爲代表的，充當政教大權在握的上層當權人物「大主教」們生育機器的「使女」們（出自《聖經．創世紀》中不能生子的拉結讓使女比拉與其夫雅各同房從而得子的故事）夢魘般的經歷。

在這個世界中，女性的地位發生了質的改變。她們不再以七０、八０年代以來在西方盛行的女性主義者傲視群雄、充滿雄心壯志的強女人形象出現，一變而成社會的弱勢群體。她們被剝奪了財產和工作，生活天地從社會退居家中，即便是基列國裏地位最優越的大主教「夫人們」也概莫能外。女性被分門別類：夫人，嬷嬷，使女，馬大（女僕），（窮人家的）經濟太太，蕩婦（妓女），能夠發揮的作用除了採購、燒煮、洗刷、生育、管家，管理使女和提供性服務外別無其他。還有一類是年老色衰、不能生育或越規逾矩的所謂「壞女人」，她們被發配到與二戰期間納粹集中營一般可怖的「隔離營」去與核泄漏和核廢料打交道。而小說中專門訓練來爲上層人物繁衍子嗣的「使女」更是一群身份曖昧的女人，她們沒有自己的生活，沒有自己的眞名實姓，所有屬於自己的名字均被抹去，代之以由英文中表示所屬關係的介系詞Of加上她們爲之服務的大主教的姓構成（如主人公「奧芙弗雷德」Offred，意爲「弗雷德的」），使她們成了大主教們不折不扣的附屬品。

在這個世界中，男人也同樣是受害者。儘管有些男人特權在握，如當權的大主教、充當秘密警察角色的「眼目」等，但大多數男人行爲受到嚴格限制，在性的問題上更是嚴厲苛刻：不准接觸色情物品，不許有婚外性行爲，實行包辦婚姻，不許手淫，不許搞同性戀，要立下戰功才有望得到婚姻，否則不得成婚。

小說中的基列社會整個講究的是一板一眼，有條不紊。生活嚴謹刻板，毫無歡樂可言。與「KGB」如出一轍的眼目們，幽靈般無處不在，誰敢與當權者作對，必將受到他們的嚴厲鎮壓。他們與其乘坐的黑色篷車一道，成爲基列國高壓專制的象徵。學校本是用來傳播知識的場所，卻被基列政權用來作爲向女性灌輸愚昧思想的感化中心，那裏禁止讀書寫字，每天不絕於耳的只有《聖經》語錄和充當統治階級工具的嬤嬤們喋喋不休的老生常談。她們不遺餘力地對選到感化中心的女性開頑啓蒙，施以教化，企圖令她們忘卻自我，皈依教門，心甘情願地成爲荒唐政權中高官達人的生育機器。而象徵知識、希望的大學校園，則成了違背清規戒律者恐怖的刑場，學校的圍牆也成了死人示眾的地方。

書中的未來離我們有多遠？

II

未來小說在西方文學評論界也被稱爲「思辨小說」（Speculative Fiction），它描寫的是未來之事，卻不是通常意義上的科幻小說。未來小說儘管含有科幻成分，但具有強烈文化內容。《使女》描寫的最遠時間距小說寫作時間二百多年，以幾名歷史學家的發現，讓一位在基列國不幸淪爲「使女」、後來僥倖逃出的女性，通過錄在錄音帶裏的聲音，向讀者講述發生在那個時間之前的故事，即主人公在未來二十一世紀初的親身經歷，其間夾雜著大量主人公對二十世紀八0年代生活的回憶與反思。其寫作手法也十分新穎，具體表現在以下幾個方面：

1. 特殊的時間敘述方式，時空顚倒：

整篇小說是發生在一個前推時間之先的倒敘，只是這前推時間被放在了小說末尾部分，小說一開始便是宛若現實的倒敘，由於沒有時間上的交代，讀者幾乎感覺不到故事中發生的事與其所處的現實在時間上的距離。而在倒敘中作者又一反按照事實發生的先後順序進行敘述的傳統手法，物理時間的先後順序被人物的心理時間順序取代，時空顚倒，大量使用現在時態，使故事更增加了即時感，彷彿講述者就在我們對面聲淚俱下，侃侃而談。整個故事完全超越了時間和空間的限制，將已成往事的未來當作現實，又在這現實與回憶、當今與過去做了時間和空間上的交叉，從而突出了人物的心理活動，增加了小說的眞實感。

2. 直接引用《聖經》原文：

由於小說題材與西方宗教文化傳統的緊密聯繫，作者在小說中不僅針對人物的特點，使用了大量出自《聖經》裏的人名，還大膽引用了許多《聖經》原文，將這一西方宗教與文學的經典著作與虛構的故事巧妙自然地融合在一起，生動地再現了基要主義極端分子的狂熱信仰及其所作所爲，同時也使熟悉這一文化傳統的讀者看到，這一珍貴的文化遺產一旦被專制政權堂而皇之地加以利用，將會多麼可怕！

3. 製造懸疑：

懸疑的運用也是這部小說的魅力所在。許多人物、事件剛出現時，作者都有意不予清楚交代，而是設下懸念，讓讀者在欲知結果的好奇心中通過閱讀去逐漸發現答案。如在主人公房間櫃子裏那行神秘的拉丁文是在第九章出現的，但一直到第二十九章答案才水落石出。男主人公之一尼克的身份從一開始就撲朔迷離、好壞難辨，一直到故事末尾的最後一刻才「眞人畢現」。至於書中許多意義含糊、模稜兩可的細節以及整個故事的背景更是到了結尾「史料」部分才令人恍然大悟，豁然開朗。這一切使閱讀本身極具挑戰，也增添了閱讀的樂趣。

4.**重複手法的運用：**

重複作爲一種修辭手法，其作用在於能夠強有力地表現情感。書中這一手法的應用主要體現在篇名上。除「史料」部分外，全書四十六章共分爲十五篇。而其中以「夜」爲題的竟高達七篇！重複使用「夜」爲題，使讀者對一個心靈被她屋裏的四面牆壁，被大主教家的深宅大院，被將她一頭秀髮和臉龐嚴嚴遮住的頭巾牢牢禁錮，飽受重創、苦不堪言的女主人公在基列國所經歷的黑暗日子印象異常深刻。

5.**跨學科特點：**

小說的跨學科特點十分突出。涉及的面有醫學、文學、美術、歷史、經濟、電子、生物、人類學、遺傳學、心理學、音樂學、網路學等。表現出作者廣博的知識面，也使所探討的主題更有深度。

6.**辭彙創新：**

在辭彙應用上作者大膽創新。由於這是一本未來小說，而未來必定是電腦應用普及的時代。爲此，作者利用縮合法將讀者熟悉的詞進行拼綴，創造出不少這方面的新詞。如compucard＝（computer＋card電子信用卡）；compuchek＝（computer＋check 電子查驗器）；Compucount＝（computer＋account 電子賬戶）；Computalk＝（computer＋talk 電子對講機）等。其他方面的新詞還有如Econowives＝（Economical＋wives經濟太太）；Libertheos＝（liberty＋theology宗教信仰自由主義戰士）；pornomarts＝（pornographic＋marts 色情商場）等。所有這些都給這部小說增加了語言上的鮮活性和新鮮感。

III

瑪格麗特·愛特伍曾經說過，她「試圖將文字組合在一起做一些它們分開時所做不到的事情，即儘量擴大語言的表現力」。以上所有這些藝術技巧的綜合應用，加上細緻入微的觀察、生動準確的比喻、機智幽默的語言、大膽的想象力以及哲人般的遠見卓識和深刻思考，使得這部小說在思想性、藝術性和可讀性上都堪稱一流。愛特伍一貫注重表現文學和文學產生的社會、政治及文化環境之間的緊密聯繫。她曾經說過，「切記，在這本書中我所用的所有細節都是曾經在歷史上發生過的。換句話說，它不是科幻小說。」愛特伍筆下的基列國絕非空穴來風。作爲我們這個時代的反映，這部未來小說包含了極爲深刻的現實內涵。

由於《使女》是一本在題材和表現手法上都十分「後現代」的作品，對讀者是一種挑戰，對譯者則更是一種挑戰；翻譯過程就像是一個課題研究。陌生的宗教背景，許多未標明出處的《聖經》原典、歷史掌故、文學典故和內涵豐富的比喻，各種學科知識和德文、法文、拉丁文穿插其詞，大量當今美國社會生活、文化現象和事物以及作者創造的新詞等等，凡此種種，惟有靠閱讀查考有關書籍、資料，虛心請教，仔細揣摩上下文逐一解決。在本書翻譯過程中，譯者一九九二年首次訪加結識的加拿大老朋友，原布洛克大學英語系系主任Kenneth M.McKay 教授給予了巨大幫助，在此謹表示真摯感謝。另外還要感謝國際加拿大研究會的Linda M.Jones女士，她在得知譯者正在翻譯這部加拿大著名作家創作的當代名著時，通過加拿大駐華大使館，熱心提供了有關參考書籍，並幫助譯者與作者取得聯繫，使書中一些關鍵性問題得到愛特伍的權威性解答。

陳小慰

2002年夏於榕城

此書謹獻給瑪麗·韋絲特及帕利·米勒①

①據愛特伍稱，瑪麗·韋絲特(Mary Webster)為十七世紀末被男人控告玩弄巫術的女清教徒。她先被趕到波士頓，經審判宣布無罪釋放。回到家鄉後，被吊綁一夜後不死，使眾人更確信其為女巫無疑。之後她又活了十四個年頭，控告她的男人先她而亡。帕利·米勒(Perry Miller)，哈佛大學教授，美國文學研究先驅，他幾乎是靠孤軍奮戰將美國文學研究引入大學並使之在學術上得到重視，同時他也是最早揭露十七世紀清教盛行的美國社會的本質。

引語

拉結見自己不給雅各生子，就嫉妒她姐姐，對雅各說，你給我孩子，不然我就去死。雅各對拉結生氣，說，叫你不生育的是上帝，我豈能代替他做主呢？拉結說，有我的使女比拉在這裡，你可以與她同房，使她生子在我膝下，我便靠她也得孩子。

——《聖經．創世紀》第三十章一——三節

至於我自己，多年來也曾對人們提出的種種方案殫精竭慮，苦苦思索，卻總覺得它們不是徒勞無益，便是不切實際。就在陷入完全絕望之際，我僥倖想到了這一建議。

——江奈生．斯威夫特《一個小小的建議》

沙漠上不會見到這樣的標記：切勿食用石頭。

——蘇非派①格言

①蘇非派，伊斯蘭教的禁欲神秘主義派別，主張通過隱居、沉思與禁欲達到人神合一。此句格言意思是：對於人類想做的事才有禁止的必要。

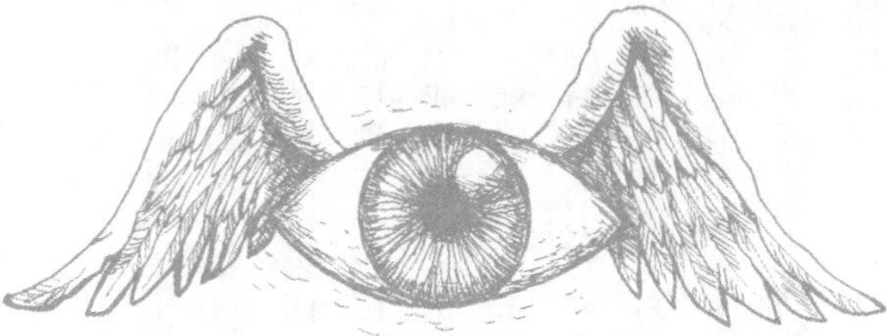

1.
夜

第一章

我們的寢室原本是學校體操館。那裡從前曾舉行過比賽，爲此，光亮可鑑的木板地上到處畫著直的和圓的線條；籃球架上的籃筐還在，但網早已脫落。館內四周是一排供觀眾用的看台。我想我仍可以隱隱約約，如某種殘留影像一般，聞到一股刺鼻的汗味、混雜著口香糖的甜味和觀賽女生的香水味。先是電影上才能見到的穿呢裙的女生，然後是穿超短裙的，接著是穿褲子的，再後來就是只戴一隻耳環、剪刺蝟頭並染成綠色的。這兒想必也曾舉行過舞會。你聽，樂聲迴旋縈繞，各種無人傾聽的聲音交疊糅雜在一起，一種風格重複著另一種風格。隱約的鼓點，悲苦的低泣，棉紙做的花環，硬紙板的魔鬼面具，還有一個旋轉的反射鏡球，在舞者身上灑下片片雪花般柔軟的亮光。

這裡曾經有過性、寂寞及對某種無名無狀之物的企盼。那種企盼我記憶猶新。那是對隨時可能發生，但又始終虛無縹緲、遙不可及的事物的企盼。它永遠無法像在停車場上，或是電視廳內那摟著我們的腰背或身上其他地方的雙手一樣近在眼前、可感可觸——聲音已經關小，唯有畫面在血脈僨張、蠢蠢欲動的肉體前閃現。

那時，我們渴求未來。這種貪得無厭的本能究竟從何而來？它瀰漫在空氣中，即使當我們躺在排列成行的簡易軍用床上，相互間隔開著使我們無法交談，只有一心強迫自己入睡的時候，回想起來，它仍在空氣中揮之不去。我們用的是絨布床單，就像孩子們用的那種，還有年代久遠的軍用毯，上面可見「美國」的字樣。我們把衣服疊得整整齊齊，放在床腳後面的小凳上。屋內燈光已經調暗，但沒有完全關掉。莎莉嬤嬤和伊莉莎白嬤嬤來回巡視著；她們的皮腰帶扣上掛著尖刺棒。

不過她們沒有槍，即使是她們也未能得到足夠的信任佩以槍枝。佩槍的只有那些從天使軍❶裡挑選出來的警衛，但他們只有在被叫到時才允許進入大樓。我們是不准邁出大門的，除了一天兩次的散步，兩個兩個地繞著足球場走。球場已停用了，周圍用鐵欄杆圈起來，頂部是帶尖鉤的鐵絲網。天使軍士兵背對我們，守在鐵欄杆外。他們既使我們感到害怕，同時也令我們心猿意馬，產生其他一些感覺。但願他們能轉過身來看我們一眼。但願能與他們交談。要眞能如願，我們想，相互就可以做些交換，達成什麼交易買賣的也說不準，畢竟我們還擁有自己的肉體。我們常這麼想入非非。

漸漸地，我們學會了幾乎不出聲地低語。趁嬤嬤們沒留意的時候，我們會在昏暗的燈光下，伸出手臂，越過床與床之間的空格，相互碰碰對方的手。我們還學會了解讀唇語，平躺在床上，半側著頭，注視對方的嘴唇。通過這種方式，我們互通姓名，並一床一床地傳過去：

阿爾瑪。珍妮。德羅拉絲。莫伊拉。瓊。

❶在此，愛特伍借用了英國著名詩人約翰．彌爾頓（John Milton, 1608-1674）《失樂園》中亞當和夏娃在人類墮落前的伊甸園受天使保護，免遭魔鬼撒旦入侵之典，以譏諷的口氣影射小說中基列共和國自比為被魔鬼包圍的天堂，守護它的人自然就是「天使」。

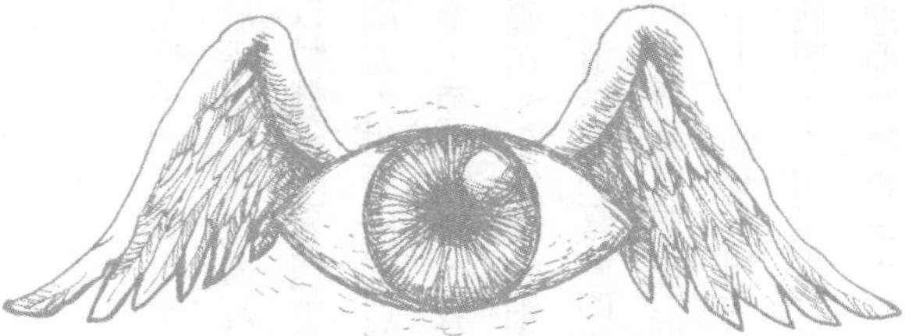

2. 採購

第二章

一把椅子，一張桌子，一盞燈。抬頭望去，雪白的天花板上是一個花環形狀的浮雕裝飾，中間是空的，由於蓋上石膏，看起來像是一張臉被挖去了眼睛。過去那個位置一定是裝枝形吊燈的，但現在屋內所有可以繫繩子的東西都拿開了。

一扇窗，掛著兩幅白色窗簾。窗下的窗台上放著一張墊子。當窗子微微開啓——它只能開這麼點——徐風飄進，窗簾輕舞，我便會坐在椅子或窗台上，雙手交叉握著，靜靜地注視這一切。陽光也從窗戶透進來，灑在光亮耀眼的細木條地板上，我能聞出家具上光劑的味道。地板上鋪著一張碎布綴成的橢圓形小地毯。這是他們喜歡的格調：既帶民間工藝色彩，又古色古香。這都是女人們在閒暇時利用無用的碎布拼綴成的。傳統價値觀的回歸。勤儉節約，吃穿不缺。我並沒有被浪費。可爲何我仍覺得缺少什麼？

椅子上方的牆上掛著一幅加了框卻沒裝玻璃的裝飾畫，是一幅藍色鳶尾花的水彩畫。花還是允許有的。但我想，不知是否我們每個人都是同樣的畫，同樣的椅子，同樣的白色窗簾？由政府統一分發？

麗迪亞嬤嬤曾說，就當作是在軍隊裡服役好了。

一張床。單人的，中等硬度的床墊上套著白色的絨布床罩。在床上可做的事除了入睡或者失眠，別無其他。我盡力使自己不要想入非非。因爲思想如同眼下的其他東西一樣，也必須限量配給。其實有許多事根本不堪去想。思想只會使希望破滅，而我打算活下去。我明白爲何藍色鳶尾花的水彩畫沒裝玻璃，爲何窗子只能稍稍開啓而且還裝了防震玻璃。其實他們害怕的並不是我們會逃走。逃不了多遠的。他們害怕的是我們會用其他方式逃避，那些你可以用來劃開血管的東西，例如鋒利的碎玻璃。

不管怎樣，避開這些細節不談，這裡就像是一間爲無足輕重的訪客準備的大學客房，或是像從前供境況拮据的女子居住的寄宿宿舍。我們現在正處於這樣一種境況。對我們中間還談得上有什麼境況的人而言，其境況確已陷入窘迫。

不過，至少一張椅子，一束陽光和幾朵花還是有的。我畢竟還活著，存在著，呼吸著。我伸出手，放到陽光下。照麗迪亞嬤嬤的說法，我不是在坐牢，而是在享受特殊待遇。她向來對非此即彼情有獨鍾。

計時的鈴聲響起來了。這裡的時間是用鈴聲來計算的。過去，修道院也曾如此，而且修道院也一樣幾乎沒有鏡子。

我從椅子中站起，雙腳邁進陽光裡。我穿著一雙平跟的紅鞋，但不是爲了跳舞，而是爲了保護脊椎。同樣是紅色的手套放在床上。我拿起手套，一根手指一根手指地仔細戴上。我全身上下，除了包裹著臉的帶翅膀的雙翼頭巾外，全是紅色，如同鮮血一般的紅色❶，那是區別我們的標誌。裙子長至腳踝，寬寬大大的，在乳房上方抵肩處打著縐褶，袖子也很寬。白色的雙翼頭巾也是規定必戴的，它使我們與

❶故事中的使女被要求過修女般清心寡慾的生活，擔當的任務卻是為上層人物繁衍子嗣。她們的服裝標記不是普通修女肅穆素淨的黑色或白色，而是象徵性與生育的紅色，極具諷刺意味。

外界隔離，誰也看不見誰。我穿紅色向來難看，這顏色根本不適合我。我拿起採購籃，挎在手臂上準備出門。

房門沒上鎖——我不說我的房間，我不願這麼說。事實上，它連關都關不緊。我走進地板光滑的過道，過道中間鋪著一條窄長的灰粉紅色地毯。這條地毯如同林中小路，又像是王室專用地毯，它替我引路，爲我開道。

地毯在前面樓梯口處轉了個彎，沿梯而下，而我也順著它一手扶著扶欄下樓去了。不知被多少隻手摩擦得溫暖發亮的扶欄是由一根完整無缺的樹幹製成的，有一百多年的歷史。整座房子是維多利亞時代末期爲一個大富豪家族建的宅屋。走廊裡，一座落地式大擺鐘正一左一右地擺動著，旁邊一扇門通往舒適溫馨的前起居室，裡面夾雜著肉慾的氣息與暗示。我從未在這個起居室裡坐過，只在裡面站過或跪過。走廊的盡頭便是前門，門上方的扇形氣窗是彩色玻璃的，上面繪著紅色和藍色的花朵。

走廊的牆上還留有一面鏡子。當我下樓時，只要我側過頭順著裹著臉部的雙翼頭巾的邊緣望去，便可見到這面鏡子。這是一面窗間鏡，圓圓的凸出來，活像一隻魚眼睛，而我在裡面的樣子就像一個變形的影子，一個拙劣的仿製品，或是一個披著紅色斗篷的童話人物，正緩緩而下，走向漫不經心且危機四伏的一刻。一個浸在鮮血裡的修女。

樓梯底下有個彎木製的掛帽子和傘的架子，長而渾圓的木桿在頂部稍稍彎成鉤子的形狀，宛若蕨類植物向外撐開的枝葉。上面掛著幾把傘：黑色的那把是大主教❷的，藍色的是他夫人的，而紅色的則屬我

---

❷「大主教」原為穆罕默德的繼承人、中世紀政教合一的阿拉伯國家和奧斯曼帝國國家元首「哈里發」的稱號。在書中用來通稱基列神權政治中政教大權在握的上層人物。

專用。我沒去動它，因爲我早已透過窗戶看到外面是一片陽光明媚。我不知道大主教夫人是否在起居室裡，她並非總是坐著。有時我可以聽到她來回走動的聲音，一腳輕一腳重，還有她的拐杖輕敲在灰玫瑰色地毯上的嗒嗒聲響。

我沿著走廊，經過起居室和飯廳門口，來到門廳的另一頭，開門進了廚房。這裡面不再有家具上光劑的味道。麗塔正站在桌旁，桌面是白色搪瓷的，一些地方掉了瓷。她和往常一樣穿著馬大❸服，暗綠顏色，好像從前外科大夫的褂子。那衣服在長度、樣式和遮密程度上都與我的相差無幾，但外面多套了一件圍裙，也不像我們需戴白色雙翼頭巾和面紗。麗塔只在出門時蒙上面紗，其實沒有人會多在乎誰看到了馬大的臉孔。麗塔把袖子捲到手肘，露出褐色的手臂。她正在做麵包，這會兒正把麵糰甩在桌上，最後揉幾下，然後做成需要的形狀。

麗塔見到我點了點頭，很難說她是在向我致意還是僅僅表示看到我了。接著，她把沾滿麵粉的手往圍裙上擦了擦，便到抽屜裡找代用券本。她皺著眉，撕下三張給我。而我在想，假如她肯笑一笑，那副面容一定很慈祥。但她皺眉頭並不是衝著我來的，她只是不喜歡紅裙子及其所代表的含義罷了。在她看來，身著紅色的我也許會像傳染病或厄運一樣殃及他人。

有時我會站在關上的門外偷聽，在過去，我決不會幹這種事的。我不敢長時間偷聽，生怕被人逮個

❸馬大 (Martha)，《聖經》中操持家務的人物，為 Mary 和 Lazarus 之姐，見《聖經‧路加福音》第十章三十九節，在此借指女傭。

正著。有一次我聽到麗塔對卡拉說，她可不會這樣作踐自己。

沒人強迫你，卡拉說，不管怎麼說，如果是你的話，你會怎麼做？

我寧願去隔離營，麗塔說，可以選擇的。

和那些壞女人待在一道，最後餓死？天知道還有什麼下場。你才不會那麼做呢！卡拉又說。

那會兒，她們正邊聊天邊剝豆莢，即便是隔著那幾乎緊閉的房門，豆粒落入鐵碗時清脆的聲響依然清晰可聞。接著只聽麗塔嘟囔了一聲或是嘆了口氣，不知是同意還是反對。

不管怎麼說，她們這麼做是爲了我們大家，卡拉又接下去說，起碼話是這麼說的。假如我再年輕十歲，假如我還沒結紮，可能我也會那麼做，其實並不是太壞嘛，畢竟不是什麼苦力活。

反正幸虧是她不是我，麗塔正說著，我推門進去了。霎時間，兩人臉上顯出一副難堪的表情，那副模樣就像是女人們在別人背後蜚短流長，卻被當事人聽到了一樣，但也流露出一絲不以爲然的樣子，似乎她們有權利這麼做。後來那一整天，卡拉對我比平時客氣多了，麗塔則更陰沉著臉。

今天，無論麗塔如何拉長著臉，緊抿著嘴，我還是想留在廚房。再過一會兒，卡拉也許就會從房子裡別的什麼地方帶著檸檬油和除塵器進來。到那時，麗塔會去煮咖啡——在大主教們的家裡還是能喝到純正咖啡的——而我們便會坐在麗塔的桌旁聊天，雖然那桌子並非眞正屬於麗塔，就像我的桌子也並不屬於我一樣。我們的話題一般都是關於小病小痛什麼的，腳痛啊，背痛啊，還有我們的身體像頑皮孩子一樣給我們添的種種小亂子。我們不時附和著對方的話語頷首示意，表示贊同，是的，是的，一切我們都心領神會。我們會互相交流治病良方，爭先恐後地訴說自己遭受的各種病痛。我們語氣溫和地相互訴苦，聲音輕柔低沉，帶著一絲哀怨，就像鴿子在屋檐下的泥巢裡呢喃低語。我們有時會說：我明白你的意思，或者用一種偶爾從老人們那裡還可以聽到的奇怪說法：我聽出你是哪兒人了。好像聲音本身就是個遠道而來的遊客。可能眞是如此，就是如此。

過去我何其鄙視這樣的談話，如今卻對它求之不得。至少它是交談，是一種交流。

有時，我們也嚼嚼舌根。馬大們知道許多事情，她們常聚在一起聊天，將各種小道消息從一家搬到另一家。毫無疑問，她們也像我一樣常常隔門偷聽，並具有眼觀四路的本領，不用看便能把一切盡收眼底。有時我能聽到她們竊竊私語，並捕捉到隻言片語。諸如：知道嗎，是個死胎哎。或者：用毛衣針刺的，正對著她的肚子，定是嫉妒昏了頭才幹出這種事。要麼就是些令人神往的奇聞：她用的是潔廁水，簡直神了，你們可能會想他怎麼會嘗不出來？他一定是爛醉了；不過到頭來她還是被發現了。

有時我會幫麗塔做麵包，將手插到柔軟、溫暖並富有彈性的麵糰中去，體會那種如觸摸肌膚般的感覺。我渴望觸摸除了布料和木頭之外的東西，我對觸摸這一動作如飢似渴。

但即使我開口要求，即使我不顧體面，低聲下氣，麗塔也決不肯讓我碰她一下。簡直像驚弓之鳥。馬大們是不可向我們這類人表示親善的。

親善是指情同兄弟。這是盧克告訴我的。他說找不到與情同姐妹相對的詞，只能用拉丁語sororize（結爲姐妹）這個詞了。他喜歡對此類細節探本求源，如詞語的派生，稀奇的用法等。我常笑他迂腐。

我從麗塔伸過來的手中接過代用券，上面畫著可換得的物品：一打雞蛋、一塊乳酪，還有一塊褐色的東西，想必是牛排吧。我收起代用券，放在袖口帶拉鏈的袋子裡，那裡還放著我們的通行證。

「告訴他們，蛋要新鮮的，」麗塔說，「別像上次那樣。另外，告訴他們，雞必須是童子雞，不要母雞。告訴他們這東西是給誰買的，那樣他們就不敢胡來了。」

「好吧。」我回答道。我板著臉沒笑。幹嘛要去討好她呢？

第三章

我從後門出去，走進佔地廣袤、乾淨整潔的花園。園子中央有塊草坪和一棵柳樹，柳絮正漫天飛舞。草坪邊上圍種著各式各樣的鮮花，黃水仙花期將盡，鬱金香正競相綻放，流芳吐豔。鮮紅的鬱金香莖部呈暗紅色，像是被砍斷後正在癒合的傷口。

這座花園是大主教夫人的領地。我透過屋裡的防震玻璃窗，常看見她在花園裡，雙膝枕著墊子，頭戴整理園藝時用的寬大草帽，臉上遮蓋著淺藍色面紗。她身旁擱著一只籃子，裡面裝著大剪刀和幾條繫花用的細繩。吃力的挖土任務通常由一位分配給大主教的衛士完成，大主教夫人則在一旁用枴杖朝他指手畫腳。許多夫人都有類似的花園，這裡是她們發號施令、呵護操心的地方。

我也曾有座花園。那新翻過的泥土的清香，那圓圓的植物球莖捧在手心的飽滿感覺，還有種子漏過指縫乾爽宜人的沙沙聲響，這一切我都記憶猶新。那樣的時光總是過得飛快。有時大主教夫人會讓人搬出椅子，在花園裡坐坐。遠遠望去，顯得無比靜謐安寧。

她這會兒不在花園裡，我開始猜想她會在哪兒，我可不願冷不防地撞見她。也許她正在起居室裡做針線活，患關節炎的左腳擱在腳凳上；也許她正為在前線作戰的天使軍士兵織圍巾，我很懷疑她織的圍巾在士兵們那兒能否派上用場，不管怎麼說，它們實在是太過精美了。她看不上其他夫人織的十字和星形圖案，嫌它們太簡單。她織的圍巾兩端不是杉樹，就是飛鷹，要不就是樣子呆板的人形圖樣，一個男孩，一個女孩，一個男孩，一個女孩。這樣的圍巾適合給孩子用，對大人根本不合適。

有時我想這些圍巾壓根兒沒送到天使軍士兵手裡，而是拆了，繞成線團，重新再織。或許這純粹是爲了讓夫人們有事可幹，讓她們有目標感，不至於成天無所事事，百無聊賴。我羨慕大主教夫人的編織活，生活中能有些輕而易舉就能實現的小目標是多麼令人愜意啊！

她究竟嫉妒我什麼？

不到迫不得已，她從不開口對我說話。對她來說，我是個奇恥大辱，卻又必不可少。

五星期前，我到這兒上任時，我們初次對立而視。我前任那家的衛士送我到前門。頭幾天會允許我們走前門，往後就該走後門了。不過事情來得太快，一切尚未確定，誰也不能肯定我們的確切身分。過一陣子就會定下來了，要麼都走前門，要麼都走後門。

麗迪亞嬤嬤說她極力贊成走前門，她說，你們的工作可是功德無量，無上榮光的。

衛士替我按了門鈴，鈴聲未落，就有人從裡面開了門，一定是早已守候在門後了。我本以爲開門的是個馬大，但眼前分明是穿著粉藍色長袍的夫人。

這麼說你就是新來的，她說。她並不側身讓我進去，就這麼把我堵在門口，這是要讓我明白，未經她的允許不准進門。直至現在，我們爲了占據諸如此類的小小上風，還是各不相讓，互相較勁。

是的，我回答。

放在門廊上吧，她對幫我提行李的衛士說。紅色的尼龍袋不大，另一個行李裡裝著過冬的披風和厚衣裙，過些日子才會送來。

衛士放下行李，朝她致了禮，接著腳步聲在我身後響起，在走道上漸漸遠去了。隨著大門喀嗒一聲關起，我頓時感到失去了一隻保護的臂膀，在陌生的門檻前備感孤單。

她就這麼等著，直到車子發動，開走。我低著頭，沒看她的臉，但從目光所及之處可以見到她藍袍下臃腫的腰身，搭在象牙枴杖頂上的左手，以及無名指上一粒粒碩大的鑽石。那一度纖細優美的手指仍然保養得很好，關節突出的手指甲修成柔和的弧形，在無名指上彷彿一道嘲諷的微笑，一個取笑她的東西。

你可以進來了，她說著，轉過身去，一瘸一拐地朝門廳裡走。把門關上。

我把紅色的行李提進去，這顯然是她的意思，然後關上門。我一聲不吭。麗迪亞嬤嬤說過，除非是非答不可的問題，最好保持沉默。盡量設身處地爲她們著想。她說話時，兩手緊緊地絞在一起，臉上現出緊張不安、卑躬懇求的微笑。她們也不容易。

進來，大主教夫人說。我走進起居室，她已經坐在椅子上，左腳擱在腳凳上，那裡鋪著一塊針繡墊。籃裡裝著玫瑰。她的編織活擺在椅邊地板上，上面還穿著針。

我雙手交叉站在她面前。原來如此，她開了口。邊說邊夾起一支菸，用嘴銜著，點上火。她的嘴唇皮薄薄的，抿著時，周圍現出許多細小的直紋，過去口紅廣告上常可見到。打火機是象牙色的，香菸一定是從黑市弄來的，這個想法帶給我希望。即便眼下不再有現鈔流通，黑市照有不誤。只要黑市長盛不衰，就總有東西可以交換。這麼說她並不恪守那些清規戒律。可我又有什麼能與人交換呢？

我如飢似渴地盯著那支菸。對我而言，菸、酒和咖啡一樣是絕對不能碰的。

那麼老，連他的臉長得什麼樣都看不出來了，夫人說。

是的，夫人。我答道。

她發出一種近似笑聲的聲音，接著就咳起來。他不走運，她說。這是你的第二家吧？

第三家，夫人。我答道。

對你也不是什麼好事，她說著，又帶著咳聲笑起來。你可以坐下，平常是不准許的，今天就破個戒，下不爲例。

我挨著一張硬背椅子邊上坐下。我不想東張西望，不想讓她覺得我對她有欠恭敬。所以，在我右側的大理石壁爐，上面掛的鏡子，以及屋裡的一束束花，都只是在眼角一掃而過，隱隱約約的一團。反正以後要看有的是時間。

現在她的臉和我同位置了。我覺得她很面熟，似乎似曾相識。一縷頭髮從她的面紗下露出，色澤依然金黃，當時我以爲她也許染過髮，染髮劑同樣可以從黑市弄到。但現在我知道那是天生的。她的眉毛修成細細拱起的兩道，使她看上去總顯得詫異、憤怒或者說好奇，一副受驚的孩子臉上的表情。可是眉毛下面的眼睫毛卻滿是倦容。但眼睛則又不同，藍得像陽光耀眼的仲夏天空，帶著不容分說的敵意，藍得拒人於千里之外。她的鼻子從前可以稱得上小巧玲瓏，如今在那張臉上則顯得太小，不成比例。她臉不胖但挺大，嘴角邊有兩道皺紋，下巴緊繃著像握緊的拳頭。

你離我遠點，越遠越好，她說。我猜你對我一定也這麼想。

我沒有回答，答是吧對她不敬，答不是吧又頂撞了她。

我知道你不蠢，她接著又說。她吸了口菸又吐出來。我看了你的檔案。對我而言，這不過是一筆交易。不過你可聽清了，誰要找我麻煩，我就找誰麻煩，明白嗎？

明白了，夫人，我答道。

別叫我夫人，她惱怒地喊。你不是馬大。

我沒問該稱她什麼，因爲明擺著她希望我永遠沒有機會稱她做什麼。我很失望，那時我一心想把她當大姐，一位母親般的長輩，一個能理解我，愛護我的人。我原先服務的那家夫人大多時間都待在臥室裡，馬大們說她在裡面酗酒。我還指望這位夫人會有所不同。我願意設想，也許下輩子，換個時間地點，我會喜歡上她。但此刻我已明白我不可能喜歡她，正如她也不喜歡我一樣。

她把抽了一半的菸在身旁燈台上一個窩狀小菸灰缸裡掐滅。她掐菸的動作乾脆俐落，一摁一碾，不像多數夫人那樣喜歡動作優雅地戳了又戳。

至於我的丈夫，她說，丈夫就是丈夫。這一點我希望你弄清楚。除非死亡將我們分開，否則無法改變。

是，夫人，我又說錯了，忘了不該稱夫人。從前人們常給女孩子家玩一種玩具娃娃，拉一下背後的線就會說話。我覺得自己聽上去活像那娃娃，聲音呆板單調。她也許恨不得搧我一巴掌。打我們這樣的人是允許的，《聖經》上就有先例，不過只能用手，不能用工具。

這是我們奮鬥的目標之一，大主教夫人說，忽然間她不再看我，而是低頭俯視自己指節突出、戴著鑽戒的雙手。我一下記起了曾經在哪兒見過她。

第一次是在電視上，那時我才八九歲。每逢星期天早上，趁母親還在熟睡，我就早早起床，跑到母親書房裡，把電視頻道一一按遍，找卡通片看。有時沒有卡通節目，我就看「成長之靈活福音時段」節目，那裡面給孩子們講《聖經》故事，唱讚美詩，其中有個主唱的女高音叫賽麗娜．喬伊，淡淡的金髮，小小的翹鼻子，長得嬌小玲瓏，藍眼睛很大，唱歌時總是往上翻。她可以同時又哭又笑，每當她帶著顫音，輕而易舉地唱過最高音時，兩滴眼淚便會如同得了信號一般，優雅地滑落她的臉頰。然後她才往下唱別的。

坐在我面前的女人正是賽麗娜．喬伊本人，或者說過去曾經是。於是，一切比我預想的更糟了。

第四章

我沿著礫石小徑往前走，這條路把屋後的草坪像頭髮線一樣清楚地一分為二。夜裡下過雨，兩旁的草地濕漉漉的，空氣中也充滿水汽。地上四處爬著蚯蚓，表明這裡的土壤相當肥沃，牠們被太陽曬得半死不活，柔韌地伸曲著，粉紅的，活像人的唇。

我打開白色尖板條木門，向前穿過房前的草坪，朝前門走去。車道上，分配到這家的一個衛士正在擦洗車子，這表示大主教沒有出門，此刻正待在飯廳後面他自己的房裡，他的大多數時間似乎都消磨在那裡。

車子是十分昂貴的「旋風」牌，比「凱旋」牌高級，更勝過龐大、實用的「巨獸」牌。車身是黑色的，不用說，這顏色象徵顯赫，但也是靈車的顏色。車身很長，線條流暢。司機正拿著麂皮布擦拭著車身，一副呵護備至、愛不釋手的樣子。至少這點沒變，男人愛惜名車的方式。

司機一身衛士軍服，帽子時髦地斜戴著，袖子高高捲到手肘，露出被曬成棕褐色的前臂，手臂上長滿黑毛。他嘴角叼著一支菸，看來他也有可以在黑市交換的東西。

我知道這個衛士的名字，他叫尼克。因為我曾聽到麗塔和卡拉談起他，還有一次聽到大主教對他說：尼克，車子不用了。

他就住在這兒，住在這所房子裡，在車庫那頭。他身分卑微：沒有分到女人，一個也沒有。他沒有銜頭：因爲某種缺陷，比如缺少關係什麼的。但他的舉動卻表現出對此毫不知情，滿不在乎的樣子。他隨便有餘，恭順不足。也許是愚蠢所致，但我不這麼想。有股魚腥味，過去人們常這麼講，也有人說，我聞到股耗子味❶。總之，是不受歡迎的氣味。我不由自主地遐想他身上會是什麼味道，當然不會是魚腥味或死耗子的臭味：那古銅色的皮膚，在陽光下潤澤發亮，因爲輕煙繚繞而顯得有幾分朦朧。我嘆息著深深吸了口氣。

他看著我，發覺我在注視他。他長了張法國人的臉，瘦削古怪，稜角分明，笑起來嘴角皺起。他吸了最後一口菸，隨手將菸蒂丟到車道上，一腳踩滅，吹了聲口哨，又朝我眨眨眼。

我低下頭，轉身讓白色雙翼頭巾遮住臉，繼續往前走。他簡直是鋌而走險，何苦呢？不怕我舉發他嗎？

也許他只是表示友好。也許他看到我的表情，想到其他地方去了。其實我渴望的只是那根菸而已。

也許這是個考驗，看我反應如何。

也許他是個眼目❷。

---

❶英文中 smell fishy（有股魚腥味）及 smell a rat（聞到耗子味）為俚語，分別指「形跡可疑」和「覺得事情不對」，在此為雙關用法。

❷這裡借用了《聖經》中上帝的眼目無所不察之意，實指秘密警察。

我打開前門，順手把門關上，雙眼低垂，不往後看。人行道上鋪著紅磚。我目不斜視地盯著腳下這片長方形磚塊拼出的景觀，只見磚塊下經年累月凍土集結的地方微微拱起，磚塊顏色有些陳舊，但仍十分鮮明，紋路清晰可辨。人行道比過去乾淨多了。

我走到街角等著。從前我可沒有等人的耐心。恭順站立等待的人同樣也在侍奉上帝❸，麗迪亞嬤嬤說。她要我們將此銘記在心。她還說，你們並非個個都能善始善終，開花結果。有些人會落到乾硬的地上或荊棘叢中❹。有些人就是根兒淺。她說話時，下巴上那顆痣一起一落。她說，要把自己當成種子，這時的她聲音格外親暱甜蜜，但又陰陽怪氣，暗藏玄機，就像過去教孩子們芭蕾的女教師的聲音，好，把手臂抬高伸直，我們來扮小樹。

我站在街角，權當自己是棵樹。

一個臉上裹著白色雙翼頭巾的紅色身影沿著紅磚人行道向我走來。一個和我相仿的身影，一個毫無特徵、難以描述的紅衣女人，手中提著籃子走近我，我們彼此細細打量，從面孔到裹體的筒形紅布。沒錯，是她。

「祈神保佑生養。」她招呼道，這是我們之間的例行問候語。

---

❸典出約翰·彌爾頓十四行詩《我的光明已耗盡》的最後一行。彌爾頓四十四歲時因勞累過度雙目失明，該詩句大意為侍奉上帝可以有多種方式，包括虔心等待。

❹典出《聖經·路加福音》第八章四——七節中撒種的比喻。

「願主開恩賜予。」我也用例行的話回答。我們轉身穿過一座座大宅朝市中心走去。進城同樣必須兩人結伴同行，否則休想。據說是爲了保護我們，可這未免荒謬透頂：難道我們被保護得還不夠嗎？事實是，她監視我，我監視她。萬一哪天採購途中發生意外，讓其中一個偷偷溜掉，另一個就得負責。她做我的女伴已經兩星期了。我不知道先前那位女伴出了什麼事。總之有一天她憑空消失了。由這個女人取而代之。這類事情是不適於打聽的，因爲答案往往不是你想要的。問也是白問。

這個女伴比我稍胖，褐色的眼睛，名叫奧芙格倫（Ofglen）❺。我對她的了解僅此而已。她走起路來一副端莊模樣，低著頭，戴著紅色手套的兩手交叉著，踏著碎步，看上去活像一隻訓練有素、直立行走的母豬。兩人結伴步行採購路上她向來一本正經，從不說半句離經叛道的話，我也同樣沒說。她也許是個忠實的信徒，一個名副其實的使女。我不能冒險。

「聽說仗打得很順利。」她說。

「感謝上帝。」我回答。

「主賜予了好天氣。」

「眞讓人心情舒暢。」

「從昨天開始，又打敗了一些叛軍。」

「感謝上帝。」我說，沒問她是怎麼知道的。「那些叛軍是誰？」

---

❺小說中所有使女的名字均由英文中表示所屬關係的介系詞 Of 加上她們服務的大主教的姓構成，暗喻她們的附屬身分。主角名字奧芙弗雷德(Offred)也一樣。

「浸禮會教徒❻。他們在青山上有個據點。被天使軍用煙熏了出來。」

「感謝上帝。」

有時我眞希望她能閉嘴，讓我安安靜靜地走路。但同時我又如飢似渴地盼望得到外界的消息，管它是什麼消息；即便是謠傳，其中也包含著某種信息。

我們到了第一道哨卡，這些哨卡類似道路施工或挖掘下水道時設下的路障：一個漆著黃黑兩色條紋的交叉木架，上面印著一個表示「禁止通行」的紅色六邊形標誌。關口附近懸掛著幾盞燈籠，到晚上才亮。在頭頂上方，我知道有探照燈，就裝在電話線桿上，遇到緊急情況時啓用。路兩旁整裝待命的機關槍手埋伏於碉堡內。由於臉上裹著頭巾擋住了視線，我看不到探照燈和那些碉堡，但我知道它們在那。

哨卡後面窄窄的關口旁，兩個男人正在站崗。他們身穿宗教正統衛士的綠色軍裝，肩章和帽徽是白色三角形上兩柄相交的利劍。這些衛士不是眞正的士兵，其職責爲執行常規警衛並負責日常粗活，比如給大主教夫人的花園挖土等。他們中除了隱姓埋名、掩蓋眞實身分的眼目外，全都是蠢的蠢，老的老，殘的殘，幼的幼。

這兩位年紀都很輕：一個唇髭稀疏，另一個滿臉斑點。他們的年輕令人怦然心動，但我知道自己不可受此迷惑。年輕衛士往往最危險，最狂熱，動不動就開槍。他們涉世未深，對生命的意義知之甚少。和他們打交道得小心翼翼。

上個禮拜就在這裡，他們開槍打死了一個女人。是個馬大。當時她正在長袍裡翻找通行證，被他們

❻基督教新教一派的教徒，該派主張成年後始可受洗，受洗者應全身浸入水中，與基督教正統教派信奉者對立。

誤以爲在摸炸彈，把她當男扮女裝的奸細殺了。這類意外時有發生。

麗塔和卡拉認識死者。我聽到她倆在廚房裡議論此事。

他們不過是行使職權，卡拉說，保證我們的安全。

沒什麼比死掉更安全的了，麗塔憤怒地喊，她又沒惹事，憑什麼打死她？

純屬意外，卡拉回答。

胡扯，麗塔說，世上根本沒有什麼意外，一切都是有意的。我能聽見她把水槽裡的盆盆罐罐弄得乒乓作響。

算了，不管怎麼說，誰也不敢貿然炸掉這所房子，他得三思而行，卡拉說。

這沒什麼不同，麗塔說，她幹活一向賣力，死得太慘了。

還有比這更慘的，卡拉說，至少這是一刹那間的事，不用受罪。

你可以這麼說，麗塔說，但我寧願慢點死，好給我時間申冤。

兩名年輕衛士三指併攏，舉到帽沿朝我們敬了個禮。這是對我們的致敬手勢。由於我們的服務性質，他們對我們表示敬意是理所當然。

有拉鏈的口袋縫在寬大的袖子裡，我們從中取出通行證，讓他們檢驗蓋章。一個衛士走進右邊的碉堡，把我們的號碼輸入電腦檢驗器（Compucheck）。

把通行證還給我們時，長著桃色髭鬚的衛士低下頭想看我的臉。我稍稍抬起頭，好讓他看清楚，恰好四目相對，他的臉紅了。他長了一張綿羊臉，長長的，帶著幾分哀怨，但一雙眼睛卻像狗眼似的又大又圓，像長毛狗，而不是小獵犬。他皮膚蒼白，看上去有些病態的嬌嫩，就像疥痂下的皮肉。雖然如此，我還是想把手放上去，放到這張沒有遮蓋的臉上。他先把目光掉開了。

這件事非同小可，它是對法規戒律的一次小小的叛逆，小到不可覺察，但類似這樣的時刻是我留給自己的獎賞，就像小時候收藏在抽屜深處的糖果。這些時刻意味著各種潛在的可能，它們好似小小的窺孔，從中讓人看到一個個朦朧的希望。

假如我在晚上來，在他單獨值勤的時候——雖然他永遠不會得到獨處的機會——讓他看到白色雙翼頭巾之下的臉，會有什麼結果？假如借著忽明忽暗的燈籠的光亮，我解下身上紅色的裹屍布，把胴體呈現在他面前，他倆面前，又會有什麼結果？在他們日復一日、沒有窮盡地在哨卡旁站崗的時候，這些念頭想必偶爾也會在他們的腦海裡盤旋。畢竟這裡平時沒有旁人來往，只有大主教們坐在他們長長的黑色轎車裡，帶著沙沙聲輕馳而過，或是他們一身藍色的夫人們和戴著白色面紗的女兒們，她們正責無旁貸地趕去參加挽救儀式或祈禱集會，或是一身綠色、樣子醜陋的馬大們，偶爾還會有產車駛過，再有就是大主教們的紅衣使女，她們總是步行。有時候會駛過一輛漆成黑色的篷車，車身上印著一隻白色帶翅膀的眼睛。車窗是黑色的，坐在前排的人戴著墨鏡：真是暗上加暗。

這種車不用說比其他任何車輛都更寂靜無聲。它們開過時，我們都把目光掉開。倘若裡面發出聲響，我們盡量充耳不聞。誰的心臟也禁不起驚嚇。

黑色篷車每到一個關口，不用停就被揮手放行。衛士們不願冒險往裡瞧或動手搜查，不願冒險懷疑他們的權威。誰知道他們到底在想些什麼。

就算他們心裡確實有些想法，從臉上也什麼都看不出來。

但他們想到的不是扔在草坪上的衣服。如果一想到吻，立刻就會聯想到探照燈掃過，子彈出膛。他們想的不是盡職盡責，而是如何晉升成爲天使軍，那樣才有可能被允許成婚，之後如果能獲得足夠的權利，又能活到一定的歲數，還有望分到一個屬於他們的使女。

臉上長著髭鬚的衛士爲我們打開人行道的小鬧門，自己則退後，離得遠遠的，讓我們過去。走開後我知道他們還在望著我們，這兩個尚未得到准許觸摸女人的年輕人，他們只能用眼睛過過癮。我把屁股扭了扭，感覺到整條紅裙搖起來。就像在護盾後面對人嗤之以鼻，或者舉了根骨頭在狗搆不著的地方逗牠取樂，我對自己的行爲感到羞愧，畢竟這一切並非他們的錯，他們還太年輕。

隨之我愧意全消。我喜歡擁有這種權利，這種揮舞狗骨頭的權利，雖然被動，但總是種權利。我希望他們見到我們時會硬起來，不得不偷偷摸摸地在油漆的哨卡上來回摩擦。到了夜晚，在集體宿舍的軍用床上，他們會難受無比。除了悄悄自瀆外別無他法。那可是褻瀆行爲。這裡不再有雜誌，不再有電影，不再有自慰替代品；只有我和我的影子，從兩個站立在路障旁，身子僵硬、目光專注的男人的視線中漸漸遠去，直至消失。

第五章

我們一道走在街上。雖已出了大主教們的住宅區，眼前還是有許多大房子。其中一幢前面，衛士正在修整草坪。這些草坪乾淨整潔，房子外觀氣派典雅，整修一新；看起來就像以往印在雜誌上有關家居裝潢的精美插圖。這裡同樣人跡罕見，同樣是一片沉睡不醒的景象。整條街活像個博物館，又好比建來向人們展示昔日生活方式的城市模型中的一條街道。這裡和那些插圖、博物館或城市模型一樣，也不見孩子的蹤影。

這裡是基列❶共和國的心臟，是除了在電視中，戰爭無法侵入的地方。它的邊界延伸至哪裡，我們無法確定，因爲它隨著進攻和反擊的情況而不斷變化。但它是國家中心，這裡的一切都不可動搖。照麗迪亞嬤嬤的說法，基列共和國無邊無際，基列就在你心中。

過去這裡曾有過醫生、律師和大學教授。但現在再也見不到律師，大學也關閉了。

---

❶古代約旦河東岸巴勒斯坦地區，位於今約旦境內西北部。該地區北臨阿姆河，西南接古時著名的「摩押平原」，東面無邊無際。「基列」之名最早見於《聖經．創世紀》第三十一章二十一——二十二節有關雅各離開拉班逃往基列山王國的記載。基列是《聖經》中以色列英雄基甸(Gideon)與米甸人(Midianites)交戰之地，也是公元前九世紀以色列先知以利亞(Elijah)的故鄉。

從前，我有時會和盧克一道沿著這些街道散步。我們常常談起要買一幢這樣的房子，古老的大房子，把它好好整修翻新一下。我們要有個花園，裡面有供孩子們玩耍的鞦韆。我們會有自己的孩子。雖然我們明白很可能根本就養不起孩子，但它卻是我們津津樂道的話題，星期日的休閒活動。這種自由如今似乎已無足輕重。

轉個彎，我們來到一條大街，這裡車輛行人多了些。汽車疾馳而過，大多數是黑色的，也有一些是灰褐色的。提著籃子的女人中，有的身著紅色，有的身穿單調乏味的綠色馬大裝，還有的穿著條紋長裙，紅、綠、藍三色相間，一副粗俗寒酸的模樣。那是窮人家太太的裝束。經濟太太（Econowives），人們這麼稱呼她們。這些女人沒有具體分工，只要力所能及，什麼都得幹。偶爾也能看到一身黑衣的寡婦，過去很多，現在似乎漸漸少了。

在人行道上，是見不到大主教夫人們的，只能在車裡見到。

這裡的人行道是水泥的，我像孩子一樣小心避開裂縫處。我想起過去在這條人行道上行走的雙腳，以及腳上穿的鞋子。有時是慢跑鞋，鞋跟富有彈性，鞋面有透氣孔，還有星星形狀的螢光纖維點綴，在黑暗中閃閃發光。雖然那時我晚上從不跑步，白天也只在行人較多的路上跑。

那時女人不受保護。

我還記得那些從不用講，但個個女人都心知肚明的規矩：不要給陌生人開門，哪怕他自稱是警察，要他把證件從門縫下塞進來。不要停車幫助假裝車子拋錨的人。把車門鎖上，只管往前開。要是聽到有人朝你吹口哨，不要理他。夜裡不要獨自去自助洗衣店。

我想著自助洗衣店。想著我走去時穿的衣服：短褲，牛仔褲，運動褲。想著我放進去的東西：自己的衣服，自己的肥皂，自己的錢，我自己賺來的錢。想著自己曾經是駕馭這些東西的主人。

如今我們走在同樣的大街上，紅色的一對，再沒有男人對我們口出穢言，再沒有男人上來搭訕，再沒有男人對我們動手動腳。再沒有人吹口哨。

自由有兩種，麗迪亞嬤嬤說。一種是隨心所欲，另一種是無憂無慮。在無政府的動亂時代，人們隨心所欲、任意妄爲。如今你們則得以免受危險，再不用擔驚受怕。可別小看這種自由。

在我們的右前方是我們定做裙子的地方。有人把我們的裙子稱爲habits（修女服），眞是個名副其實的好名字，因爲該詞又指「習慣」，而習慣是牢不可破的。店門口有個巨大的木招牌，形狀像朵金黃色的百合花，店名就叫「田野中的百合」。這個店名原來寫在百合的下面，後來被油漆蓋掉了，因爲他們覺得即便是店名，對我們也有太大的誘惑。如今許多地方只有招牌，而無名稱。

「百合」過去是家電影院，是學生們常去的地方。每年春天都要舉行亨佛利鮑加❷節，前來參加的嘉賓有他的遺孀、著名演員羅蘭白考兒或是凱薩琳赫本，她們都是自食其力，自立自強的女人。她們身穿前面有一排鈕扣的襯衫，暗示著解開這個字眼隨時可能發生。她們可以解開，也可以不解開。她們看起

❷亨佛利鮑加(Humphrey Bogart, 1899-1957)，美國好萊塢著名電影演員，二十世紀四、五〇年代曾以「北非諜影」、「硬漢子」形象雄霸美國影壇。其妻為羅蘭白考兒。

來有能力自行選擇。當時我們似乎也能選擇。麗迪亞嬤嬤說，從前那個社會毀就毀在有太多選擇。

我不知道從何時起不再舉行這種節日了。我一定是長大了，所以不在意了。

我們沒有進「百合」，而是過了馬路來到一條小街上。我們先在一家掛著另一塊木招牌的店鋪前停了下來。木招牌上畫著三個雞蛋，一隻蜜蜂，一頭奶牛。這是「奶與蜜」❸食品店。店裡排著隊，大家兩個兩個地等候著。我看到今天有橘子賣。自從宗教信仰自由主義戰士占領中美地區以來，橘子就很難買到：有時有，有時沒有。戰爭切斷了來自加利福尼亞的橘子運輸。遇到置放路障或鐵軌被炸事故，就連佛羅里達的橘子也難保證能運進來。看著這些橘子，我眞想買一個，但我沒帶買橘子的代用券。回去我要把這個消息告訴麗塔，她一定很高興。能見到橘子確實不同尋常，算得上是一個小小的成就了。

那些到櫃檯前的人把代用券交給站在櫃檯裡面身穿衛士軍服的兩個男人。誰也沒有多說話，只有衣服摩擦的簌簌聲，另外還可見到女人們悄悄轉動腦袋，左顧右盼的詭秘模樣。在這兒買東西可能會碰上熟人，有的是從前就認識的，也有的是在「紅色感化中心」認識的。只要能見到熟人的面孔就是一種莫大的安慰。要是我能見到莫伊拉，只要知道她還活著，便已足矣。在現在這種時候，能擁有一個朋友，眞是讓人想都不敢想。

可是，奧芙格倫站在我旁邊，卻不見她東張西望。或許她現在不再認識什麼人，或許她們全都消失了，那些她認識的女人。或許也可能她不希望讓人看見。她只是低著頭，一聲不吭地站立著。

---

❸典出《聖經．出埃及記》第三章十七節：「我也說，要將你們從埃及的困苦中領出來……就是到流奶與蜜之地。」

就在我們兩個兩個排隊等候的時候，門開了，又進來兩個女人。兩人都是使女打扮，都穿著紅裙，戴著白色雙翼頭巾。其中一個挺著大肚子；雖然衣裙很寬，肚子仍趾高氣揚地高高挺著。店裡寂靜的氣氛頓時被打破，四周響起一片低語聲。大家開始交頭接耳、竊竊私語起來。我們倆也不管不顧地大膽轉過頭去看她；手癢癢的，眞想摸她一下。對我們而言，她渾身好像有一股魔力，既讓人嫉妒，又讓人渴望。她宛若山頂上的一面旗幟，昭示著只要繼續努力，再接再厲，我們同樣能夠拯救自己。

女人們嘰嘰喳喳的耳語聲由低到高，顯然個個都激動不已。

「這是誰啊？」我身後有人問道。

「奧芙維納（Ofwayne）。不對，是奧芙沃倫（Ofwarren）。」

「嘖，炫耀。」有人低聲噓道，此話不假。因爲孕婦大可不必出門，不必上街採購。每日散步，讓腹部肌肉處於運動狀態不再是醫囑的內容。她需要的只是做做自由體操或是一些呼吸運動。她可以待在家裡，挺著大肚子出門不安全。店門口會有一個衛士守著等她出來。如今她身上孕育著生命，因此也就更接近死亡，需要特別的保安措施。別人的嫉妒心就可能要了她的命，這種事曾經發生過。如今孩子個個都是寶貝，但並非人人視其爲寶貝。

不過，出來走走也許只是她一時興起，既然肚裡的孩子已快足月，至今也從未發生過意外，此類的心血來潮他們也就放任遷就了。或者也許她是那種人吧，我能挺住的烈女。這時，正好她抬起頭來四處張望，我瞥見了她的臉。身後那人說得沒錯，她是來這兒炫耀自己的。因爲她紅撲撲的臉上神采飛揚，顯然這裡的每一刻都讓她陶醉不已。

「安靜。」櫃檯裡的一個衛士喝道。頓時，我們像一群小女生一樣安靜下來。

輪到奧芙格倫和我了。一個衛士接過我們給他的代用券，把上面的號碼輸入專用電腦，扣去用額，另一個則把我們要買的蛋和牛奶遞給我們。把東西放進籃子後，我們走了出去，從那個大肚子女人和她的同伴身旁經過。她的同伴看起來跟我們一樣瘦弱、憔悴。那位孕婦的大肚子簡直就像一只碩大的水果。**其大無比**，我兒時愛用這個字眼。她把手放在肚子上，像是爲了保護它，又像是要從那兒汲取溫暖和力量。

當我走過時，她深深地看了我一眼。我認出了她。她也在感化中心待過，深得麗迪亞嬤嬤的歡心。可我從未喜歡過她。那時她的名字叫珍妮。

珍妮看著我，接著，嘴角露出一絲得意的微笑。她把目光掃過我紅裙子下扁平的肚子，雙翼頭巾遮住了她的臉。我只能看到她露出來的一部分前額和粉紅色的鼻尖。

接著我們進了「眾生」肉店。招牌是用兩根鏈子吊起來的一塊豬排形狀的木頭。這裡人不多，不用排隊。肉很貴，就連大主教們也不能天天吃。但奧芙格倫還是買了牛排，這已是這個星期的第二次了。我要把這件事告訴馬大們：她們最愛聽這類消息。對別人家怎麼過興致盎然。這類小道消息能讓她們得意或是不滿。

我買了雞，這些宰好的雞用紙包著，外面用線捆紮。現在塑膠袋已難得見到。我還記得從前去超市買東西帶回來的數不清的白色塑膠袋；因爲捨不得扔掉便全塞在洗滌槽下面的櫥櫃裡。有時多得只要一開櫥櫃的門，它們便「撲」地一聲掉到地上。對此，盧克常大發牢騷，隔一段時間他會把袋子統統扔掉。

女兒會把袋子套到頭上去的，盧克總是說。你知道，孩子們總喜歡那麼玩。不會的，我總是反駁。她已經長大了（要麼就說她聰明過人，或是幸運過人），不會這麼幹的。但隨即我內心會感到一絲恐懼的寒意掠過，會爲自己的粗心感到內疚。確實，我對許多事情太想當然了；我過去總相信命運。我會把袋子收在高一點的櫥櫃裡，我於是說。別留著，他會說，這些東西毫無用處。可以當垃圾袋，我會說。他又會說……

不行，此時此地，眾目睽睽，不能這樣胡思亂想。我轉過身，看到自己映在厚玻璃窗上的影子。我們已經走到大街上了。

遠處一群人朝我們走來。看起來像是從日本來的遊客，也許是一個貿易代表團，來此地觀看名勝古蹟或出來見識地方風情。他們個個身材矮小，但著裝整齊；男男女女都拿著相機，面帶微笑。他們環顧四周，兩眼發亮，像知更鳥一樣歪著頭，那副興高采烈的樣子肆無忌憚。我忍不住盯著他們看。我很久沒看到女人穿那麼短的裙子了。長度剛過膝蓋，只穿著薄薄絲襪的兩條小腿公然裸露在外。高跟鞋細細的帶子繫在腳上，看上去彷彿是精美的刑具。由於鞋跟又細又高，她們走起路來搖搖晃晃，像在踩高蹺；腰凹陷進去，整個背成了拱形，屁股向外翹。她們頭上無遮無蓋，一頭秀髮暴露在外，油黑亮澤，性感十足。濕潤的嘴唇上沿著唇線，塗著紅色的唇膏，就像從前廁所牆上常見的塗鴉。

我停住腳步。在我身旁的奧芙格倫也停了下來。我知道她同樣也在目不轉睛地望著那些女人。她們看起來既讓人著迷，又讓人反感。在我們眼裡，她們就像沒穿衣服一樣。對此類事情，我們的觀念轉變得眞夠快的。

接著我想，過去我也曾這麼穿過。那便是自由。

西化，過去人們這麼形容。

那些日本遊客談笑風生地朝我們走來。這時要轉過臉已爲時過晚：他們已經看到了我們的臉。人群中的一個顯然是翻譯。他身穿一套普通的藍色西裝，紅格子領帶，上面別著翼眼別針。他走上前來，站到我們面前，擋住了去路。別的遊客也擁上來，其中一個舉起了相機。

「對不起，」他彬彬有禮地對我們說，「他們問是否可以拍你們。」

我低頭看腳下的人行道，搖頭表示不同意。他們看到的不過是白色雙翼頭巾，一點點面孔，下巴和部分嘴巴。但絕對看不到眼睛。我知道還是不要直視翻譯爲妙。許多翻譯都是眼目，起碼人們都這麼說。

我也知道此時絕不能回答同意。謙遜就是把自己隱藏起來，麗迪亞嬤嬤說。永遠不要忘記。要是讓人看到——要是讓人看到——便意味著——她的聲音發顫——被人穿透。而你們，姑娘們，必須使自己成爲穿不透的人。她把我們稱爲姑娘們。

我身旁的奧芙格倫也緘口不言。她已把戴著紅手套的雙手縮進袖子裡，藏了起來。

翻譯轉向人群，斷斷續續地對他們說著什麼。我知道他會說些什麼。我知道會有什麼結果。他會告訴他們這裡的女人與別處風俗不同，用相機鏡頭對準她們是一種冒犯。

我低頭看著人行道，那些女人們的雙腳簡直令我著迷。其中一位穿著露出腳趾頭的涼鞋，腳趾甲塗成粉紅色。我還記得指甲油的味道，記得第一遍沒乾透，第二遍就匆匆塗上去後起皺的樣子，記得薄薄的褲襪與皮膚的輕柔相觸，記得腳趾頭在全身重量的壓迫下擠向鞋子前端的感覺。腳趾頭塗了指甲油的女人兩腳交替了一下，我彷彿覺得她的鞋就在我的腳上。指甲油的味道令我如飢似渴。

「對不起。」翻譯又轉身朝我們說。我點點頭，表示聽到了。

「這位遊客問，你們快樂嗎？」翻譯說。我能想像得出，他們對我們有多麼好奇：她們快樂嗎？她們怎麼可能快樂？我能感覺到他們亮晶晶的黑眼睛片刻不離我們，身子微微前傾，等著我們回答，女人們尤其如此，男人們也不例外：因爲我們神秘莫測，不可接近，我們令他們亢奮。

奧芙格倫一聲不吭。頓時出現一片靜寂。有時不說話同樣危險。

「不錯，我們很快樂。」我喃喃道。我總得說些什麼。除此之外，我又能說什麼呢？

第六章

走過「眾生」肉店一個街區了，奧芙格倫停下腳步，似乎猶豫不決該何去何從。我們可以選擇。可以直接回去，也可以繞點彎路回去。我們心裡都清楚會走哪條路，因爲我們總走那條路。

「我想走教堂那條路。」奧芙格倫似乎很虔誠地開口說。

「好吧。」我應道，雖然兩人都心照不宣她想走那條路的眞正原因。

我們不疾不徐地往前走著。太陽出來了，天上一團團毛茸茸的白雲，看起來就像缺了頭的綿羊。由於我們裹著白色雙翼頭巾，眼前被遮擋住，向上看很吃力，很難完完全全看到完整的天空或其他東西。但我們卻設法做到了，一次一點地，迅速地移動頭部，上下左右前後。我們已經學會在急促的喘氣間看清這個世界。

繼續向前走的話，右邊有一條街，沿著這條街可以到小河邊。那裡有一幢原先存放賽艇的船屋，幾座橋，一些樹木，以及綠茵遍地的河岸。人們可以坐在岸邊觀看潺潺流水，還有光著膀子賽艇的年輕人，他們在驕陽下揮動船槳，你追我趕，一比勝負。往河邊去的路上有過去的學生宿舍，現已改作他用。樓頂上童話般的角塔被刷成白色、金色和藍色。每當我們想起往事，浮上腦海的總是美好的東西。我們總是希望把往事想得盡善盡美。

足球場也在那兒。如今它被用來舉行挽救男人儀式。除了足球賽，這類賽事倒還保留著。我再沒有去過河邊，也沒有到那些橋上。我也再沒有乘過地鐵，雖然不遠處就有一個車站。我們不得乘坐地鐵，地鐵站有衛士站崗。我們沒有正當理由走下那些石階，乘上水底地鐵到市中心去。我們幹嘛想從這裡到那兒去？那樣做不會有好結果，他們終究會知道的。

這是一座規模不大的教堂，是這裡最早修建的教堂之一，有幾百年歷史。如今它已不再用作教堂，而是一座博物館。人們可以在裡面看到許多畫像，有一身素裹、長裙曳地、頭戴白色帽子的女人；也有身板筆直、穿著深色衣服、表情肅穆的男人。全都是我們的祖先。免費參觀。

但我們沒有進去，而是站在小徑上望著墓地。古老的墓碑還立在那裡，風吹雨淋，日漸風化，以其象徵死亡的骷髏白骨、臉蛋模糊不清有如麵糰的天使塑像、時刻不停的沙漏——它們提醒我們人世間的光陰飛逝如梭——以及以後的世紀開始出現的骨灰盒和楊柳樹，供人們憑弔死者，寄託哀思。

他們倒沒有把墓碑和教堂怎麼樣。他們憎恨的是過去不久的那段歷史。

奧芙格倫低著頭，似乎在祈禱。她每次來這裡都要這麼做。也許，我想，她也失去了什麼親人，一個特別親的親人；一個男人，或是一個男孩子。但我對此有些半信半疑。在我眼裡，她是一個做什麼事都是做給人看的女人，只是作戲而已，沒有半點眞實。我覺得她諸如此類的舉動純粹是爲了美化自己。千方百計地充分表現。

但在她眼中，我一定也是這樣一個人。怎麼可能會有其他情形呢？

此刻我們已背對教堂，一堵圍牆呈現在眼前，它才是我們此行眞正想看的。

這堵圍牆也有幾百年的歷史了，至少有一百多年了。它由紅磚砌成，就像人行道一樣。一度肯定也曾在樸實中盡顯壯觀氣派。如今大門入口處已有人站崗，牆頂的鐵柱上新近安裝了模樣醜陋的探照燈，牆底四周布滿帶刺的鐵絲網，牆頂上插著用水泥粘住的碎玻璃渣。

沒有人自動穿過大門走進圍牆裡。種種防範措施是針對試圖出逃的人設計的。雖然從裡面出來，必須穿過電子警報系統，在這種情況下，即使是跑到牆邊也幾乎毫無可能。

又有六具屍體懸掛在靠近大門口的圍牆上。他們被吊著脖子，雙手綁在身前，白色布袋罩著他們的頭，歪歪地耷拉到肩膀。今天早晨，一定又舉行過一場挽救男人儀式。我沒有聽到鐘聲。可能是已經習慣了這一切，充耳不聞了。

我們像聽到信號一般同時停下腳步，站著注視那些屍體。看他們不會招來麻煩，這些屍體本來就是掛在那裡示眾的。有時，屍體會被掛上好些天，一直到有新的一批來換下他們，這樣人人就都有機會看到了。

這些人被掛在吊鉤上。爲此，牆縫裡專門安了好些個吊鉤，許多吊鉤都還空著。這些鉤子看起來就像給截肢者用的義肢。或像一個個歪倒著的鋼製問號。

最可怖的是他們頭上的白布口袋，即便是他們的臉露出來也不會比那些布袋更令人毛骨悚然。這些口袋使他們看起來像沒有畫上臉蛋的布娃娃；像稻草人，從某種意義上說也確實如此，因爲他們就是用來嚇人的。他們的頭還像是大口袋，裡面塞著某種沒有明顯特徵的東西，比如麵粉或麵糰。顯然，他們腦袋的沉重和空無一物，加上地心引力的作用，把它們使勁往下拉，再也沒有生命力能讓它們重新抬起來了。這些頭顱就像一個個零。

當然，只要你不停地盯著，就像我們現在一樣，便可以看到布袋下面部的輪廓，隱隱約約。但充其量，那些頭顱就好比雪人的腦袋，用煤炭和胡蘿蔔做的眼睛和鼻子已經脫落。頭部正在融化。

不過，在一只白布袋上可以見到血跡。那地方一定是嘴的部位。血從白布裡滲了出來，印出另一張嘴，一張紅紅的小嘴，就像幼兒園孩子用粗筆畫出來的樣子。那是孩子心目中的微笑模樣。人們的注意力最終總是集中到這血跡凝成的微笑上。畢竟，他們不是雪人。

這些男人都穿著白袍，就像醫生或科學家們穿的那種。當然，平時被處死的並不僅限於醫生和科學家，還有其他人。但今天早上白袍恐怕是要告罄了。每人脖子上都掛了個牌子說明被處決的原因：利用吸引術扼殺人類胚胎。這麼說，從前在這種事被視爲合法的時候，他們是醫生。天使的製造者，人們過去常這麼稱他們。要麼是其他什麼名稱？現在，他們可能因醫院檔案被搜查而暴露出來，或者——更大的可能是被人告發，因爲一旦大家看清了事態發展趨勢之後，大部分醫院便銷毀了相關紀錄——告密者也許是以前當過護士的人，也許不只一個，因爲單單一個女人提供的證據不可能被採納；告密者也可能是另一名醫生，爲求自保告發他人；告密者還可能是某個受到指控的人，爲了自己活命而孤注一擲、信口開河，不惜栽贓誣陷自己的仇人，向其大潑污水，肆意攻擊。但是告密者並不都能因此而被赦免。

我們被告知，這些男人就像戰犯。就算他們的所作所爲在當時是合法的，也不會作爲藉口：其罪行是有追溯效力的。他們既已犯下了暴行，就必須繩之以法以告誡他人。儘管這在現在看來顯然是多此一舉、毫無必要。在如今的日子裡，任何一個頭腦正常的女人只要能幸運地懷孕，便絕不會不讓孩子降生。

我們理應對這些屍體滿懷仇恨和蔑視。可我的感覺卻並非如此。這些掛在圍牆上的屍體是時光旅行者，不合時宜的人。他們從過去來到這裡。

我對他們的感覺是一片空白：我所有的是不該有的感覺。我還有一種鬆了口氣的感覺，因爲其中沒有盧克。盧克從前不是醫生，現在也不是。

我注視著那個紅色的微笑。這個微笑紅得與賽麗娜・喬伊家花園裡鬱金香的顏色如出一轍，那莖部彷彿正在癒合的傷口的顏色。它們顏色相同，兩者之間卻並無聯繫。鬱金香不是鮮血的鬱金香，紅色的微笑也不是花朵，兩者無法相互比照，相互說明。鬱金香不能作爲懷疑那些人是否被絞死的原因，反之亦然。每樣東西都是千眞萬確的存在。正是在這一片確實存在的物體中，我每天必須以各種方式選擇我走的路。我費盡力氣將它們區分開來。我必須這麼做。在內心裡，我必須將它們分得一清二楚。

我感覺到身旁的女伴顫抖了一下。她在內心哭泣嗎？可在表面上是如何顯得如此若無其事的？我無從知曉。我發覺自己的雙手緊緊抓住籃子的提把。我什麼也不會講出去的。

所謂正常，麗迪亞嬤嬤說，就是習慣成自然的東西。眼下對你們來說，這一切可能顯得有些不太正常，但過一段時間，你們就會習以爲常，多見不怪了。

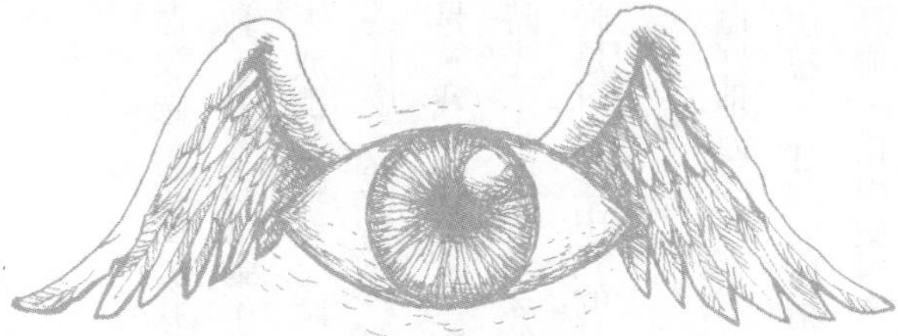

3.
夜

第七章

整個夜晚都是屬於我的，屬於我自己的時間，我想幹嘛就幹嘛，只要我安安靜靜，不吵不鬧。只要我不走動。只要我一動不動地躺著。躺和放倒是有區別的。放倒總是被動的。連男人們過去也常說，我喜歡被人放倒。雖然有時也會說，我想放倒她。所有這一切純粹是猜測而已。我並不眞正清楚男人們過去常說些什麼，我只是聽他們這麼說過。

於是，我躺在屋裡，蓋著整潔的被單，背對著白色的窗簾，面朝著天花板上的石膏眼睛，我步離了自己的時光。步出時光之外。雖然時光猶在，我的人猶在。

夜晚是可以任由我的神思隨處徜徉的時候。去哪兒呢？

一個好地方。

莫伊拉坐在我的床沿，蹺著二郎腿，一隻腳踝搭在另一隻的膝蓋上。她穿著紫色的吊帶褲，一邊耳朵掛著耳環，指甲塗得金橙發亮以示與眾不同，手裡夾著一根香菸。她的手指短短粗粗的，指尖被菸熏得焦黃。走，走，喝杯啤酒。

你把菸灰弄到我床上了。我說。

如果你肯去不就沒這個問題了，莫伊拉回答。

再過半小時，我說。我有篇論文第二天要繳。哪方面的？心理學、英語、經濟學。那時我們學的不外乎這類東西。房間的地板上四處扔著攤開的書本，顯得奢侈、鋪張。

現在就走，莫伊拉說。不用往臉上塗脂抹粉了，就我和你。你的論文寫什麼？我剛寫了一篇有關女性被其約會男友強迫施行性交的論文，約會強姦。

約會強姦，我重複道。你可真時髦，聽起來就像一道甜點。棗油菜❶。

哈哈，莫伊拉大笑，說，帶上你的外套。

她抓起我的外套，扔給我。借我五塊錢，行嗎？

或者是某地的一個公園，和母親一道。當時我幾歲？天氣很冷，口中呵出的氣體在眼前形成霧氣。樹上的葉子都掉光了；天色灰暗，池塘裡有兩隻鴨子，神情哀傷。我的手插在口袋裡，揉捏著一團麵包屑。對了：母親說我們去餵鴨子。

可是，有些女人在那兒焚書，這才是她去那兒的真正原因。看她的朋友。她對我撒了謊。周六原是屬於我自己的日子。我獨自悶悶不樂地向鴨子走去，但大火使我止步不前。

女人當中也有些男人。那些書都是些雜誌。他們一定倒了汽油，否則火焰不會噴得那麼高。然後，人們開始從箱子裡把雜誌倒出來，扔進火裡，一次扔幾本。一些人口中念念有詞，圍觀者越聚越多。

❶「約會強姦」和「棗油菜」在英文裡均為 date rape。

他們臉上的神情是快樂的，幾乎是欣喜若狂。火焰可以造就這種效果。就連我母親一向蒼白瘦削的臉此刻也紅光煥發，喜氣洋洋，活像一張聖誕賀卡。另外一個女人身材高大，戴著橘黃色的織帽，一邊臉頰沾上了煙灰。我記得她。

想扔一本嗎，寶貝？她問。當時我幾歲？

謝天謝地總算擺脫這些東西了，她笑著說。可以嗎？她問我母親。

只要她願意，母親回答；她跟別人談論我的口氣就像我是個聾子。

那女人遞給我一本雜誌。雜誌上印著一個一絲不掛的漂亮女人，雙手被鏈條綑綁著吊在天花板上。我饒有興趣地盯著她，一點也不害怕。我覺得她在盪鞦韆。跟在電視上看到的泰山吊在藤蔓上盪來盪去一樣。

別讓她看，母親忙說。哪，她對我說，扔進去，快點。

我把雜誌扔進火裡，一陣烈焰將雜誌掀翻開來。一張張書頁鬆散脫落，帶著火在空中飄舞。支離破碎的女人身體在我眼前被焚燒成黑色灰燼。

可是，後來發生了什麼？後來怎麼樣了？

我知道自己曾讓時光白白流走。

一定少不了針筒、藥片及諸如此類的東西。我那麼久不省人事，不可能沒有人來救我。你昏過去了，他們對我說。

我會在一陣聲嘶力竭中神志迷亂地甦醒過來。那種感覺猶如波濤翻滾一般。我記得感覺很平靜。記得自己在嘶聲尖叫，不過這都只是感覺而已，說不定只是一聲喃喃低語。她在哪兒？你們把她怎麼樣了？

恍惚中我不知是晝是夜，眼前的一切忽隱忽現，混沌一片。過了好一陣子，才重又看到了椅子、床鋪，最後看到了窗戶。

她被照顧得很好，他們說，和合適的人在一起。你不合適。不過你一定希望她得到最好的東西，不是嗎？

他們讓我看一張她的照片，照片上的女兒站在屋外草坪上，鵝蛋臉皮膚緊繃著。金黃色的頭髮緊緊束在腦後。一個我從未見過的女人牽著她的手。她只有那女人手肘那麼高。

你們殺了她了，我說。她就像一個天使，聖潔、小巧，用空氣吹成。

她身穿一件我從未見過的裙子，一條白色長裙。

我寧願把這當作一個純粹由我講述的故事。我需要這麼想。我必須這麼想。只有能夠把這些故事僅僅當作是故事的人才能看到更多的希望。

倘若這是一個由我講述的故事，我就能隨意控制它的結局。那樣，就會有個結局，故事的結局。真實生活將尾隨其後。我可以在中斷的地方重新拾起接續。

可它並非我正在講述的故事。

也可以說它是我正在講述的故事，隨著我的生活，在我的腦海裡進行著。是講，而不是寫，因爲在我身邊沒有可以書寫的工具，即使有也受到嚴格禁止。但是，只要是故事，就算是在我腦海中，我也是在講給某個人聽。故事不可能只講給自己聽，總會有別的一些聽眾。

即便眼前沒有任何人。

講故事猶如寫信。親愛的你，我會這樣稱呼。只提你，不加名不帶姓。加上一個名字，就等於把你和現實世界連在一起，便平添了莫大風險和危害：誰知道你活下來的機會能有多少。因此，我只說你，你，猶如一支古老的情歌。你可以是不只一人。

你可以是千萬個人。

我眼下尚無危險，我會對你說。

我會當做你已聽到了我的聲音。

可是這無濟於事，因爲我知道你無法聽見。

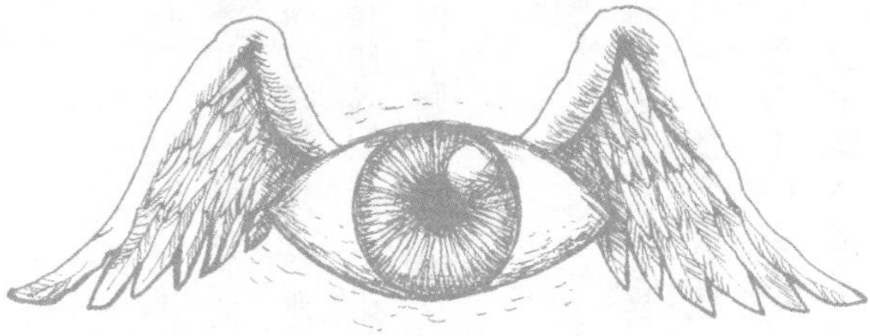

4. 等待室

第八章

連日來一直是好天氣。幾乎像是進入了六月。過去這種時候，我們會拿出夏天的裙子、涼鞋，出外吃蛋捲冰淇淋。圍牆上又換了三具屍體。一個是牧師，仍穿著黑色的法衣。法衣是審判時給他穿上去的，雖然早幾年在宗教派系之戰剛剛開始時，牧師們就不再穿法衣了，因爲黑色的法衣使他們過於引人注目。其他兩個脖子上掛著紫色的告示牌，牌子上寫著：背叛性別。他們仍身著衛士軍服。準是兩人苟合時被捉了個正著。但是，在哪兒呢？宿舍裡，或是在浴室裡？難說。帶著血紅微笑的雪人已了無蹤跡。

「咱們該回去了。」我對奧芙格倫說。這話一般都由我說出口。有時我覺得要是我不開口，她會在那兒永遠待下去。可她究竟是在哀悼還是在幸災樂禍？我依然不甚明瞭。

她一言不發地轉過身。似乎她需要聽令行事，似乎她是一部輪子未上足油的機器，難以開動，又似乎她是音樂盒上的小人兒，要上足發條才會隨著音樂旋轉。我討厭她的矜持，討厭她溫順的腦袋，整天低垂著，似乎風太強勁，吹得她抬不起頭來。可周圍一絲風也沒有。

我們離開了圍牆，沐浴著溫暖的陽光，沿著來時的路往回走。

「好可愛的五月天。」奧芙格倫開口道。我沒有看她，但能感覺到她把頭轉向我等著我回答。

「是很可愛。」我說。想想我又添上一句：「感謝上帝。」五月天（Mayday）在很早以前，曾經是一場大戰中使用的求救信號，這是我們在高中時學到的。我總是把那些大戰混爲一談，不過只要稍加留意，還是可以通過每場大戰使用的戰鬥機把它們分辨清楚。但有關Mayday的一些信息，是盧克告訴我的。*Mayday*，*Mayday*，這個信號是戰鬥機被擊中時飛行員使用的，它還用於海上航船——航船也使用這個信號嗎？或許航船使用的是ＳＯＳ。我眞希望能去查個清楚。這個詞是從貝多芬那裡借用的，用來慶祝其中一場大戰初戰告捷。

你知道Mayday來源於哪個詞嗎？盧克問。

不知道，我說。用這樣一個詞來當求救信號，有點怪怪的，你不覺得嗎？

報紙加咖啡，星期日的早晨，女兒降生之前。那時還有報紙。我們習慣在床上看報。

它來自法語，他說。來源於M'aidez這個詞。

救救我。

一個由三個女人組成的小小的殯葬隊朝我們走來。每人的頭巾上都套著一條透明的黑紗巾。一個經濟太太和兩個哀悼者，也是經濟太太，大概是她的朋友吧。她們身上穿的條紋裙子已經破舊不堪，正如她們飽經風霜的臉一樣。隨著世道好轉，麗迪亞嬷嬷說，就不會再有人去當經濟太太了。

走在最前面的是死者的親人，孩子的母親。她雙手捧著一個黑色的小罐。從罐的大小可以得知孩子從在母體懷胎到流產共活過了多少日子。不過兩三個月吧。胎兒太小，還看不出來是不是個正常孩子。

月份大一點的死胎或一出生就夭折的胎兒是裝在箱子裡的。

隊伍經過我們面前時，我們停住腳步，以示憑弔。我不知道奧芙格倫是不是對我的舉止有所覺察。我只覺得小腹如刀刺般劇痛。我們把雙手放在胸脯上，向那些陌生的女人表示我們對其痛失愛子深表同情。出乎意料，走在最前面的那個女人透著面紗橫眉怒目地瞪著我們，另一個則把臉撇到一邊，往人行道上啐了一口。這些經濟太太不喜歡我們。

走過一間間商店，我們又來到關卡前，檢查，通過。接著繼續穿行在寬敞而空曠的房子和不見一根雜草的草坪間。到了離我提供服務的大主教家不遠的巷口，奧芙格倫停了下來，轉向我。

「我主明察。」她說。合適得體的告別語。

「我主明察。」我回首。她微微點了點頭，猶豫了一下，似乎想再說些什麼，結果什麼也沒說，轉身沿街走去了。我望著她的背影。她就像鏡子中我的身影，我正從鏡子前走開。

車道上，尼克又在擦拭那輛「旋風」車，已經擦到車身後面的鍍鉻金屬裝飾板。我把戴手套的手放到門閂上，打開它，推門進去，門在我身後咔地關上。小徑兩旁狹長花壇裡的鬱金香開得更加紅豔，不再像小酒杯似的含苞欲放，而是大酒杯一般燦爛盛開，爭奇鬥豔。這又有何意義？畢竟它們肚裡空空。時間一到，花心迸出，接著便慢慢開裂凋零，花瓣如碎片般四處撒落。

尼克抬起頭，吹著口哨，嘴裡說：「走得還愉快吧？」

我點點頭，但沒有用聲音作答。他不該同我講話。當然，有些人還是會斗膽一試，麗迪亞嬤嬤說。

所有肉體都是軟弱的。所有肉體都是一根小草，我在心裡暗暗糾正她的說法。他們控制不住自己，她說，上帝將他們造就成那樣，但是上帝沒有把你們造就成那樣。上帝使你們和他們不同。因此得靠你們去制定戒規，日後你們將被感恩不盡。

房子後面的花園裡，大主教夫人正坐在自己帶出來的椅子裡。賽麗娜・喬伊，多麼愚蠢的名字❶！這名字聽起來就像過去塗在頭上，把頭髮弄直的直髮劑的商標名。*Serena Joy*，瓶子上這麼寫著，外加一個漂亮的女人頭部剪影，印在粉紅色的橢圓中間，橢圓四周是扇形的金色飾邊。有那麼多名字可以選擇，爲什麼她獨獨選中這個？賽麗娜・喬伊從來就不是她的眞名實姓，以往也不是。她的眞名叫帕姆，我是在一本新聞雜誌上有關她的個人檔案裡讀到的。那已經是距星期天早晨趁媽媽在屋裡睡覺，我第一次在電視上見到她唱歌之後很久的事了。當時她已小有名氣，個人檔案也隨之上了報刊雜誌，好像是《時代周刊》，要麼就是《新聞周刊》，沒錯的。自那以後，她不再唱歌，搖身一變，開始四處演講。她十分擅長此道。演講內容大都有關對家庭的神聖義務，關於女人該如何安於家中，相夫教子。賽麗娜・喬伊自己並沒有這麼做，她只是一味地發表演說，但她把未能身體力行歸因於爲了大眾利益而作出的犧牲。

在那段時間裡，曾有人企圖暗殺她，不巧失手，誤殺了站在她身後的女秘書。還有人曾在她的小車裡放置炸彈，結果炸彈提前爆炸了。雖然也有傳言說車裡的炸彈是她自己放的，爲的是博取同情。當紅人物和轟動事件向來如此，總是被炒得沸沸揚揚。

---

❶賽麗娜・喬伊，原文為 Serena Joy。Serena 發音近似serene（嫻靜的），Joy 意為「快樂」。此名極具諷刺意味，因為現實中的賽麗娜・喬伊既不嫻靜，也不快樂。

盧克和我經常在夜間新聞裡見到她。我們常常穿著浴袍，戴著睡帽，看她披散著頭髮，一副歇斯底里相，淚水肆意橫流。她仍然有這個本領，可以讓眼淚隨心所欲，召之即來。睫毛膏染黑了她的雙頰。那時她妝化得更濃了。我們都覺得她很滑稽。起碼盧克覺得她滑稽。而我只是表面上這麼想。實際上，她有點嚇人。狂熱得嚇人。

如今她不再演說。變得少言寡語。她開始待在家裡，閉門不出。但似乎這種生活方式與她格格不入。既然她信奉自己說的話句句是眞，心中一定爲此鬱積著不知多少惱怒。

她兩眼望著鬱金香，枴杖放在身邊的草地上。她側對著我，這是我從她身邊經過時從眼角飛快的一瞥中見到的。正眼打量絕對不行。這不再是一張毫無瑕疵、剪紙般輪廓清晰的側面，臉頰早已凹陷下去。它使我想起建在地下河上的城鎮、房屋和街道，一夜之間突然陷入泥沼，消失得無影無蹤；或者是突然坍塌，陷進地下礦井的煤城。她在看清未來一切的眞實面目後，身上一定也發生過類似變故。

她頭轉都不轉。她根本不肯以任何方式承認我的存在，儘管明知我就在身旁。我確定她知道，這種時候她就像一種氣味，一種發酸的氣味，就像餿掉的牛奶。

你們要當心的不是丈夫，麗迪亞嬤嬤說，而是那些夫人。你們必須時時準備去揣度她們的感受。她們會對你恨之入骨，這是再自然不過的事。試著設身處地爲她們著想。麗迪亞嬤嬤覺得她就善於替別人著想。試著憐憫她們，諒解她們，因爲她們並非有意如此。說著，她臉上又出現那種乞丐一般低三下四、戰戰兢兢的媚笑，呆滯木訥的眼睛眨巴著，目光朝上，透過圓形鋼邊鏡框，投向教室後面，似乎那兒漆成綠色的石膏天花板正緩緩開啓，上帝正站在珍珠牌香粉堆成的雲端，穿過重重鐵絲網和噴水器向我們走來。你們應該想到，她們都是受挫的女人，無法……

說到這裡，她的聲音戛然而止。這當兒，我聽到一聲嘆息，是我身邊周遭的人共同發出的嘆息。在這種停頓的時候，弄出任何細小聲響或挪動身體都是不合時宜的。雖說麗迪亞嬷嬷看上去入了神，但任何動靜都逃不過她的眼睛。因此，只有嘆息。

未來在你們掌握之中，她重新開口道。她向我們伸出雙手，這種姿勢自古以來就是擁抱或接納對方的表示。在你們掌握之中，她邊說邊瞅著自己的雙手，似乎是那雙手給了她這種啓示。但她那雙手裡什麼也沒有。它們空空如也。相反，倒是我們這雙手被認爲是滿載未來，我們可以把握，卻不能親自領略。

我繞到後門，推門進去，將籃子放在廚房的桌子上。桌子已刷乾淨，不見一點麵粉。剛出爐的麵包在烤架上涼著。廚房裡瀰漫著發酵粉的味道，勾起我縷縷懷舊之情，讓我想起別的廚房，別的屬於我的廚房。那廚房聞起來有母親的味道，雖然我的母親不做麵包。它還發出我的味道，過去的我，那時我也是母親。

這是一個充滿危險的味道，我必須將其拒之門外。

麗塔坐在飯桌邊，正給胡蘿蔔削皮切片。都是些很老的胡蘿蔔，一根根很粗，在冬季儲存過久，長出了長長的鬚根。新鮮的胡蘿蔔粉白脆嫩，還要過幾個星期才能上市。她用的那把刀鋒利鋥亮。我眞想擁有一把這樣的刀。

麗塔放下手中的活，站起來，迫不及待地將籃子裡的東西一包包拿出來。她期待著看我會買回什麼好東西。一打開那些東西，她總是大失所望，我買的東西沒有一件讓她完全滿意的。她總覺得換成她去採購，買的東西準會好得多。她寧願去採購，買她想要的東西。她嫉妒我能出去走動。在這座房子裡，大家相互嫉妒。

「『奶與蜜』店裡賣橘子，」我說，「還剩下一些。」我惠贈禮物似的把這個消息告訴她，希望藉此取悅她。昨天我就看到橘子，但沒告訴麗塔；昨天她脾氣太大了。「你把橘子的代用券給我，明天我買一些回來。」我說著，把雞遞給她。她今天想要牛排，可今天偏偏沒有牛排。

麗塔嘴裡嘟囔著，既沒有表示高興，也沒有表示接受。但她的嘟囔聲似乎在說，在她心情愉快的時候，她會考慮的。她解開綑雞的繩子和釉紙包，戳戳雞身，折折雞翅膀，再把一根手指伸進雞腹腔，掏出內臟。那隻雞只管躺在那兒，缺頭少爪，發抖似的起著一身疙瘩。

「今天是洗澡日。」麗塔說，正眼也不瞧我一眼。

卡拉從後面放著拖把和掃帚的餐具室走進廚房。「有雞呵。」她開心地喊道。

「太瘦了，皮包骨頭，」麗塔說，「不過也只好將就了。」

「可挑的不多。」我說，麗塔不理我。

「我覺得夠大的。」卡拉說。她在爲我說話嗎?我看著她，想看看是否應該報以微笑。不，她關心的只是食物而已。她比麗塔年輕；陽光從西邊窗戶斜斜地照射進來，照在她從中間分開往後梳的頭髮上。她一定在不久前還曾經漂亮過。她的兩隻耳朵各有一個小小的疤痕，酒渦一般，那是先前穿的耳洞，如今已經長平。

「骨架子是夠大的，」麗塔說，「但沒肉。你應該跟他們說說，」她第一次正面衝著我說，「別讓他們把你當普通人看待。」她指的是大主教的地位。但從另一層意思來說，在她的意識中，我就是普通人。她已經六十多歲了，思維早已定型。

她走到水池邊，在水龍頭下隨便沖了沖手，用擦碗布擦乾。擦碗布是白色的，相間著藍色條紋。這件東西倒是和過去一般無二。有時，諸如此類常態無異的東西會像伏兵似的突如其來在我腦海裡閃現。普通平常的東西，時不時猛地踢上一腳似的提醒你。我毫無來由地望著擦碗布，摒住呼吸。對某些人而言，在某些方面，世事並未變得面目全非。

「誰來幫她弄洗澡水？」麗塔沒理我，朝著卡拉問。「我得對付這隻雞。」

「我來，」卡拉說，「等我打掃完後就去。」

「反正你記住就是了。」麗塔說。

她們談論著我，彷彿我什麼也聽不見。對她們而言，我只是眾多家務事中的一件。

我可以走了。我拿起籃子，出了廚房門，順著走廊朝大擺鐘走。起居室的門關著。太陽透過彩色氣窗，在地板上灑下色彩斑斕的光影：紅的，藍的，紫的。我邁入光影中，伸出雙手；手中立時充滿五彩繽紛的光的花朵。我走上樓梯，遠遠地，我的臉呈現在大鏡子裡，蒼白、變形，向外凸出，像一隻被擠壓的眼珠。我沿著暗紅色的窄長地毯，上樓走過長長的過道，往房間走去。

有個人站在過道上靠近我房門的地方。過道光線幽暗，是個男人，背朝著我，正朝背光的屋裡張望。我看清楚了，是大主教，他不該在這裡的。聽到我的聲音，他轉過身，猶豫不決地走上前來。向我走來。他犯規了，我該如何是好？

我停下腳步，他也止步不前，我看不到他的臉孔，但知道他盯著我。他想要什麼？但緊接著他又繼續向前走，低著頭繞過我身旁，走遠了。

有個東西在我眼前顯現，那是什麼？它如同在起伏的山頭上瞬間捕捉到的一面不明國度的旗幟，它或許意味著攻擊，或許意味著和談，或許意味著接近某個邊緣地帶，某片領土。如同動物間相互發出的信號：垂下藍色眼簾，耳朵向後翻，頸背毛豎起。暴露在外的牙齒一閃而過，他究竟以爲他在幹什麼？希望沒有旁人瞧見他。他入侵了嗎？他進我房間了嗎？

我把它稱作我的房間。

第九章

我的房間。看來總會有一些我得稱爲自己的空間，即便在這種時候。

我等候著，在我自己的房間裡，此刻它是一個等待室。上床後它才是臥室。窗簾依然在微風中晃動，室外陽光依然高照，不過已經開始西斜，不再直射進窗子。我力圖如實講述，不加任何編造成分，起碼這個絕對不是故事。

有人過去曾住過這間屋。在我來之前。某個像我一樣的人，或者說我寧願這麼想。這是我住進來三天後發現的。

爲了打發百無聊賴的時光，我決定對這間屋進行一番勘察。就像勘察飯店房間一樣，不慌不忙地，不帶任何會碰上什麼稀奇之事的指望，只是把書桌抽屜和小櫃子門打開又關上，拆開單獨包裝的小肥皂，戳戳枕頭。我還會再有機會住進飯店嗎？我是如何揮霍了那些客房，那種逃脫睽睽眾目的自由啊。租來的放縱。

在許多個下午，當時盧克還在躲著他的妻子，我呢，也還只是他腦中的幻象。那是在我結婚之前，在我真正成爲他妻子之前。我總是先到那裡，開好房間。實際上並沒有那麼多次，可現在回想起來，那段時間就像有十年那麼長，一個世紀那麼長。我還記得當時穿的衣服，每一件襯衣、每一條披巾都記憶猶新。在等待他的過程中，我總是坐臥不寧，在房間裡走來走去，把電視機開了關，關了開，在耳朵後面灑上香水，鴉片牌的。它裝在一個橙紅金黃的中國製的瓶子裡。

我有些緊張。我怎麼知道他是否愛我？也許這只是一樁短暫的戀情。爲什麼我們總喜歡說只是？儘管那時男女可以互相試婚，隨便得很，就像衣服不合適的儘可一扔了之。

門上終於響起敲門聲，我應聲打開，如釋重負的同時滿懷渴望。他是那樣短暫，被壓縮成那麼一點點時間。但同時又似乎無限長久，沒有盡頭。事後，我們會躺在那些午後的床上，手放在對方身上，細細商量解決辦法。什麼可能辦到，什麼不可能辦到。該怎麼辦？我們認爲自己面臨這些問題。我們怎麼知道會不會幸福？

可事到如今，就連那些客房也同樣令我魂牽夢繞。就連牆上掛著的蹩腳的油畫也讓我難以忘懷。有闊葉樹林中落葉繽紛或冰雪消融的風景畫；有身穿古代服裝，長著瓷娃娃臉蛋，裙子後面用撐架撐起，打著陽傘的仕女畫；有眼神悲哀的小丑畫；還有一盤盤水果的靜物畫，看上去生硬呆板，像粉筆畫。清爽乾淨的毛巾隨時準備著被人弄髒，垃圾桶張著大口發出邀請，引誘著被人漫不經心扔掉的垃圾。漫不經心。我在那些房間裡確實顯得漫不經心。我會抓起電話，緊接著預訂的食物便出現在盤子裡。當然，全是些吃了對我毫無好處的東西，我還喝酒。梳妝台的抽屜裡有本《聖經》，是慈善機構放進去的，雖然可能根本不會有人多看上幾眼。還有明信片，上面印著飯店的圖案。人們可以寫上地址，想寄給誰就寄給誰。這在現在簡直完全沒有可能，就像是天方夜譚一般。

我就這麼察看著這個房間，不慌不忙地，像在飯店客房裡一樣，有意略過一些東西。我不想一次完成，有意拖上一些時間。我在頭腦裡把房間分成幾塊，讓自己一天察看一塊。而這一塊我會看得仔仔細細，不放過絲毫細枝末節：包括牆紙底下凹凸不平的石膏；踢腳板和窗台油漆下的刮痕；還有床墊上的點點污漬，我連毯子和床單都翻起來了，一點點捲著察看，這樣萬一有人來時，很快就能恢復原樣。

床墊上的污漬，彷彿風乾的花瓣。不是新近弄上去的。過去的愛；如今這屋裡再沒有其他種的愛了。

我望著污漬，它由兩個如今也許已歲登耄耋或早已不在人世的人遺留下來，見證著他們之間發生的一切，愛情或類似愛情的東西，至少是欲望，起碼有相互觸摸。我把床整理好，躺了下來。望著天花板上有眼無珠的石膏眼睛，我渴望著盧克躺在身邊的感覺。舊日的回憶不斷侵襲著我，像使人眩暈的海浪衝擊我的腦海。有時簡直不堪忍受。我思忖著：該怎麼辦？該怎麼辦？無計可施，無法可想。恭順站立等待的人同樣也在侍奉上帝。或是躺著等待的人。我終於明白窗玻璃爲什麼是防震的，吊燈又爲什麼被拿掉。我渴望盧克躺在我身邊，可這裡根本沒有他的容身之處。

我把小櫥櫃一直留到第三天。我先是裡裡外外、仔仔細細地察看櫥門，接著是有銅鉤的櫥壁——他們怎麼竟忽略了這些鉤子？爲何沒有拆掉它們？離櫃底太近嗎？有了這些鉤子，只需一隻襪子便足以解決問題。還有掛著塑膠衣架的木桿，衣架上滿是我的裙子，還有天冷時用的紅色羊毛披風和圍巾。我跪下仔細察看櫥櫃底部，有了，在昏暗的角落裡，有一行小字，似乎剛寫上去不久，用針或指甲刻劃出來。

這行小字的全文是：*Nolite te bastardes carborundorum*。

我不明白那是什麼意思，甚至不知道它是哪種語言。我猜想是拉丁文，但我對拉丁文一竅不通。不管怎麼說，它傳達著某種信息，而且是文字信息，這本身就大逆不道，更何況尚未被人發現。除了我，這行字就是寫給我看的。寫給後來者看的。

思索這行文字令我快樂。想到我正與她，與那個不知名的女人默默交流同樣令我快樂。因爲我不知道她是誰，即使知道，也從未有人向我提起。她這條忌諱之語費盡周折，終於能夠傳達給至少另一個人，那煞費苦心地顯現在我櫥壁上的訊息，終於被我開啓閱讀，想到這一點，更是令我快樂。有時我會自言自語地複述那些字眼。它們給我一種小小的愉悅。我想像著寫字女人的模樣，想她應該與我差不多的年紀，或許更年輕些。我把她幻化成莫伊拉的模樣，大學時代的莫伊拉。當時她住在我隔壁：古靈精怪，無憂無慮，健壯敏捷。常騎一輛自行車，揹一個遠足用的背包。我心想，她一定還長著雀斑，冒失無禮，足智多謀。

我眞想知道她是誰，不管是死是活，後來又怎麼樣了。

我曾向麗塔試探過，就在我發現那行小字當天。

原先待在那個房間裡的女人是誰？在我之前的那個？假如我換一種問法，假如我問，在我之前那個房間住了什麼女人嗎？我可能毫無所獲。

哪一個？她反問道；聽起來不情不願、疑心重重。不過話又說回來，她和我說話哪一次不是這種口氣？

這麼說，還不只一個。她們沒有待滿服務兩年的期限。她們被打發走了，因爲這樣或那樣的原因。或者根本不是被打發走，而是消失了？

很活潑的那個。我胡亂猜測道。長著雀斑的那個。

你認識她？麗塔問，口氣越發懷疑。

過去認識，我扯了個謊。我聽說她在這兒。

麗塔相信了這個說法。她知道一定有什麼傳播小道消息的渠道，某種地下團體之類的組織。

她沒能熬出來，她說。

怎麼說？我問，盡量使語氣不帶任何感情色彩。

麗塔卻再也不肯張嘴了。我在這兒就像是個孩子，有些事得瞞著我。不知者不受其害，她肯說的只有這句話。

第十章

有時我會在心裡自哼自唱一些長老教會的唱詩，它們曲調哀婉憂鬱，淒楚傷感：

法力神奇的禱告，那聲音何其美妙，
將我等可憐人拯救，
曾經迷途的靈魂，如今重被找到，
備受束縛的人兒，如今重獲自由。

我不知道歌詞是否準確。我記不清了。這種歌在公開場合已無人哼唱，特別是含有自由這種字眼的曲子。這種歌被認爲太危險。它們屬於異教派別。

親愛的，我好寂寞，
親愛的，我好寂寞，
我寂寞難耐生不如死。

這也是禁歌。我是從母親的一個舊卡帶上聽來的。當然，她還有一架可以放這類東西的機器，聲音刺耳，時好時壞。朋友來時，她常常放帶子給她們聽，邊聽邊喝酒。

我不常這樣哼歌，會使我喉嚨痛。

這座房子裡不常聽到音樂，只有在電視上能聽到一些。有時麗塔揉麵或削蔬菜皮時會哼些無字歌，音調平平，深不可測。有時從前起居室會隱約傳來賽麗娜的歌聲，是從很早以前製造的電唱機放出來的。音量調得很低，這樣不易被人發覺。她邊聽邊坐著織毛線，回憶著從前曾經有過，如今卻殘缺不全的昔日輝煌：哈利路亞，感謝上帝。

在這種季節，今天算是很暖和了。這類房子由於隔熱不良，在烈日下很快就變得悶熱難當。雖然透過窗簾，不乏少許氣流和微風進出，但我周圍的空氣卻是停滯的。我眞希望能把窗戶完全打開。很快就會准許我們換夏裝了。

我們的夏裝沒有摺起來，而是掛在衣櫥裡。兩件，純棉的，比起質地價廉的化纖織物要舒服得多。儘管如此，在七八月份悶熱的天氣裡，穿上它們身上還是會大汗淋漓。這樣也好，麗迪亞嬷嬷說，不用擔心皮膚曬黑。過去那些女人簡直讓自己丟盡了醜。把自己曬得像鐵叉上的烤肉一樣滋滋冒油，在眾目睽睽的大街上袒肩露背，腳上連襪子都不穿，難怪會經常發生那種事。那種事，每當說到令人生厭、淫穢下流、可怕又難於啓齒的事情時，她就會使用這個字眼。對她而言，成功的人生要避免那種事，杜絕那種事。那種事不會發生在良家婦女身上，它對面容沒有好處，沒有任何好處，會使你皺得像乾癟的蘋果。可是我們不該關心自己的面容，這點她倒忘了。

在公園裡，麗迪亞嬤嬤說，有時會見到男人和女人光天化日之下捲著毯子，睡在一起。說到這裡，她就這麼當著我們的面，在眾目睽睽之下痛哭流涕起來。

我正全力以赴，她說，盡量使你們得到最好的機會。她眨了眨眼睛，光線對她而言太強烈了，嘴唇在門牙前顫抖著，那些牙齒有點向外暴突，又長又黃，令我想起過去常在家門前發現的死老鼠。當時我們一家三口住在一起，加上貓是四口，那些老鼠的祭品就是牠的傑作。

麗迪亞嬤嬤把手壓在她那張死老鼠似的嘴唇上。過了一會兒，她拿開手。她的舉動勾起我的回憶，使我不由得也想放聲大哭。但願牠別這樣把身子先吃了一半，我對盧克說。

別以爲這件事對我就輕而易舉，麗迪亞嬤嬤說。

莫伊拉一陣風似的跑進我房間，把斜紋粗棉上衣扔到地上。有菸嗎，她問。

在手提袋裡，我應道。但沒火柴。

莫伊拉在我的手提袋裡亂翻一氣。你該把這些垃圾扔掉些，她說。我準備搞一個妓女服飾聚會。

一個什麼？我問。想繼續幹正事，沒門。莫伊拉不會放過你的。她就像一隻貓，在你想看書的時候，就爬到你的書上去。

你知道，就像塔帕用品❶聚會。不過我只推銷內衣，全是妓女們穿的貨色。比如帶花邊的內褲啊，按

❶塔帕用品(Tupperware)，如食品容器、水壺、肥皂盒等，只在家庭主婦舉辦的聚會上進行推銷。

扣式吊襪帶啊，還有把奶子托起來的胸罩。她終於找到我的打火機，點燃從我手提袋裡找出的香菸。要一根嗎？她慷慨大方地把我的菸整包扔給我。

多謝了，我酸溜溜地說。你瘋了，怎麼想出來的念頭？

半工半讀啊，莫伊拉應道。我有各種關係，媽媽的朋友。這在城郊住宅區很流行的。那些女人一旦有了老人斑，便開始費盡心思打扮自己，欲與光陰試比高。可以把它稱作色情交易會，或隨便什麼名字。

我大笑起來。她總是讓我開心。

可是，在這兒嗎？我問。誰會來呢？誰又會需要它呢？

小姑娘，我要讓你開開眼界，她說。我敢保證一定精彩不得了。我們會笑得尿褲子的。

我們那時就是這樣生活的嗎？可是，我們一向都是這麼過的。人人如此，大多數時間都是這麼過的。一切都一如既往地進行著，即便現在也一樣。

我們生活著，一如既往，視而不見。視而不見不同於無知，你得勞神費力才能做到視而不見。

一切都不是瞬間改變的：就像躺在逐漸加熱的浴缸裡，你就是被煮死了也不會察覺。當然，報紙上不乏各種報導，水溝裡或樹林中的屍體，被大頭棒連擊致死、碎屍，或像從前常說的遭到姦污。但那些報導說的是別的女人，幹這種事的男人也是別的男人。那些男人沒有一個是我們認識的。報導上的消息對於我們來說就像一場場夢，別人做的噩夢。多可怕呀，我們會說。它們確實可怕，但可怕的同時又覺得難以置信。它們過於聳人聽聞，它們帶有一種與我們生活迥然不同的特性。

我們不是新聞人物，我們生活在印刷字體邊上無字的空白裡。這個空間給予我們更多的自由。

我們生活在各種報導之間的空白裡。

從樓下車道上傳來小汽車發動的聲音。這一帶十分安靜，車流稀少，稍有一點大動靜便清晰可聞：比如汽車馬達聲，割草機聲，修剪樹籬聲和重重的關門聲。倘若有人喊叫或開槍，可以聽得一清二楚，假如眞有這種聲音的話。有時還可以聽到遠處傳來的警報聲。

我走到窗前，坐在窗座上。地方太窄，很不舒服。上面有塊硬硬的小坐墊，斜針繡的套子上繡著「信仰」一字，是方形字體，旁邊簇擁著百合花環。字是藍色的，已經褪色，百合花葉呈暗綠色。這塊坐墊在別處使用過，已經舊了，但又沒到一棄了之的地步。只是差不多已被人遺忘了。

我可以幾分鐘，幾十分鐘地把「信仰」這個字看了又看。這是他們給我閱讀的唯一文字。這個舉動假如被人看到，會有什麼後果嗎？墊子可不是我放在這兒的。

車子拐了個彎，我探向前去，把白色窗簾拉到眼前，像面紗一樣。窗簾是半透明的，可以透過去看。我要是把前額頂在玻璃上往下看的話，可以看到「旋風」車的後半部。什麼人影也沒有，可再看下去，便見到尼克走到後車門，把門打開，然後筆直地站在一旁。他的帽子現在是戴正的了，袖子也放了下來，扣得整整齊齊。因爲我是從上往下看，所以看不清他的臉。

這時，大主教走了出來。我只瞄到他一眼，縮短的身影，正朝車子走去。他沒戴帽子，可見他要去參加的不是正式場合的活動。他的頭髮灰白。若想表示善意的話，稱之爲銀白也未嘗不可。可我不想表示善意。在他之前的那個大主教是個禿子，所以我認爲他已經算有所改觀了。

假如我可以往窗外吐口水或扔東西，比如坐墊什麼的，我可以準確無誤地擊中他。

莫伊拉和我拿著裝滿水的紙袋，也就是所謂的水炸彈。倚在宿舍的窗戶旁，將它們投到樓下的男生頭上。這是莫伊拉的主意。你知道剛才他們想幹什麼？想順著梯子爬上來，拿東西。拿我們的內衣。

那棟宿舍樓從前是男女混住的。我們那層樓有個洗手間裡還保留著男用便池。但我到那所大學的時候，他們又把男女生分開了。

大主教彎腰進了車子，看不見了，尼克關上車門。過了一會兒，汽車向後倒了幾步，沿著車道，駛上大街，消失在樹籬的後頭。

我本應對這個人產生厭惡之情。我知道我應該有這種感覺，但我眞正感覺到的並非厭惡。我的感覺比這個複雜得多。我不知道用什麼來稱呼這種感覺；但絕不是愛。

第十一章

昨天上午我去看醫生。由一名衛士帶領，這是一名戴著紅臂章的專職衛士。我們坐在一輛紅色轎車裡，他在前，我在後。沒有女伴陪同；在這種場合，我總是孤身一人。

每個月我都要被帶到醫生那裡做一次檢查：尿液、內分泌、抹片、血液。這些都和從前一樣，只是現在已成爲一項強制性義務。

醫生辦公室設在一幢現代化的辦公大樓裡。我們乘電梯上去，衛士面朝著我，一言不發。從電梯牆上黑色的鏡子裡，我可以望見他的後腦勺。到了辦公室，我走進去，他則在外面的大廳裡，與其他衛士坐在專爲他們準備的椅子上等候。

在候診室裡還有別的婦女，三個，都穿著紅裙子。這位醫生是個專家。我們悄悄打量彼此，用目光丈量對方的肚子：可有哪位是幸運兒？護士往電腦裡輸入我們的姓名和通行證編號，以確認我們的身分。這位男護士有六英尺高，四十歲左右，一道斜疤橫穿臉頰。他坐著打字輸入，一雙手在鍵盤上大得出奇。肩背式手槍皮套裡插著槍。

叫到我了，我穿過門進了裡面的房間。這個房間和外面的一樣，白色，毫無特徵。唯一的不同是多了一個可以摺疊的屏風，也就是一塊繃在架子上的紅布，上面印著一隻金色眼睛，其正下方是一把雙蛇劍，看上去像個把手。蛇與劍是昔日遺留下來的破碎象徵物。

在小小的洗手間裡把已經準備好的小小的驗尿杯灌滿後，我在屏風後面脫去了衣服，疊好放在椅子上。隨後一絲不掛地在檢查台上躺了下來，下面墊著一張冷冰冰、噼啪作響的拋棄式紙墊。我用第二張東西，一張床單，蓋上身體。另外還有一張床單從天花板上垂掛下來，擋在我脖子前，使醫生看不到我的臉。他擺弄的只是一具軀幹。

一切準備妥當之後，我伸出手，將桌子右邊一個小桿向外拉。鈴聲會在某處響起，當然，我是聽不見的。過了一會兒，門開了，傳來腳步聲和呼吸聲。除非絕對必要，醫生是不應跟我說話的。可是，這位醫生卻話多得很。

「近來如何?」他問。很像從前常聽到的日常問話。床單從我身上拿開，一陣風吹來，我起了一身雞皮疙瘩。一根戴著橡膠套、塗了膠狀物的冷冰冰的手指頭滑進我的身體，在裡面戳戳捅捅的。然後手指縮了回去，又伸進來，又縮回去。

「沒什麼毛病。」醫生說，自言自語似的。「疼嗎?寶貝兒。」他稱我寶貝兒。

「不疼。」我回答。

我的兩只乳房被依次揉捏著，看是豐盈起來還是癟了下去。呼吸聲更近了，我聞到昔日熟悉的菸味，剃鬚後搽的古龍水味，還有頭髮上的菸草粉末味。隨後一個十分柔和的聲音在我頭部附近響起：是他，頭頂著我脖子前的床單。

「我可以幫你。」他小聲耳語道。

「什麼？」我問。

「噓，」他說，「我可以幫你。我曾經幫過其他人。」

「幫我？」我的聲音和他一樣低，「怎麼幫？」他知道些什麼？他見過盧克嗎？他發現了什麼？他能使昔日再現嗎？

「你以爲呢？」他問。嗓音仍是低低的。是他的手滑上了我的腿嗎？他已經脫掉了手套。只聽他說：「門是關著的，沒有人會進來。他們永遠不會知道孩子不是他的。」

他提起床單，這張臉的下半部照例戴著白紗布口罩。兩隻褐色眼睛，一隻鼻子，一個長著褐色頭髮的腦袋。他的手放在我兩腿之間。「那些老頭子大多要麼根本做不了這事，」他說，「要麼根本不育。」

我差點喘不過氣來：他使用了一個忌諱的字眼。不育。如今在公開場合根本不再有患不育症的男人之說。只有豐產多育的女人和貧瘠不育的女人之分。這是法律。

「很多女人都這麼做，」他繼續道，「你想要個孩子，不是嗎？」

「是的。」我說。那是事實，我不想問爲什麼，因爲我知道答案。你給我孩子，不然我就去死。這句話的含義遠遠不只一種。

「你正處在易受孕期，」他說，「正是時機。今天或明天都可以。幹嘛讓機會白白浪費掉呢？只要一下子就好了，寶貝兒。」他過去曾這麼稱呼他妻子，也許現在還是這麼稱呼。但是，事實上那只是個通稱而已。我們全是寶貝兒。

我猶豫不決。他居然自甘冒險，主動把自己給我，爲我服務。

「我討厭看到他們讓你受苦。」他喃喃地說。這是出自眞心，出自眞心的同情。但與此同時，顯然他也樂於此道。同情加上其他。他的雙眼因爲憐憫而濕潤，雙手緊張而又急不可待地在我身上移動著。

「太危險了，」我說，「不行，我不能做。」如果被當場捉住，懲罰將是死刑，但必須有兩個目擊證人。這種可能性有多大？病房裡裝了竊聽器了嗎？有人在門外等著甕中捉鱉嗎？

他的手停了下來。「好好考慮一下，」他說，「我看過你的體溫紀錄表。你沒剩多少時間了，可它事關你的性命。」

「謝謝。」我說。我必須給他留下一個印象：我沒有生氣，他的建議我樂意聽從。他幾乎是懶懶地依依不捨地把手拿開。就他而言，那不會是他最後一句話。他可以在檢查結果報告單上弄虛作假，說我得了癌症，不育症，讓我和其他壞女人一道被送往隔離營。雖然這種事尙未聽說過，但當他拍拍我的大腿，重又消失在垂掛著的床單後面時，我便知道他有這種權力。這個想法瀰漫在空氣中。

「下個月再來。」他說。

我在屛風後面重又穿上衣服，雙手發抖。我何故怕成這樣？我並沒有越界越軌，沒有輕信於人，也沒有冒什麼風險，一切太平。令我恐懼的是面臨抉擇。一條出路，一個得到拯救的途徑。

第十二章

浴室在臥室隔壁。貼著小小的藍色勿忘我花壁紙，與窗簾相配。裡面還有一塊藍色的防滑墊，一塊仿皮便盆座套。與從前相比，這間浴室缺少一只布娃娃，沒有小小的裙子用來遮蓋備用衛生紙卷。除此之外，水槽上方的鏡子已被拆掉，換上一塊長方形的鍍錫鐵板；再就是門沒有上鎖，當然更沒有剃鬚刀。開始時，浴室裡曾發生過幾次意外事故，比如割腕、自溺什麼的。那是在他們把所有可能引起麻煩的東西徹底清除之前。卡拉坐在外面大廳裡的一把椅子上守著，以防有人擅自闖入。浴室裡，浴缸裡，都是你們容易受傷的地方，麗迪亞嬤嬤說。她沒有說被什麼所傷。

洗澡是規定，但同時也是奢侈的享受。單單是取下沉重的白色雙翼頭巾和面紗，單單是能夠用手觸摸一下自己的頭髮，就是一種難得的奢侈。我的頭髮現在已經很長了，一直沒有修剪。頭髮必須要長，但必須遮蓋住。麗迪亞嬤嬤說：聖保羅說過，要麼留長，要麼剃光❶。她笑起來，又是她那種硬憋住的嘶笑聲，似乎她剛才說的不過是個笑話。

卡拉放好的洗澡水，此刻正像一碗湯似的熱氣騰騰。我接著脫衣服：外衣、白色內衣和襯裙、紅襪

---

❶《聖經．哥林多書》前書十一章第六節有這樣一段話：如果女人不加遮蓋，就讓她剃光頭髮，倘若女人覺得光頭羞恥，就必須加以遮蓋。

子和寬鬆內長褲。莫伊拉常說，穿褲襪會爛胯下。麗迪亞嬷嬷是決不會使用爛胯下這類詞的。她會用不衛生這個詞。她希望所有的一切都衛生清潔。

我已經開始對自己的裸身感到陌生。我的身體似乎已陳舊過時。我眞的曾穿著泳衣在沙灘上呆過嗎？千眞萬確，毫無顧忌，就在男人們中間，一點也不在意我的兩腿、雙臂、大腿和後背袒露無遺，完全暴露在眾目之下。不知羞恥，厚顏下作。我避免往下看自己的身體，並非因爲覺得它不知羞恥或厚顏下作，而是因爲我不想看。我不想看如此完全徹底地影響決定我自身的東西。

我跨入水中，躺了下來，任由水托著我。水像手一樣柔和。我閉上眼睛，猛然間，沒有任何先兆地，女兒一下出現在我面前。一定是香皂味道的作用。我把臉貼在她脖子後面細軟的頭髮上，呼吸著她的氣息。她身上散發著嬰兒爽身粉、嬰兒洗浴後的肌膚以及洗髮精的味道，夾雜著淡淡的、若有若無的尿味。我在洗澡時眼前出現的她就是這麼大。她每次回到我身邊，年齡都不相同，因此我知道她確實不是鬼魂。假如她是鬼魂，一定是停留在一個歲數上的。

有一天，當時她才十一個月大，剛要開始學走路的時候，一個女人把她從超市的手推車上偷偷抱走。那天是星期六，由於盧克和我都是上班族，兩人照例趁周末在超市採購一星期的食品。她正坐在當時超市手推車上的嬰兒座上。她開心得很，我轉身去挑食品，我想當時是在貓食櫃吧；而盧克則在另一頭的肉食櫃前，那會兒已看不見他了。他喜歡挑選一週要吃的肉類。他說男人比女人需要更多的肉食，並說這不是迷信，也不是因爲他這人古怪，這是經過專門研究的。男女有別，他說。他老喜歡這麼說，好像我要證明男女無異似的。通常他愛當我母親的面說這種話。他喜歡逗她開心。

我聽到女兒哭起來。忙轉過身，見她正消失在走道那頭，一個我從未見過的女人抱著她，我立刻尖叫起來。那個女人被抓住了。她約有三十五歲，哭著嚷著說這是她的孩子，上帝賜予她的，上帝已經向她顯了靈。我爲她感到惋惜。超市經理向我們道了歉，並扣住她，等警察來處理。

「她瘋了。」盧克說。

那時我想，這只是個偶發事件。

她消失了，我無法將她留住，無法將她留在我身邊。她走了。也許我確實把她當做一個鬼魂，一個五歲時就已死去的小姑娘的鬼魂。我記得我們曾有過的合影，我抱著她，典型的母女照，照片被拴緊在鏡框裡，妥善保存。在我閉上的眼睛後面，我可以看到自己，就是現在這個模樣，坐在打開的抽屜旁，或者是地下室裡的一口皮箱旁，裡面有摺好藏起的嬰兒衣物和一綹放在信封裡的頭髮，是她兩歲時剪的，淺褐色。後來髮色漸漸變深了。

我再也沒有那些東西了，那些衣服和頭髮。我不知道我們的所有東西都到哪裡去了。被搶劫了，扔掉了，還是被拿走了。或是被沒收了。

我已經學會離開許多東西照常生活。假如你們擁有眾多財物，麗迪亞嬤嬤說，就會過分依賴物質世界，而忘記精神價值。你們必須培養虛心。溫順的人有福了❷。她沒有繼續喋喋不休接下去說繼承大地之

❷《聖經・馬太福音》，耶穌登山訓眾論福，其中有「虛心的人有福了」和「溫順的人有福了」等言。

類的話。

我躺著，任水拍打著我，身旁是個並不存在的開啓的抽屜，心中思念著那個並未在五歲時死去的小女孩，我希望她確實還活在世上，即使不是爲我而存在。我是爲她而存在的嗎？我是否是她內心深處黑暗之中的一張照片？

他們一定已告訴她我死了。他們必然會如此做。他們會說這樣會使她更容易適應。

八歲，她現在該有這麼大了。我已經填補上流走的那段時間，我知道究竟流走了多少時間。他們是對的，權當她死了是要容易得多。我不必苦苦盼望，不必做無謂的努力，何必用頭撞牆呢？麗迪亞嬤嬤說。有時她會用圖解的方式來解釋事物。

「我可沒有整整一天的時間陪你。」門外傳來卡拉的聲音。她說的沒錯，她從未得到過任何完整的東西。我不該剝奪她的時間。我抹上肥皂，用刷子和浮石磨掉死皮。這一類清教徒常用的清潔用具還是有供應的。我希望全身能夠徹底潔淨，一塵不染，沒有一絲細菌，就像月球的表面一樣。但今晚不能洗澡，再晚一點也不行，整整一天都不能洗。據說那樣會干擾受孕，何苦冒險呢？

此刻，我無法視而不見腳踝上小小的刺花紋。那是四個數字和一隻眼睛，通行證上是倒過來的，一隻眼睛和四個數字。據說這能保證我永保青春，永遠不會枯萎凋零，化作大地上另一道風景。我是太重要太稀罕了，不能讓我枯萎凋零。我是國有資源。

我拔掉塞子，擦乾身子，穿上紅色的毛巾布浴袍。剛才換下的衣服就放在原地，讓卡拉去洗。回到房間，我重新穿衣。白色頭巾晚上不必戴，因爲我不用再出門。這座房子裡的每個人都知道我長得什麼樣，但我還是放下紅色面紗，蓋住濕淋淋的頭髮和沒有修剪的頭。我是在哪兒看到那部電影的？那些婦女跪在城裡的廣場上，雙手捧著頭，頭髮雜亂地一綹綹披散著。她們究竟做了什麼？那一定是發生在很久以前的事了。因爲我什麼也記不起來了。

卡拉爲我送來蓋著放在盤子裡的晚餐。進門前，她敲了敲門。我喜歡她這麼做。這個舉動表明在她心目中，我還保留一些過去人們稱之爲隱私的東西。

「謝謝。」我從她手中接過盤子。而她也確實對我笑了笑，但隨即便一言不發地轉身走了。每逢我倆單獨相處時，她總是有點怕我。

我把盤子放在一張白漆小桌上，把椅子拉過來。掀開蓋子，裡面是一塊煮得過熟的雞腿，但總比帶血的好，那是麗塔的另一種做法。她總有辦法讓人感受她的不滿。除此之外，還有一些烤土豆，一些青豆和沙拉。甜點是罐頭梨子。都是營養極好的食物，雖然沒什麼味道。健康食品。你們得補充維他命和礦物質，麗迪亞嬤嬤忸怩作態地說。你們得成爲一個有用的容器。不喝咖啡和茶，滴酒不沾。這是經過專門研究的。盤子上還有一塊類似自助餐館提供的紙巾。

我想到其他人，那些吃不起這些東西的人。這裡是心臟地帶，我在此過著富足的生活，願上帝讓我們心懷眞誠的感激之情，麗迪亞嬤嬤說，或者她說的是感謝之情？我開始吃盤子裡的東西。今晚我不餓。胃裡不舒服。但是沒有其他地方可以放這些食物，屋裡沒有盆栽植物，又不敢倒到廁所裡。不爲其他，就因爲我太神經緊張。我可以把它留在碟子裡，讓卡拉不要報告嗎？我咀嚼著，吞下去，又咀嚼著，再吞下去，吃得汗都出來了。在我的胃裡，食物聚成一粒球，一團濕乎乎擠在一塊兒的硬紙片。

在樓下的餐廳裡，那張紅木大餐桌上會點起蠟燭，上面有白色的桌布、銀器和盛滿酒的酒杯。那裡會響起刀子和瓷器相碰的清脆聲響，以及她放下叉子時的叮噹聲，伴著難以察覺的一聲嘆息。她面前碟子裡剩下一半的食物碰都沒碰。也許她會說沒有胃口。也許她什麼也不說。假如她說話了，他會說什麼嗎？假如她什麼也沒說，他會注意到嗎？我不知道她如何使自己引起注意。我想那一定很難辦到。

碟子旁邊有塊奶油。我撕下紙巾的一角，將奶油包起來，拿到小櫃子邊，像曾經做過的那樣，塞進另外一雙鞋的右腳尖裡。我把剩下的紙巾揉皺，想必沒有人會吃飽了撐的把它攤開，檢查是不是少了什麼。我將等到夜深人靜時使用這塊奶油。今晚是絕不能帶奶油味的。

我等待著。盡量理清思緒，讓自己安定下來。我自身就是此刻我必須整理清楚的東西，恰如整理一篇演講稿。我必須呈上的是人爲的我，而不是本來的我。

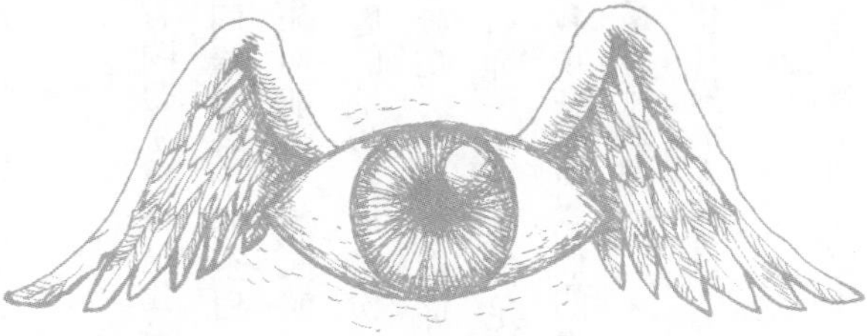

5.
午休

第十三章

時有閑暇。這可是我先前毫無準備、措手不及的一件事——無所事事的大把時間，毫無內容的大段空白。如同錄音帶上的空白。眞希望我能刺繡。編東西，織毛線活，總之，用手做些事。我渴望有菸抽。我回想起從前步入美術館、穿行在十九世紀的情景：當時的藝術家對伊斯蘭國家後宮嬪妃簡直癡迷到了走火入魔的地步。後宮粉黛的畫像足有幾十幅：慵懶地靠在沙發上的豐腴女人，頭上戴著纏頭巾式女帽或天鵝絨帽，女僕替她搖著孔雀羽毛扇。背景中總少不了一名守在一旁的太監。對這些久坐不動的軀體的各種研究，由從未涉足那塊土地的男人們訴諸畫筆。這些畫像一直被當做色情畫，我那時也這麼認爲；但我現在明白它們的眞正內涵了。這些畫表現的是假死狀態；是等待，是閑置不用的物體。這些畫表現的是百無聊賴。

但也許對男人而言，女人們的百無聊賴同樣撩人。

我等待著，刷洗乾淨，吃飽喝足，活像一隻特級肉豬。在二十世紀八十年代的某個時候，爲人工養殖養豬發明了專門的遊戲球。那是一些彩色的大皮球，讓豬用蹄子踢來踢去。據豬肉經銷商反映，這一活動改善了豬的肌肉張力；豬也有好奇心，牠們也喜歡動點腦筋。

這段文字我是在《心理學入門》這本書上讀到的，另外還有關於籠中鼠的章節，牠們爲了找點事幹，竟不惜電擊自己。還有一章談到鴿子，人們訓練牠們學會啄擊按鍵，讓玉米粒跳出來。這些鴿子分爲三組：第一組每啄一下得到一粒玉米，第二組每啄兩下得到一粒玉米，第三組無定規。當馴鴿人中斷玉米供應時，第一組很快便放棄了。第二組過了一小會兒也放棄了。唯有第三組堅持不懈，始終不肯放棄。牠們寧願啄到死也不肯放棄。有誰知道是什麼原因嗎？

我希望我也有只給豬玩耍的彩球。

我躺在織毯上。你們要堅持練習，麗迪亞嬷嬷說。一天數次，融合到日常生活中去。雙臂放在兩側，彎膝，抬高骨盆，脊柱彎起，成摺疊姿勢。再來。吸氣，保持不動，數到五秒。呼氣。我們在過去上家政課的教室裡做這個運動，那裡原有的縫紉機和洗衣烘乾兩用機如今早已全無蹤影。我們一起躺在小小的日式墊子上，錄音帶裡放著根據蕭邦樂曲改編的芭蕾舞曲《仙女》(Les Sylphides)。此刻我腦海裡聽到的就是這個曲子，邊聽邊隨之抬高、傾側、呼吸。在我緊閉的雙目後面，身材苗條的白衣舞者在樹林中翩翩起舞，她們輕快拍動著雙腿，恰似被捉的鳥兒撲打雙翅。

下午我們在體操館裡各自的床上躺一小時，三點到四點。嬷嬷們說這段時間是休息和默念的時間。當時在我看來，是因爲她們也想從訓練中暫時解脫。我知道那些下了班的嬷嬷們會到教師休息室喝咖啡，或隨便什麼冠以咖啡之名的東西。但現在我們明白了，休息也是一種訓練。她們是在給我們機會習慣無事可幹的空閒時間。

打個盹，麗迪亞嬤嬤這麼叫它，用她慣有的忸怩口氣。

奇怪的是我們竟都需要這麼休息一下。多數人睡著了。在感化中心我們常覺得累。我想我們是服了什麼藥，放在食物裡，讓我們情緒穩定。但也有可能不是這樣。也許是因爲那地方本身。在最初的驚愕過後，在你不得已屈服之後，昏睡倦怠是上上之策。你盡可以對自己說這是在養精蓄銳。

莫伊拉進來時，我在那裡想必已經三星期了。她被兩個嬤嬤帶進來，用慣常的方式，當時我們正在午休。她仍穿著自己的衣服，牛仔褲，藍襯衫——頭髮短短的，一如既往地公然標新立異，抗拒潮流——因此我一眼就認出她。她也看到我，但隨即把目光掉開，她已學會怎麼做才比較安全。她左邊臉頰上有一塊青腫，正在變紫。嬤嬤們將她帶到一張空床邊，上面已放著紅裙。在一片沉默中，她脫去衣服，再穿上紅裙。嬤嬤們站在床尾，我們大家則從閉著的眼縫中偷望。她彎腰時，我看見她脊柱上的骨節。

一連幾天我們都沒能搭上話，只是短促地對望上幾眼，淺嘗即止。我們都明白，友情會招人疑心，因此在餐廳排隊吃飯或下課在走廊上時，兩人盡量回避對方。一直到第四天，她終於在大家沿著足球場散步時，走在我的旁邊。白色雙翼頭巾要到畢業時才發，當時的我們只戴著面紗，因此交談不成問題，只要把聲音壓低，不看對方就行。嬤嬤們走在隊首和隊尾，唯一的危險來自其他同伴。其中不乏眞正的信徒，很難說她們不會打小報告。

簡直是個瘋人院，莫伊拉說。

眞高興見到你，我說。

哪裡方便說話?莫依拉問。

洗手間,我說。看好時間。最後一間。二點半。

我們的對話就這麼幾句。

莫伊拉的到來令我備感安全。我們只要舉手示意便可上洗手間,雖然一天裡去的次數有限制,每去一次都有紀錄。我望著掛在教室前面綠色黑板上方的圓形電子鐘。二點半時我們正在上懺悔課。由於這門課意義重大,海倫娜嬤嬤和麗迪亞嬤嬤兩人都在場。海倫娜嬤嬤很胖,曾經擔任過愛荷華瘦身會(Weight Watcher)會長。她擅長懺悔。

正在說話的是珍妮,她懺悔了十四歲時遭人輪姦和流產一次的經歷。上星期她說的也是同樣的內容。講述時她幾乎有些沾沾自喜,很可能根本是子虛烏有。上懺悔課時,與其沒什麼可懺悔,倒不如編造些東西出來。但因爲是珍妮,想必多少還有幾分眞實。

大家來說說,這是誰的錯?海倫娜嬤嬤問,舉起一根胖胖的手指。

她的錯,她的錯,她的錯,我們異口同聲地反覆高喊。

是誰引誘他們的?海倫娜嬤嬤滿意地微笑著。

是她,是她,是她。

上帝爲什麼會允許這種事發生?

爲了教訓她,爲了教訓她,爲了教訓她。

上星期,珍妮被整得痛哭流涕。海倫娜嬤嬤讓她跪在教室前面,雙手背在身後,一覽無遺地暴露在我們面前：紅紅的臉，流著鼻涕。金黃色的頭髮毫無光澤，眼睫毛淡得幾乎看不見，就像經歷過火災一樣，眼睫毛全燎光了，燒傷的眼睛。她那副樣子令人生厭：委瑣軟弱，侷促不安，皮膚上到處是粉紅色的斑痕，活像一隻剛降生的老鼠。我們誰也不願長得像她那樣，死都不願。有那麼一陣子，即便我們都知道她正在受罪，還是忍不住對她嗤之以鼻。

愛哭鬼。愛哭鬼。愛哭鬼。

我們是有意的，這就更惡劣。

我過去一直認爲自己是個好人，但那時我不是。

那是上星期的事。這個星期珍妮沒有坐等我們譏笑。是我的錯，她先開了口。是我自己的錯。是我引誘他們的。我罪有應得。

很好，珍妮，麗迪亞嬤嬤說。你爲大家作出了榜樣。

我必須等到這一切結束後再舉手示意。有時，在不恰當的時間舉手會遭到拒絕。假如當時你眞的很急可就麻煩了。昨天德羅拉絲尿濕了地板，兩個嬤嬤一人挾著一邊將她拖了出去。下午散步時不見她的身影，夜裡才回到自己床上。通宵我們都聽到她斷續的呻吟聲。

她們到底把她怎麼了？我們低聲詢問，從一張床到另一張床。

不知道。

一無所知使事情變得更糟。

我舉起手，麗迪亞嬤嬤點點頭。我起身朝走廊外走去，盡量不使自己引人注意。洗手間外，伊利莎白嬤嬤把守著。她點點頭，示意我可以進去。

這個洗手間過去是給男生用的，鏡子也全都拆掉了，換上長方形毫無生氣的灰色金屬板。但男便池還保留著，沿牆排開。白色搪瓷便池中布滿斑斑黃色污漬。這些便池的形狀很奇怪，就像一個個嬰兒棺材。我再次對男人生命能夠如此毫無遮擋驚訝不已：他們可以在戶外沖澡，裸露著身體任人審視、比較；可以公開在眾人面前袒露私處。可這是爲了什麼？想證明些什麼呢？對某種象徵物的炫耀，請看，一切正常，我屬於這裡。爲什麼女人不需要相互證實她們是女人？比如以某種解開衣扣的方式，某種張開雙腿的習慣動作，也像他們一樣不以爲然。像狗嗅東西一樣嗤之以鼻。

這所中學年代很久了，隔間是木頭的，是一種刨花板材料。我進了倒數第二間，帶上門。不用說，這裡也不再上鎖。木隔板朝裡靠牆處，在齊腰高的地方有個小洞，顯然是早先某個竊賊留下的紀念品或某個年事已高的偷窺癖留給後人的遺產。感化中心的每個人都知道這個木板上的小洞，除了嬤嬤們誰都知道。

我恐怕自己被珍妮的懺悔拖晚了；也許莫伊拉已經來過，也許她不得不回去了。她們不會讓哪個人久待的。我小心翼翼往下看，斜透過隔板下面，我看到一雙紅鞋。可我如何知道那是誰？

我把嘴對著木板上的小洞。莫伊拉？我輕聲喊。

是你嗎？她回答。

是我。我說。如釋重負之感湧遍全身。

上帝，我太需要抽根菸了，莫伊拉說。

我也一樣，我說。

我感到一種滑稽古怪的快意。

我沉入自己的身體，就像沉入泥沼，沉入沼澤地一樣，只有我知道哪裡是立足點。靠不住的地面，那是屬於我的領地。我成了大地，可以讓自己的耳朵緊貼其上，憑藉它傾聽有關未來的各種傳言。每一陣劇痛，每一聲微疼的低吟，波狀的脫落物，衛生紙由大到小，肉體的興奮，所有這些都是跡象，是我需要了解的東西。每個月我都要心懷恐懼地觀察是否見血。因爲一旦見血，便意味著失敗。我又一次沒能讓別人如願，如今它也已成了我的心願。

過去我一直把自己的身體視作一件尋求快樂的工具，或是一種運輸工具，一件實現願望的用具。我可以用它來跑步，按各種鍵鈕，幹各種事情。雖說談不上萬能，我的身體畢竟還是敏捷、純眞、堅強並忠於我的。

如今我的肉體爲自己做了不同的安排。我成了一朵雲，在物體的周圍凝聚成形像顆梨子，堅硬且比我本人更多幾分眞實，在半透明的包覆中閃著紅光。在它中間是巨大的空間，像無垠的夜空，其黑暗深邃、蜿蜒伸展也一如夜空，雖然它呈黑紅色而不是單純的黑色。縷縷光線在其間增強、閃亮、迸發、黯淡，數不勝數，多如群星。每個月都有一輪滿月，碩大、渾圓、沉重，一個徵兆。它飛越、停頓，盈虧圓缺，時現時隱，循環往復，我看到絕望如同飢餓一般向我逼近。空虛之感一而再、再而三地湧上心懷。我傾聽著自己的心聲，波濤翻滾，帶著鹹味的紅色波濤，不斷持續著，記錄著時光的流逝。

我在我們最先住過的公寓的臥室裡，站在有木頭摺疊門的小櫃前。我知道周圍空無一物，所有的家具都不見了，地板上空空如也，連地毯也不見蹤影。儘管如此，小櫃子裡卻裝滿了衣服。我以爲是自己的衣服，卻又不像，我從未見過。也許是盧克前妻的衣服，我從未與她見過面，只見過照片，並在深夜打來的電話中聽過她的聲音。她在電話裡又哭又罵，那是在她與盧克離婚之前。不，就算是我的衣服好了。我需要裙子，需要有衣服穿。我拿出裙子，黑的，藍的，紫的，夾克，短裙。竟沒有一件能穿，沒有一件合身，不是太大就是太小。

盧克也在那裡，在我身後。我轉身看他。他卻不理我，只是看著地板，貓在自己腿上磨蹭著，可憐兮兮地喵喵哀鳴。牠想吃東西，在這空空蕩蕩的房間裡哪有什麼可吃。

盧克，我喊了聲。他沒有回答，也許他沒聽見。我猛然想起他也許早已不在人世了。

我和她一起奔跑著，牽著她的手，生拉硬拽地領著她穿過蕨叢。她半睡半醒的，因爲我事先給她服了藥，以防她哭鬧或說話，暴露了我們的行蹤。她不知道自己身在何處。地上高低不平，到處是石子、枯樹枝，散發著爛泥和腐葉味，她跑不快，假如我是獨自一人，可以跑得快得多，因爲我很能跑。她哭起來了，顯然是被驚嚇，我想背她，卻又背不動。我穿著登山鞋，心想到河邊只好將它們扔了，河水會太冷嗎？她能游那麼遠嗎？水流急嗎？這些我們事先都沒有想到。別出聲，我生氣地呵斥她。我想著她被水淹沒的情形，腳步不禁慢了下來。身後傳來槍聲，不是很響，不像鞭炮，但刺耳清脆，像燃燒的乾柴噼啪作響。聽起來不對勁，這聲音超出常人能夠想像。這時我聽到一個聲音，趴下，是確有其聲，還是我的想像，抑或是我自己的聲音，高聲大喊地就這麼迸出來了？

我將她壓倒在地，整個人趴在她身上，用身體蓋住她。別出聲，我再次警告，我的臉濕漉漉的，不知是汗水還是淚水，我一下安靜下來，有一種飄飄欲飛的感覺，似乎自己已和身體分離；在我眼睛旁邊，有一片早紅的楓葉，每一絲紋理都清晰可見。我一下輕鬆下來，爲了讓她透透氣，我翻身跪縮在她身旁，手仍掩在她的嘴上。我聽得見自己的呼吸聲和心跳聲，怦怦怦，就像夜深人靜時在一所房子外重重敲門，滿心以爲那是個安全之地。沒事了，媽媽在這兒，我喃喃低語，求求你別出聲。她怎麼可能不出聲？她畢竟還年幼，一切都太遲了，我們被分開，我的雙臂被捉住，所有的希望都化爲泡影，什麼也沒留下，除了一個小小的窗口，一個其小無比的窗子，就像望遠鏡反著的一頭，又像聖誕卡上的老式小窗，窗外冰天雪地，茫茫黑夜；窗內燭光閃閃，聖誕樹五彩繽紛，一家人其樂融融，我甚至能聽到收音機裡傳出的叮噹鈴響，雪橇鈴聲，昔日的音樂。可是透過眼前這扇窄小卻清晰無比的窗子，我卻眼睜睜看著她，看著她向我伸著雙手，穿過葉子已經開始變紅、變黃的楓樹林，離我遠去，被人帶走了。

我被鈴聲驚醒，接著是卡拉的敲門聲。我在墊子上坐起來，用袖子擦乾滿臉淚水。在所有夢境當中，這個夢是最最不堪回首的。

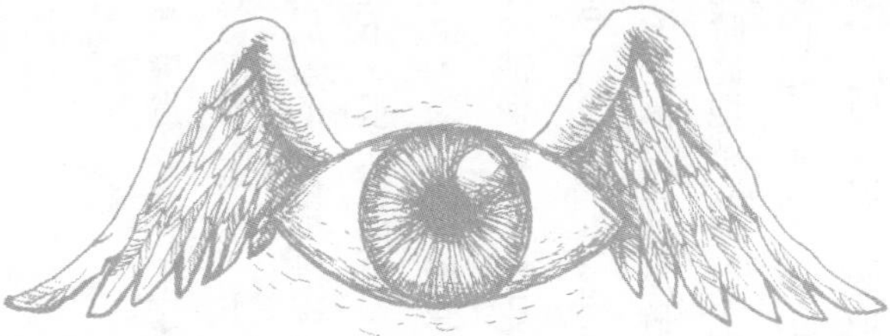

6. 一家人

第十四章

鈴聲響過後，我下了樓梯，樓下牆上掛鏡裡映照出一個一閃而過的海上漂流物似的影子。大擺鐘的鐘擺滴答作響，一上一下、不快不慢地走著；我穿著一塵不染的紅鞋拾級而下。

起居室的門敞開著。我走進去：屋裡空空的不見其他人影。我沒有坐下，而是立刻就位，在矮板凳附近跪下，很快賽麗娜・喬伊便將榮登此座，並在落座的同時將枴杖靠在腳凳旁。也許她會把一隻手撐在我肩上，讓自己坐穩些，彷彿我是一件家具。她曾經這麼做過。

如今被稱作 sitting room 的起居室或客廳以往曾有過其他名稱，最早或許是 drawing room，後來是 living room。要麼就是 parlour，就是那種蜘蛛和蒼蠅出沒的地方。但現在起居室的正式名稱爲 sitting room，坐的地方，因爲這間屋確實是讓人坐的，當然，這是對某些人而言。對另一些人來說，那只是個站的地方。此時此地站立姿勢至關重要：肉體上小小的不適能起到啓迪心智的作用。

這個起居室的一切都是那麼柔和、對稱；金錢常常變化成這些形態。多少年來，金錢在這間屋裡緩緩流淌，就像經過一個地下山洞，漸漸變脆、變硬，像鐘乳石一般演變成現在這些模樣。外表各異的物品無聲地展現自己：拉上的窗簾是土玫瑰色的天鵝絨，產於十八世紀的一對椅子光可鑒人，地板上一小塊繡著桃紅色牡丹花的中國植絨地毯寂靜無聲，好似沉默的奶牛，大主教的眞皮椅子柔軟光滑，椅子旁邊一個黃銅箱子閃閃發亮。

地毯是貨眞價實的。這間屋裡有些東西貨眞價實，有些則不然。就拿壁爐兩邊各掛一張的女人畫像來說吧。兩個女人都身穿黑裙，就像古代教堂裡的女人，當然是近古時代的教堂。這兩幅畫有可能是眞跡。我想當初賽麗娜弄到這些畫時，是打算拿它們當做祖先供奉的，那時她已經完全明白要想眞正讓人信服，自己只有改弦易轍，把精力轉到持家上來。但也很難說，也許大主教買這幢房子時這些畫就已經在裡面了。總之，實情無從知曉。不管怎樣，她們在那裡高高掛著，肩背僵直，嘴巴緊閉，乳房緊束，臉孔瘦削凹陷。她們戴著上漿的帽子，皮膚灰白，瞇縫著眼睛守衛著這間屋子。

在兩幅畫像之間，壁爐台上方，有一面鵝蛋形鏡子，兩側各放置著一對銀製蠟燭架，一個手臂兜在羊脖子上的白瓷愛神丘比特擺在中間。賽麗娜的品味呈現出一種奇怪的組合：一方面是對高品質表現出不容分說的強烈追求，同時又對傷感柔情的東西充滿渴望。在壁爐台的兩端，各擺著一束乾花，沙發旁光可鑒人的鑲嵌細工茶几上放著一盆水仙。

整個起居室散發著檸檬油味，厚重的布料味，凋零的水仙味，從廚房和飯廳飄過來的殘餘的油煙味和飯菜味，以及賽麗娜使用的香水味，是一種名叫「山谷裡的百合」的香水。香水是難得弄到的奢侈品，她一定有什麼不可告人的來路。我吸了一口，心想這味道應該是我喜歡的。那是一種未到青春期的小姑娘的味道，是母親節時孩子送給媽媽的禮物的味道，是白色棉襪和白色棉布襯裙的味道，是爽身粉的味道，是未長毛、尚未來潮的純潔無邪的少女肉體的味道。但這味道令我有些不舒服，就像悶熱的夏天坐在門窗緊閉的車廂裡，身旁是一位塗了厚厚一層脂粉的老女人。這間起居室給人的感覺就是如此，不管它有多麼精緻典雅。

我眞想從這個房間裡偷走一些東西，一些小玩藝兒什麼的，比如渦形菸灰缸，壁爐台上銀製的小藥盒，或者是一朵乾燥花：藏在裙子的褶子裡或是加了拉鏈的袖子裡，待到晚上結束後悄悄帶回屋，放到床底下、鞋子裡或那塊硬幫幫的「信仰」斜針繡墊裡。每隔一段時間拿出來端詳、把玩。那樣會使我覺得擁有權力。

但這種感覺只是想入非非罷了，而且過於冒險。我的雙手一動不動還停留在原來的地方，交叉著放在膝蓋上方。大腿併攏，腳後跟跌起放在屁股底下，頂著身體，低著頭，嘴裡是牙膏味：假薄荷和熟石膏的混合味。

我等待著，等待著一家人聚集。一家人：我們是一家。大主教是一家之主。這個家由他主事維持。擁有，維持，直到死亡將我們分開。

就像掌管一艘船，一艘空無一物的船。

卡拉先走進來，接著是麗塔，邊走邊在圍裙上擦著雙手。她們也是被鈴聲召來的。她們討厭這鈴聲，因爲手上活兒正忙，比如洗碗什麼的。但她們必須在場，所有人都必須到場，這是授精儀式的需要。所有人都必須耐著性子挨到一切結束，雖然方式各不相同。

麗塔氣沖沖地瞪了我一眼，站到我身後。是我的錯，又浪費了她的時間。不，不是我的錯，是我身體的錯，假如這有什麼區別的話。就連大主教也只能屈從它的乖戾無常，束手無策，奈何不得。

尼克走了進來，向我們三個點點頭，同時掃了屋子一眼。他也在我身後就位站好。他離得那麼近，靴子尖碰到了我的腳。是有意的嗎？不管是不是，總之我們正在相觸，兩塊不同式樣的皮革的相觸。我感覺鞋子在變軟，彷彿有鮮血注入，漸漸變得溫暖，成了有生命的肌膚。我稍稍動了一下，把腳移開。

「希望他能快點。」卡拉說。

「快點來等。」尼克笑著說，同時腳動了動，再次碰到我的腳。由於寬大的裙子下襬褶層遮蓋著，誰也看不見。我動了一下，這裡太熱了，污濁的香水味令我感覺有點不適。我把腳拿開了。

我們聽到賽麗娜由遠而近、枴杖敲在地毯上沉悶的聲音，還有那隻好腳重重的點地聲，先是下樓，然後穿過走廊。她一瘸一拐地進了門，掃了眾人一眼，這麼做是爲了清點人數，而不是瞧我們。她朝尼克點點頭，但沒說什麼。她穿著她最好的裙子，天藍色的，面紗邊上繡著精美的白色浮凸細花。即便到了這把年紀，她仍然充滿讓花環裝飾自己的衝動。沒有用的，我臉上不露聲色，心裡卻衝著她想，你再也用不上這些花了，你已經是殘花敗柳。花是植物的生殖器官。我曾在什麼地方讀到過。

她走到椅子和腳凳前，轉身笨重地坐下。把左腳抬起放在腳凳上後，便開始在袖子上的口袋裡摸索。我聽見一陣窸窣聲響，然後是打火機點火的聲音，接著便聞到點燃的菸味。我吸了一口。

「老是遲到。」她開了口。沒人回應。她開始在放檯燈的桌上摸索，弄出一片聲響。接著，只聽「咔」一聲，電視機預熱，啓動。

男聲合唱，演員們的膚色全是綠黃色的，看來色彩得調一調了。他們唱的是「到林中教堂來」。低音部正唱到：來吧，來吧，來吧，來吧。賽麗娜換了一個頻道。只有跳動的波紋，彩色的之字形及混亂不清的雜音：這是被封鎖的加拿大蒙特利爾電視台衛星頻道。另一個頻道中，一位牧師正睜著閃亮的黑眼睛，神情熱切地倚著桌子，身體前傾面對我們。在如今這些日子裡，牧師看上去幾乎與商人無異。賽麗娜在他身上停留了幾秒鐘，繼續往前按。

連著幾個空白頻道後，終於出現新聞。正是她要找的。只見她往後一靠，吁了口長氣。我呢，則向前探著身子，如同一個得到准許可以和大人一起晚睡的孩子。有機會觀看新聞，這是這些舉行授精儀式的夜晚唯一吸引人的地方。在這個家裡，我們總是守時，他總是遲到，賽麗娜總是讓我們看電視新聞，這似乎已成了一條不言而喻的規矩。

儘管如此，誰知道這些新聞有幾分眞實？它完全可能是舊聞的剪輯，也可能純屬捏造。但我還是認眞觀看，希望能看到新聞背後的東西。眼下不論什麼消息，有總勝於無。

頭條消息，來自前方的報導。事實上，根本無所謂什麼前方：戰事似乎在幾個地方同時進行。

從飛機上俯視下去，一座座山林樹木蠟黃。我希望她能把色彩調調。這時傳來播音員的旁白：阿帕拉契高地的啓示天使軍第四師，在光明天使軍二十一營空中力量的協同配合下，用煙霧彈熏出了一小批浸禮派游擊隊。電視畫面上出現兩架黑色的直升機，兩側是漆成白色的機翼。飛機下面，一片樹叢正爆炸起火。

接著是一名俘虜的特寫鏡頭，長滿鬍子的臉上骯髒不堪。兩名身穿筆挺黑色軍服的天使軍士兵一左一右押著他。俘虜接過一根天使軍士兵遞給他的香菸，用被縛的雙手笨拙地放到嘴上，齜牙咧嘴地微微一笑。播音員還在繼續說著，我卻不再傾聽，而是盯著這人的眼睛，極力猜測他心裡在想什麼。他知道自己正面對攝影機：這個笑究竟是表示蔑視，還是屈服？他爲落入敵手感到難堪嗎？

電視裡播的全是打勝仗的消息，從來沒有打敗仗的報導。誰願意看到壞消息呢？

他是個演員也不無可能。

這時播音員出現了。舉止親切，神態如老父般慈祥。他從螢幕向外平視著我們，健康的膚色，花白的頭髮，坦誠的雙眼，眼睛周圍布滿智慧的皺紋。這一切使他看上去就像一個大眾心目中理想的祖父。他那平和的微笑在傳達著這樣的信息：他所說的一切都是爲大家好。一切都很快會好起來的。我向你們保證。和平的日子即將來臨。你們要信任我。你們要像好孩子，只管安心睡覺。

他告訴我們的正是我們夢寐以求的。他的話很能打動人。

我與他搏鬥著。我對自己說，這人就像一個戴著假牙，整過容的上年紀的電影明星。但與此同時，我又不由自主地被他說服，好似被催眠了一般。但願他說的是眞的。但願我深信不疑。

接著他又講到一個地下間諜集團在臥底的協助下，被一個眼目小隊一舉破獲。這個間諜集團一直在偷偷把珍貴的國有資源❶越境轉移到加拿大。

「五名貴格派異教分子已經被捕，」他面帶微笑，溫和地宣布，「其他罪犯不日也將緝拿歸案。」

兩名貴格派教徒出現在螢幕上，一男一女。他們臉上表情驚恐萬狀，但還是極力在攝影機面前保持尊嚴。男人的前額被塗上一塊大大的黑色印記；女人的面紗被扯掉，頭髮一綹綹地披散在臉上。兩人都在五十歲上下。

接著出現一個城市，還是從空中鳥瞰的景象。過去這裡曾經是底特律。在播音員聲音底下，傳來大

❶指使女，見第十二章「我是國有資源」一語。

砲轟鳴聲。城市上空升騰起無數的煙柱。

「安置含❷子孫的工作繼續按計劃進行，」那張粉紅色的臉孔重又回到螢幕上。「三千人本周已抵達第一國有家園。另外兩千正在遷移中。」一下子這麼多人靠什麼來運送？火車還是汽車？看不到此類畫面。第一國有家園坐落在北達科他州。天知道他們到那裡是要去幹什麼。務農不過是推測而已。

賽麗娜看夠新聞了。她不耐煩地按鍵換了個台，螢幕上出現了一位上年紀的男低中音。雙頰活像被掏空的動物乳房。他正在唱「低聲呼喚希望」。賽麗娜索性把電視關了。

我們繼續等待，走廊上的鐘滴答擺動，賽麗娜點燃一根菸，我則在神遊中上了車。那是九月裡的一個星期六早上，我們當時還有車，別人出於不得已早已賣了車。我也不叫奧芙弗雷德，而是有別的名字，可如今因爲被禁止再沒有人使用。我對自己說這沒什麼大不了，名字如同電話號碼，只對別人有用；但我的想法錯了，名字對一個人來說至關重要。於是，我把那個名字珍藏起來，像寶貝一般，只待有朝一日有機會將其挖出，使之重見天日。我只當它被深埋起來。這個名字有一股香氣繚繞，它像一道護身符，某種從遙不可及的遠古時代遺傳至今的符咒，將這個名字牢牢護衛。夜裡我躺在單人床上，閉起眼睛，那名字便會在眼睛後面的某個地方浮現，在難以企及的黑暗中閃閃發光。

那是九月裡的一個星期六早上，當時我用的是一個閃閃發光的名字。如今已經死去的小女孩當時坐在後座上，手裡拿著她最心愛的兩個玩具娃娃和一隻絨毛小兔。由於長期的愛撫把玩，兔子身上的絨毛已經一塊塊地脫落，像長了疥瘡一般。所有的細微之處我都清清楚楚。這些細節令人傷心，可我又忍不

---

❷《聖經》人物，挪亞的次子。

住要去想它們。但我不敢太想那隻小兔，我不能在此時此地，在這塊中國地毯上哭出聲來。我吸入從賽麗娜口中吐出的煙霧。不能在這裡哭，不能在這會兒哭，要哭可以在晚些時候。

她以爲我們要去野餐，事實上，坐在車後座的她身旁確實放著一個野餐籃，裡面也確實放著食物。有煮熟的雞蛋、水壺及其他東西。我們不想讓她知道我們眞正的去向，不想讓她在中途停車時不小心走漏了風聲。我們不想讓她背負眞相的重任。

我穿著爬山鞋，她穿著運動鞋。運動鞋鞋帶上滿是紅紫粉黃的心形圖案。這種季節天氣本不該這麼熱，一些樹葉已經開始變紅。盧克開車，我坐在旁邊，太陽高照，天空湛藍。路邊經過的房子外表舒適、平常，一座座一閃而過，轉眼間消失得無影無蹤，就像從來不曾存在過，因爲我永遠不會再見到它們，至少當時我是這麼想的。

我們幾乎什麼也沒帶，爲的是不讓人看出來我們要遠行或永別此地。我們帶著僞造的護照，據說是物有所值，萬無一失。當然，我們無法用現金支付，也不能記到電子帳戶 (Compucount) 上；我們只能用其他東西代替：外婆留下來的一些珠寶，加上從盧克叔叔那裡繼承的一本郵冊。這些東西在其他國家可以用來換錢。到邊境時，我們要裝出只在對面玩一天的樣子，假簽證上的逗留期限也只有一天。出發之前，我會先讓她服一顆安眠藥，讓她在過境時熟睡。那樣她就不會露出破綻。別指望孩子說謊能天衣無縫。

另外我也不想讓她感到害怕，不想讓她心懷恐懼，這恐懼此刻正令我全身肌肉緊繃，牽拉著我的脊椎，使我處於高度緊張狀態，這時只需輕輕一碰，我整個人定會在瞬間崩潰。每一個紅燈都是一次折磨。我們將在汽車旅館裡過夜，或者索性把車停在路旁，就睡在車裡，免得被人盤問。等到早上我們再過境，從從容容地開車過橋，就像開車去超市一樣。

我們上了高速公路往北開，路上車流不多。自從開戰以來，汽油便短缺，價格昂貴。到城外，我們經過第一個公路檢查站。他們只是看看駕駛執照而已，盧克表現得從容不迫。駕照和護照一切相符：這一點事先我們已經想到了。

重新上路後，他捏著我的手，看著我。說，你臉色蒼白得像張紙。

這正是我的感覺：蒼白，精神頹廢，單薄無力。我覺得自己彷彿成了透明人。一眼就能被他們看穿。更糟糕的是，我如此無精打采，如此蒼白無力，怎麼才能抓住盧克，抓住女兒？我覺得自己似乎已變得虛空，他們將從我的懷抱裡滑開。我彷彿成了一股輕煙，一座海市蜃樓，正從他們的眼前消失。別那麼想，莫伊拉會說，你那麼想事情就真的會發生。

打起精神來，盧克說。這會兒他的車速有些太快了點。臉上神情激動。他開始唱起歌來。哦，多麼美妙的清晨，他唱道。

就連他的歌聲也令我不安。我們得到過告誡，不要過於喜形於色。

第十五章

大主教在敲門。敲門是規矩：起居室被認爲是賽麗娜的地盤，進去之前必須先得到她的同意。她喜歡讓他等著。雖說這只是區區小事，但在這個家裡，小事的意義往往非同尋常。不過，今晚她連這也未能如願，因爲沒等賽麗娜開口，他已經走進房間。也許他一時忘了規矩，但也可能存心如此。誰知道她在那張用銀包嵌的精美餐桌上跟他說了什麼，或許什麼也沒說。

大主教身穿黑色制服，看上去像一個博物館的警衛。一個半退休的，隨便打發光陰的老人，親切和藹又不失謹慎。但這只是第一眼印象。再仔細看，你會發現他更像一個中西部地區的銀行總裁。你看他，一頭銀髮梳理得熨熨貼貼，文絲不亂，模樣嚴肅莊重，肩膀微微下垂。接下來是他的銀灰色鬍鬚，再往下看便是他的下巴，那可是決不會被人忽略的地方。往下看到下巴，他的模樣又全變了，活生生就是過去銅版紙雜誌上的伏特加酒廣告。

他舉止溫和，雙手寬大，指頭很粗，大拇指充滿貪婪和渴求。藍眼睛緘默沉靜，給人一種不會傷人的錯覺。他環顧我們的眼光彷彿在清點貨物。一個跪著的紅衣女人，一個坐著的藍衣女人，兩個站著的綠衣女人，背景中還有一個孤零零的瘦臉男人。他竭力作出困惑不解的樣子，好像想不起爲何我們全都聚集在此。似乎我們是他從上一輩繼承的什麼東西，比如維多利亞時代的手搖風琴，一時不知該如何處置我們；不知究竟我們價值何在。

他朝賽麗娜的方向點了點頭，賽麗娜沒有吭聲。他穿過房間，走到專爲他準備的大皮椅子前，從口袋裡拿出鑰匙，手腳笨拙地開啓放在椅子旁邊桌上裝幀華麗的包銅皮箱。鑰匙終於插進鎖孔，他打開箱子，拿出《聖經》，這是一本普通《聖經》，黑色封面，燙金書頁。《聖經》平常是鎖起來的，過去人們收藏茶葉也這麼做過，爲的是防止傭人偷竊。《聖經》是可燃物，誰知道一旦落到我們手中，會派上何種用場？因此，只能由他來讀給我們聽，我們不可以自己閱讀。

眾人的腦袋齊齊轉向他，期待著睡前故事的開始。

大主教在眾人目光的注視中坐下，雙腿交叉。書籤文絲不動地呆在原處。他打開書。有些窘迫地清了清喉嚨。

「能給我一杯水嗎？」他對著空中說。「勞駕了。」他又添上一句。

我身後兩個人中的一個，卡拉或是麗塔，應聲走出自己在這幅圖景中的位置，到廚房去了。大主教坐著，目光朝下，嘆了口氣，隨後從內衣袋裡拿出一副金邊放大鏡戴上。此刻他儼然是一位古代童話故事裡的補鞋匠。難道他這些仁慈善良的僞裝就如此沒完沒了嗎？

我們注視著他：每一處，每一個細微動作都不放過。

作爲一個男人，被一群女人注視。那感覺一定怪異無比。讓她們長時間目不轉睛地注視。讓她們在心中猜想，他接下來有何舉動？讓她們隨著他移動的腳步畏縮膽怯，即便他的移動毫無惡意，很可能只是爲了拿菸灰缸。讓她們對他評頭論足。讓她們在心裡想，他不能做、不想做、他不得不做，就好像他是一件式樣過時或做工蹩腳的衣服，因爲沒有其他衣服，只好將就拿來穿一樣。

讓她們穿上他，試用一下，看看是否合身，而他自己呢，也把她們穿上身，如同將襪子套上腳，套上他粗短的男根，他多出一截的敏感的拇指，他的觸角，他嬌嫩的肉莖狀鼻涕蟲的眼睛伸出，膨脹，退縮，倘若碰的不是地方，會縮回去，接著再次變粗，頂端微微凸出，順著葉片一般，一路挺進，滑入她們的身體，企盼在那裡見到人間美景。爲了達到幻境，竟採取這種方式，竟得在由女人們，由一個女人造就的黑暗中旅行，當他在盲目中奮力前行時，她則在黑暗中把一切看得分分明明。

她從身體內注視著他。我們此刻全都注視著他。這是我們能實實在在做到的一件事，而且並非毫無意義：倘若他不行了，失敗了，或者斃命了，我們會怎麼樣？難怪在我們看來，他就像一隻靴子，外皮堅硬無比，裡面包裹的卻是一隻嬌嫩的肉腳。但那只是一廂情願而已。我已經注視他有一些時間了，他並沒有表現出任何柔軟的跡象。

但你得當心，大主教，我在心裡對他說。我在盯著你。稍有閃失我就完了。

不管怎麼說，做一個這樣的男人，一定是活受罪。

一定也還滿好。

一定是活受罪。

一定無法訴諸言表。

水來了，大主教喝了下去。「謝謝。」他說。卡拉回到自己的位置。

大主教停了一下，目光低垂，掃視著書頁。他不慌不忙，似乎沒有意識到我們的存在。就像隔窗坐在餐館裡面的男人，不斷玩弄盤中的牛排，裝作沒有看到就在幾步之遙的暗處，幾雙飢餓的眼睛正牢牢盯著他。我們把身子微微朝他前傾，彷彿鐵屑朝他這塊磁鐵聚合。他擁有我們沒有的東西，他擁有文字。我們曾經何等肆意揮霍了文字。

大主教有些不情願地開始了朗讀。他讀得不怎麼樣。也許是覺得乏味透頂吧。

還是一如既往的故事，千篇一律的故事。上帝和亞當，上帝和諾亞。多多生養，大量繁殖，遍布整個世界。接著便是舊得發霉、老掉牙的拉結和利亞的故事❶。這段故事早在紅色感化中心時便向我們反覆灌輸。你給我孩子，不然我就去死。叫你不生育的是上帝，我豈能代替他做主呢？有我的使女比拉在這裡，你可以與她同房，使她生子在我膝下，我便靠她也得孩子。等等等等。每天早餐時間，我們坐在學校食堂裡吃放了奶油和紅糖的粥時，充斥耳邊的總是這段故事。知道嗎，誰也不像你們過得這麼安逸，麗迪亞嬷嬷說。正在打仗，一切都要定量配給。你們都是被寵壞的姑娘，她眨著眼睛，似乎在叱責一隻小貓。淘氣的貓咪。

午餐時念的是八福詞。這個有福，那個有福。是從碟片裡放出來的，一個男人的聲音。虛心的人有福了，因爲天國是他們的。憐恤的人有福了。溫順的人有福了。沉靜的人有福了。後面這句是他們編出

❶《聖經》中人物，利亞(Leah)為雅各(Jacob)的第一個妻子，其妹拉結(Rachel)為雅各第二個妻子。

來的，我知道《聖經》裡沒有這句話，另外他們有些東西也故意略去，但無從核對。哀慟的人有福了，因爲他們必得安慰。

沒有說何時能得到安慰。

吃甜點時，我看了看鐘。甜點是梨子肉桂罐頭，午餐的普通食物。我朝隔著兩張桌子的莫伊拉的位子望去。她已經不在了。我舉起手，得到准許。我們並不常這樣，並且不固定時間。

在洗手間裡，我照例走到倒數第二間。

是你嗎？我輕聲問。

如假包換，只是醜多了，莫伊拉輕聲回答。

有什麼消息嗎？我問她。

沒有。我一定得離開這裡。得立刻就走。

我害怕極了。別，別，莫伊拉，我說，千萬別冒這個險，別自作主張。

我可以裝病。讓他們派救護車來，我見過的。

能跑多遠？最多只能到醫院而已。

至少能換換環境。我再不要成天聽那些個破東西了。

你會被識破的。

別擔心，這個我在行。記得上高中時，我把維他命C停了，立刻得了壞血病。初期他們什麼也查不出來。然後只需重新開始服用就沒事了。我得把維他命藏起來。

莫伊拉，別離開。

想到她要離開這裡，離開我，丟下我，簡直讓我無法忍受。

他們會派兩個傢伙押送救護車。想想看。他們肯定飢渴難熬，呸，他們甚至連手都不允許放到褲子口袋裡。辦法有好幾種——

哎，裡面那個。時間到了，門口傳來伊利莎白嬤嬤的聲音。我站起身，沖了水。莫伊拉的兩個手指頭從牆縫裡伸過來。那個洞只夠放兩個指頭。我飛快地把我的指頭貼上去，停了停。鬆開。

「利亞說，上帝給了我後代，因爲我把使女給了我丈夫。」大主教念到這裡，書從他手中落下，合上，發出一聲疲倦的響聲，像遠處一扇包了護墊的門自動關上，像一陣風吹過。那種聲音令人想到那薄薄的散發著洋蔥味的紙張有多麼柔軟，讓人想到它們在手指下所產生的感覺。柔軟乾爽，好比過去的香粉紙，桃紅色，帶粉的。你可以在那些出售貝殼、蘑菇等形狀的香皀和蠟燭的小店裡買到這種小冊子樣的粉紙，用來擦鼻子上的油汗。像捲菸紙，又像花瓣。

大主教閉目靜坐了一會兒，很累的樣子。他總是長時間工作。他肩負眾多職責。

賽麗娜又開始哭了起來。就在我背後，我聽得真真切切。這不是第一次。每回舉行授精儀式的夜晚，她總要哭上一場。她盡力壓低聲音。盡力在我們面前維護自尊。儘管房間裡的帷簾和地毯多少掩蓋了她的哭聲，我們還是聽得一清二楚。她一方面身不由己，另一方面又極力壓制，那種緊繃的狀態令人難受。就像教堂裡的一聲響屁。我總是忍不住想笑，但並非因爲我認爲它可笑。她的哭聲散發的味道瀰漫在我們周圍，而我們卻裝作無動於衷。

大主教睜開眼睛，注意到眼前的情形，皺皺眉頭，又掉開眼睛，說：「現在大家默禱一刻鐘。求神賜福，願我們百業興旺。」

我低下頭，閉上眼。我傾聽著身後壓抑的呼吸聲，幾乎難以捕捉的喘氣聲和控制不住的抽泣聲。心想，她一定對我恨之入骨。

我默默祈禱：*Nolite te bastardes carborundorum*。我不知道這行字什麼意思，但它念起來順口入耳，用它就好了，因爲我實在不知道還可以向主說些其他什麼。特別是在此時此刻。像人們過去常說的，在此關頭。刻在櫥壁上的小字在我眼前浮現，它由一個不知名的女人留下，這個女人長著莫伊拉的臉孔。我看到她出來，在擔架上，由兩個天使軍士兵抬往救護車。

怎麼啦？我輕聲問身旁的女伴。除了狂熱信徒，對任何正常人而言，這都是一個安全的問題。發高燒，她嚅動著嘴巴回答我。據說是闌尾炎。

那天晚上，我正在吃晚餐，肉球加土豆餅。我的飯桌靠窗，望出去可以看到前大門。我看到救護車開回來，這次沒有鳴響笛。一個天使軍士兵跳下來，與哨兵說了些什麼，哨兵走進大樓，救護車停在原處。天使軍士兵照規定背朝我們而立。兩個嬷嬷與哨兵一起從大樓裡出來。她們來到車後面，把莫伊拉拖出來，一左一右挾著她，拉著她走進大門，上了階梯。她走路很困難的樣子。我不吃了，我吃不下。這時飯桌上所有坐在我這個方向的人都盯著窗外。窗子是綠色的，隔著一扇過去人們常用來裝在玻璃裡面的輕質鍍鋅六角形鐵絲網。麗迪亞嬤嬤喝道，吃你們的飯。說著走過來放下了百葉窗。

她們把她帶到過去曾經是理化實驗室的屋子裡。那是一個誰也不會去的地方。整整一個星期她無法走路，腳腫得穿不進鞋。對初犯者她們先對付腳。使用的是兩頭磨尖的鋼條。再犯就輪到手。她們才不在乎把手腳怎麼樣，即使留下終身傷殘也無所謂。記住，麗迪亞嬤嬤說。對實現我們的目標而言，你們的手腳無關緊要。

莫伊拉躺在床上，一個活生生的實例。她不該鋌而走險的，不該找天使軍以身試法。說話的是隔著一張床的阿爾瑪。每天我們抬她去教室，用餐時爲她藏幾袋吃剩的白糖，晚上偷偷帶回來給她，從一張張床遞過去。她也許不需要白糖，但那是我們唯一能弄到的東西。唯一可以給予的東西。

我仍在祈禱，但眼前出現的是莫伊拉的雙腳，她們把她帶回來時的雙腳。看上去完全不像腳的模樣。而像溺水者的雙足，腫脹、無骨，只是顏色略微不同。它們看上去像肺葉。

噢，上帝，我默默祈禱。*Nolite te bastardes carborundorum*。

這也是你頭腦裡正在想的嗎？

大主教清了清喉嚨。他習慣用這個動作通知我們，以他之見，祈禱該結束了。「耶和華的眼目遍察全地，要顯大能幫助向他心存誠實的人❷。」

這是結束語。他站起身。我們解散。

---

❷《聖經．歷代志》（下），第十六章第九節。

第十六章

授精儀式像往常一樣進行。

我仰面躺著，除了有益健康的白色棉布內褲，其他衣服全都穿得整整齊齊。假如我睜開眼睛，便可看到賽麗娜那張殖民時期式樣的四柱特大床的白色大帳頂，宛如一團下墜的雲朵懸在我頭頂，一團點綴著銀色小雨滴的雲朵，倘若湊近了看，那些小雨滴會變成四瓣的花朵。我看不到白色的地毯，看不到有枝形花紋的窗簾，看不到裙式梳妝台，上面放著背面鑲銀的髮刷和大大小小的鏡子。眼前所見唯有帳頂，輕柔的紗幔加上沉重下墜的曲線，令人感到既虛無縹緲又實實在在。

它又像船帆。張滿的船帆，過去詩歌裡常這麼形容。鼓起風帆。讓鼓脹的船帆推動向前。

「山谷裡的百合」的香味瀰漫在我們周圍，涼颼颼的，幾乎有些冰冷。這間房間溫度很低。

在我上方靠床頭處，賽麗娜已經躺好就緒。她兩腿張開，我躺在中間，頭放在她肚子上，她的恥骨正好頂在我頭顱底部，大腿分置在我左右兩邊。她也穿得整整齊齊。

我雙臂高舉，她的兩隻手拽著我的兩手。這本是用來表示我們倆合二爲一，渾然一體。但實際上這動作意味著她是駕馭者，不管是整個過程還是產物；我是說倘若有產物的話。她左手戴的幾顆戒指戳進我的指頭。說不清這是不是報復。

我的紅裙子捲在腰部，只到腰部。下面大主教正動作著。他幹的是我的下半身。我不說做愛，因爲那不是他正在做的。說性交也不合適，因爲這個詞意味著兩人參與，而現在卻只是一個人的事。就連強姦也無法涵而蓋之：這裡進行的所有一切無不是我自願簽約同意從事的。沒有多少選擇，但也不是全無選擇，這便是我的選擇。

於是，我靜靜躺著，閉著眼睛想著懸在我頭上的帳頂。我想起電視系列劇《寶石與皇冠》中維多利亞女王教導女兒的話。閉上眼睛，心中想著英國。但這裡不是英國。我希望他能快點。

也許我瘋了，而這是一種新的治療良方。

我希望它能奏效。那樣我就能好起來，這一切也隨之消失。

賽麗娜拽緊我的手，似乎大主教幹的是她而不是我，似乎她能感到愉悅或疼痛。大主教繼續動作著，以整齊劃一的行軍步調一二、一二地一下一下，像滴水的龍頭持續不斷。他全神貫注，完全無視周遭的一切，就像一個人在洗澡時情不自禁哼起歌來，自己卻渾然不知；又好似心有旁屬，似乎他正在別的什麼地方，等待自己的到來，在等待過程中不斷用手指叩擊桌面。此刻他的節奏中多了不耐煩的成分。難道一起上兩個女人不是每個男人夢遺的事嗎？過去常聽他們那麼說。眞刺激，他們常說。

然而，在這間屋裡，在賽麗娜銀白色的帳頂下所進行的一切，卻沒有絲毫刺激之處。它與熱戀、情愛、浪漫以及所有那些過去常令我們感官興奮不已的概念毫無關聯。情慾是根本談不上的，對我尚且如此，對賽麗娜就更不用說了。挑動性慾與性快感的前戲不再是必不可少的步驟；它們不過是些輕浮之舉，就像花稍的吊襪帶或美人痣：純屬輕浮之人多此一舉的消遣而已。陳舊過時。女人們居然曾經花了那麼多的時間和精力讀這類東西，動了那麼多腦筋，爲之勞心費神，還爲之大書特書。現在看來，眞有點令人不可思議。分明只是消遣而已。

而這裡所進行的一切卻決非消遣，即便對大主教也不例外。這是非同兒戲的正經事。大主教也是在行使職責。

我只要把眼睛睜開一條縫，就能看到他，看到他那張不算令人討厭的臉在我下身晃動，或許會有幾綹銀髮散在前額上。他正專心致志地行進在我的體內，匆忙趕往某地，而那個地方卻離他越來越遠，就像他在夢中以同樣速度靠近某物時的情景一樣。我還可以看見他睜開的雙眼。

假如他長得英俊些，我會對這件事多一點興趣嗎？

至少他比起前一個好多了。前一個大主教身上有股味道，像下雨天教堂衣帽間的味道，又像牙醫爲你剔洗牙齒時你的嘴巴發出的味道，還像鼻孔的味道。而這位大主教身上散發的則是樟腦丸的味道，或許這種嗆人的味道是某種帶有懲罰意味的剃鬚後用的古龍水？他幹嘛非穿著那件愚蠢的制服？不過話又說回來，我會喜歡他那蒼白、多毛的裸體更多一些嗎？

在我們之間，接吻是不允許的。這使整件事變得可以容忍。

只要將自己與自己分離。只管敘說。

伴隨著一聲如釋重負般窒息的呻吟，他終於達到高潮。一直屏住氣息的賽麗娜這才呼出了一口長氣。專心致志努力支撐的大主教沒有讓自己倒在我們身上，而是稍稍離開我們合二爲一的身體。他歇了歇，拔出，縮回，扣上拉鏈，然後點點頭，轉身離開房間，未免有點過分小心翼翼地關上門，彷彿我們兩人都是他受難的母親。這個情景有些滑稽，但我不敢笑出聲。

賽麗娜鬆開我的手。「你可以起來了，」她說，「起來出去。」她原本該讓我休息一陣子，把腳蹺到枕頭上躺十分鐘，以提高受孕率。這本該是她靜靜默念的時間，但她今天心情不佳。聲調裡充滿厭惡，似乎與我皮膚相觸弄髒了她，令她惡心。我從她身上掙脫開來，站起身；大主教的精液順著我雙腿流下來。轉身走開之前，我見她把藍裙子拉平整，收緊雙腿，在床上繼續躺著，兩眼瞪著帳頂，身體僵直生硬，活像一具塑像。

這個儀式對誰更不堪忍受？她，還是我？

第十七章

回到房間後，我做了以下這些事情：

脫掉衣服，換上睡袍。

然後在右腳鞋尖裡找到那塊晚飯後藏起來的奶油。櫥櫃裡溫度太高，奶油有些化了。大部分已滲透到用來包它的餐巾紙上。這樣我鞋子裡也該有奶油了。我不是第一次這麼做，每回有奶油甚至人造奶油，我都要用這種方法藏起一些。明天我可以用毛巾或衛生紙把鞋底的大部分奶油擦下來。

我把奶油塗到臉上，擦到手上，直到被皮膚完全吸收。護手乳和面霜這類東西已對我們斷絕供應。它們被認爲是多餘無用之物。我們是容器，唯有身體內部才至關重要。至於外表則無關緊要，粗硬起皺對他們而言都無所謂，就像堅果的外殼。禁止我們使用護手乳，這是大主教夫人們的決定。她們不想讓我們在外貌上再有任何迷人之處。對其而言，事情本身就夠她們受的了。

用奶油潤膚這一手是我在拉結─利亞感化中心學會的。「紅色感化中心」，我們這麼稱它，因爲那裡遍布紅色。這間屋裡我的前任、那位長著雀斑，笑聲爽朗的朋友，一定也這麼做過，用奶油塗臉。我們都這麼做過。

只要我們堅持這麼做，用奶油塗搽皮膚保持柔軟，我們便相信有朝一日會離開這裡，重新得到他人的觸摸，充滿愛慾的觸摸。我們便會有屬於自己的儀式，沒有外人參與其間的儀式。

奶油油膩膩的，變質後聞起來會像臭酸的奶酪。但至少它是有機體，人們過去常這麼說。

我們竟然淪落到使用這種東西。

塗上奶油後，我躺在單人床上，床平平的，像烤麵包片。無法入睡。在半明半暗的光線中，我盯著天花板中間那隻有眼無珠的石膏眼，它也朝著我看，雖然它什麼也看不見。沒有一絲風，白色的窗簾好似紗布繃帶，鬆垮垮地垂吊著，在徹夜把房子照得通明的探照燈的光影中閃著微光，抑或是月光？

我掀起床單，小心地下了床，光著腳，穿著睡衣，無聲無息地走到窗前，如同孩子一般，想看個究竟。月光灑在初雪的懷抱裡。天空清朗，但因爲有探照燈，看不太分明。不錯，在朦朦朧朧的天際中，確實游動著一輪月亮，一輪新月，一輪令人寄予無限希望的月亮，遠古時代的一片岩石，一位女神，一個有色小圓片。月球不過是塊石頭，整個天際更是充滿致命的硬物。儘管如此，噢，上帝，它是多麼美麗！

我如此渴望盧克能在我身邊，渴望被他抱在懷裡，聽他呼喚我自己的名字。我渴望被人珍惜，但不是以現在這種方式，而是以別的方式；我渴望成爲無價之寶。我一遍遍叨念著自己原來的名字，讓自己不要忘了從前曾經可以隨心所欲地做的種種事情，以及自己在別人眼中的模樣。

我渴望偷偷拿點什麼。

走廊上夜燈亮著，長長的樓道發出粉紅柔和的光亮。我沿著長條地毯，躡手躡腳、小心翼翼地走著，如同踩在森林植被上，不發出任何聲響，偷偷摸摸、心跳加速地穿行在夜色中的房子裡。我跨越了禁區。這是絕對違規的。

經過樓下走道牆上魚眼一般凸出的鏡子，我看見自己白色的身影，帳篷形狀的身體，厚密的長髮像馬鬃似的披散在背後，雙眼發出亮光。我喜歡這樣。我正在憑自己的心願獨自做一件事。主動時態。有時態的。我心裡想的是去廚房裡偷把刀來，但並未做好準備。

我到了起居室外，門半開著，我溜進去，把門又稍稍開大了些。門「嘎吱」了一聲，又有誰會聽得到呢？我站在屋子中間，任瞳孔張大，就像貓或是貓頭鷹的眼睛。熟悉的香水味和厚重幔簾的粉塵充滿我的鼻孔。透過緊閉的窗簾的縫隙，外面的探照燈射進朦朧的微光，那裡一定有兩名哨兵在巡邏。我見過他們，從我的窗戶往下看到的，黑色的剪影。此刻我眼前可以見到房間裡一些擺設的輪廓和反射的光亮，比如鏡子、燈座、花瓶等等。沙發影影綽綽，像夜幕降臨時天邊的一團烏雲。

我該拿什麼？最好是一件誰也不會留意的東西。夜半時分的林間，一朵神奇之花。拿一朵凋零的水仙，不要乾燥花。這盆水仙已經有味道了，很快就會被扔掉。那股難聞的味道和賽麗娜污濁的菸味以及羊毛織物的羶味混雜在一起。

我摸到了一張茶几，用手摸索著上面的東西。我一定是碰倒了什麼，只聽「叮噹」一聲。我找到了水仙，乾枯的部位葉尖已經發脆，根部軟塌塌的。我用手指將它掐下來。我會把它壓在某個地方。壓在床墊子下。把它留在那裡，留給下一個女人，我之後的女人，讓她去尋找發現。

可是且慢，屋裡有人，就在我身後。

我聽到腳步聲，和我的一樣輕，同一塊地板木發出的嘎吱聲。門輕輕「咔嗒」一聲在我身後關上，屋裡更是漆黑一片。我整個人僵住了：我犯下了大錯，不該穿白色的。即便在黑暗中，我也像月光下的白雪般清晰可見。

接著便聽到一聲低語：「別叫，沒事。」

好像我真要喊似的，好像真沒事似的，我轉過身：眼前所見唯有一個影子，顴骨發出暗光，看不清膚色。

他走到我跟前。是尼克。

「你到這裡來幹嘛？」

我沒有回答。他到這裡來，一樣也犯了規，又是和我一起，不會出賣我的。我自然也不會出賣他。這時的我們，就好比對方的鏡子。他把手放在我手臂上，將我拉入懷裡，嘴壓住我的嘴。在經歷了這樣一種自我克制和壓抑後，這種舉動再自然不過，除此之外，還會是其他什麼？兩人戰慄著，一言不發。我多麼渴望。在賽麗娜乾燥花裝飾的客廳裡，在中國地毯上，他那精瘦的男性軀體。一個完全不了解的男人。就像猛的大聲喊叫，就像朝某個人開槍射擊。設想一下，假如我的手游弋下去，解開扣子，接下去會怎麼樣。但這樣做太危險了，他心裡清楚，我們各自把對方推開，但仍離得很近。太輕信，太冒險，太超過了。

「我是專門來找你的。」他貼近我耳朵說，一邊仍在喘氣。我真想把頭伸上去，品嘗一下他肌膚的味道，他令我飢渴難熬。他的手指移動著，撫摩著我睡衣袖子裡的手臂，彷彿已經身不由己。被人觸摸，被人如此飢渴地撫摩，如此熱切地渴望，這種感覺眞好。盧克，你會了解的，你會明白的。這個人就是你，只不過寄身在另一個身體裡。

一派胡言。

「找我幹嘛？」我問。難道他飢渴到了這種地步，竟不惜孤注一擲，鋌而走險深夜闖入我房間嗎？我想到掛在圍牆上被絞死的屍體。我幾乎站都站不穩了。趁我尚未完全融化之前，我得趕緊離開，回到樓上。這時尼克已把手放到我肩膀上，緊緊抓著，擠壓著我，好似滾燙的鉛塊。我將因此遭受滅頂之災嗎？我是個膽小鬼，我懼怕痛苦。

「他叫我來的，」尼克繼續道，「他想見你。在他的辦公室裡。」

「你說什麼？」我反問道。是大主教，一定是的。見我，這個見是什麼意思？他還覺得不夠嗎？

「明天。」他說，聲音低得剛能聽見。在黑暗的客廳裡，我們緩慢地分開，似乎我們被某種力，某種電流拉近，又被同樣強大的兩隻手拉開。

我摸到門，擰動把手，手指感覺到冰冷的陶瓷，打開。這是我唯一能做的一件事。

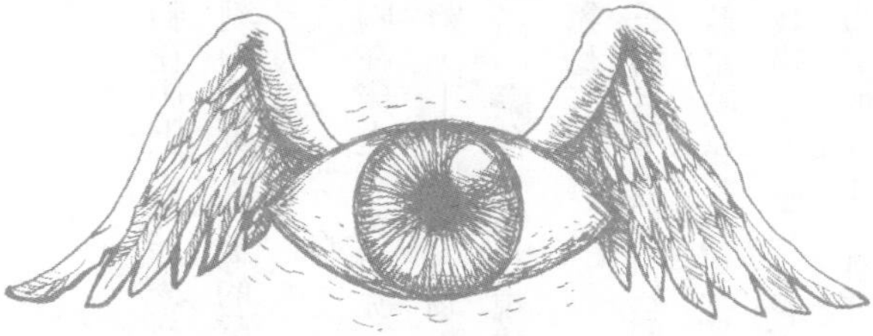

7.
夜

第十八章

我躺在床上，仍索索抖個不停。你只要把玻璃杯邊弄濕，用手指拂過，它便會發出一種聲響。這正是我此刻的感覺：玻璃的聲音。我彷彿頃刻之間就要粉碎，對，就是這個字眼。眞希望身邊有人陪我。

我躺在床上，與盧克一起，他的手放在我隆起的肚子上。我們三人共在一張床上，女兒在我肚子裡又踢又蹬，上下鬧騰。窗外的雷聲把她也驚醒了，胎兒也一樣能聽到外界的動靜，睡著時也一樣會被驚醒，雖然心臟在一旁有規律地「咚咚」跳動，如同海浪拍岸哄其入眠。一陣閃電劃過，盧克的眼睛刹那間變得驚恐失色。

我一點也不害怕。我們已完全清醒。大雨滂沱。我們的動作會輕緩小心。

倘若當時就想到這一切將一去不返，我一定活不下去。

但我錯了。誰也不會因爲缺少性而活不下去。缺少愛才會置人於死地。這裡沒有我可以愛的人，所有我可以愛的人不是死了，就是身在異地。誰知道如今他們身在何方，又用什麼名字？他們也許根本就消失了，正如我對他們一樣。我也是一個失蹤者。

不時地，我可以看見親人們的臉孔在黑暗中凸現，像往日外國大教堂裡張掛的聖像在被風吹得搖曳的燭光中閃動，人們在那些蠟燭前跪著祈禱，前額頂在木柵欄上，默默期待著主的答覆。我盡可以把這些人變出來，他們就像海市蜃樓般的稍現即逝，不能持久。我渴望擁抱眞實的肉體，難道有什麼錯嗎？沒有它我便也成了一具沒有靈魂的軀殼。我聽見自己的心臟在床墊彈簧上的跳動聲。沉沉黑夜中，在乾爽潔白的床單下，我盡可自慰，但我也一如床單一樣乾燥、蒼白、堅硬、粗糙，就像用手拂過一盤曬乾的大米的感覺；就像冰雪。那中間有種死氣沉沉的東西，一種荒蕪淒涼的東西。我猶如一間屋子，那裡面曾經熱鬧過，如今卻靜如死水。唯有窗外野草上的花粉隨風而入，飄灑在地。

以下是我深信不疑的一些事。

我認定盧克是頭朝下躺在灌木叢中，四周蕨叢枝枝蔓蔓，糾結纏繞，剛剛舒展開的綠色新葉下是隔年的陳葉，顏色褐黃。地上也許還有毒芹，當然，紅漿果是看不到的，季節未到。留在我腦海裡的只剩下他的頭髮、骨骼、黑綠相間的編織毛衣、皮帶、長統靴。他穿什麼我記得清清楚楚。在我腦海裡，他穿的衣服歷歷在目，色彩亮麗，就像平版印刷品或者是舊雜誌上五顏六色的廣告。但他的臉卻不太清晰。他的臉孔開始變得模糊，也許是因爲每次出現都不一樣的緣故：面部表情各不相同，服裝卻始終不變。

我祈求上帝，那些彈孔能相對集中，很難說沒有兩三個，因爲槍聲不只一聲，我祈求至少一個彈孔乾淨俐落地解決了問題，穿過頭骨，穿過儲存記憶影像的大腦，這樣的話，無論是黑暗或是痛苦，都只是瞬間的事，如同「砰」的一聲之後，一切便歸於寂靜。

對此我深信不疑。

我還確信盧克是端坐在一個長方形的灰色水泥板上，窗台上或床鋪或椅子的邊上。只有上帝才知道他穿著什麼衣服。只有上帝才知道他們把他關在什麼地方。不過通曉世事的並非只有上帝。因此，想些法子或許還是能夠打聽得到。他已經整整一年沒有刮鬍子，當然他們高興時，會把他頭髮剪短，說是爲了防止長虱子。我覺得這話有必要改改：假如他們剪頭髮是爲了防止長虱子，那麼也該把鬍子剃了才對。你不妨想想是不是這個道理。

不管怎麼說，他們理髮的手藝實在糟糕。他頭髮蓬亂，脖子後面盡是剃刀刮痕。更糟的是，他看上去老了十幾二十歲，像老翁般弓著背，眼袋鬆垂，紫色的毛細血管在臉頰上縱橫交錯，左邊臉上還有一道傷疤，不，是一道尚未癒合的傷口，鬱金香根莖部的顏色。那裡的皮肉顯然是新近撕裂開的。肉體總是如此輕易受到傷害，如此輕易任人宰割。它不過是水和化學物質的混合體，並不比一隻在沙灘上曬乾風乾的水母好多少。

他發現自己的手動不了，哪裡也動不了，一動就痛。他不知道自己犯了什麼罪。這便是問題所在。一定有什麼事，一定有什麼罪名。否則的話，他們幹嘛把他關著，幹嘛還不把他處死？他一定知道什麼他們想知道的東西。我想像不出來。我想像不出來他還會有什麼東西沒有招供。換作我的話，我會統統招供的。

他被一團氣味包圍著，他自己的氣味，被禁錮在骯髒籠子裡困獸的氣味。我想像他是在睡覺，因爲我不堪想像其他時候的他，正如我無法想像他身上領子以下、袖子以上的任何部位。我不願去想他們對他身體做了什麼。他有鞋穿嗎？沒有，地板冰冷潮濕。他知道我在這兒，活著，並且正在思念他嗎？對此，我唯有相信。在這種不堪的境地裡，什麼離奇古怪的事都不由得你不信。如今我對諸如思想傳遞、太空心靈感應之類的荒唐之說篤信不疑。過去我是從不相信此類歪理邪說的。

我還確信他們並沒有抓住他，根本就沒有追上他。他成功逃脫了他們，到了岸邊，游過河，越過邊境，拖著疲憊的身子上了離岸邊很遠的一個海島，牙齒打著冷戰，索索發抖地來到附近一個農家前。那家人讓他進了門，起初疑心重重，待了解他的身分後，立刻變得親切友好。他們是好人，不是那種心懷鬼胎、騙人上當的人。或許是貴格派教徒吧。他們答應通過挨家轉移的方式，將他偷偷弄到內地。女主人爲他燒了熱咖啡，送了他一套自己丈夫穿的衣服。我在頭腦裡想像著衣服的樣子。讓他穿得暖暖和和，我會覺得好受些。

他開始與其他人聯絡。一定有反抗勢力、流亡政府之類。一定有人領導。我對這一點毫不懷疑，就像堅信有影必有光；或者說有光必有影。反抗勢力一定存在，否則電視裡哪來那些犯人？

從今往後的任何一天，我都有可能收到來自盧克的字條。以一種出乎意料之外的方式，由一個最最想不到的人帶來。放在餐盤裡的碟子底下，或是在那家「眾生」肉店裡趁我把代用券隔著櫃檯遞過去時偷偷塞進我手心。

字條上會說，我要有耐心，遲早他會把我弄出去，到時不管女兒被送到哪裡，我們都會把她找到。她不會忘記我們，我們一家三口將重新歡聚。而眼下還需要我默默忍受，保全性命，以待來日。字條上還會說，他不在乎我身上已經發生和正在發生的一切。他會一如既往地愛我，因爲他清楚一切並非我的過錯。正是這張字條，這張也許永遠不會到來的字條，給了我繼續活下去的力量。我相信這張字條有朝一日終會到來。

我深信不疑的這些事不一定都確有其事，雖然其中必有一件是眞的。但我對所有這些事都深信不疑，對所有關於盧克在同一時間裡的三種說法都信以爲眞。這種自相矛盾的思維方式對此刻的我來說，似乎是相信周遭事物的唯一方法。不論眞相如何，我都已做好準備。

這也是我自己的信念。它也可能完全不眞實。

最古老的那間教堂附近，有塊墓地，裡面一塊墓石上刻著一隻錨和一個沙漏，還有四個字：「心懷希望」。

「心懷希望」。他們爲什麼要把這幾個字寫在死人頭頂上？是屍體懷著希望，還是那些活著的人？

盧克也懷著希望嗎？

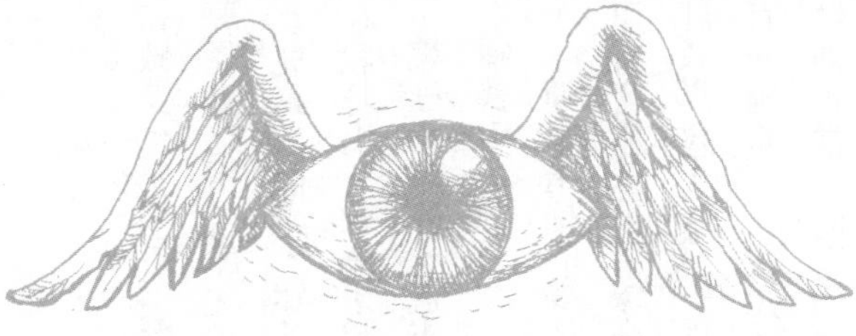

8. 產日

第十九章

我在做夢，夢見自己醒著。

我夢見自己下了床，走過房間，不是這個房間，出了門，也不是這扇門。我在家裡，在我自己的住所裡。女兒跑上前來，穿著小小的綠色睡衣，前胸上印著向日葵，赤著腳。我一把抱起她，感覺到她的手腳貼在我身上。我哭了起來，因爲我明白自己不是醒著。我回到這張床上，試著想醒過來，我醒來坐在床沿，媽媽拿著盤子進來，問我是否好些。孩提時代，每回我生病，媽媽總是請假在家陪我。我知道自己仍在睡夢中。

做了一連串這樣的夢後，我眞的醒了，我知道自己確確實實醒來了，因爲天花板上的花環分明就在眼前，還有窗簾垂吊著像溺水的白髮。我有種上了麻藥的感覺。我想了想：也許他們在我的食物中下了藥。也許我以爲正在過的這種生活不過是幻覺。

沒有一線希望。我知道自己身在何處，知道自己是誰，知道今天是什麼日子。這些都是測試的內容。我精神正常。健全的精神是寶貴的財富；我將它貯存起來，就像過去人們貯存錢財。我要好好貯存，待時機到來之時，便可充分地派上用場。

一抹灰白透過窗簾，霧濛濛的，看來今天沒有多少陽光。我下了床，來到窗前，跪在窗台上那塊硬硬的小墊子上「信仰」。我向外望去，但什麼也看不到。

我不知道另外兩張墊子哪裡去了。原先一定是一套三張的，既有「信仰」，還要有「希望」和「博愛」。它們被藏到哪裡去了？賽麗娜愛整潔。東西不到破是不會隨便扔掉的。或許一個給了麗塔，一個給了卡拉？

起床鈴響了，我在鈴聲未響之前便起了床。我穿上衣服，兩眼不往下看。

我坐在椅子裡，想著 chair（椅子）這個詞。它也可以指會議主席。還可以指一種行刑方式：電椅。它又是 charity（博愛）的第一個音節。這個詞在法語裡則意爲肉體，之間毫無關聯。

我常常使用諸如此類的冗長排列來鎮定自己，使自己保持平靜。一個盤子放在我面前，上面是一杯蘋果汁，一粒維他命，一根湯匙，一個放了三片烤黑麵包的碟子，一小盤蜂蜜，另一個碟子裡放著一個蛋杯，看上去像是裹在裙子裡的女人軀幹。裙子裡是保著溫的另一隻蛋。蛋杯是有藍色條紋的白瓷。

第一隻蛋是白色的。我把蛋杯移了移，讓它置身於從窗戶透進來的稀薄的陽光裡。陽光灑落在盤子上，亮起來，暗下去，又亮起來。蛋殼很光滑，但同時也布滿顆粒，只有在陽光中才能看清的細小鈣粒，像月球表面上的環形山。它是一片荒蕪的地帶，卻又完美無瑕；它是聖靈們涉足的沙漠，這樣他們的心靈便不會因富庶豐饒而浮躁困惑。我想上帝一定也是這種樣子：像一隻蛋。月球的生命不在表面，而在內裡。

這隻蛋此刻閃著光芒，似乎自身便能發出一種能量。看著這隻蛋，令我感到無限喜悅。

陽光消逝了，蛋也立刻黯然失色。

我把蛋從杯子裡取出，在手指上把玩。蛋是溫熱的。過去女人常把這種蛋置於雙乳間孵化。那種感覺一定不錯。

簡而又簡者的生活。一隻蛋便是樂趣。實實在在的幸福，就在手指尖上。可是，也許我這種反應正是別人所希望的。有蛋足矣，我還奢求什麼？

在不堪的境況下，生的欲望往往寄託在奇怪的物體上。我希望有隻寵物：比如一隻小鳥，或是一隻貓。一個伴侶。隨便什麼熟悉的東西。哪怕是一隻被夾住的老鼠也成，但連這都沒有可能。這座房子太乾淨了。

我用調羹切開蛋的頂部，開始吃起來。

我正吃著裡面那隻蛋時，耳邊傳來警報器的聲響，先是在很遠的地方，接著便穿過一幢幢大屋宅院和修剪齊整的草坪，一路蜿蜒而來，由遠而近，先是細細的蟲子般的嗡嗡聲，待到跟前，那聲音便驟然放開，如同聲響之花綻開怒放，變成一個喇叭。這種警報器是在宣布一件大事的降臨。我放下調羹，心跳加速，忍不住又走到窗前：會不會是藍色的，不是來接我的？但我看到一輛車拐了個彎，沿街駛來，停在房子前面，刺耳的警報器仍不停響著，車是紅色的。普天之樂，近來已難得一遇了。我放下吃了一半的雞蛋，趕緊到衣櫃裡拿外套，這時樓梯上也響起腳步聲，以及互相喊叫的聲音。

「快點，」卡拉催我說，「沒那麼多時間等你。」她幫我穿上外套，滿臉是由衷的笑容。

我飛跑著下了樓，幾乎是滑下樓梯的。前門敞開著，今天我可以從那裡出去。站崗的衛士向我致敬。天下起雨來了，毛毛細雨，膨脹的泥土和青草味充斥在空氣當中。

紅色的產車停在車道上。後門開著，我費勁地爬進去。車內鋪著紅色的地毯，車窗上拉著紅色的窗簾。車廂內左右兩邊各有一條長凳，上面已經坐著三個女人。衛士把雙重門關上、鎖好，爬到前面，坐在駕駛員旁邊。透過罩著玻璃的金屬絲護柵，我們可以看到他們的後腦勺。車子顛了一下開動了，頭頂上警報器呼嘯著：讓路，讓路！

「是哪個？」我對身旁女伴的耳朵，或者說白色頭巾下耳朵的大致位置問。因爲聲音太吵，我幾乎是用吼的。

「奧芙沃倫。」她也大聲喊著應我，並情緒衝動地抓著我的手，緊緊捏著。這時車轉彎倒向一邊，她的臉轉到我面前，只見她淚流滿面。爲何流淚？嫉妒，失望？不，都不是，她在笑，撲到我身上，雙臂緊抱住我，而過去我從未見過她。紅色的修女服下，她的雙乳碩大。接著她又用袖子擦去臉上的淚水。在這個日子裡，我們可以盡情做任何事情。

但我要有所更正：在有限的範圍內。

另一張凳子上，一個女人正在祈禱，兩眼緊閉，雙手合十放在嘴前。也許她並非在祈禱。也許是在咬大拇指指甲。也可能在努力保持鎮定。第三個女人倒是神閒氣定。她面帶微笑，抱著雙臂端坐著。警報器不停地響著。這聲音過去往往與死亡相連，不是救護車就是救火車。不過今天這聲音還是有可能與死亡相連。很快就會知道結果的。奧芙沃倫會生下個什麼東西？一個正常的嬰兒，如我們所希望的？或是其他什麼，非正常嬰兒，小小的頭，或是長了一個狗一樣醜陋的大鼻子，或是有兩個身子，或是前胸上有個大洞，或是缺胳膊少腿，或是手腳長蹼？到底怎麼樣誰也說不上來。過去人們曾經可以通過機器測試預先知道，但如今被禁止了。話又說回來了，即使知道了又能如何？反正不能將它們拿出來。不管是什麼，都得懷到足月生下來。

非正常嬰兒的比例是四比一，這是我們在感化中心了解到的。過去一段時期裡，空氣中曾經布滿化學物質，輻射線和放射物體，河水裡充斥著有毒成分，所有這些都不是一兩年就能清除乾淨的。那時，這些有毒物質悄悄侵入女人們的身體，在她們的脂肪細胞層裡安營紮寨。天知道，恐怕從裡到外都被污染了，骯髒得就像進了油的河灘，不管是濱鳥還是未出生的嬰孩，都必死無疑。說不定連兀鷹吃了她們的屍骨都會因此斃命。要麼就是她們會在夜裡放出光來，就像老式的夜光錶。嚙蟲❶。這是一種昆蟲，喜歡掩埋腐肉。

有時，我一想到自己，一想到自己的身體，眼前便自然會出現骨骼架：從電子微粒的角度來看我一定就是這個模樣。一個生命的搖籃，由大大小小的骨頭組成；裡面充滿有害物、變異的蛋白質、像玻璃一樣粗糙的劣質晶體。女人們服用各種各樣的藥片、藥丸，男人們給樹木噴殺蟲劑，牛再去吃草，所有那些經過添色加彩的糞便統統流入江河。更不用提在接連不斷的地震期間，沿聖安德列亞斯斷層（San

❶deathwatch，其字面意為「死亡鐘錶」。

Andreas fault)❷一帶的核電廠爆炸事件。並非哪個人的過錯❸。此外還有梅毒的突變類型，任何一種菌體都對它無可奈何。一些人自己動手來對付它，不是用腸線把下面索性縫合起來，就是用化學藥品予以重創。她們怎麼可以，麗迪亞嬤嬤痛心疾首，噢，她們怎麼可以如此作孽？惡毒的女人！眞是暴殄天物！她一邊說一邊絞著自己的雙手。

不錯，你們是要冒一定的風險，麗迪亞嬤嬤說，但你們是深入險地的突擊隊，是先遣軍。風險越大越光榮。她拍著雙手，爲我們根本不存在的勇氣興奮得容光煥發。我們只是低垂雙眼，看著桌面。要過那種生活，生個支離破碎的怪物，這可不是讓人愉快的念頭。我們不清楚那些不合格的嬰兒，它們被稱爲非正常嬰兒，最終是什麼下場。可是我們知道他們被扔到一旁，迅速地處理掉了。

這不是唯一的原因，麗迪亞嬤嬤說。她穿著卡其布裙子，站在教室前面，手裡拿著教鞭。黑板前面原來掛地圖的地方，此刻掛的是一張圖表，上面顯示著許多年來每千人的出生率：數字一路下滑，早已降到零，且還在繼續下降。

當然，一些女人相信末日說，對未來悲觀失望，認爲世界就要爆炸毀滅。那不過是她們的藉口而已，麗迪亞嬤嬤說。在她們看來，養育孩子毫無意義。麗迪亞嬤嬤縮緊鼻孔：眞是惡毒。這些都是懶惰的女人，她說，下賤的女人。

---

❷由美國加利福尼亞州向西南部延伸的地殼活動斷層，長約九百六十六公里。

❸「聖安德列亞斯斷層」在英文裡為 San Andreas fault，而 fault 一詞又有「錯誤」之意，故此語聽起來像說「聖安德列亞的錯」。

在我的桌面上，有一些姓名縮寫和日期深深刻入木頭。有些姓名縮寫排列在兩頭，中間用愛字相連。比如 J.H. 愛 B.P.1954。O.R.愛 L.T.。在我看來，這些字眼就像過去我讀到的刻在洞穴石牆上的文字，或是用煤煙和動物脂肪混合畫出來的文字。對我來說它們顯得無比古老遙遠。桌面是淺黃色的木頭，斜面，右邊有個扶手，是在紙上用筆寫東西時放手臂的。桌子裡可以放書本、筆記等東西。往昔的這些習慣如今在我眼裡顯得奢侈鋪張，簡直是墮落；是傷風敗俗，就像野蠻之國的縱酒狂歡。M 愛 G，1972。這行字是用鉛筆一次次硬戳進不再有光澤的桌面寫成的，帶著一種所有消失的文明特有的哀婉動人的力量。它彷彿石頭上的手印。不管是誰的手印，他都曾經在世上存活過。

沒有八十年代中期以後的日期。那麼，這所學校一定是那時關閉的學校之一，因爲缺少孩童。

她們走了彎路，麗迪亞嬷嬷說。我們決不可步其後塵，重蹈覆轍。她的嗓音裡充滿虔誠，又帶有幾分居高臨下，正是那些成天美其名曰爲我們好，而不斷向我們灌輸令人生厭的大道理者慣用的嗓音。我眞想一把掐死她。但這個念頭一躍上來，就立刻被我驅走了。

一件東西，她說，只有當它成爲難以得到的稀罕之物時，才會備受珍惜。姑娘們，希望你們能受人珍惜。她老喜歡停頓，在自己嘴裡品嘗玩味那些停頓的時刻。你們要把自己當做珍珠。我們坐在座位上，目光低垂，我們的確令她垂涎欲滴。她可以任意爲我們定義，對她那些形容詞我們只有默默忍受。

我想著珍珠。珍珠是凝固的牡蠣唾液。將來，如果可能，我一定要把這一點告訴莫伊拉。

我們這些人將負責把你們訓練成材，麗迪亞嬷嬷說著，一副心滿意足、情緒很好的樣子。

車停下來，後門打開，衛士讓我們出來。前門外站著另一個衛士，肩上斜揹著粗短的衝鋒槍。我們頂著小雨魚貫而入，衛士向我們致敬。那輛配備了各種儀器和巡迴醫生的大急救車，正停在環形車道的另一頭。我看到一個醫生正透過窗戶向外張望。我納悶他們等在那兒時都幹些什麼。玩撲克，這最有可能，或者看書；做一些男人們愛好的事。大多數時候他們根本派不上用場，只有在情況萬分危急時才會允許他們進去。

過去不是這樣的，過去這一切由醫生負責。眞是丟臉啊，麗迪亞嬤嬤感嘆道。不知羞恥。接著她會給我們看一部影片，在一個過去的醫院裡拍的：一位孕婦，被各種金屬絲捆綁在一座機器上，無數的電極管從她身上的各個部位伸出來，使她看上去像一個斷裂的機器人，靜脈滴液正緩緩進入她的手臂。一些男人舉著手電筒在她兩腿間查看，陰毛已經剃去，此刻只是一個光潔無毛的少女。滿滿一盤鋥亮閃光、經過消毒的手術刀，醫生都戴著消毒口罩。一個需要合作的病人。過去的習慣做法是上麻藥，引產，剖腹，縫合。如今這一切全都取消了。甚至連麻藥都不用。伊利莎白嬤嬤說這對胎兒有好處，但同時也是上帝的旨意：*我必多多加增你懷胎的苦楚，你生產兒女必多受苦楚*❹。午餐常常是這些語錄加上黑麵包和生菜三明治。

我走上石階，這些石階很寬，兩旁各有一個石甕，顯然奧芙沃倫的大主教地位比我們這家的高。這時，我聽到另外一個警報器的聲音。是藍色的產車，給夫人們乘坐的。看來一定是賽麗娜大駕光臨了。她們坐的可不是硬板凳，而是眞正的軟墊座椅。面朝正前方，車窗也沒有遮蓋。她們知道自己前往何

---

❹《聖經．創世紀》第三章第十六節，亞當和夏娃偷吃禁果被上帝發現，上帝大怒，遂對夏娃口出此言。

處。

賽麗娜可能曾經來過這裡，來過這座房子，喝茶什麼的。奧芙沃倫，從前那個成天苦著臉的臭脾氣女人珍妮，也可能曾被展示在她面前，在她和其他夫人面前，這樣她們可以觀賞她的肚子，或許還用手撫摩，向那家的夫人賀喜。強壯的姑娘，富有彈性的肌肉。家族中沒有橙劑❺中毒者，我們已經查過有關資料，這種事怎麼小心都不爲過。也許會有一個好心的夫人問她：親愛的，想吃塊餅乾嗎？

哦，千萬別，你會慣壞她的，太多糖分對母嬰都不好。

一塊不礙事的，就吃一塊，米爾德里德。

於是，馬屁精珍妮回答：哦，好的，夫人，請問我可以吃嗎？

啊喲，這麼有教養，一點不像別的某些人，只管應付任務，其他什麼都不要緊。她真像是你的女兒，你一定也這麼認爲。家裡的一個成員。夫人們發出一陣令人愉快的咯咯笑聲。好了，親愛的，你可以回房去了。

可等她離開之後，口氣立刻變了：全是些小蕩婦，但你也不能過於挑剔。畢竟她們生的孩子是交給你的，對不對，姑娘們？說話的是那家的大主教夫人。

哦，可並非人人都像你那麼走運。她們有些人，不知怎麼回事，連衛生都不注重。臉上從不見個笑容，成天悶悶不樂地待在屋裡，頭髮也不洗，有股味道。我只好讓馬大們去對付，把她強拉到浴缸裡。要她洗個澡，得威脅利誘一起來才行。

---

❺一種用作生化武器的除草劑，因其容器的標誌條紋為橙色，故名。

我對我那個只好採取嚴厲的措施。最近她不好好吃飯，其他東西也一口不吃，而我們一直都是極有規律的。你這個就不同了，她可為你掙了不少面子。看那樣子，隨時都可能生，噢，你一定開心死了，瞧她，肚子大得像座房子，你一定迫不及待了。

還要加點茶嗎？趕緊謙遜地掉轉話題。

我知道那種場面會是什麼情形。

還有珍妮，她在樓上的房間裡會做些什麼？嘴裡帶著甜味坐著，不斷舔著嘴唇。兩眼瞪著窗外。呼吸。撫摩腫脹的乳房。頭腦中一片茫然。

第二十章

這家的樓梯比我們那家寬，兩邊各有一把彎曲的扶手。樓上傳來先到的女人們有節奏的吟誦聲。我們逐個上了樓，小心翼翼不踩到前面一位的裙後襬。靠左邊，餐廳的雙重門都開著，往裡望去，可以看見一條長桌，蓋著白色的桌布，上面擺著各種餐點：有火腿、奶酪、橘子——她們居然有橘子吃！——還有剛出爐的各色麵包和蛋糕。至於我們，待會兒吃的是盛在盤子裡的牛奶和三明治。然而她們不光有那些美味，還有一壺咖啡，好幾瓶酒，在這樣一個勝利的日子裡，她們是完全有理由讓自己開懷暢飲一番的。首先，她們會等待結果，然後便開始大吃大喝。這會兒她們正聚集在樓梯另一邊的起居室裡，為這家大主教夫人，也就是沃倫夫人打氣加油。這位夫人身材瘦小，此刻躺在地板上，穿著白色的棉睡衣，漸漸變白的頭髮像霉絲一樣散在地毯上。眾人揉著她小小的肚子，彷彿是她要生產似的。

至於大主教，不用說，這會兒是見不到人影的。他像其他男人一樣，在這種時候便躲開了。也許他正在哪裡盤算，假如一切順利，有關他提升的消息會在什麼時候公布。反正這次他篤定又可以向上爬一級了。

奧芙沃倫在主臥室裡，主人的臥室，真是個好名稱。那裡是這位大主教和他夫人夜裡同床共寢的地方。此刻她坐在他們的大床上，背墊著枕頭：被剝奪了本名的珍妮，驕傲而又衰弱。她身穿一件白色寬鬆棉布睡袍，下襬被捲到大腿上；爲避免頭髮礙事，掃帚色的長髮被梳到後面紮起來。她雙眼緊閉，這副樣子倒讓我有些喜歡起她。畢竟她是我們中的一員，她所希求的不就是盡可能把生活過得舒服些嗎？除此之外，我們還希求什麼呢？正是潛在的可能性令人心動。在這樣的境況下，她做的不錯。

兩個我不認識的女人分別站在她兩旁，拽著她的手，或者說讓她拽著手。另一位掀起她的睡衣，把嬰兒油抹在她挺起的肚子上，自上往下搓。她的腳旁邊站著身穿有軍用胸袋的卡其布裙的伊利莎白嬤嬤。她負責教我們女性生殖器官課。雖然只能看到她頭的側面，身子的側面，但我知道是她。那長長的鼻子和挺拔嚴厲的下巴是我再熟悉不過的。她身旁是雙座位的產凳，後一個座位像御座一般高高在上。要等時辰到才會讓珍妮入坐。一切都已準備妥當：毛毯、給嬰兒淨身的小澡盆，還有一碗讓珍妮含在嘴裡的冰塊。

其他女人盤腿坐在地板上，人很多，這個住宅區的每個人都得來。有二三十人的樣子。並非每個大主教都有使女，其中一些大主教的夫人自己就能生養。正如口號中所宣傳的，各盡所能，按需分配。每頓飯甜點之後，我們都要背誦三次。這句話出自《聖經》，她們這麼說的。又是聖．保羅的話，在〈使徒行傳〉這個部分。

你們是過渡的一代，麗迪亞嬤嬤說。因此最難接受。我們知道你們要付出什麼樣的犧牲。遭男人辱罵確實不好受。但到你們下一代就容易多了。她們會心甘情願接受自己的職責。

她沒有說：因爲沒有記憶，沒有任何其他生活方式的記憶。

她說的是：因爲她們不想要得不到的東西。

每隔一個星期我們看一次電影，時間是午餐之後，午休之前。我們在過去上家政課的教室裡席地而坐，墊著一張小小的灰色坐墊。海倫娜嬤嬤和麗迪亞嬤嬤手忙腳亂地擺弄放映機，我們則耐心等待。運氣不好的話，影片會被她們裝反。這使我想起不知多少年前我在中學上的地理課。老師放介紹世界各國風情的紀錄影片。女人們穿著長裙或質量低劣的印花布裙，揹著木柴或簍子，或提著一桶桶用塑膠水桶裝的水，從河邊或其他什麼地方歸來。吃奶的孩子用披巾裹在背上，或是吊在胸前。這些女人怯生生地從眼角瞟著銀幕外的我們，知道有個帶玻璃眼睛的機器正對她們，但究竟幹什麼卻一無所知。那些影片讓人感覺既舒服又有些乏味。讓我感到昏昏欲睡，就連光著膀子的男人出現在銀幕上也無濟於事。那些男人手拿原始鋤頭和鐵鍬，正大力翻挖硬結的泥土，拖運石塊。我喜歡看歡快的影片，裡面有歌有舞，有在不同典禮場合戴的面具，有能奏出音樂來的人工雕刻製品：比如羽毛、黃銅鈕扣、海螺殼等，還有各式各樣的鼓。我喜歡看到人們歡快幸福的模樣，不願看他們悲苦淒慘的樣子，不願看他們遭受飢餓、瘦弱憔悴，不願看他們累死在一種簡單勞動上，例如人工挖井、澆灌土地等等。這些在文明發達的國家早就解決的問題。我心想真該有人提供技術，讓他們聊以度日。

麗迪亞嬤嬤不給我們看這類影片。

有時，她會給我們看一部七八十年代拍的老色情片。有的女人跪著，口淫陰莖或槍筒；有的女人被五花大綁，或是用鏈條拴住，或是脖子上戴著狗項圈；有的女人被吊在樹上，或倒吊著，全身一絲不掛，兩腿分開；還有的女人被先姦後殺，死前還慘遭毒打。還有一次我們被逼著看一部影片，裡面一個女人被凌遲致死，大卸八塊，十個手指和兩個乳房讓人用修剪草坪的大剪子剪斷，肚子被剖開，腸子被拖出來。

不妨考慮一下，兩種生活，你們願意選擇哪一種，麗迪亞嬤嬤說。看到過去是什麼情形了嗎？這就是當時的女人在男人心目中的形象。她的聲音氣憤得發抖。

莫伊拉後來說那影片不是眞人實事，是模特兒扮演的。但這很難說。

當然，有時會給我們看一些有關麗迪亞嬤嬤稱之爲壞女人的紀錄片。想想看，麗迪亞嬤嬤說，她們不幹正事，成天只知道像這樣蹉跎光陰。在過去那個時代，這些壞女人一直在浪費光陰。卻還因此得到鼓勵。政府還花錢養她們。請注意，她們的有些想法聽起來冠冕堂皇，她繼續說著，音調裡帶著享有絕對權威的人不容分說的沾沾自喜。直到今天，我們也還不得不容忍她們的一些想法。不過請注意，只是一些罷了，她忸怩作態地舉起食指來回擺動。但這些女人不信神，這就是本質的不同，你們說對嗎？

我坐在墊子上，十指交叉，麗迪亞嬤嬤終於走到一旁，從銀幕前消失，我眞想知道，在黑暗的遮掩下，我是否可以歪到右邊，與一旁的女伴悄聲說話而又不被人發覺。說些什麼呢？我會問，你見到莫伊拉了嗎？因爲誰也沒有見到她，早飯時她就不在了。屋裡雖然很暗，卻又沒有暗到能夠遮人眼目的地步，我只好把心思轉移到銀幕上一個個醒目的停格鏡頭上。這種影片沒有配音，不像色情片，裡面什麼聲音都有。她們希望我們聽到人們在悲極喜極或悲喜交集時發出的尖叫聲，咕噥聲，高喊聲，卻唯恐我們聽到那些壞女人的說話聲。

先是片名和一些人名，用炭筆塗黑蓋去，以防我們讀到，接著我眼前便出現我的母親。年輕時代的母親，比我記憶中的年輕，這一定是她在生我之前的模樣。她的一身打扮恰恰是麗迪亞嬤嬤所形容的從前典型的壞女人打扮，牛仔吊帶褲，裡面是淡紫色的格子襯衫，穿著運動鞋。正是莫伊拉曾有的裝束，也是記憶中我在很久以前的裝束。她的頭髮用淡紫色的手絹紮在腦後。臉上青春洋溢，肅穆莊重，顯得楚楚動人。我記不起母親什麼時候有過如此莊重美麗的神情。她與其他女人一道，大家穿著同樣的服裝。她手裡舉著一根棍子，不對，是旗子的一部分，旗桿。攝影機往上搖，一行字出現在我們眼前，用顏料寫在一塊顯然是床單的白布上：還我夜晚行動自由。雖然禁止我們讀任何文字，這行字卻沒有被蓋掉。周圍響起女伴們激動的喘息聲，屋子裡有如風吹過草叢，引起一陣騷動。是疏忽嗎？被我們窺見了什麼了嗎？或者根本就是有意讓我們看的，爲的是提醒我們過去不安全的日子。

在這條標語後面，還有其他標語，攝影機逐個快速搖過：選擇自由。想要才生。奪回我們的身體。你相信女人的位置是在流理台上嗎？在最後一條標語的下面，畫著一個女人身體的素描，躺在一張枱子上，鮮血從她身子裡汩汩流出。

我母親走上前來，臉上微笑變成歡笑，大家全都擁上前來，高舉拳頭。攝影機搖到空中，成百個氣球正騰空而起，帶著繩子，高飛遠去：紅色的氣球，球身上印著一個圈，圈上有柄，就像蘋果上的柄，這根柄是個十字架。鏡頭又回到地上，母親此刻已融入人群我再也找不著她了。

我三十七歲時才有了你，母親告訴我。要冒很大的風險，因爲你可能畸形或有別的什麼毛病。不錯，你是我想要的孩子，但是別人的狗屁話我也聽了實在不少！我最好的老朋友特麗莎・弗蒙指責我成了擁護提高出生率的人，這個潑婦。我想她是妒忌。其他一些人態度還算將就。可是，在我懷胎六個月時，許多人開始給我寄各種文章，大都是有關三十五歲以後生出畸形兒的機率直線上升。盡是些我最不需要的東西。另外一些文章則大談特談做單親媽媽的諸般難處。去你媽的，全是狗屁！我回信這樣罵她們。這件事我既然開了頭，就一定要把它完成，決不半途而廢。醫院裡，護士在體溫紀錄表上寫下「高齡初產婦」時，被我看到了。這就是她們對你的稱呼，只要你是在三十歲以後生第一個孩子，老天，三十歲以後！胡說八道，我對她們說，從生理機能上來說，我只有二十二歲，怎麼比都贏你們。我可以一口氣生下三胞胎，然後自己從這裡走出去，而你們連床都起不來。

她說這番話時，會得意地伸出下巴。我記憶中的母親就是這個模樣，下巴向外翹著，坐在廚房裡的桌子旁，面前擺著一杯酒；不像在影片中那樣年輕，那樣莊重，那樣美麗，而是剛硬勇猛，鬥氣十足，一個決不會在超市讓人插隊的老女人。她喜歡到我們家喝杯酒，我和盧克則在一旁準備晚飯。她喜歡講她過去的錯，最後就變成講我們的錯。當然，那時她的頭髮已經灰白。她不肯染髮。總是說，幹嘛要自欺欺人，假扮年輕。不管怎麼說，我要它幹什麼，我又不需要男人，除了十秒鐘製造嬰兒半成品的那一點點價值外，男人什麼用也沒有。男人不過是女人用來製造別的女人的法子罷了。並不是說你父親不是好人，只是他不夠格做父親。我也不指望他能當好父親。完事後你就走開吧，我對他說。我有很好的收入，可以養得起孩子。於是他就去了沿海地區，每逢聖誕節寄張卡回來。不可否認，他有一雙漂亮的藍眼睛。但這些人身上總是缺少了點什麼，即便是一些好心人也一樣。他們總是給人一副心不在焉的感覺，似乎連自己是誰都不太清楚。他們總是兩眼朝天，不看腳下，除了在修車和踢球方面略勝一籌外，遠不如女人能幹，看來人類只要在這方面改進一下也就行了，對吧？

她說話就是這副口氣，即使是在盧克面前。他倒不在意，只是裝出大男人主義逗她開心。他會告訴她女人空談理論沒有用，母親聽了會瞪他一眼，再倒上一杯酒。

沙文豬，她會說。

你看她是不是有點怪，盧克會轉身對我說，母親則帶點狡黠望著我們。

我有權這麼說，她回嘴道，我已經一大把年紀，該盡的義務也都盡了，是我作怪的時候了。你不過是個乳臭未乾的小子。小沙文豬。剛才我應該這麼叫你。

至於你，她又轉向我，不過是這場衝突之下的產物罷了。一閃即逝。歷史會饒恕我的。

但她通常要到喝完第三杯酒時才會說諸如此類的話。

你們這些年輕人不懂得珍惜生活，她會說。不知道我們吃了多少苦，才換來你們今天的一切。你看他削蘿蔔的樣子。知道嗎，就爲了爭取到男人下廚房削蘿蔔，有多少女人的生命，多少女人的身體，被坦克碾成了肉泥？

下廚是我的嗜好，盧克總是這樣回答。我喜歡聽他這麼說。

嗜好，傻瓜才有這種嗜好，我母親嗤之以鼻。別在我面前找藉口。過去人們可不允許你有這種嗜好。他們會把你稱作怪人。

好啦，媽，我打斷她。別爲這種毫無意義的事情鬥嘴皮子了好不好？

毫無意義，她的口氣辛酸苦澀。你把它稱做毫無意義的事。你不明白，你什麼也不懂。你根本不明白我說的是什麼。

有時她會放聲大哭。我好寂寞，她會邊哭邊訴。你們是想不到我有多寂寞。我是有朋友，還算幸運，但我就是感到孤單寂寞。

在某些方面我敬佩母親。雖然我們的關係從來不是和善親密的。我覺得她對我期望過高。她希望用我來證明她的生活和選擇都無比正確。我不願爲她的標準而活，不願成爲實踐她理想的產物。我倆常爲此爭吵。你的生存方式不需要用我來證明吧，有一次我曾這麼反唇相稽。

我想把她拉回來。我想把一切都拉回來，過去的一切。但只是一廂情願罷了。

第二十一章

這裡很熱，也太吵。耳邊一陣陣響起女人們的聲音。在經歷了日復一日的靜寂後，即便是柔和的吟誦聲對我來說也如雷震耳。屋角有一床血跡斑斑的被單，堆成一團，隨便扔在那裡。是羊水破的時候用的。過去我倒不曾注意到。

屋裡悶得很，有股難聞的氣味，她們應該開扇窗的。這股氣味發自我們的身體，是一種有機物的氣味，汗味中夾雜著被單上血跡的鐵腥味，此外還有一種動物的氣味，不用說是從珍妮身上發出來的：這是一種類似豬圈的氣味，野人居住的洞穴的氣味，又像母貓在上面生小貓的格子床毯的氣味，當然是在過去，在母貓被摘除卵巢之前。母體的氣味。

「吸氣，吸氣。」我們照以前所教的齊聲吟誦。「摒氣，摒氣。呼氣，呼氣。」各喊五遍。五遍吸氣，五遍摒氣，五遍呼氣。珍妮雙目緊閉，努力放慢呼吸。伊利莎白嬤嬤用手感覺著宮縮情況。

這時珍妮開始顯得躁動不安，她想走走。那兩個女人幫她下了床，扶著陪她來回走動。又是一陣陣痛，她疼得彎下身子。其中一個女人跪下爲她揉背。這一手我們全都非常在行，專門學過的。我認出了奧芙格倫，我的採購同伴，坐在離我兩個人的地方。柔和的吟誦聲像一張膜似的將我們包裹。

一個馬大端著盤子走進來，盛著一大罐飲料，那種用粉沖調而成的，還有一落紙杯。她把盤子放在吟誦的女人們面前的地毯上。奧芙格倫迫不及待地倒了一杯，紙杯很快依次傳下。

我拿了一個紙杯，側著身子將杯子傳給身旁的女人，她藉機在我耳旁低聲問：「你在找人嗎？」

「莫伊拉，」我也低聲回答，「黑頭髮，臉上有雀斑的那個。」

「沒見到。」女人回答。我不認識這個女人，她不是和我感化中心同一批的學員，但採購時見過面。

「不過我會爲你留意的。」

「你是？」我問。

「阿爾瑪，」她說，「你的眞名是什麼？」

我想告訴她我在感化中心時，有個同伴也叫阿爾瑪。我想告訴她我的名字。伊利莎白嬤嬤已經抬起頭，環顧四周，她一定注意到吟誦聲中斷了。沒有時間再問了。有時你可以在產日發現一些線索。不過盧克的下落是問不到的。他不會在這些女人可能看到他的地方。

吟誦繼續著，我開始感受到它的作用。這份活可不輕鬆，你們得聚精會神。將對方當作自己的身體，努力去感同身受，這是伊利莎白嬤嬤說的。我已經能感覺到腹部有了輕微的疼痛，雙乳鼓脹。珍妮開始叫喚，因爲聲音虛弱，聽起來又像是呻吟。

「快到時候了。」伊利莎白嬤嬤說。

一位助產婦用濕布擦拭珍妮的前額。她開始冒汗，一縷縷頭髮從紮頭髮的橡皮圈裡掙脫出來，散在前額和脖子上。她皮膚潮濕，浸在水裡一般，閃著光亮。

「呼吸！呼吸！呼吸！」我們齊聲吟誦。

「我想出去，」珍妮說，「我想出去走走。我感覺很好，我想上廁所。」

我們都知道她就要生了，但她卻不知道自己在幹什麼。這兩句話哪句對？也許是後面一句。伊利莎白嬷嬷揮了揮手，兩個女人立在手提便盆旁，珍妮緩緩坐下去。屋裡的氣味中又多了一種。珍妮又開始叫喚，頭痛得往下垂，這時我們只能看到她的頭髮。她蹲伏的樣子就像一個遭人搶奪，又被人扔在角落裡，攤著身子的舊玩具娃娃。

珍妮又站起身來回走動。「我想坐下。」她說。我們到這兒多久了？可能只有幾十分鐘，也可能長達幾個小時。我渾身大汗淋漓，胳肢窩底下衣服已經濕透。我嘗到上嘴唇有股鹹味。虛假的痛感襲上我的身體。其他人顯然也感受到了疼痛，這從她們扭動的樣子可以看出。珍妮開始含吸冰塊。隨後，她開始叫喚：「噢不要，噢不要噢不要。」聲音似近又遠。這是她的第二胎。過去她曾生過另一個孩子。我是在感化中心時知道的。那時她常常在夜裡為此淚流滿面，大家都一樣，只是她哭聲更響罷了。照理她應該記得生孩子的過程，記得接下來會怎樣。可疼痛一旦過去，誰又能記在心裡？剩下的只是皮肉上的一道陰影，心裡是絲毫痕跡不留的。疼痛會在身上留下印跡，但其痛之深，卻難以被人看清。正所謂眼不見，心不煩。

有人往葡萄汁裡摻了酒。酒是從樓下偷來的。這種事不是第一次發生。但她們對此基本上採取視而不見的態度。我們也需要狂歡慶賀一番。

「把燈關小，」伊利莎白嬷嬷說，「通知夫人時辰到了。」

有人站起身走到牆邊，屋裡燈光變得昏暗，眾人的聲音也隨之壓低，變成一片吱嘎聲，一片嘶啞的低語聲，就像夜深人靜時田間蚱蜢的鼓譟。有兩個人走出房間，另外兩個人把珍妮帶到產凳上，讓她坐在下面那個座位上。她現在平靜了一些，肺裡開始有了一些空氣。我們身子緊張地前傾著，背上和腹部的肌肉緊繃得發痛。來了，來了，彷彿一聲軍號，一聲戰鬥的號角，一堵牆轟然坍塌。我們可以感覺到它像一塊巨石在我們的體內迅速往下滾動，身體彷彿立刻就要爆裂。我們互相抓著對方的手，我們不再是孤軍奮戰。

大主教夫人匆匆進了門，身上還是那件滑稽可笑的白色棉布睡袍，底下露出細竹竿似的雙腿。另外兩位身穿藍色長裙、頭戴藍色面紗的夫人煞有介事地攙著她。這位夫人帶著不自然的僵硬微笑，活像一個不情不願的宴會女主人。她一定清楚我們對她的看法。她爬上產凳，居高臨下地坐在珍妮後面的座位上，如此一來，珍妮便完全被她包圍起來：她兩隻皮包骨頭的細腿往下伸在兩旁，像是兩根樣子怪異的椅子扶手。奇怪得很，她腳上竟然還穿著白色的棉襪，趿著臥室的拖鞋，絨毛的那種，就像馬桶的坐墊套。不過此時誰也沒去注意夫人，甚至瞧都不怎麼瞧她，所有目光都集中在珍妮身上。在昏暗的燈光下，身穿白色睡袍的她，宛若烏雲中的明月一般光彩奪目。

她一邊用力，一邊痛苦地哼哼。「用力，用力，用力。」我們低聲吟誦。「放鬆。呼吸。用力，用力，用力。」我們與她同心協力，我們與她靈肉相通，我們已酣然如醉。伊利莎白嬷嬷跪在地上，地上鋪著一塊攤開的浴巾，是用來接嬰兒的。出來了，代表榮譽與輝煌的頭顱，醬紫色的，沾滿酸奶般的黏液。再一用力，嬰兒身體便夾帶著血水，在眾人等待的目光中順溜地滑出產道。噢，感謝上帝。

伊利莎白嬷嬷察看嬰兒時，我們大家全都摒住了呼吸：是個女孩，可憐的東西，但就目前而言，還算不壞，起碼看上去一切都好，手，腳，眼睛，我們在心裡暗暗數著，一切都妥在其位。伊利莎白嬷嬷懷抱嬰兒，抬頭向我們報以微笑。我們也笑了，相同的笑容，淚水流下臉頰，喜極而泣。

我們的高興一半來自回憶。我想起了盧克，他在醫院裡陪我，立在床頭，身上穿著醫院給的綠色外套，戴著白色口罩。噢，他喊，噢，上帝，語氣中充滿驚嘆。那天他整夜無法入眠，太興奮了。

伊利莎白嬷嬷動作輕柔地爲嬰兒洗淨血水，她不怎麼哭，一會兒就不哭了。我們盡量安靜地圍到珍妮身邊，以免驚嚇孩子，大家擁抱她，撫拍她。她也在哭。身穿藍裙的兩個夫人攙著另一位夫人，也就是這家的夫人下了產凳，來到床邊，扶她躺下，蓋好。已經洗淨的嬰兒此刻已不哭不鬧，她被禮節性地放進她的懷裡。在樓下等待的夫人們這時蜂擁而入，把我們推擠到一邊。她們談笑風生，有的手上還端著盤子，拿著咖啡杯或酒杯，有的嘴裡還嚼著食物。她們繞床而立，對著母女倆百般撫慰、恭喜慶賀。她們臉上閃現著嫉妒的神情，我可以聞出這股氣味，微微的醋意混合著香水味。大主教夫人低頭俯視嬰兒，似乎她是一束花，一件戰利品，一個供品。

夫人們是來這裡取名作證的。這裡嬰兒的名字由夫人們取。

「就叫安吉拉吧。」大主教夫人說。

「安吉拉，安吉拉，」夫人們一遍遍念叨個不停。「多麼可愛的名字！噢，多麼完美無瑕的嬰兒！噢，她眞是太棒了！」

我們站在珍妮和大床之間，因此她看不到這番情景。有人遞給她一杯葡萄汁。我希望裡面有酒，她還在痛。產後她一直在哀哀哭泣，傷心的淚水已乾涸流盡。但儘管如此，我們還是歡欣鼓舞，因爲這對大家來說都是一場勝利。我們終於大功告成。

頭幾個月會允許她親自給嬰兒哺乳，因爲她們相信母乳。然後她會被轉送到另一家去，看能否與那家大主教再生一個。但有了這個孩子她便永遠不會被送到隔離營，永遠不會被貼上壞女人的標籤。那便是她所得到的獎賞。

產車在門外等著，準備送我們回各自的家中。醫生們還待在車裡，車窗裡露出他們白色的臉孔，就像久病在家的孩子蒼白的臉。其中一個醫生打開車門向我們走來。

「一切都順利嗎？」他焦急地詢問。

「一切順利。」我回答。這時我才覺得累極了，精疲力竭。雙乳生疼，還分泌出了一些液體。假乳，在一些人身上會發生這種情況。回家的路上，我們坐在凳子上，面面相對，已了無情緒，幾乎連知覺也沒有，就像一捆捆紅布。我們好痛。各人都在膝上抱著一個幻象，一個嬰兒的幽靈。興奮過後，此刻面對眾人的是各自的失敗。媽媽，我在心裡想，不論你在何方，你能聽見我說話嗎？你盼望建立一個女性文化，那麼，現在是有了。雖然它與你所說的相去甚遠，但確實存在。感謝神賜給我們的小小恩惠。

第二十二章

產車停在房前時，已是傍晚時分。太陽透過雲層，發出微弱的光亮，空氣中散發著暖烘烘的潮濕的青草味。我去了整整一天，在那種場合，人完全失去了對時間的知覺。今天的採購任務想必已由卡拉完成，我得以免除所有職責。我走上階梯，手扶著欄杆，腳步沉重。彷彿幾天不曾合眼，不停地在東奔西跑，累得心臟刺痛，渾身肌肉缺醣似的痙攣。唯有這一次我對獨處求之不得。

我躺在床上。希望能好好休息一下，睡上一覺，可因爲過分疲勞又加上興奮，怎麼都無法合眼。我仰望天花板，尋找花環的枝葉。今天它讓我想到一頂帽子，一頂過去某個時期流行的寬邊女帽：像一個巨大的圓環，裝飾著水果、鮮花以及珍禽異鳥的羽毛。這種帽子就像某種關於天堂的理念，懸浮在頭上，一個凝固的思想。

片刻之後，花環便會開始變得色彩斑斕，眼前會冒出各種幻象。這種疲勞的程度就如同因爲某種原因，我不願去想是爲了什麼，而通宵驅車趕路，從黑夜開到天亮，一路上靠講故事和輪流開車來排除倦意，太陽冉冉升起時，眼角會掠過車窗外的事物：路邊草叢裡變成紫色的動物，模糊不清的人影，如果你盯著看時，便立刻消失。

我太累了，無法繼續講這個故事。我太累了，無力去想究竟身在何處。現在我來講另外一個故事，一個好聽一點的故事。這個故事發生在莫伊拉身上。

這其間一部分是我自己想像的，一部分是我從阿爾瑪那聽說的，她是從德羅拉絲那聽來的，而德羅拉絲又是從珍妮那得知的。珍妮是聽麗迪亞嬤嬤說的。就連在那種境況下，在那種地方也會有同盟關係。這一點你盡可確信無疑：同盟在任何時間都存在，雖然方式各不相同。

麗迪亞嬤嬤把珍妮叫進辦公室。

祈神保佑生養，珍妮。麗迪亞嬤嬤定是這麼開口，她正在桌上寫東西，說話時沒有抬頭。任何規矩都有例外：這一點也確信無疑。嬤嬤們是允許看書寫字的。

願主開恩賜予，珍妮會這樣回答。她語調平平，嗓音清澈剔透，就像生蛋清。

我覺得你可以信賴，珍妮。麗迪亞嬤嬤會說，她終於從紙上抬起眼睛，用眼鏡後面一貫的目光直逼珍妮，這是一種具有威懾力又滿含哀求的目光。幫幫我，她的目光在說，我們是同一條戰線的盟友。你是一個可以信賴的女孩，她繼續道，不像某些人。

珍妮所有的痛哭流涕和悔罪，在麗迪亞嬤嬤看來包含著某種特別意味，她以爲珍妮已經徹底馴服，以爲珍妮已完全皈依，成爲忠實信徒。實際上那時候的珍妮不過是個成天被人踢來踢去的小狗。只要對她說幾句好聽話，她可以倒向任何一個人，對任何人都可以推心置腹。

因此珍妮一定會回答：我希望如此，麗迪亞嬤嬤。我希望不辜負您的重望。或諸如此類的話。

珍妮，麗迪亞嬤嬤說，出了一件可怕的事。

珍妮目光低垂，望著地板。不管發生了什麼，她知道都不會受到責備，她無可責備。這在過去對她何曾有絲毫用處？無可責備？因此她還是感到心虛，似乎馬上就要受到懲罰。

你知道是怎麼回事嗎，珍妮？麗迪亞嬤嬤問，聲音輕柔。

不知道，麗迪亞嬤嬤，珍妮回答。她知道這時有必要抬起頭來，正視麗迪亞嬤嬤。片刻之後，她終於努力抬起頭來。

假如你對這件事知情不報，我會對你非常失望，麗迪亞嬤嬤說。

主可以爲我作證，珍妮帶著熱切的神情回答。

麗迪亞嬤嬤停頓了一下，手裡擺弄著鋼筆。莫伊拉離開我們了，她終於開了口。

噢，珍妮應道。她對這個消息沒有什麼特別的感覺。莫伊拉不是她的朋友。她死了嗎？一會兒後她問。

接著麗迪亞嬤嬤便對她講了事情經過。莫伊拉在上運動課時舉手上洗手間。被准許後離開教室。那天値班的是伊利莎白嬤嬤，她像以往一樣把守在洗手間門外。莫伊拉走了進去，一會兒後，只聽莫伊拉對伊利莎白嬤嬤喊：馬桶溢出來了，嬤嬤能否過來通一通？不假，有時馬桶確實會溢出來。不知是誰會把一團團的衛生紙塞進下水道故意讓馬桶溢出來。嬤嬤們曾絞盡腦汁試圖設計出某種安全裝置，但終因經費缺乏，只好將就對付；另外她們尚未找到把衛生紙鎖上的辦法。或許她們應該把衛生紙拿到衛生間外面，放在桌子上，進去的人領一張或幾張。但那是以後的事了。任何新事物要想完善都需要時間。

伊利莎白嬤嬤毫無防備地進了洗手間。麗迪亞嬤嬤不得不承認她這事辦得有點蠢。不過話又說回來，她過去也曾通過幾次馬桶，從未出過意外。

莫伊拉沒有說謊，地上到處是水，夾雜著一些散開的糞便殘渣。穢臭熏人，伊利莎白嬤嬤見了眞是火冒三丈。莫伊拉彬彬有禮地立在一旁，伊利莎白嬤嬤飛快走進莫伊拉指給她看的那間，彎腰俯向抽水馬桶的後部。她是想拿開陶瓷的水箱蓋，調整浮球和塞子。她正用兩隻手去舉水箱蓋時，只覺某個尖利的金屬的東西頂在後背。別動，莫伊拉說，否則我就捅進去，我知道往哪裡捅，我會刺穿你的心。

後來她們發現她拆了一個抽水馬桶裡的裝置，拿走了那根細長尖利的鐵桿，就是水箱裡一頭連著沖水手柄，一頭繫著鏈條的那部分。只要知道怎麼做，做起來並不難，更何況莫伊拉有機械方面的天賦，過去經常自己修車，小問題也都自己處理。這個事件以後，水箱蓋開始用鏈條加固，每次馬桶溢水都要花好長時間把蓋子打開。鬧得我們在那裡時有好幾次污水氾濫。

伊利莎白嬤嬤看不到刺在她背上的是什麼，麗迪亞嬤嬤說。她是一位勇敢的女人……

是啊，是啊，珍妮響應道。

……但並非有勇無謀，麗迪亞嬤嬤說，眉頭微微皺了皺。珍妮老是熱情過了頭，有時聽起來就像在斷然否認。她照莫伊拉的話去做了，麗迪亞嬤嬤接著說。莫伊拉命令她從皮帶上解下趕牛刺棒和哨子給她。然後讓伊利莎白嬤嬤下樓到地下室去。當時她們在二樓，不在三樓，要對付的不過是兩層樓梯而已。加上正在上課，過道上什麼人也沒有。這中間她們曾見到另一個嬤嬤，不過她站在走廊的另一頭，而且背對著她們。這時伊利莎白嬤嬤本來是可以喊叫的，但她清楚莫伊拉是個說到做到的人。莫伊拉一貫臭名昭著。

是啊，是啊，珍妮又說。

莫伊拉帶著伊利莎白嬤嬤一路走過滿是空衣物櫃的走廊，經過體操館的門口，進了暖氣爐房。她命令伊利莎白嬤嬤脫掉所有衣服……

噢，珍妮有氣無力地喊了一聲，似乎在抗議這一大不敬的行爲。

……莫伊拉脫掉自己的衣服，換上伊利莎白嬤嬤的，雖然談不上十分合身，但還算合適。她對伊利莎白嬤嬤總算不是太狠，讓她穿上了她的紅裙。然後把面紗撕成條，用來把伊利莎白嬤嬤綁在暖氣爐的後面。又把一些布條塞進她的嘴裡，再用一根布條把嘴綁上封住。她還用一根布條從身後一頭綁在伊利莎白嬤嬤的脖子上，另一頭綁在她的腳上。眞是一個詭計多端的陰險女人，麗迪亞嬤嬤忿忿道。

只聽珍妮說：我可以坐下來嗎？似乎她承受不了這一切。她終於有了可以交換的東西，至少可以交換到一件象徵性的東西。

坐吧，珍妮，麗迪亞嬤嬤說，她有些吃驚，但明白此刻不能拒絕。她需要珍妮聚精會神，需要她的合作。她指指角落裡的椅子，珍妮將它拉過來坐下。

等把伊利莎白嬤嬤在暖氣爐後誰也看不到的地方綁好之後，莫伊拉說，你知道，我可以殺掉你的，我可以把你戳得面目全非，讓你見到自己的身體就難受。我可以用這個一下戳死你，或者用它刺瞎你的眼睛。一旦眞有那種事發生，請你記住我並沒有這麼做。

這些話麗迪亞嬤嬤對珍妮隻字未提，但我希望莫伊拉說了類似的話。不管怎麼說，她既沒有殺了伊利莎白嬤嬤，也沒有傷害她。幾天後，當她從被綁在暖氣爐後長達七小時的經歷中，或許還加上嬤嬤們或其他什麼人的盤問中——因爲不排除同謀的可能——恢復過來，她又回到感化中心工作。

莫伊拉挺著身子站起來，目光炯炯，直視前方。雙肩收緊，脊椎挺直，嘴唇緊閉。這不是我們慣常的姿勢。通常我們是勾著頭走路，眼睛看著自己的雙手或地上。莫伊拉即便戴著棕色的頭巾，看上去也不太像伊利莎白嬷嬷，但她身形卻足以讓她在站崗的衛士面前瞞天過海。這些衛士從來沒有仔細看過我們，甚至包括嬷嬷們，或許正因爲是嬷嬷，他們更沒有正眼瞧過。總之，莫伊拉大搖大擺地出了大門，從容不迫，一副熟門熟路、目標明確的樣子。在門口，衛士向她致敬，她拿出伊利莎白嬷嬷的通行證，衛士連看都懶得看一眼，誰願意好端端地在這種事上去冒犯嬷嬷呢？然後莫伊拉便消失了。

噢，珍妮口中迸出這個字眼。有誰知道她心裡眞正的感受？也許她想歡呼。倘若眞是如此的話，她隱藏得很是巧妙。

因此，珍妮，麗迪亞嬷嬷說。我想拜託你做一些事。

珍妮睜大眼睛，盡量作出一副天眞無邪、洗耳恭聽的樣子。

我要你留意周圍人的動靜。也許牽涉此事的還有別人。

好的，麗迪亞嬷嬷，珍妮回答。

要是聽到什麼就來告訴我，可以嗎，親愛的？

我會的，麗迪亞嬷嬷，珍妮說。她知道自己從此不用在教室前面當眾下跪了，也不會再聽到我們對她齊聲討伐。接下去該輪到別人了。她算是暫時解脫了。

她把在麗迪亞嬷嬷辦公室裡的會面經過告訴德羅拉絲並不代表什麼。它並不意味著她不會做不利於我們的證詞，無論哪一個，只要有機會。這一點我們都清楚。現在這個時候我們對她的態度就好像過去對待那些缺胳膊斷腿、在街頭賣鉛筆維生的可憐人。我們對她是能躲就躲，只要能做到，總是盡量對她寬容遷就。她是危險人物，大家都清楚這一點。

德羅拉絲也許會拍拍她的背，誇她是個講義氣的人，肯把這一切說給我們聽。這番對話會在哪裡進行？在體操館，或在大家準備上床睡覺的時候。德羅拉絲的床就在珍妮的旁邊。

事情當天夜裡就在眾人間傳開了，在昏暗的燈光下，壓低嗓子，從一張床到另一張床。

莫伊拉逃到外面的某個地方去了。她可能正逍遙法外，也可能已死於非命。她會幹些什麼呢？對她會幹什麼的想法在大家腦海中迅速膨脹擴大，最後充斥了整個房間。隨時都可能引發一場粉碎性的爆炸，窗玻璃會震碎在屋裡，一扇扇門會被震得不推自開……莫伊拉如今大權在握。她被放出去了，她把自己放出去了。如今她已成爲一個不受束縛的女人。

我想大家對這點感到膽戰心驚。

莫伊拉就像一座四周沒有封閉的電梯。她使我們頭暈目眩。我們早已經忘記了自由的滋味，早已經感覺到這深院高牆的安全牢靠。在大氣層以上，人體會支離破碎，變成氣體蒸發，因爲那裡缺少把人體各部位牢牢連在一塊兒的氣壓。

但儘管如此，莫伊拉仍存在於我們的幻想中。我們與她擁抱，暗地裡她總是和我們在一起，發出咯咯的笑聲。她是日常生活外殼下的熔岩。由於有了莫伊拉，嬷嬷們也變得不那麼可怕了，相反，變得更爲愚蠢可笑。她們至高無上的權力出現了破綻。居然會在洗手間遭人綁架。莫伊拉那種膽大無畏令我們欣賞不已。

我們想有一天她會被拖回來，就像過去發生過的一樣。我們想不出這回她們會怎麼處置她。不管怎麼處置，這次一定毫不留情。

但什麼也沒發生。莫伊拉未再出現，至今未再出現。

第二十三章

這是一種重述。整個故事都是在再現過去發生的事件。此刻，當我平躺在單人床上，默默覆述著該說或不該說，該做或不該做，以及該怎麼做的事情時，便是在頭腦裡重新描述過去發生的一切。假如有朝一日我能逃離此地——

好，就說說這點。我是一心要從這裡逃出去的。這種境況不可能永遠持續下去。在往日的歲月裡，別人在困境中也這麼想過，最終都能如願以償。雖然方式各不相同，他們的確逃離了苦難，可怕的日子的確終有盡時。雖然對他們來說，那段日子可能漫長得耗盡了整整一生。

等我逃離這裡，假如我有條件把這些事記下來，不管用什麼方式，哪怕是用向他人講述的方式，這也是一種重述，又隔了一層的重述。想準確無誤地再現事件的原貌是不可能的，因爲經由口中說出來的事永遠不可能與事件原樣絲毫不差，總難免有所遺漏。太多的盤根錯節，方方面面，縱橫交錯，差別細微難辨；太多的手勢動作，含義可此可彼，曖昧不清。此外還有太多根本無法充分訴諸語言的形狀樣式，太多充斥在空氣中或依附在舌頭上的種種氣味，以及太多其色難辨的混合色彩。倘若將來有朝一日，你成了男人，並有幸出人頭地，切記千萬別受誘惑，產生作爲女人理當寬恕男人的想法。說實在，這是一個難以抵抗的誘惑。不過請記住，寬恕本身也是一種權力。祈求寬恕是一種權力，給予或是不予寬恕更是一種權力，或許是最大的權力。

也許這一切全都與駕馭無關。也許這並不眞是有關誰可以擁有誰、誰可以對誰做什麼而不必受追究，甚至置其於死地也同樣可以逍遙法外的問題。也許這也不是有關誰可以坐著，而誰又必須跪著或站著或躺著張開雙腿的問題。也許這一切只是誰可以對誰做什麼並得到寬恕的問題。兩者性質絕不相同。

我希望你吻我一下，大主教說。

當然，不用說，這句話發生前有個過程。這種要求決不會毫無來由地憑空而至。

我終於睡著了，並夢見自己戴著一個斷掉的耳環。除此之外就別無其他了，唯有大腦穿行在舊日的檔案中。卡拉端著餐盤把我叫醒，時間重新回到正常軌道。

「是個健康的孩子吧？」卡拉把餐盤放到桌上時問。她一定已經知道了，這些馬大們的口頭電報跑得眞快，一家傳一家，任何消息頃刻間便人盡皆知。但她還是很高興聽人提起它，似乎我的話能增加這件事的眞實性。

「不錯，」我說，「是個持家的女孩。」

卡拉笑容可掬地望著我，千言萬語盡在其中。一定只有在這種時刻，她才會覺得她所付出的辛勞物有所值。

「太好了。」她說。我覺得她的聲音裡幾乎流露出一種渴求：這很自然。她一定希望當時也能在場。

這就像一個她無法參加的聚會。

「也許我們這裡也很快會有這樣一個小孩。」她神情害羞地說。她說的是我們，實際上指的是我。能否報答圍著我團團轉的這一群人，證明我並沒有白吃白喝，一切就都看我的了，就像一隻會下蛋的蟻后。麗塔也許不喜歡我，但卡拉卻相反。她依賴我。她滿懷希望，而我正是她實現希望的手段。

她的希望再簡單不過。她希望這個家也有一個產日，賓客盈門，屋裡四處擺滿美酒佳肴和道喜的賀禮；希望有一個小孩在廚房裡嬉鬧撒嬌，希望能為他熨衣服並趁沒人注意時，偷偷塞幾塊餅乾給他。我的任務就是為她提供這些快樂。我寧願她討厭我，那才是我理應得到的。

晚飯是燉牛肉。我沒吃完，因為吃到一半的時候，我猛然想起一件事。白天我把這件事忘得乾乾淨淨。看來人們眞是說對了，不管是分娩的還是在一旁助產的人，都會進入一種恍惚狀態，專心致志，把其他的一切都忘諸腦後。但此刻它又回到我記憶中，一時間我手忙腳亂。

樓下門廳裡的鐘敲了九下。我雙手緊貼在大腿兩旁，摒住氣，順著走廊，輕手輕腳地下了樓梯。賽麗娜應該還待在剛添了新生兒的那個大主教家。眞是走運，對此他原先不可能未卜先知。如今，不管哪家生了孩子，夫人們總要在那裡逗留很長時間，一邊幫忙拆禮物，一邊說東道西、蜚短流長，然後盡情喝酒，一醉方休。她們總得做些什麼來排解心中的妒意。我沿著樓下的走廊繞過去，經過廚房門口，再往前走，下一個房門便是他的房間。我站在門外，感覺就像被叫到校長辦公室的小學生。我究竟做錯了什麼？

我到這裡來是違規的。我們禁止與大主教們單獨相處。我們的用途就是生育，除此之外，別無他用。我們不是嬪妃，不是藝妓，也不是高級妓女。相反，爲了使我們與這類人涇渭分明，眞可謂無所不用其極。我們身上不能有絲毫娛樂成分，絕不容許任何隱秘的欲望之花有盛開之機；不管是他們還是我們，都別想靠花言巧語來騙得網開一面，這裡根本沒有愛情的立足之地。充其量我們只是長著兩條腿的子宮：聖潔的容器，能行走的聖餐杯。

因此，他爲何要見我，孤男寡女，在夜深人靜之時？

如果我被捉到，我將被交到賽麗娜的手中聽任她隨意發落。大主教照理是不該插手這類家法家規的，這純屬女人家的事。那之後，我將被劃入另冊，成爲一個所謂的壞女人。

可是如果拒絕見他後果可能更糟。眞正掌握大權的人是誰，這是毫無疑問的。

但他必定有求於我。有需要便有了弱點。正是這個弱點，不管它是什麼，吸引我不顧一切，奮然前往。這就好比固若金湯的銅牆鐵壁上出現了一道細縫。如果我把眼睛貼近這道裂縫，細看他的這個弱點，也許我便能夠看清面前的道路。

我想弄清楚他究竟需要什麼。

我抬起手，敲門，門裡面是禁區，非但我從未涉足，凡是女人都從不踏入。就連賽麗娜也不來這裡，屋裡的清潔衛生由衛士們負責。屋內到底藏有什麼秘密，藏有什麼不可示人的男性圖騰？

屋裡人讓我進去。我打開門，走進去。

這是另一個天地，正常生活的天地。我得說：這另一個天地裡的一切看上去像正常生活。屋裡有一張書桌，這是不用說的，書桌上有台電腦通話器（Computalk），後面是一張黑色的皮椅。另外還有一盆植物，一個筆架及一些紙。地上鋪著東方風格的地毯，還有沒有生火的壁爐。此外還有一張棕色長絨布套的小沙發、一台電視機、一張茶几和幾張椅子。

可是四壁卻環繞著書架。書架上擺滿了書。各種各樣的書，鋪天蓋地，顯眼奪目，既沒有上鎖，也沒有藏在箱子裡。難怪我們不能進入此地。它是這塊禁地裡的綠洲。我盡力不讓自己死盯著那些書。

大主教站在沒有火的壁爐前，背朝著它，一隻手靠在壁爐架上的雕木裝飾，另一隻手插在口袋裡。這種精心作出的姿態是那麼的裝腔作勢，就像舊時鄉紳的習慣，或是銅版紙印刷的男性通俗雜誌上老掉牙的挑逗動作。也許他事先便決定好了等我進來時要擺出這種姿勢。也許在我敲門時他趕忙衝到壁爐旁，立定在那裡。他還應該拿塊黑布遮住一邊眼睛，再戴一條上面印有馬掌的圍巾才是。

我盡可以任這些念頭斷續地在我腦海中一閃而過。暗地裡的嘲弄。不，是恐慌。事實上我感到驚恐萬狀。

我一聲不吭。

「把門帶上。」他說，聲調愉快。我關上門，重又轉過身。

「你好。」他說。

這是過去人們打招呼時的用語，我已經很久沒有聽到了，有好些年了。此時此地這話聽起來有點格格不入，甚至有點可笑，就像一個時間上的後空翻，一個特技動作。我一時想不出用什麼合適的話來應答。

我想我就要哭出來了。

他一定是注意到了，因爲他望著我，臉上的表情困惑不解，微微皺著眉頭，我願意把它理解成關心，雖然它可能只是表示生氣。「來，」他說，「你可以坐下。」他爲我拉出一張椅子，放在書桌前面。自己則繞到桌子後面坐下，動作緩慢，令我覺得又是經過精心策劃的。這個動作告訴我，他把我叫到這裡來，不會以任何方式違背我的意願，哪怕只是碰我一下。他微笑著。不是奸笑也不是淫笑。只是微笑，普通的微笑，友好但又保持一定距離，彷彿我是櫥窗上的一隻小貓。一隻他只是看看卻不打算買的小貓。

我端坐在椅子上，雙手放在腿上。我似乎感到穿在紅色平跟鞋裡的腳沒有觸到地面。實際上當然不是如此。

「你一定覺得奇怪吧。」他說。

我只是望著他。本年度最精彩的輕描淡寫，這是我母親使用的詞彙。過去使用的。

我覺得自己像棉花糖：用白糖和空氣製成。用力捏緊，我就會滴著粉紅色糖水。

「我想這是有些奇怪。」他又說，彷彿我回答了他。

我想我得找頂帽子戴上，在下巴打個蝴蝶結。

「我想……」他有些猶豫。

我硬撐著不讓身子探向前去。什麼？他說的是什麼？他想怎樣？他想要什麼？但我竭力不讓急切的心情流露出來。買賣就要成交，目前正處在討價還價的階段。誰沉不住氣誰就必虧無疑。除了出售，我決不透露任何東西。

「我是想……」他繼續道，「聽起來會很可笑。」他確實看上去很不自在，更準確的字眼應該是侷促不安，過去男人們都是這副模樣。他的年紀足以讓他想起如何表現那副模樣，想起女人們曾經多麼喜歡男人的那副模樣。如今年輕一代的男人已不會這些花樣。因爲他們從沒有必要。

「我想要你陪我玩一盤拼字遊戲。」他說。

我拚命保持僵直的坐姿。臉上毫不動容。原來這就是那間諱莫如深、禁止女人出入的屋裡的秘密！拼字遊戲！我想笑，想尖聲大笑，笑得從椅子上翻下去。這曾經是老頭老婦們在夏日裡或老人院裡沒有好電視節目看、閒極無聊時玩的遊戲；或者是十多歲的小孩玩的遊戲，當然，那是很久很久以前的事了。我母親曾有一副遊戲盤，收藏在走道上的櫥櫃裡面，與紙箱裡的聖誕樹裝飾品放在一起。母親曾經想讓我對它產生興趣，那是在我十三歲的時候，那個年齡的我成天沒精打采，遊手好閒。

如今當然不一樣了。如今這種遊戲禁止我們女人玩耍。如今它被視爲危險的遊戲。如今它被視爲不正經的遊戲。如今他不能和妻子玩這個遊戲。如今這個遊戲令他渴求神往，竟不惜連累自己。這簡直像爲我提供毒品。

「好吧。」我說，裝出不以爲然的樣子。實際上我緊張得幾乎說不出話來。

他沒有說爲什麼想找我玩拼字遊戲。我不敢問。他只是從書桌的抽屜裡拿出一個盒子，打開。我記得標有數值的字母塊是塑膠的，記得遊戲盤分成一個個方格，還有用來把字母放進格子裡的小夾子。他把字母塊倒在書桌上，把它們一個個翻過來。一會兒後，我也跟著翻起來。

「知道怎麼玩嗎？」他問。

我點點頭。

我們玩了兩盤。我拼了*Layrnx*（喉）。*Valance*（短帷幔）。*Quince*（溫勃樹）。*Zygote*（受精卵）。我拿著光可鑒人、稜角平滑的字母塊，撫摩著上面的字母。眞是一種舒服的感官享受。這就是自由，雖然只持續一眨眼的工夫。*Limp*（乏力），我繼續拼。*Gorge*（厭惡）。多麼奢侈的享受。寫有數值的字母塊就像薄荷糖，涼涼的，清新爽口。薄荷硬糖，這是過去的名稱。我眞想將它們放進嘴裡。它們吃起來也會有點像酸橙。字母*C*。脆脆的，在舌頭上有點酸酸的，好吃極了。

我贏了第一盤，第二盤我故意輸給他：因爲我尙不清楚條件是什麼，不知道我能開口要什麼作爲回報。

最後他告訴我不早了，該回家了。那確實是他使用的字眼：回家。他意思是回我房間。他問我一個人敢不敢走，好像樓梯是一條漆黑的街道。我說沒問題。我們打開他的書房門，只開一條縫，傾聽走道上的動靜。

就像在幽會。就像下課後兩人偷偷溜回宿舍生怕被人看到。

就像是串通合謀。

「謝謝你陪我玩。」他說。接著又說：「希望你吻我一下。」

我在想怎麼才能趁哪天晚上，在浴室裡洗澡時把馬桶水箱拆開，飛快地，不弄出任何聲響，這樣守候在外面的卡拉就不會聽見。我要將那根尖利的鐵杆取出來，藏在袖子裡，等下次大主教再要我去他房裡時帶進去。因爲有了第一次，往往會有第二次，不管你願不願意。我想著怎麼接近大主教，在這兒，兩人獨處時，我可以先吻他，然後脫掉他的外衣，假裝順從他或引誘他，似乎出自眞情地抱住他，然後抖出鐵杆，猛地用尖利的那頭刺進他的胸膛。我想像著飽含性慾的鮮血像熱菜湯一般奔湧而出，沾滿我的雙手。

事實上我當時根本沒想這些，是我後來加進去的。也許我當時應該想到那些，但我沒有。正如我先前所說，這只是一種重述。

「好吧。」我說。我迎上去，把緊閉的雙唇送到他的嘴巴前。我聞到刮鬍水的味道，普通的品牌，是我熟悉像是樟腦丸的味道。而他卻似初次見面的陌生人。

他後退一步，俯視著我。臉上重新泛起侷促不安的笑容。如此的眞摯誠懇。「不是這樣，」他說，「要像眞的一樣。」

他傷心透頂。

這也是一種重述。

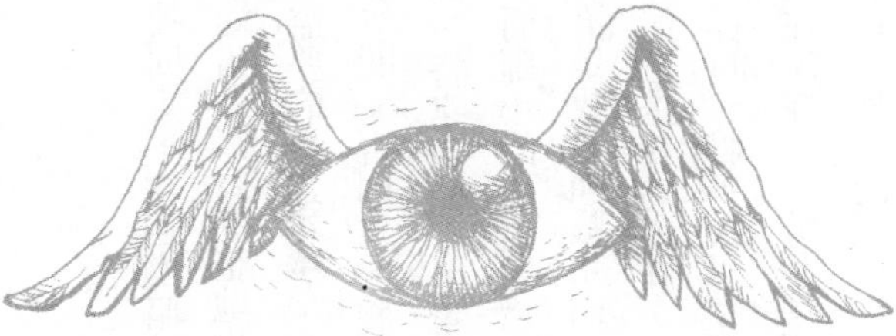

9.

夜

第二十四章

我往回走，穿過幽暗的過道，悄然無聲地爬上樓梯，躡手躡腳地潛回自己的房間。燈光已經熄滅，我穿著紅裙，衣著齊整地坐在椅子裡。只有穿著衣服才能清楚地思考問題。

我需要的是透視感。幻覺的深度，透過平面上不同形狀的安排而成。透視感是不可缺少的。否則只有二度空間。否則你的臉便會擠癟在牆上，一切的一切都會像一個巨大的圖片展開在你面前：包括無數的細節、特寫鏡頭、毛髮、床單的織紋、臉上的毛細孔。你的皮膚會像一張地圖，一張毫無意義的圖表，上面細小的道路密密麻麻，縱橫交錯，卻不知伸向何方。沒有透視感你只能活在現時現刻。而眼下的時刻恰是我不願駐足的。

但這正是我的所在，無從逃逸。時光如同陷阱，我深陷其中。我必須忘記藏在心底的那個名字以及過去所有的一切。我如今的名字叫奧芙弗雷德，這是我生活的地方。

活在現在，充分利用現在，它是你的所有。

盤點存貨的時間。

我三十三歲。棕色頭髮。脫鞋身高五尺七寸。我記不太清楚過去長什麼樣。我仍會排卵。我還有一次機會。

可是，從今晚開始有了改變。發生了變化。

我可以有所要求。也許不能很多，但至少可以有。

男人是性機器，麗迪亞嬤嬤說，除此之外，別無他求。他們只要一樣東西。爲了自己，你們必須學會操縱，牽著他們的鼻子走。這是天理，是神的安排，是世道常情。

麗迪亞嬤嬤並沒有明說這些，但她所說的一切無不包含此意。它盤旋在她的頭頂，如同愚昧黑暗的年代裡聖靈們顯示的金玉良言。和那些聖靈一樣，她也是瘦骨嶙峋，不長一點肉的。

可是這套理論能用在大主教身上嗎？他生活在書房裡，陪伴他的是拼字遊戲和他的渴望。渴望什麼？不過是有人陪他玩，有人溫柔地吻他，就像眞的一樣。

我明白自己得把這件事放在心上，認眞對待他的這個渴望。這件事可能意義非凡，它既可能成爲我的保護傘，也可能讓我墮入深淵、萬劫不復。我需要認眞關注此事，需要好好想一想。但不論我採取什麼行動，此刻獨坐在這黑暗中，看著長方形的窗戶被外面的探照燈照得通明，亮光透過薄似婚紗、又宛若細胞膜的窗簾射進屋裡，我雙手合握，身子輕輕前後搖晃，不論我採取什麼行動，其中都不乏令人興奮的東西。

他要我陪他玩拼字遊戲，並且煞有介事地吻他。

這是迄今爲止我所碰到的最最荒唐古怪的事情。

環境決定一切。

我想起從前看過一個重播的節目。很多年前拍的。我大概只有七八歲，還看不懂。母親喜歡看這類影片：歷史片和教育片。過後她會向我解釋，裡面所演的確有其事。可是對我而言，它只是個故事。我認定那是編出來的。我想所有孩子對歷史都與我所見略同。只要是虛構的故事，便不會那麼駭人。

那個電視片是某個大戰的紀錄片。影片採訪了眾多人物，展示了許多當時拍攝的黑白電影片段，還有大量照片。我不記得多少了，但對那些照片的質感卻記憶猶新。那一切似乎都蒙著一層混合著塵埃的陽光，人們眉頭下面和臉頰旁邊暗影很深。

採訪的對象是那些尚在人世者，這部分是彩色的。我印象最深的是訪問一名軍官的情婦。這個軍官曾管理一個猶太人被屠殺前住的集中營。那些猶太人在火化室（oven）被處死，母親告訴我。但影片中沒有出現火化室的鏡頭。因此我誤以爲那些人在廚房裡被處死。這個念頭對孩子來說異常恐怖。烤箱意味著燒煮食物，之後便是被人吃掉。我以爲這些人都被吃掉了。不過我想從某種意義上來說也確實如此。

根據那些人的回憶，這個軍官心狠手辣，冷酷無情。那個情婦——母親對我解釋了什麼是情婦，她不喜歡遮遮掩掩，把事情神秘化。四歲時我已經有了一本配有立體圖片的性器官讀物——那個情婦曾經是個風姿綽約的美人。影片中有一個她和另外一個女人的黑白鏡頭，她們坐在游泳池旁的摺疊帆布躺椅裡，身著當時流行的兩截式泳衣，腳穿木屐式船形底高跟鞋，頭戴闊邊花式女帽，臉上掛著貓眼式墨鏡。游泳池就坐落在他們家房子旁，就在有火化室的集中營附近。那個女人說她未注意到有何反常之處。她否認對火化室知情。

採訪這個女人時已經是那場戰爭四五十年以後了。她患有嚴重的肺氣腫，虛弱不堪。她不停地咳，樣子瘦削憔悴，但她對自己的外表仍然十分在意（你瞧瞧她，還是那麼注重自己的外表，母親恨恨地但又欽佩地說）。那張臉是精心打扮、濃妝艷抹過的：睫毛下是濃重的眼影，腮幫上塗了胭脂，上半部臉的皮膚拉得緊繃繃的，如同撐開的橡皮手套。身上珠光寶氣。

他不是魔鬼，她說。人人都說他是魔鬼，可他不是。

她腦中想的會是些什麼？我想不會有什麼，起碼當時不會想太多。她想的是如何不去想。世事反常。她在意的是自己的外表。她不相信他是個魔鬼。對她而言不是個魔鬼。也許他不乏可愛之處：比如沖澡時會哼著不成調的口哨，喜歡吃巧克力糖，用德語裡親暱的稱呼喚自己的愛犬，用小塊的生牛排逗牠坐立。塑造一個充滿人性的人不管對誰都是輕而易舉的事。這種誘惑誰都樂於接受。他就像一個大孩子，她會這樣對自己說。心會爲之融化。她會一面替他把前額上的頭髮拂到後邊，一面吻他的耳垂，無欲無求。僅是出於撫慰他人的本能，克盡己責的本能。好啦，好啦，她會像母親一樣安慰從噩夢中驚醒的他。要你操心的事太多了。她一定對這一切篤信不疑，否則她怎麼還活得下去？在那副美麗的外表下，她只是個普普通通的女人。她爲人寬厚，好心對待家裡的猶太籍女傭，或者不如說好得過頭。

這段採訪過程在電視上播出沒幾天，她自殺身亡。也是電視報導的。

沒有人問過她是否愛他。

我現在只能記得她化的妝了。

我在黑暗中站起身，開始解扣子。接著我聽到體內有什麼東西被我打破，裂開，一定是的。只覺一股聲響自下而上，欲從我的嘴裡奔湧而出。其勢洶洶，突如其來，我對此毫無準備，措手不及。假如我聽任這個聲音奪口而出，那必定是化爲一場大笑，其聲之大，持續之久，一定會驚動他人，隨之腳步聲會匆匆響起，發號施令聲此起彼伏，誰知道呢？再接下來就是判決：不合時宜的感情流露。「游走子宮」，人們過去這樣解釋這種現象。歇斯底里。接著便是打針，吃藥。那些東西可能會置你於死地。

我彷彿要嘔吐似的緊緊捂住嘴巴，跪下身子，笑聲在我的喉嚨口如沸騰的熔岩咕咕作響。我爬進櫃子，聳起雙膝，感覺就要被嗆住了。我的肋骨由於憋得太久開始陣陣發痛。全身抖動著，上下起伏，像地震來臨，又像火山爆發。我就要爆炸了。炸得滿櫥櫃通紅一片，歡樂與新生協調同步，哦，笑別人世。

我用櫥櫃裡掛著的披風捂住嘴，強壓住笑聲，閉緊雙眼，擠出忍不住的笑淚。拚著命讓自己平靜下來。

一會就過去了，就像間歇性的癲癇發作。此刻我人在櫥櫃裡。*Nolite tebastardes carborundorum*。黑暗中我看不清這行字，但用指尖可以感觸到細細的刻出來的筆跡，就像盲人點字。此刻它在我的頭腦裡不再像一句禱文，更像是一聲命令，但具體指令是什麼？不管是什麼，這個命令對我毫無意義。它只是一行古老的象形文字，解讀它的途徑早已失傳。那個女人爲何要不厭其煩地寫下它？

我躺在地板上，先是快速急促地呼吸，而後逐漸恢復平靜，就像在做分娩前的準備活動。此刻我能聽到的唯有自己的心跳聲，一張一合，一張一合，張開。

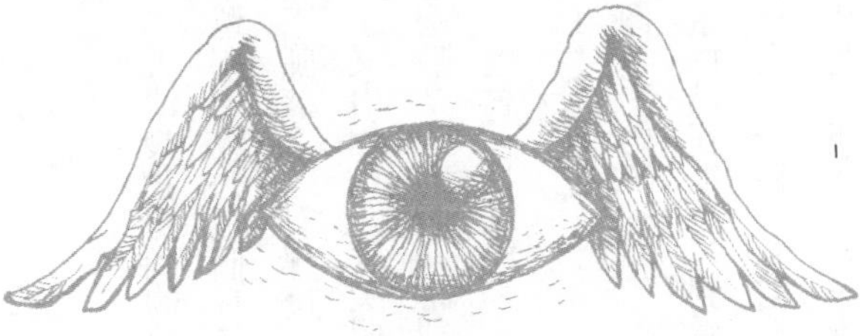

10. 安魂經卷

第二十五章

第二天清晨我聽到的第一個聲響是一聲尖叫和東西的粉碎聲。卡拉打翻了早餐盤。這個聲響把我從睡夢中驚醒。我的半個身子還在櫃子裡，頭枕在揉成一團的披風上。一定是我把它從衣架上扯下來，枕在頭底下睡著了。有那麼一瞬間我記不起身在何處。卡拉跪在我身旁，我感覺她在用手摸我的背。我動了一下，又引起她一聲尖叫。

怎麼啦？我問。同時翻轉過身，努力爬起來。

哦，她說。我以爲……

她以爲什麼？

就像……她說。

雞蛋摔破在地上，到處是橘子汁和粉碎的玻璃渣。

我再去拿一盤來。眞浪費。你趴在地上幹什麼？她邊說邊用手拉我，幫我站起身來。

我不想告訴她我根本就沒上床。解釋不清的。我告訴她我一定是暈過去了。這個藉口和講眞話一樣糟糕，立刻被她抓住不放。

初期症狀是這樣的，她說，口氣歡喜無比。暈厥，還有嘔吐。她應該知道現在談這些爲時過早，可能她抱的希望太大了。

不，不是你想的，我連忙更正。我本來坐在椅子裡，不是你說的那種情況。我只是頭有些發暈。剛站起來便兩眼發黑什麼都不知道了。

一定是昨天太緊張了，她說。放鬆點。

她指的是昨天的分娩，我忙說就是。這時我已經坐進椅子，她跪在地板上，收拾碎玻璃、碎蛋，把它們放進盤子裡。然後用餐巾紙吸去地上的橘子汁。

我得去拿塊布來，她說。別人一定會問為什麼多要一份蛋。除非你可以不要。她斜著眼看我，帶點狡黠的神情，於是我馬上明白倘若我們一齊瞞天過海，假裝我已吃過早飯，對大家都會好得多。要是她跟人說見到我躺在地上，一定會引來數不清的問題。當然，摔碎杯子是無論如何要有個說法的，要麗塔再準備一份早飯肯定要惹惱她的。

我不吃早飯了，我說。我不太餓。這個藉口不壞，與頭暈相吻合。但我可以把烤麵包吃掉，我說。我不想什麼也不吃。

它掉到地上了，她說。

沒關係，我說。我坐著吃烤黑麵包，卡拉則到浴室把滿手的碎蛋沖到馬桶裡。又走回來。

我會說出去時失手把盤子打了，她說。

我很高興她肯為我撒謊，即便是為這麼一件小事，即便是為她自己的利益考慮。它是我們兩人之間的連結。

我朝她微笑。希望剛才沒人聽到，我說。

剛才我眞被嚇了一跳，她拿著盤子站在門邊時說。起先我以爲地上只是你的衣服，看上去很像。接著我就想，衣服怎麼會扔在地上？我以爲你也許……

逃走了，我接口道。

這個嘛，可是，她期期艾艾。可再一看，是你。

是啊，我說。是我。

就這樣，她端著盤子出去，又拿了一塊抹布回來擦地上剩餘的橘子汁，那天下午便聽到麗塔發牢騷說，有些人眞是笨手笨腳，心事太重，腳下走到哪裡都不看看。而我們則任由她說，只當什麼事也沒發生。

那是五月裡的事了。如今春天已經逝去。鬱金香花期已過，花瓣如同牙齒一般一片片脫落。一天我見到賽麗娜．她正跪在花園中間的墊子上，枴杖放在一旁的草地上，專心致志地用剪子剪去心皮。我提著裝滿橘子和羊排的籃子經過時用眼角注視她。只見她把剪刀對準要剪的部位，擺好，然後雙手握緊剪子抽搐般地猛地剪下去。是關節炎又往上蔓延了嗎？還是對花朵飽滿的生殖器發起某種閃電戰，某種神風突擊隊式的突然襲擊？子實體。剪去心皮據說是爲了讓球莖積蓄能量。

跪著苦修的聖賽麗娜。

我常常以她爲對象，用諸如此類刻薄的黑色小幽默自娛，但從來不敢沉溺其中過久。長時間從背後窺伺賽麗娜是絕對不行的。

令我垂涎的是那把剪子。

唔。鬱金香之後便是蝴蝶花。高高掛在長長的根莖上，亭亭玉立，姿態萬千，既好似吹製玻璃，又如同色彩柔和的水粉顏料，潑灑之際便凝結成形，淡藍，淡紫，還有顏色深一些的，在陽光下有的呈現天鵝絨般濃濃的紫色，有的好似黑色的貓耳朵，還有的像深藍色的幻影，更有的像滴血的心房，它們的外形看起來是那樣的嬌媚動人，居然沒有早早被人連根拔掉實在讓人驚奇。賽麗娜的這個花園帶有某種顛覆性，就像深埋在地下的東西無言地破土而出，重見天日，似乎在比劃，在說：任何被壓制的聲音都不會甘於沉默，它們會以某種無聲勝有聲的方式大聲疾呼自己的存在。一座典型的丁尼生❶風格的花園，飄溢著濃重的花香，倦怠無力，令我禁不住又回想起那個詞：昏厥。陽光照亮了整個花園，花朵的熱度也在升高，你可以感覺到它：如同把手舉在高過手臂，高過肩膀一英寸的地方。它會發熱，會呼吸，自我吸納。那些日子裡每回穿過花園，穿過牡丹、石竹和康乃馨，我的頭都會發暈。

柳樹枝葉茂盛，卻無濟於事，那陣陣低語只會讓人心生疑慮。約會地點，它彷彿在說，露天階梯看台。絲絲涼氣爬上我的脊柱，我像發高熱似的戰慄發抖。夏天的薄裙摩擦著我大腿的肌膚，青草在我腳下長勢正歡。從我兩邊眼角望去，枝頭上充滿了動感：色彩斑斕的羽毛，撲翅輕飛的動作，裝飾音，樹木化爲小鳥。隨心所欲，任意變化。此時爛漫的女神也有了存在的可能，空氣中充滿欲望。就連房子的

❶丁尼生(Tennyson, 1809-1892)，英國詩人。重視詩的形式完美，音韻和諧，詞藻華麗。

磚塊都變得綿軟輕柔，可感可觸。假如我靠在上面，它們會變得柔和溫暖。自我克制和壓抑究竟會引發什麼樣的舉動讓人始料不及。昨天在檢查站，當我丟下通行證，讓哨兵爲我撿起來時，他看到我的腳踝時是否會感到一陣眩暈，有些神志不清？沒有手絹，沒有扇子，我只是把身邊現有的東西信手拈來。

冬季不會讓我感到如此危機四伏。我需要的是堅硬，冰冷，僵直，而不是這種沉甸甸的、熟透的、飽含汁液的豐滿，彷彿我是藤上的一個甜瓜。

我和大主教之間達成了一個協議。這個協議當然不是第一個，但是形式卻與以往完全不同。

一星期裡我要去拜訪大主教兩到三次，都是在晚飯以後，不過得依信號行事。這個信號就是尼克。假如我出門採購或回來時他在擦車，假如他歪戴著帽子或根本沒戴，我便可放心前往。假如他不在擦車或帽子戴得一本正經，我就像平常那樣待在屋裡。當然，逢到舉行授精儀式的夜晚，所有這些便不再適用。

麻煩的始終是夫人。晚飯後她會待在他倆的臥室裡，只要她在那裡，不管我多麼小心翼翼，躡手躡腳，偷偷穿過走道時還是有可能被她聽見。有時她會待在起居室，沒完沒了地編織給天使軍士兵用的圍巾打發時間，那些針法複雜精細，但毫無用處的毛線人物圖案越織越多：這一定是她繁殖後代的形式。她在裡面時，起居室的門通常是半開的，我根本不敢從門口走過。每回我接到信號，卻下不了樓也無法途經起居室穿過走道時，大主教都能理解。我的處境至今未見絲毫改觀，這一點他清楚。他了解所有的清規戒律。

不過，有時候賽麗娜會出門拜訪另外一家大主教患病的夫人，那是她在夜晚獨自出門唯一有可能去的地方。她會帶上食物：一塊蛋糕、一塊煎餅或一條麵包，這些都是麗塔烘製的，或者是一罐果凍，用長在花園裡的薄荷葉製成。大主教的夫人們常愛生病。小病小恙能爲她們的生活增添情趣。至於我們這些使女們甚至包括馬大們對疾病則是避之不及。馬大們害怕會因病被強迫退休，誰知道接著會被弄到哪裡去？如今周圍上年紀的老婦已見不到幾個。至於我們，倘若眞是得了什麼大病，久治不癒，憔悴消瘦，食慾不振，掉頭髮，腺體功能衰竭，那可就完了。我想起卡拉。初春時她患了流行性感冒，卻還是堅持工作，腳步蹣跚地來回奔走，並在她以爲沒人注意時，用手緊緊抓住門框，盡力忍住不咳出聲來。賽麗娜問起時，她只是輕描淡寫地回答：小感冒而已。

賽麗娜自己有時也會給自己放幾天假，臥床養病。於是探望者接踵而至，賓客滿門。夫人們一邊快步上樓，一邊興高采烈地咯咯說笑。她則收下蛋糕、煎餅、果凍以及從她們的花園裡採來的一束束鮮花。

夫人們輪流生病。在她們之間，有一張無形的、未經說明的排序名單。各人都小心謙讓，唯恐多佔了便宜，攫取了超過應得的那份關懷。

賽麗娜要出門的那些晚上，我是一定會被大主教召去的。

第一次去的時候我完全搞不清楚狀況。他的需要對我來說如雲遮霧罩，看不明白，而我所能理解到的又似乎荒誕不經，就像迷戀綁帶鞋一樣滑稽可笑。

另外，就是有點沮喪。第一次去時，對那扇緊閉的門內有可能發生的一切，我曾有過某種猜想？某種難以言喻的事，像是四肢著地，玩性變態花樣，用鞭子抽，或者斷肢毀容？至少也是某種輕微的性摧殘，某種往日的小過失，如今被法律制止，違反者將受到懲處。然而，結果卻是要我玩拼字遊戲，似乎我們是一對親暱的老夫妻，或是兩個天眞無邪的孩童，這未免也太怪異了，有悖常理。作爲一種要求，它著實令人費解。

因此，我一直到離開房間，都沒弄明白他究竟想要什麼、出於什麼目的或者我是否已使他如願。如果這是一筆交易，那麼首先必須提出條件。顯然他對此事毫無經驗。我曾以爲他或許是在耍我，玩貓和老鼠的遊戲，現在我認爲，他做這件事的動機和要求連他自己都不清楚。它們尚未到達用言語表達的層面。

第二次晚上去他那裡的開始情形和第一次相仿。我走到緊閉的門前，敲門，被讓進屋。接著用米黃色的光滑的字母塊同樣玩了兩盤遊戲。*prolix*（令人生厭的），*quartz*（石英），*quandary*（困惑），*sylph*（空氣中的精靈），*rhythm*（節奏），我搜腸刮肚，憑著記憶或想像玩這些輔音字母的老把戲。我費勁地拼讀著，舌頭有些不太靈光，咬字不清。如同使用一門曾經掌握，但久已荒疏的語言，一門與某些習俗相關的語言，而這些習俗早已被世人摒棄，不留痕跡：比如在戶外餐桌上擺放法式的牛奶咖啡，外加奶油雞蛋卷和高腳杯的苦艾酒，以及大量報紙連篇累牘報導的小矮人的消息。這些都是我曾經讀過，但從未親眼所見之事。好比跛子企圖不用枴杖走路，像那些老電視電影裡虛僞做作的鏡頭。你可以做到的。我知道你行。那正是我當時的寫照。整個頭腦搖搖晃晃，磕磕碰碰，穿行在清輔音r和t之間，像踩在鵝卵石上一般滑過卵形的元音。

在我遲疑不定，或是請他提供正確的拼寫時，大主教表現出十足的耐心。我們可以查字典，他說。他說的是我們。第一次，我意識到，這是他第一次讓我贏。

那天晚上我以爲一切將一如既往，包括分手時的吻別。可當第二盤遊戲結束後，他沒有起身，而是往椅背一靠。雙肘放在扶手上，十指指尖頂著，望著我。

我爲你準備了一件小禮物，他說。

他微微笑了一下。接著打開書桌最上面的抽屜，拿出一樣東西。他用大拇指和食指舉著它，很隨意地停了一會兒，似乎在決定要不要把它給我。雖然從我坐著的角度看去，那東西是倒著的，我還是一眼認出了它是什麼。這個東西放在過去是再稀鬆平常不過的。是一本雜誌，從封面上看是一本婦女雜誌。銅版紙上是一名女模特兒，燙著頭髮，脖子上圍著圍巾，嘴上塗著口紅，身穿秋令時裝。我以爲這類雜誌已經完全銷毀，沒想到還倖存一本，藏在大主教的私人書房裡，人們最不可能想到會有這種東西的地方。他低頭望著模特兒，在他面前畫面是正的。他仍在微笑，他特有的充滿哀愁的微笑。在動物園裡面對一隻瀕臨滅絕的動物時，人們常常會有這種表情。

他把雜誌像魚餌一般在我面前晃悠著，我目不轉睛地盯著它，心中如飢似渴。這種渴望所產生的力量如此巨大，令我十個手指尖都痛起來。與此同時，我也看出自己這種渴望的淺薄與荒唐，因爲我曾經對這類雜誌是那麼的不在乎。只有在牙科候診室或飛機上我才讀這類書，有時也買幾本帶到飯店房間，用來消磨等待盧克的無聊時光。通常我一頁頁翻完後，便順手一扔，這種東西實在太多，棄之毫不可惜。一兩天過後，我就根本想不起來裡面都講些什麼了。

然而此時此刻我全想起來了。那些雜誌充斥著希望與承諾。它們介紹各種使人容貌煥然一新的方法，替人設計的各種可能，這些可能伸展開來，就像面對面的兩面鏡子裡的映像，不斷延伸擴展，一個又一個地呈現對方的影子，直至消失。它們向人提供一個又一個的冒險經歷，一個又一個的衣櫥，一種又一種的美容術，一個又一個的男人。它們讓人看到青春可以再來，美貌可以永駐，痛苦可以征服超越，愛情綿綿無盡。那些雜誌給人的真正承諾是永恒與不朽。

那便是此刻他下意識地舉在手上的東西。他飛快翻動著書頁。我情不自禁地探過身去。

這是一本舊雜誌，他說，一件老骨董。我想是七十年代出的。流行雜誌。就像一位佳釀品嘗家隨口說出一種名酒。我想你會有興趣看看。

我躊躇不定。也許他在試探我，考驗我的信仰究竟到了多深的地步。這是不允許的，我說。

這裡允許，他輕輕地說。我立刻明白了他的意思。既然最大的禁忌都打破了，我何必還畏首畏尾，猶豫不定，在意其他小規矩？何況要講清規戒律，除了這個，還有那個，根本是沒完沒了，不一而足，我怕得過來嗎？在這扇不同尋常的房門後面，所有的忌諱禁令都失效。

我從他手裡接過雜誌，擺正。童年時代司空見慣的形象重新回到眼前：無畏、從容、自信。她們揮動手臂的樣子，彷彿要擁有宇宙。她們雙腳叉開，穩穩當當地立足於大地。她們的姿勢中有某種屬於文藝復興時代的東西，但我腦海中浮現的是英俊王子，而不是頭戴女士帽，留著鬈髮的少女。不錯，那些坦率誠懇的眼睛被化妝品塗得是有些暗淡模糊，好比貓眼一樣，緊盯不放，伺機而撲。她們沒有恐懼，也不依附某人，既沒有穿鬥牛士的紅披風和粗花呢服裝，也沒有高及膝蓋的長統靴。這些女人只是如同海盜一般，提著女性味十足的公文包，豪奪掠搶，滿足她們難看、貪婪的利齒。

我一邊翻著雜誌，一邊感覺到大主教在注視我。我清楚自己在做一件不該做的事。而他卻很高興看我做這件事。我應該有罪惡感，根據麗迪亞嬤嬤的看法，我是在自甘墮落。但我沒有絲毫罪惡感。相反地，我覺得自己就像一張陳舊的英王愛德華時代的海濱風光明信片：放蕩不羈。接下來他還會給我什麼？腰帶嗎？

你怎麼會有這種東西？我問他。

我們中有些人，他說，還保留著對舊事物的喜愛。

照理說它們全被燒光了。我說。當時是一家不漏地搜，然後點起火堆……

在大眾手裡充滿危險的東西，他說話的口氣像是嘲弄又不像是嘲弄，在有些人手裡卻可以放心，因爲他們的動機……

無可指責，我接過他的話。

他嚴肅地點點頭。我看不出他是否當眞。

那你爲什麼要給我看？話一出口，我便意識到這是個愚蠢的問題。你教他怎麼回答？難道要他回答是以我的痛苦爲代價，爲他自個找樂子嗎？因爲他一定清楚，回憶過去對我來說是多麼痛苦的事。

然而，他的回答令我始料不及。除了你，我還能給誰看呢？他說話時，臉上又出現那種悲哀的表情。

我可以往前再邁一步嗎？我心想。我不想強迫他，逼他走得太遠，太快。我知道自己人微言輕，根本是可有可無。不過，我還是開口了，語氣盡可能溫柔：那夫人呢？

這個問題似乎令他頗爲費神。行不通的，他說。她不會明白。不管怎麼說，這些年來她已經不大跟我說話。我們似乎已無話可說了。

於是一切眞相大白：原來夫人與他同床異夢。

這麼說這就是我被召去的原因了。老套，平庸得讓人感覺虛假。

第三天晚上，我向他要一些護手霜。我不願露出乞求的口氣，但我渴望得到可能得到的東西。

一些什麼？他問，口氣謙恭有禮，一如既往。他與我隔著一張書桌，除了那個純屬義務的吻之外，他不怎麼碰我。既沒有親暱的觸摸，也沒有粗重的呼吸，類似舉動一概沒有。不知怎的，這種舉動對他也像我一樣不合時宜。

護手霜，我說。或者是乳液。我們的皮膚太乾燥了。出於某種原因我用的是我們而非我。我還想向他要一些沐浴球，它們裝在五顏六色的小球裡，過去很容易就能買到。這些小球堆在母親浴室裡的一個玻璃碗裡，一粒粒在我眼中充滿了魔力。可是我想他不會知道那些東西。再說，它們也許根本就不再生產了。

乾燥？大主教反問道，似乎他從來沒想過這件事。那你們怎麼辦？

用奶油代替，我說，只要能弄到。或者用人造奶油，大多數時候用人造奶油。

奶油，他重複著，很好笑的樣子。眞聰明。奶油，他笑出聲來。

我眞想摑他一耳光。

我想可以替你弄一些來，他說，好像在滿足一個小孩想吃口香糖的願望。可是她會聞出來的。

我不知道他這種擔心是否來自從前的經驗。很久以前的經驗：領子上的口紅印，袖口上的香水味，深夜裡在某個廚房或臥室裡的一幕場景。沒有這種經歷的男人是不會想到那方面去的。除非他比外表更爲老奸巨猾。

我會小心的，我說。再說，她從不靠近我。

有時候很近的，他說。

我低下目光。我竟把那件事忘了。我感覺到自己臉紅起來。那些晚上我不用就是了，我說。

第四個晚上，他給了我一瓶護手霜，裝在一個沒有標籤的塑膠瓶子裡。品質不是很好，聞起來有點像植物油。在我看來根本比不上「山谷裡的百合」。也許是藥用的，用來塗褥瘡的。但我還是謝了他。

問題是，我說，沒有地方可以放。

放在你的房裡啊，他說，好像這是再明白不過的事。

會被人發現的，我說。遲早會被人發現。

爲什麼？他問，似乎他眞的一點不知道。也許他眞的不知道。這不是他第一次表現出對我們的眞實境況一無所知。

她們會搜查，我說。會搜查我們的房間。

尋找什麼?他問。

我想當時我有些失去控制。刀片。我說。書本，信件，以及黑市上的東西。這些東西我們都不能擁有。天哪，你應該知道的。我的聲音憤怒得有些失控。可他不動聲色，連眉頭都沒皺一下。

那就放在這裡好了，他說。

於是我便照他說的放在他那裡了。

他注視著我，望著我把護手霜塗到手上，再塗到臉上，還是帶著那副觀望籠中獸的表情。我真想背過身去——這簡直就像和他一道待在浴室裡——但我沒有膽量這麼做。

我必須記住，對他而言，我不過是他一時心血來潮的寵物罷了。

第二十六章

兩三個星期後，又到了舉行授精儀式的夜晚。這一次我發現一切都改變了。出現了一種不曾有過的尷尬。過去，我純粹將它當做一項工作，一項只求完成，儘快擺脫的不愉快的工作。好好鍛鍊自己，過去每逢碰到我討厭的考試或冬天下冷水游泳，母親都要對我說這句話。當時我從未認眞想過這句話有什麼意思，只知道它與金屬有關，與盔甲有關，那便是我決心要做到的，鍛鍊自己，使自己剛強起來。我會當做自己並不在場，躺在那裡的並非我的肉身。

現在我明白，大主教過去也一樣，心不在焉，游離於身體之外。或許每次他和我在一起，和我倆在一起時——因爲那些夜晚賽麗娜無一例外也都在場——自始至終都心有旁騖。或是在想白天做的事，或是在想玩高爾夫球的情形，或是在想晚飯吃的東西。漫不經心、草草完事的性行爲，對他來說，大部份也是下意識的舉動，就像搔癢。

可那天晚上，也就是我們兩人之間這種新關係——我不知如何稱呼它才好——開始以來的第一次，我對他有些反感起來。比如，我感覺到這一次他是在認眞望著我，而我不喜歡他這樣。所有的燈光都一如既往地亮著，因爲賽麗娜向來謹小愼微，排除任何有可能製造浪漫氣氛或激發情慾的東西，哪怕是微不足道的細節。高高懸在頭頂的燈光儘管有帳頂遮擋著，還是十分刺眼。讓人感覺如同躺在燈光直射的手術枱，或是在舞台上。我爲自己的腿毛難爲情，它們太多而且散亂無序，那些剃過又長回來的毛通常都是這個樣子。我還爲自己的腋窩難爲情，雖說他根本看不見。我覺得自己笨手笨腳。這種交配行爲，或者說授精行爲，在我看來本來不過是蜜蜂之於花朵的行爲，現在卻變成有傷大雅的無禮之舉，令人尷尬有加。這種感覺在過去是不曾有過的。

對我而言，他不再是個沒有生命的東西。這便是問題所在。這一點我在那天晚上開始意識到，之後便耿耿於心，難以釋懷。它使一切變得錯綜複雜。

賽麗娜對我來說也不同於以往。過去我只是仇視她，因她所扮演的角色和所做的一切，因她同樣仇視我，鄙視我的存在，也因一旦我有了孩子，將由她來撫養。可是現在一切都改變了。雖然我依然討厭她，特別是當她緊緊抓住我的手，戒指嵌進我皮膚，死命把我的手往後拉，存心讓我也與她一樣不舒服的時候更是如此，但如今這種厭惡感不再純粹單一。開始摻進了對她的妒忌。我怎麼會去嫉妒一個如此明顯乾癟不幸的女人呢？人們只會在別人擁有某個東西，而你覺得自己也該擁有時才會產生嫉妒之心。現在我就是覺得嫉妒。

但與此同時我也不無內疚。我覺得自己是一個闖入者，私自闖入原應屬於她的領地。現在我與大主教暗中交往，即便只是玩玩拼字遊戲、說說話，我們各自的職責已經不再像理論上所說的那樣相互獨立，互不關聯。我正在偷走屬於她的某個東西，雖然她對此一無所知。我正幹著小偷小摸的勾當。且不說這個東西她是否不要或不用，甚至完全排斥的東西，那到底是屬於她的東西。倘若我把它拿走，我尚無法清楚定義這個神祕莫測的「它」究竟是什麼——因爲大主教並不愛我，我絕不相信他對我的感情會強到那種地步——那麼她還剩下什麼？

管他呢，我對自己說。對我來說她算不了什麼。她討厭我，只要能找到藉口，比如說，發現了我和大主教之間的事，隨時都可以將我掃地出門，或者來更狠的。而大主教根本無法插手干預，根本救不了我。但凡家裡的女人觸犯了法規，不管是馬大還是使女，照理都由夫人單獨處置。她是個報復心很重的惡毒女人，我知道的。可我還是排遣不掉對她懷有的小小的自責。

除此之外，另一個變化是：我現在對她擁有了某種權利，雖然她尚不知曉。對此我頗爲自得。何必故作矜持？應該說我很是得意。

可是大主教輕易就會在不經意中洩漏這個秘密。只要一個眼神，一個手勢，稍不留意，就會被有心人看出端倪，看出我們兩人如今的關係不同尋常。那天舉行授精儀式的夜晚他就差點露出破綻。他把手伸上來似乎要摸我的臉。我趕緊把頭掉開，以此來警告他趕快住手，同時在心中祈求賽麗娜不曾留意。於是他收回手，重新縮回自己體內，回到專心致志的旅程中。

下次千萬別那樣了，再次會面時我警告他說。

哪樣？他問。

我們，唔……她在的時候，你想用手來碰我。

有嗎？他問。

你會害我被送到隔離營去的，我說。你知道會那樣。或者落個更糟的下場。我心想在眾人面前他應該繼續把我當做一個大花瓶或一扇窗：只是背景的一部分，沒有生命，清晰透明。

對不起，他說。我不是有意的。我只是覺得……

什麼？我見他住口不說時忍不住追問。

太冷冰冰沒有人情味了，他說。

你花了多久時間才發現？我問。從對他說話的口氣，你也可以看出我們的關係確實已非同從前。

再過上幾代，麗迪亞嬤嬤說，情況就會大大改觀。在同一屋簷下生活的女人們，將親如一家，和睦相處。到時候你們就好比夫人們的女兒。等人口數量重新上升到令人滿意的水平，會生育的女人綽綽有餘時，我們就沒有必要將你們一家家地轉來轉去。在那種條件下，就可能建立起眞正的親情關係，她一邊說，一邊對我們討好地眨著眼睛。女人們爲了共同的目標團結一心！在生活的道路上攜手並進，在日常瑣事中各負其責，相互幫助。有什麼理由要求女人獨攬各種職責？這既有悖情理，也太不人道。到你們女兒那一代，她們將享有更大的自由。你們要爲一個屬於自己的小花園而奮鬥——說著說著，她又開始雙手緊握，呼吸加重——那只是舉個例子罷了。她舉起手指頭，朝我們搖晃。可在這一切尚未實現之前，我們不能像豬一樣貪得無厭，你們說是嗎？

事實是我成了他的情婦。上流社會的男人向來擁有情婦，現在又何需不同。只是如今做法不大一樣，情婦是授予的。過去常常是金屋藏嬌，情婦在外有自己的一座小房子或公寓，而如今則同居一所。但萬變不離其宗，追根究柢是一回事。差不了多少。外面的女人，這是過去某些國家人們對情婦的稱呼。我就是外面的女人。我的職責是提供在原配那裡得不到的東西。甚至包括陪他玩拼字遊戲。這個職位既荒唐又恥辱。

有時候我會覺得她早已了然於心。有時候我會覺得他們夫妻倆合謀串通在耍我。還有些時候我會覺得她是有意唆使他這麼做，並在一旁取笑我，就像我時不時地嘲弄自己一樣。讓她去承受那堆肉的重壓吧，她會這樣安慰自己。也許她已經差不多完全從他身邊離開；也許這就是她所說的自由。

但即便如此，即便我知道這樣很傻，我還是比過去快活了許多。起碼有事可做了。起碼在晚上有了消遣的去處，再不用孤零零在屋裡乾坐了。頭腦裡又多了個想法。我對大主教既沒有愛也沒有類似的感情，但我對他產生了興趣，他確確實實占據著空間，而不只是一個虛無的影子。

我對他也一樣。在他眼裡，我不再僅僅是一個有用的身體。不再是一艘未裝貨物的空船，一個沒有盛酒的高腳杯，一個沒有麵包——恕我直率——的烤箱。對他來說我不再空洞無物。

第二十七章

時逢夏季，我和奧芙格倫走在大街上。天氣溫暖潮濕。過去這種天裡人們穿背心裙和涼鞋。我們各自的籃子裡提著草莓——正是草莓上市的季節，我們天天吃，一直吃到膩——和一些盒裝魚。魚是在「麵包魚」店裡買的。店鋪的木招牌上畫著一條長著眼睫毛、笑態可掬的魚。可是這家店並不賣麵包。大多數人家自己烘烤麵包，倘若一時需要，可以去「日日有麵包店」買那些發乾皺癟的麵包捲和甜甜圈。「麵包魚」店很少開門。沒有東西賣開門有什麼意義？海洋漁業早在幾年前便不復存在；如今難得吃到的魚是從養魚場裡捕撈的，吃起來盡是土腥味。據報導，整個沿海地區尙處在「休魚」時期。鰨魚，黑線鱈，箭魚，扇貝，金槍魚，還有塞進餡料烘製的龍蝦以及粉紅肥美的烤鮭魚排，這一切我都記憶猶新。難道牠們也會像鯨魚一樣滅絕嗎？這個傳言是排隊等店鋪開門時一個傳一個傳到我耳朵裡的，說話者聲音壓得低而又低，嘴唇幾乎不見嚅動。排隊者全是被櫥窗裡白嫩多汁的魚肉圖片所吸引。店裡賣什麼就放什麼圖片，沒得賣時便拿走。圖像語言。

今天我和奧芙格倫步履緩慢；穿著長裙實在太熱，全身乏力，胳膊底下已經濕透。還好在這種大熱天可以不戴手套。在這段街的某處從前有家冰淇淋店。店名我記不得了。轉瞬之間，世事變遷，滄海桑田。高樓可以夷爲平地，或改頭換面，移作他用，要想完全記住它們的原貌是很難的。在那家冰淇淋店，你可以要兩球一份的，還可以要求在冰淇淋上撒一層巧克力糖屑。他們給這種吃法取了個男性的名字。喬尼？還是傑克？我記不清了。

女兒很小的時候，我們常帶她到那兒去。我會把她舉得高高的，讓她看玻璃櫥窗裡陳列的一桶桶色彩柔和精美的各色巧克力：淺橘，淡綠，粉紅，我會把品名念給她聽，讓她挑選。但名稱對她沒用，她只挑選顏色。她的裙子和背帶褲也是那些顏色。冰淇淋粉彩畫。

這種冰淇淋的名稱是：灑上彩色裝飾糖粒的冰淇淋 (Jimmies)。

如今我和奧芙格倫已習慣對方，相處日漸融洽。好似一對連體雙胞胎。見面打招呼時，我們不再拘泥形式，說那些千篇一律的客套話，只是相視一笑，便一前一後上路，沿著每天一次的路徑悠然前行。不時地我們會變換一下路線，只要沒有越出哨卡，這一點無可非議。迷宮裡的老鼠只要待在迷宮裡，是可以由牠四處亂跑的。

我們已經採購完，經過教堂，此刻又站在圍牆前。今天圍牆上什麼也沒掛。夏天不像冬天，屍體掛太久會招蒼蠅並腐爛發臭。過去這塊地方只要有不好的氣味，總是用松香和花香的空氣清新劑噴灑。至今人們仍保留著這種愛好，特別是大主教們，他們總是再三訓誡要保持所有事物的純淨。

「購物單上的東西都買好了嗎？」奧芙格倫朝我問，真是明知故問，她明明知道我買好了。我們的購物單從來就不長。最近一段日子，她活躍了點，神情不再那麼憂鬱。常常是她先向我開口。

「買好了。」我應道。

「那我們隨便走走吧。」她建議道。她指的是往河邊那個方向走。我們有段時間沒走那條路了。

「好吧。」我回答。我嘴巴應著，一時卻沒有動，而是站在原地，再一次看向圍牆。那上面有紅磚，有探照燈，有鐵絲網，還有鉤子。不知怎的，此刻空無一人的圍牆比以往更顯得陰森駭人，充滿凶兆。有人掛在上面時，你起碼知道那便是最壞的結果。一旦那裡空著，便意味著存在各種潛在的可能，如同風雨欲來之前。只要我能看到屍體，實實在在的人體，我就可以從身高和體形上判斷盧克不在其中，便可以相信他尚在人世。

不知道爲什麼我老是想他會出現在這堵圍牆上。他們儘可以在上百個地方處死他。但我就是甩不掉這個念頭，總覺得此刻他就在那裡，就在那些光禿禿的紅磚牆後面。

我極力想像他會在哪座樓裡。我記得圍牆裡大樓的位置。過去我們可以在裡面自由漫步，那時它是一所大學。現在我們隔一段時間還會走進牆內，參加挽救女人儀式。大部分樓房也是紅磚砌成的；其中一些爲十九世紀羅馬風格的拱門。我們被禁止進入那些大樓；誰又願意進去？那些大樓是眼目們的領地。

也許他在圖書館裡。在地下室的某個地方；在書架中間。

圖書館像一座廟宇。沿著長長的白色石階走上去，是一扇扇門。進了門之後，往上又是白色的階梯。階梯兩邊牆上畫著天使。另外還畫有拚殺中的男人，以及準備拚殺的男人，他們一個個看上去整潔高貴，一點不像在戰場上那種蓬頭垢面、滿臉血污、渾身散發臭氣的模樣。繼續往上走，廳內過道的兩邊是一組壁畫，一邊題爲「勝利女神」，另一邊題爲「死神」。這組壁畫是用來紀念某次大戰的。死神旁邊的男人還活著。他們正準備升入天堂。死神是一個美麗的女人，帶著翅膀，一只乳房幾乎裸露在外；或者她是勝利女神？我記不得了。

這種東西他們是不會毀掉的。

我們轉身背對圍牆，朝左邊走去。那裡是幾家空空如也的店面，玻璃櫥窗上胡亂畫著肥皂。我極力回想它們過去都賣些什麼。化妝品？還是珠寶？大多數賣男性用品的商店如今還開著；已經關門的都是那些賣所謂時髦小玩藝兒的店面。

拐彎處是一家禱文專賣店，名叫「安魂經卷」。這是特許商店，遍及所有城市郊區，起碼人們是這麼說的。一定財源滾滾。

「安魂經卷」禱文專賣店的櫥窗用的是防震玻璃。裡面是一排排的打印機；這些打印機被戲稱爲「聖潔滾輪」，但只有我們知道，畢竟這有失恭敬。印的是禱文，一卷卷的滾滾而出，綿綿無盡。它們是透過電腦電話（Compuphone）訂購的，我曾偶然聽到大主教夫人這麼做。從「安魂經卷」禱文專賣店訂購禱文被視爲對這個政權忠實虔誠的表現。因此難怪大主教的夫人們要常常這麼做了。它有助於她們的丈夫在事業上飛黃騰達。

禱文內容有五種：有祈禱健康的，有祈禱財富的，有哀悼亡靈的，有慶祝新生的，還有悔罪的。只要選好所需內容，打進密碼，再打進帳號以便入帳，最後再打進禱文重複次數。

打印機一邊打印禱文，一邊會讀出聲來。只要願意，儘可以走進店裡聽。那平板單調的金屬般的嗓音一遍遍沒完沒了地重複著同樣的內容。等禱文印出來也唸完之後，紙張會從另一個槽裡捲進去，再生成未用過的新紙。店裡沒有工作人員，機器全是自動的。從外面也聽不到說話聲，只能聽到連續不斷、聲調低沉的嗡嗡聲，就像裡面有一大堆人虔誠地跪著祈禱。每台打印機邊上都印有一隻金色的眼睛，兩翼是一對小小的金色翅膀。

我極力回想這個地方在變成「安魂經卷」特許店前是什麼店，賣什麼的。我想是賣女性內衣的。粉紅銀白的盒子，五顏六色的褲襪，帶花邊的胸罩，或者還有絲巾？全都不復再有。

我和奧芙格倫站在店門外，透過防震玻璃，望著一卷卷禱文從打印機裡連綿不斷地打印出來，然後進了回收槽，再生成無字的白紙。接著我移開目光。此刻我注視的不再是打印機，而是映在玻璃櫥窗上的奧芙格倫，她正緊盯著我。

從櫥窗裡我們得以互相看到對方的眼睛。這是我第一次能夠不慌不忙地正視奧芙格倫的眼睛，而不是斜斜地瞥上一眼。她的臉呈鵝蛋形，白裡透紅，豐滿卻不臃腫，兩隻眼睛圓溜溜的。

奧芙格倫迎著我在櫥窗裡凝視的目光，眼神堅定沉著。一時裡我無法掉開目光。這種對視中含有一種驚愕的成分，就像初次見到別人的裸體。我和她之間的空氣驟然變得危險四伏，這在以前是不曾有過的。就連這樣四目相接也充滿危險。雖然附近沒有其他人。

終於奧芙格倫開口了。「你認為上帝會傾聽這些機器祈禱嗎？」她聲音很低：這是在感化中心養成的習慣。

要是在過去，這句話根本就算不了什麼，只是思辯。可此時此刻這句話簡直就是大逆不道。

我可以尖聲大叫，可以拔腿跑開，可以一言不發地背轉過身，向她表示我絕不容忍有人在我面前這樣一派胡言。融合了反叛、煽動、褻瀆、異端的言詞。

我定了定神。「不會。」我回答。

她寬慰地吁了口長氣。我們終於一齊跨過那道看不見的界線。「我也不這麼認爲。」她說。

「不過我想這也是一種信仰，」我說，「就像西藏的轉經筒。」

「那是什麼東西？」她問。

「我只是讀到過，」我說，「它們靠風力來旋轉。這些東西現在都沒有了。」

「和其他所有東西一樣。」她說。一直到這會兒我們才把目光從對方臉上轉移開。

「這裡安全嗎？」我低聲問。

「我想再沒有什麼地方比這裡更安全了，」她說，「我們看起來就像一對禱告者，僅此而已。」

「可那些玩意兒呢？」

「玩意兒？」她反問道，聲音還是壓得低低的。「在外面總是最安全的，不用擔心監聽器。至於在這裡就更不可能安裝這種東西了。他們認爲沒人敢在此胡作非爲。不過我們也逗留得太久了。沒理由太晚回去。」於是我們一起往回走。「走路時低下頭，」她說，「稍微側向我這邊。那樣我能聽得清楚些。一有人來就不要說話。」

我們像往常一樣低頭往前走。我心裡太激動，幾乎喘不過氣來，但還是竭力保持步子鎮定。我比以往任何時候都小心，唯恐引起旁人的注意。

「我原以為你是個忠實信徒。」奧芙格倫說。

「我也以為你是。」

「你老是那麼一副虔誠無比的樣子。」

「你不也一樣。」我回道。我好想大笑，大喊，緊緊擁抱她。

「你可以加入我們。」她說。

「我們？」我問。既然有我們，就必然有一群人。我知道的。

「你不會以為就我一人單槍匹馬吧？」她說。

我當然不會那麼認為。忽然一個念頭躍上我的腦海，她也許是個密探，一個臥底，專門安排來誘我上鉤的。這是我們生長的土壤。我可不願相信這點。希望在我內心升騰，好似樹上的汁液。傷口上的鮮血。我們已經打開了。

我想問她是否見過莫伊拉，想問她有誰知道盧克的下落，知道我孩子和母親的下落。但沒有多少時間了，很快就要到大街的拐彎處，再往前便是第一道哨卡。那裡人很多。

「這件事一個字也不要對人提起，」奧芙格倫警告我，雖然她這麼說完全是多此一舉，「不能洩漏風聲。」

「放心，我不會的。」我說。我可以向誰去說呢？

我們一言不發地走在大街上，經過了「百合」服裝店和「眾生」肉店。這天下午，人行道上的人比往日多：一定是被暖和的天氣引出家門的。女人中有身著綠色的，也有身著藍色、紅色和條紋的。男人也一樣，一些人穿制服，另一些人穿便服。自由自在的太陽仍然高掛在天上，讓世人共享。雖然如今再也見不到有人在大庭廣眾之下做日光浴了。

這裡車子也比較多。配有司機的「旋風」車運送著坐在軟墊上的車主，身分普通的人則開著不那麼名貴的車子。

前面出事了：只見那裡一陣騷動，密密的車流亂作一團。一些車子在往路邊靠，似乎要讓出路來。我飛快地抬頭望了一眼：是一輛黑色的有篷車，車身上帶著白色翼眼標誌。它沒有鳴笛，但其他車輛還是避之不及。它沿著街道緩慢巡行，似乎在尋找什麼目標，就像潛行覓食、伺機而撲的鯊魚。

我猛地煞住腳步，冷氣襲遍全身，從頭至腳，一片冰冷。這麼說，那裡一定裝有監聽器，我們說的話到底還是被他們竊聽去了。

奧芙格倫靠袖子遮擋著，抓住我的手肘。「繼續往前走，」她低聲說，「假裝沒看見。」

我還是忍不住要看。就在我們前面，黑色車子停了下來。車後雙重門打開，兩個身穿灰色西裝的眼目從車上跳下來。他們猛地抓住一個正在行走的男人，此人長相普通，手裡提著公事包。他們將他用力摔向背黑色車身。有一陣子，他就這麼被人抓著雙臂，用力砸向金屬物。接著其中一個眼目逼近他，兇猛無情地在他身上揍了幾下，那人隨即弓著身子，布袋一般癱倒在地。他們將他拎起來，像扔包裹一樣用力把他拋到車廂後。然後他們又坐進車，關上門，開走。

這一切在短短幾秒鐘內便告結束，交通重新恢復，彷彿什麼事也不曾發生。

我鬆了口氣。總算不是對著我來的。

第二十八章

這天下午我仍處在興奮之中，一點不想午睡。我坐在窗台上，透過半透明的窗簾往外看。白色的睡袍。窗子和往常一樣微微開啓，徐風吹進，帶著陽光的熱氣，白色的窗紗吹拂著我的臉頰。我的臉這樣包裹著，只能看到凸起的鼻子、蒙著的嘴巴和眼睛的輪廓，從外面看過來，一定像隻蠶繭，一個幽靈。但我喜歡這種感覺，這種輕紗拂過皮膚的感覺，感覺宛若置身雲端。

他們給我裝了一個小小的電扇，多少驅走了一些悶熱。它在地板上的角落裡轉動著，葉片包在格子蓋裡。假如我是莫伊拉，我就會知道怎麼拆開，使它成爲鋒利的刀口。我沒有螺絲刀，不過假如我是莫伊拉，沒有螺絲刀我也一樣能辦到。可惜我不是莫伊拉。

如果是她在這兒，她會怎麼和我談論大主教？很可能她會不喜歡他。過去她也不喜歡盧克。不是討厭盧克本人，而是討厭他有家室這個事實。她說我是在侵占另一個女人的地盤。我說盧克不是一條魚也不是一根草，他是一個人，有權自己決定。她說我是強詞奪理，自我辯解，我說我是在戀愛。她說那不能當做藉口。莫伊拉向來比我有邏輯。

我說她當然不會有這類問題，因爲她更喜歡女人，而且就我所見，只要她喜歡，把她們偷過來或借過來她是從來沒有任何顧忌的。她說這可不同，女人之間的權利是相對等的，因此性是一種機會均等的交易。我說「機會均等」是一個性別歧視詞彙，假如她堅持，那論點根本就是過時的。她說我把問題庸俗化了，如果我認爲這個觀點陳舊，那我就是把頭埋進沙子，逃避現實的人。

當時，我們坐在我廚房的桌子旁，邊喝咖啡邊低聲的爭辯著。這是大學時期的習慣，當時我們二十剛出頭，爭論起來總是這樣，聲音不大，但鋒芒畢露。廚房在一間破舊三層樓的公寓裡，這是一座有護牆板的房子，靠近河邊，房後有一座搖搖欲墜的樓梯。我租的是第二層，也就是說，我得忍受上下夾攻的吵鬧聲，兩台討厭的音響天天鬧到深夜。他們是學生，我知道。我當時還在做第一份工作，在一家保險公司操作電腦，收入不多。因此和盧克在飯店裡的幽會，對我來說並不僅僅意味著愛或是性。它們還意味著能夠暫時逃離蟑螂，逃離一天到晚滴個不停的水槽，逃離一塊塊不斷掀起的地板，甚至逃離那些爲了佈置，而釘到牆上的海報和掛在窗戶上的三稜鏡。我也種植物，可是它們不是爬滿紅蜘蛛就是因爲沒有澆水而枯死。我總是忙不迭地趕去和盧克幽會，將它們統統拋到腦後。

我說把頭埋進沙子、逃避現實的生活態度遠不只一種，如果莫伊拉以爲把自己封閉在只有女人的烏托邦，那就大錯特錯了。男人不是走開就算了，我說。不能只是置之不理。

這就像是在說，你會感染梅毒只因爲它存在，莫伊拉說。

你是說盧克是一個社會痼疾嗎？我反問道。

莫伊拉笑起來。聽聽，我們都在胡說，聽起來就像你媽媽的口氣。

於是兩人一起笑起來，她告別時，我們像往常一樣相互擁抱。有一段時間我們不再這麼做，那是在她告訴我她是同性戀之後。隨後她又說我不會使她興奮，讓我放心，於是我們重拾舊習。我們可能會打架、會較勁、會拌嘴，但不會改變任何深層的東西。她仍然是我最要好的老朋友。至今依舊。

那之後，我又換了一間比較好的公寓，我在那裡住了兩年，這兩年裡，盧克好不容易總算從那樁婚姻中解脫。我找到了一份新工作，自己付租金。新工作是在圖書館，不是那家有「死神」和「勝利女神」壁畫的大圖書館，是一家比較小的。

我負責把書的內容轉換到磁片上，據說這是爲了減少庫存空間和圖書更新費用。我們稱自己是磁片工人。我們把這家圖書館叫迪斯可舞廳（discotheque），當然這是同事之間的玩笑。轉換工作完成後，那些書照理得進碎紙機。但有時我會把它們帶回家。我喜歡書的感覺，喜歡書的外觀。盧克說我有古文物收藏癖。對此他十分欣賞，他自己也喜歡舊物。

眞奇怪，現在怎麼還會想到擁有一份工作。工作，大便。眞是一個可笑的詞❶。這是男人幹的工作。大便便，大人訓練小孩坐馬桶時常用這個詞。或者用來說家裡養的狗：牠把大便拉在地毯上了。你應該用捲起的報紙揍牠一頓，母親說。我還記得有報紙的時光，不過我只養過貓，從未養過狗。《約伯記》❷。

那些婦女都曾有過工作：在現在簡直令人難以想像。但確確實實，成千上萬甚至億萬個婦女曾經有

---

❶ job（工作）一詞在英文裡也有「大便」意。

❷《聖經・舊約》中的一卷。約伯〔Job 與 job（工作）一詞同形〕為該故事中人物，備歷危難，仍堅信上帝。

過工作。這在從前再正常不過。如今就像人們曾經用過的紙幣一樣成了遙遠的回憶。我母親收藏了一些，和早年的相片一起貼在剪貼簿裡。那時候紙幣已經不再流通，用它們什麼也買不到。那一張張厚厚的很有質感的紙張，摸上去滑溜溜的，綠色的，兩面各有圖案，一面是一位戴著假髮的老人肖像，另一面是一座頂端有隻眼睛的金字塔。上書我們信奉上帝的字樣。母親說過去常常在收銀機旁邊開玩笑地寫上這樣的話：我們只信上帝，其他人請付現金。要是現在，這可是褻瀆。

買東西時你得帶這些紙張，不錯，在我九歲或是十歲的時候，大多數人已經在用信用卡。但雜貨店沒那麼快，用信用卡是後來的事。現在看來紙幣是那麼的原始，甚至帶有圖騰崇拜的性質，就像古時候在亞非一帶充當貨幣的貝殼。在一切通過電子銀行 (Compubank) 交易之前，那種紙幣我一定也用過。

我想他們之所以順利得手，這是很大的因素，它使得他們能夠在人們毫無知覺的情況下，一夜之間更改乾坤。假如還是使用可以攜帶的錢幣，難度就要大得多。

一切發生在那場大劫難之後，他們槍殺了總統，用機槍掃平了整個國會，軍隊宣布進入緊急狀態。當時他們把這場劫難歸咎於伊斯蘭教狂熱信徒。

保持鎮定，他們在電視上說。一切都在控制當中。

我整個人都驚呆了。所有人也都和我一樣。難以置信。整個政府居然就這麼消失了。他們是怎麼進入的？這一切又是怎麼發生的？

憲法被凍結時這一切便發生了。他們說這是暫時的。街頭上甚至見不到絲毫暴亂跡象。人們晚上待在家裡看電視，關心事態走向。甚至不知道該去對付誰。

小心，莫伊拉在電話上對我說。就要來了。

什麼要來了？我問。

你等著好了，她說。這一切早有預謀。寶貝，你我都要大難臨頭了。她引用了我母親的一句話，卻沒有一點開玩笑的意思。

接下去幾個星期，一切繼續處於暫停狀態，雖然這期間也還是發生了一些事。報紙受到審查，其中一些停業關閉，據說，是爲了保密。接著道路開始設路障，並使用個人通行證。所有人都對此表示贊同，因爲明擺著再怎麼謹慎小心也不爲過。照他們的說法，將舉行新的大選，但準備工作需要一些時間。他們說，大家只管照常生活就好了。

然而，還是有所不同。色情商場關了門，那些繞著市中心廣場四周的性服務流動車再也不見了蹤影。我卻一點也不感到難過。我們都知道那些流動妓院是多麼令人惡心生厭。

該是採取措施的時候了，櫃檯後面的女店員說，我常來這家店買菸。它坐落在街的轉角處，是一家連鎖賣報亭，只出售報紙、糖果和香菸。這個女人的年紀已經不輕，頭髮灰白，屬於我母親那一代。

他們只是關閉那些色情商場，還是有其它的？我問。

她聳聳肩。誰知道，又有誰會在乎呢？她說。或許他們只是把那些商場搬到其他地方去也難說。知道嗎？想完全清除這些場所就像消滅老鼠一樣談何容易。她把我的電腦編號（Compunumber）打進收銀機，幾乎瞧都不瞧一下螢幕。那時我已是老顧客。人們都在議論紛紛，她說。

第二天清晨，我去圖書館上班，途中又在那家店門外停下，打算再買一包菸。最近我菸抽得比以前多了。周圍的一切雖然表面上似乎風平浪靜，但其中暗含的緊張氣氛誰都能感覺到，就像地底下的嗡嗡聲令人心神不寧。咖啡我也喝得比以前多了，並開始失眠。大家有如驚弓之鳥。與以往相比，收音機裡音樂多了許多，話語則少了許多。

那是在我們結婚似乎有好些年以後。女兒大約三四歲，剛上托兒所。

我們和往常一樣全家起床，我記得，早餐吃的是格蘭諾拉牌麥片，盧克開車送她上學。那天她穿著幾星期前我剛給她買的小衣服，格子的吊帶褲和藍色的T恤。那是在幾月份？一定是九月。學校有專車接送孩子，但不知怎的我希望讓盧克送，就連校車我也開始放心不下。沒有哪個小孩走去上學，失蹤事件實在太多太多。

我走進那家街頭小店，平日那位婦女不在。換上的是一個男人，一個年輕人，恐怕連二十歲都不到。

她病了嗎？我把卡遞給他時問。

誰？他反問道，聽起來口氣咄咄逼人。

平日在這裡的那個女的，我說。

我怎麼知道，他說。接著他把我的卡號打進去，仔細查看每個數字，再用一根指頭一個一個地打進去，顯然是個新手。我用手指在櫃檯上敲打著，恨不得立刻抽菸。同時我不禁納悶，不知是否有人告訴過他脖子上的小膿包是可以治癒的。他的長相我記得清清楚楚：高高的個子，微微有些駝，黑髮剪得短短的，棕色的眼睛似乎盯在我鼻梁後面二英尺遠的地方；再有就是那些青春痘。我想他之所以在我記憶中如此清晰是因爲他接下去說的話。

對不起，他說。這個卡號無效。

這太荒唐了，我說。絕不可能，我戶頭還有幾千塊錢。兩天前剛通知我的。再試試看。

確實是個無效卡，他固執地堅持道。看見紅燈了嗎？這說明你的卡號已經無效了。

你一定是弄錯了，我說。再試試看。

他聳聳肩，臉上的笑容極不耐煩，但還是重新敲了一遍。這回我仔細看了他手指敲擊的數字，再核對螢幕上出現的數字。沒錯，是我的卡號，但紅燈還是亮了。

看到了嗎？他重複道，還是那副笑容，彷彿他心知肚明什麼可笑之處，卻不打算告訴我。

我會到辦公室與他們聯繫，我說。銀行的電話系統常常繁忙，但打幾次就能接通。儘管如此，我還是無比憤怒，就好像被人無端指控了一個連我自己都不知道的罪名。好像這個錯是我自己造成的。

去聯繫吧，他口氣冷淡地說。因爲沒付錢，我只好把菸留在櫃檯上，心想上班時可以向同事借幾根抽。

在辦公室我眞的打了電話，但連著幾次，聽到的都是錄音。它不斷重複著：線路繁忙，請稍後再撥。

整個上午線路都忙得不可開交，起碼在我看來是這樣的。我又打了幾次，都沒能接通。但即便如此也還不算太反常。

午飯後，兩點左右，主任走進磁片室。

我有事要通知你們，他說。他看上去一副落魄模樣；頭髮亂七八糟，雙眼發紅，目光搖擺不定，像喝醉了酒一般。

我們全都抬起頭，關掉電腦。屋裡大約有八到十個人。

對不起，但這是法律規定。真是十分抱歉。

怎麼啦？有人問。

我不能留你們在這兒了，他說。這是法律，我不得不照辦。我得請你們離開。他儘可能溫和的說，就好像我們是一群野生動物，被他捉到關在罐子裡的一群青蛙，似乎他想顯得人道些。

這麼說我們全都被開除了？我說著，站起身。什麼原因？

不是開除，他說。是讓你們走。你們不能再在這裡工作了，這是法律。他用手一遍遍來回梳理著頭髮，我心想，他一定是瘋了。工作太緊張，緊繃的弦終於斷了。

你不能這麼說說就算了，坐在我旁邊的女同事說。你這話聽起來太荒謬可笑，不像是真的，就像電視人物說的話。

這不是我說的，他說。你們不明白。請你們走吧，馬上離開。他提高了嗓音。我不想惹麻煩。如果有了麻煩，書會損失，設備會癱瘓……他轉過頭向外看了一眼。他們在外面，他說，就在我的辦公室裡。假如你們現在不走，只好等他們親自進來趕你們走。他們只給了我十分鐘的時間。此時他聽起來越發癲狂了。

他是瘋了，有人大聲開口道；大家心裡一定都這麼想。

從我這裡看得到走廊外面，那裡站著兩個身穿軍裝的男人，扛著機槍。這簡直太戲劇化了，令人難以置信。但他們確確實實站在那兒：就像自天而降的火星人。他們身上有一種如夢似幻的氣質；過於搶眼，與周圍環境太不相稱。

別管電腦了，見大家忙著收拾、整理東西，主任又說。好像我們想把它們拿走似的。

我們聚集在館外的石階上，無言以對。沒什麼好說的，因爲誰也不明白究竟發生了什麼。我們相互看著別人的臉，除了不安再就是有些羞慚，彷彿我們做了什麼不該做的事被人逮著了。

這簡直令人無法忍受，一個女同事說，但語氣並不那麼肯定。究竟是什麼使我們該承受這些？

我回到家時家裡沒人。盧克還在上班，女兒在學校裡。我感覺很累，腰酸背痛。剛剛坐下，又忍不住站起來，似乎沒有辦法安安靜靜坐著。我在房子裡走來走去，從這個房間到那個房間。我記得自己不斷觸摸家裡的東西，這個舉動也是無意識的，只是把手指頭放在那些東西上面而已。烤麵包爐，餐桌上雙柄有蓋的糖罐，還有客廳裡的菸灰缸。過了一會兒，我抱起貓，摟著牠繼續走。我盼望盧克快點回家。我想我應該做點什麼，卻又不知道該採取什麼行動。

我試著繼續打電話給銀行，但還是錄音。我給自己倒了一杯牛奶——對自己說已經過分緊張，不能再喝咖啡——然後在客廳沙發上坐下，把一口都沒喝的牛奶小心翼翼地放在茶几上。我把貓貼到胸前，感覺牠在我喉嚨邊呼嚕作響。

又過了一會兒，我打電話到母親家，但無人應答。那時她已經安頓下來，不像過去那樣，隔幾年就搬家，現在住在河對岸的波士頓。我等了一會兒，又打給莫伊拉。她也不在。半個小時後再試，終於通了。在不斷打電話的空檔裡，我就在沙發上坐著。頭腦裡想的是女兒在學校裡的午餐。心想也許她吃太多花生醬三明治了。

我被開除了，在電話裡一聽到莫伊拉的聲音我便忙不迭地告訴她。她說她待會兒過來。那時她在一家婦女團體的出版部門工作。專門出版有關控制生育、預防強姦及諸如此類的讀物，雖然那時對這類東西的需求量不再像早先那麼大了。

我待會兒過來，她說。她一定是聽出我的需求。

一會兒後她到了。好了，她說，一邊脫下夾克，懶散地一屁股坐到那張特大號椅子裡。把經過說給我聽聽。等等，還是先來杯喝的。

她站起身，到廚房去倒了兩杯蘇格蘭威士忌，回來坐下。我則試著把事情經過告訴她。聽我說完，她問，今天用電子信用卡 (Compucard) 買東西了嗎？

是的，我說。我把卡失效的事也跟她說了。

他們把那些卡凍結了，她說。我的也一樣。團體裡的也是。所有卡上性別標明是F（女）而不是M（男）的戶頭都被凍結了。他們只需按幾個按鍵就成了。我們現在已是一文不名。

可是我銀行戶頭還有二千多塊錢呢，我說，好像只有我的戶頭才重要。

女人不能再擁有財產，她說。這是一項新頒布的法律。今天看電視了嗎？

沒有，我說。

是電視上播的，她說。到處都在播這條消息。她不像我，臉上沒有絲毫驚恐之色。而且不可思議地還挺高興的樣子，似乎她早就猜到會發生這一切，現在終於印證了她的預測。她甚至顯得更加精力充沛，沉著堅定。盧克可以用你那筆錢，她說。你的電子帳戶會轉給他用，起碼他們是這麼說的。由丈夫或最近的男性親屬接管。

那你怎麼辦？我問。她什麼男性親屬也沒有。

我只好來暗的了，她說。一些同性戀伙伴會接管我們的戶頭，替我們買所需的東西。

這又是爲什麼？我問。爲什麼他們要這麼做？

我們沒有理由問爲什麼，莫伊拉說。他們必需那麼做。取消電子帳戶和開除雙管齊下。不然你可以設想一下機場會發生什麼情形？他們不想讓我們投奔別處。這一點可以肯定。

我去學校接女兒，一路上車開得格外小心。盧克到家時，我已經坐在廚房的桌子旁。女兒正在冰箱旁邊角落裡的小桌子上畫畫，用的是彩色筆。她的作品全都用膠帶張貼在那。

盧克在我身旁跪下，擁抱我。回家途中我從車裡的收音機上聽到了。別擔心。這一定只是暫時的。

他們說了爲什麼嗎？我問。

他沒有回答。我們會度過這一關的，他說著，用力抱緊我。

你無法了解這件事對我的打擊有多大，我說。我感覺就好比被人砍掉了雙腳。我沒有哭。同時也抬不起雙臂去擁抱他。

不過是一份工作罷了，他說，試圖用此話來安慰我。

我想你會繼承我的所有財產，我說。而我分明還活著。我想開個玩笑，但話說出口，聽起來卻是那麼的不幸，令人毛骨悚然。

別這麼說，他阻止我。他仍跪在地板上。你知道我永遠不會丟下你的。

看看，我心想，這麼快他就擺出一副施惠於我的派頭了。緊接著我又自責：你開始有疑心病了。

我知道，我說。我愛你。

後來，把女兒安頓睡著，我倆坐下吃晚飯時，我覺得好過了些。我把下午發生的事原原本本說給他聽。包括主任怎麼進來突如其來地宣布了這個消息。要不是這個消息太可怕，整個過程本來是很滑稽可笑的，我說。我以爲他喝醉了。或許眞是這樣。我還告訴他那裡出現了軍人，還有其他的一切。

隨後我想起當時看到卻沒有在意的一件事。他們不是普通軍人。他們是另一類軍人。

當然，是有人上街遊行，參加者大部分是婦女，也有一些男人。但人數比預期的少。我想大家都被嚇壞了。而且，當人們得知只要見到遊行隊伍，警察或軍隊或隨便什麼人就會開槍掃射，格殺勿論，遊行活動便自生自滅了。接著發生了一系列的爆炸事件，郵局、地鐵紛紛被炸。但究竟誰幹的誰也不能肯定。也許就是軍隊自己幹的，這樣他們便有充足理由調查個人電腦檔案資料和進行其他官方調查，比如挨門逐戶進行搜查。

我沒有參加那些遊行。盧克說那種事徒勞無益。說我要替他們著想，替家人著想，替他和女兒著想。這一點我確實做到了。我開始忙於家務，經常自己動手烘烤食品。我強忍淚水，不讓自己在飯桌上哭出聲來。可是此刻，我坐在臥室窗旁朝外看時，突然之間便涕泗橫流。鄰居我認識的不多，外出見面時，除了一般的寒暄，什麼也不敢多說。誰也不想以不忠的罪名被人舉報。

想到這裡，我又想起母親，好多年前的母親。我當時想必只有十四五歲，這個年紀的女兒們最受不了母親。我記得有一天她回到家來，我們時常搬遷，這是其中的一個住處。她帶了一群女伴，她們是她頻頻變換的朋友圈中的一部分。那天她們剛參加完遊行，當時不曉得是因色情或墮胎引起的混亂時期？反正這兩者如影隨形。時有爆炸事件發生：診所被炸，錄影帶店被炸。令人應接不暇。

母親臉上有一塊傷痕，還流了些血。要想把手穿過玻璃窗，就別想不被割傷，對此母親這樣評論。去他媽的蠢豬。

去他媽的吸血鬼，她的一個女伴說。她們把反對者稱爲吸血鬼，因爲那些人高舉的標語上寫著：讓她們流血吧。那麼一定是墮胎混亂時期了。

爲了躲開她們，我走進自己的臥室。她們說話聲太大了，而且哇啦哇啦沒完沒了。她們沒理我，我也打心眼裡討厭她們。討厭母親以及她放蕩不羈、無賴粗野的朋友。我實在不明白她爲什麼要打扮成那樣，穿吊帶褲，好像還年輕，而且滿口粗言穢語。

你眞是個乖乖女，她常這麼對我說，語氣大致還算和悅。她對自己能夠比女兒更離經叛道，更無法無天頗為自得。小姑娘都是這麼乖的。

我很明白，我之所以討厭她，一方面是因為她對我敷衍、例行公事的態度。但同時我又希望她能給我安定的生活，不要居無定所，成天處於動蕩之中。

你是我想要才生的，天曉得，在另一些時候她會這麼說，一邊說一邊慢慢翻我的相簿。相簿裡嬰孩時期的照片特別多，可是隨著年齡的增長，照片漸漸少了，似乎是某種瘟疫使我的複製品總數銳減。她的口氣帶有一些悔意，似乎我沒有完全如她所願成長，有些辜負了她的期望。天下沒有一個母親完全符合孩子心目中的形象，我想反過來也一樣。但儘管如此，我們倆待對方都還不壞，我們像大多數母女一樣和睦相處。

我希望母親能在這兒，那樣我就能告訴她我終於明白了這一點。

有人出了門。我聽到遠處傳來關門聲，在側門那個方向，還有腳步聲。是尼克，現在我可以看見他了。他從小路上走下來，踏上草坪，呼吸著潮濕空氣中瀰漫的各種氣味：鮮花，肉質植物，以及一團團隨風飄舞的花粉，如同牡蠣卵傾入海中。哦，這些動植物的繁殖是如此豐茂多產。他在陽光中舒展身體，我能感覺到他一塊塊肌肉層疊凸現，就像貓拱起的脊背。他只穿襯衫，袖子捲起，手臂大膽地裸露出來。那陽光曬出的棕褐色會延伸到哪裡？自從那晚在灑滿月光的起居室裡經歷了那一幕幻景之後，我還沒有和他說過話。他只是我的信號旗，我的旗語。身體語言。

這會兒他斜戴著帽子。這麼說又要召我去了。

扮演這樣一個小聽差，他可以得到什麼？用這種曖昧不清的方式為大主教拉皮條，他究竟有何感受？這件事令他深惡痛絕，還是令他對我愈加想入非非，愈加渴望得到我？因為他對書堆中發生的一切毫無所知。他所能想到的，不外乎就是種種的性變態。比如大主教和我互相在對方身上塗滿墨汁，再用嘴將其舔掉；或者在疊得高高的禁止使用的報紙上做愛。至多如此，他不可能想得再遠了。

不過放心好了，他決不會白做。人人都會以不同方式從中獲益。多得幾條菸？或是多幾分自由？不管怎麼說，他能證明什麼？光有口頭指證是沒有用的，大主教輕易就能否認，除非他準備率領一群人一腳踢進門來，我先前是怎麼說的？當場抓獲，罪大惡極，居然在玩拼字遊戲。快，把這些單詞吞下去。

也許他僅以知曉秘密為快。把柄在我手裡，人們過去常這麼說。這是只能使用一次的權利。

我願意把他想的比較好。

我被開除的那天晚上，盧克想跟我做愛。為何我興致索然？單單是絕望就應該讓我有此衝動。而我仍然感覺麻木。就連他的手放在我身上我也幾乎沒有知覺。

怎麼啦？他問。

不知道，我說。

畢竟我們還有……他說著又住了口，沒有提我們還有什麼。我忽然想到他不該說我們，因為就我所知，他並未被人剝奪走什麼東西。

畢竟我們還彼此擁有，我說。這是實話。爲什麼我的語氣聽起來，竟連我自己都覺得冷漠？

於是他開始吻我，好像我這麼一說，一切便回到正常軌道。可是某些東西還是改變了，某種平衡。我覺得整個人在縮小，當他擁我入懷時，我縮成了玩具娃娃。我覺得愛正拋棄我獨自前行。

對此他並不在乎，我心想。他根本就不在乎。或許他還更喜歡這樣。我們不再彼此相屬。相反，如今我屬於他。

卑鄙可恥，毫無道理，虛假不實。但那卻是實實在在發生的事實。

因此，盧克，此刻我想問你，並急需知道的是，過去我究竟是對是錯？我們從未涉及這個問題。在我有機會問的時候，我不敢啓口。我捨不得因此失去你。

第二十九章

在大主教的辦公室裡，我坐在他對面顧客坐的位置，就像是一個來申請大額貸款的銀行客戶。除了我在屋裡的位置，我們兩人已經不再拘泥禮節。我不再規規矩矩地坐著，直著脖子，挺著背，兩腳併攏放在地上，雙目以敬禮姿勢朝向對方。如今我的身體以一種放鬆、甚至舒服的姿勢坐著。我脫掉了紅鞋，腳墊在身子底下坐在椅子裡，不錯，寬大的紅裙邊把它們遮得密不透風，但我確實是這麼坐著，就像很久很久以前，人們經常去野餐的時候，坐在篝火旁就是這個姿勢。假如壁爐裡有火，火光會在光滑鋥亮的壁爐表面閃爍，溫暖地在身體上微微閃現。火光是我加進去的。

今晚，大主教太隨便了點。沒穿外衣，手肘抵在桌子上。這副樣子只要在嘴角再放一根牙籤，就是活生生一幅鄉土廣告版畫。在留有蠅屎斑的，燒掉的舊書裡。

我面前遊戲盤裡的方格子正在填滿：此刻正在進行今晚的倒數第二輪遊戲。*zilch*（一無所有），我拼著，毫不費力地用數值很大的Z拼了一個單母音詞。

「有這個詞嗎？」大主教問。

「不信可以查字典，」我說，「是個古語。」

「好吧，算你得分。」他說。臉上泛出笑容。大主教喜歡看我出鋒頭的老成樣子，就像一隻忠於職守的小狗，時刻豎著耳朵，急於找機會表現自己。他的讚許如一陣暖流拍打著我。在他身上，我感覺不到絲毫敵意，而這是過去我從男人——偶爾也會從盧克那裡——感受到的。爛貨這個詞，他連想都不會想。事實上，他像老父一般慈祥。他的做法令我快樂，他喜歡這麼想。而我確實感到快樂，很快樂。

他速度飛快地在袖珍電腦上加好了得分。「你大獲全勝。」他說。我懷疑他做了手腳，為的是讓我高興。這又爲了什麼？這仍是個問題。他這樣遷就我到底能得到什麼？一定有什麼的。

他往椅背一靠，兩手指尖頂著，如今這個姿勢我已再熟悉不過。我們早已對此類親暱隨便的小動作習以爲常。他望著我，目光慈藹但也充滿好奇，似乎我是一個待解之謎。

「今晚想看什麼書？」他問我。這也成了必行之事。到目前爲止，我已經讀了一本《小姐》(*Mademoiselle*)雜誌，一本很舊的二十世紀八十年代的《風尚》(*Esquire*)雜誌，一本《女士》(*Ms.*)雜誌，這本雜誌我恍惚記得小時候曾在我母親的某個住所見過，還有一本《讀者文摘》。他連小說都有。我已經讀完了一本雷蒙·錢德勒（Raymord Chandler）的偵探小說，目前正在讀英國作家狄更斯的《艱難時事》(*Hard Times*)，已經讀了一半。每逢這些時候，我總是狼吞虎嚥、讀得飛快，幾乎是一目十行，竭力在下一個漫長的飢餓期開始之前，把儘可能多的內容吸收進我的腦海。假如這是在吃東西，我的行爲就像餓鬼撲食，暴飲暴食；假如這是性行爲，那便好比在某條小巷子裡偷偷摸摸站著匆匆做愛。

我在看書時，大主教總是坐在一旁，看我閱讀，雖然一言不發，但眼睛一刻也沒有離開我。這種注視是一種好奇的性行爲，他這麼做，令我有一種脫光了衣服的感覺。我希望他背過身去，在屋子裡隨便走走，自己也找點東西看看。那樣的話我會更輕鬆些，從容些。事實上，我這種違禁的閱讀行爲在他面前也像是一種表現。

「我想我還是願意聊聊天。」我說。聽到自己說出這句話，我很是吃驚。

他又笑了。他看上去毫不吃驚。也許他期待的就是這個，或是類似的反應。「哦？」他說，「你喜歡聊些什麼呢？」

我猶豫不定。「隨便，什麼都可以。嗯，比如，說說你自己。」

「我？」他繼續微笑著。「哎，我可沒有什麼好說的。我不過是個平平常常的傢伙罷了。」

這句話裡所包含的虛假，甚至連用詞都那麼缺乏眞實——「傢伙」——令我戛然住口。平平常常的傢伙可不會成爲大主教。「你一定有個專長。」我說。我知道自己在慫恿他，投其所好，引他回答，我不喜歡這樣，事實上，我對此感到厭惡。但我知道我們倆都在自我防衛。不是他說就是我說。對此我一清二楚，我可以感覺到話語積壓在心裡蠢蠢欲動。畢竟我已經太久沒有和人好好說過話了。今天與奧芙格倫同行時壓低嗓子交換的隻言片語根本算不上什麼，但卻有撩撥的作用，像開場白。既然那麼簡短的交流都讓我如此輕鬆欣慰，我當然渴望與人更多地交流。

可是如果由我開口，我一定會說錯話，洩漏心底的祕密。我可以感覺到這股出賣自己的衝動。但我不想讓他知道得太多。

「哦，我先是做市場調查，」他中氣不足地回答，「之後擴大了研究範圍。」

我突然想起，雖然我早就知道他是個大主教，卻懵然不知他是哪方面的大主教。他主管什麼範疇？或者像人們過去常說的，他的專職是什麼？他們沒有具體的頭銜。

「哦。」我應道，竭力讓他覺得我對他的話了然於心。

「你可以稱之爲科學家，」他說，「當然，只是在有限的範圍內。」

接著有一會兒他緘默不語，我也一言不發。兩人都在等對方開口。

我先打破了沉默。「這樣吧，也許你能爲我解答一件事情。」

他表現出興致盎然的樣子。「那會是什麼呢？」

我是在自投羅網，可一時卻控制不住自己。「是從某個地方記下來的一句話。」最好不要說是哪裡。「我想它是用拉丁文寫的，我想也許……」我知道他有一本拉丁辭典。他有各式各樣的辭典，在壁爐左邊的頂層書架上。

「說來聽聽。」他說。口氣疏遠了些，但明顯警覺起來，或者這只是我的想像。

「*Nolite te bastardes carborundorum*。」我念出來。

「什麼？」他問。

顯然我的音沒有發對。我不知該怎麼念。「我可以把它拼出來，」我說，「寫下來。」

這個新鮮大膽的主意令他遲疑了片刻。可能他根本不記得我會寫字。在這間屋子裡，我從未握過筆，連得分也從未加過。女人不會加法，他曾經開玩笑地說。當我問他是什麼意思時，他說，對女人來說，一加一加一再加一不等於四。

那等於幾？我問，以爲他會說等於五或者三。

還是一加一加一再加一，他回答。

可這會兒他卻回答：「好吧。」接著便隔著桌子把他的原子筆扔過來，幾乎有些不顧一切地，彷彿在接受某種挑戰。我環顧四周，找能寫字的地方，於是他把計分簿遞給我，就是那種桌用記事簿，每頁頂端印有一張小小的圓形笑臉。這種東西仍在繼續生產。

我用印刷體仔仔細細地寫下那句話，憑著記憶，按照櫥櫃裡的原樣，一筆一畫抄寫下來。*Nolite te bastardes carborundorum*。此時此刻，此情此景之下，它既不是禱文也不是號令，僅是一句可悲的塗鴉，被人胡亂塗寫下來，之後又棄之不理。筆握在指間的感覺眞是舒服，簡直像具有鮮活的生命。我能感覺到它的威力，它那包容萬語千言的威力。筆是嫉妒的對象，麗迪亞嬷嬷常說，她引用的這句話是感化中心的另一格言，爲的是警告我們遠離此類物品。千眞萬確，它讓人產生嫉妒。就這麼握著都讓人嫉妒。我對大主教的筆嫉妒不已。這是又一件我渴望偷偷拿走的東西。

大主教從我手裡接過有圓形笑臉的紙頁，看了一眼。隨即便哈哈大笑起來，臉紅了嗎？「這不是眞的拉丁文，」他說，「不過是個笑話而已。」

「笑話？」我說，完全給弄糊塗了。難道我如此鋌而走險，爲弄懂它費盡心機，就爲了個笑話？「什麼樣的笑話？」

「你知道學校男生們的德性。」他說。笑聲裡飽含懷舊情緒，此刻我看出來了，這是一種縱容自己年輕時代的笑聲。他站起身，穿過房間走到書架前，從他收藏的珍品中取出一本，但那不是字典。而是一本舊書，看上去像一本教科書，摺了角，上面滿是墨汁。他先是帶著沉思、懷舊的神情拿在手上翻看了一陣，然後才遞給我。「你看。」他說著，把書攤開放在我面前的桌子上。

首先映入眼簾的是一幅圖片：「米勒的維納斯」，黑白的，身上被人笨拙地塗上了鬍鬚、黑色的胸罩和腋毛。隔壁一頁是「羅馬競技場」，用英語標明，英文上面是一行拉丁文的動詞詞態變化：*sum es est, sumus estis sunt* ❶。「喏，就在這裡。」他說著指給我看。於是，我在空白處見到了那行字，用的是和維納斯身上的腋毛相同的墨水：*Nolite te bastardes carborundorum*。

「不懂拉丁文的人要領略這句話的可笑之處還真有些難，」他說，「過去我們經常寫這類東西，五花八門，什麼都有。我搞不清那些句子都是哪裡來的，可能是從老生那裡一屆屆傳下來的。」此時他已完全忘了我的存在，進入一種忘我狀態，只是一味地翻著書。「看這裡。」他說。這幅圖叫「薩賓女」❷。空白處是一行潦草的筆跡：pim pis pit, pimus pistis pants ❸。「這裡還有一行，」他讀道，「Cim, cis, cit……」❹他戛然而止，又回到現實，顯出很不自在的樣子。他又一次笑了起來，這一次的笑可以稱得上是咧開嘴笑。我想像著他臉上長滿雀斑、額前翹著一綹頭髮的模樣。這一刻我幾乎喜歡上他。

「那句話究竟是什麼意思呢？」我問。

「哪句話？」他問，「哦。那句話意思是『別讓那些雜種騎在你頭上』。我想當時我們全都自命不

---

❶此為拉丁文「是」動詞的詞形變化，意為「我是，你是，他是，我們是，你們是，他們是」等。

❷Sabine Women，古代義大利中部一民族，公元前三世紀時被羅馬征服。

❸均非真的拉丁文，而是仿注❶拉丁文詞形變化的校園下流戲語，意為「我尿尿，你尿尿，他尿尿，我們尿尿，你們尿尿，他們尿尿，他尿濕了褲子」。

❹此行略去了 cunt 一詞，該字眼為對女性陰部的下流稱呼。

凡，自以為很了不起吧。」

我勉強擠出一絲笑容。一切都眞相大白了。我終於恍然大悟她為什麼要把這行字寫在櫥櫃壁上，同時還知道她一定是在這間屋裡知道了這句話。除了這裡，還能有別的什麼地方？她又不是男生。一定是在過去某個追憶少年時光、傾吐內心秘密的時刻聽來的。這麼說我並非第一個。並非第一個闖入他沉默的領地、和他玩拼字遊戲的人。

「她後來怎麼樣了？」我問。

他幾乎一點不變聲色。「你和她熟嗎？」

「有點熟。」

「她上吊死了。」他說，語氣中沒有悲哀，只有幾分沉思。「出事以後我們便把燈具拆了。就在你房間。」他頓了頓。「她來我這裡讓賽麗娜發現了。」他說，彷彿這便解釋了一切。事實上也確實如此。一條狗死了，再弄一條。

「用什麼來吊？」我問。

可他無意告訴我。「這很重要嗎？」他問。我猜一定是用撕碎的床單。我就曾往這方面想過。

「我想是卡拉最先看到的。」我說。所以那天她會發出尖叫。

「是的，」他說，「可憐的姑娘。」他指的是卡拉。

「也許我不該再來這裡了。」我說。

「我以為你來這裡很開心。」他輕輕地說，但雙眼卻盯著我，目不轉睛，閃閃發亮。要不是我頭腦清醒，我會以爲那是擔憂。「我希望你開心。」

「你希望我可以忍受目前的生活。」我說。它不是一個問句而是直述句，平鋪直敘，沒有抑揚頓挫。假如我的生活尚可忍受，也許他們所做的一切便都合情合理，無可厚非了。

「你說得對，」他承認，「我確實希望如此，我願意那樣。」

「那麼……」我欲言又止。一切都不同了。現在我終於掌握了他的秘密。這個秘密就是我可能因此喪命。這個秘密就是他受到良心譴責。終於明白了。

「你想要什麼？」他說，還是那種輕鬆的語調，好像這不過是一筆金錢交易，而且是很小的一筆交易：區區菸糖錢的交易。

「你是指除了護手霜。」我說。

「對。除了護手霜。」他說。

「我想……」我說，「我想知道……」這話說得猶豫不決，甚至有些蠢，是我不假思索說出口的。

「知道什麼？」他追問道。

「所有的一切，」我說，可這太輕率了，「正在發生的一切。」

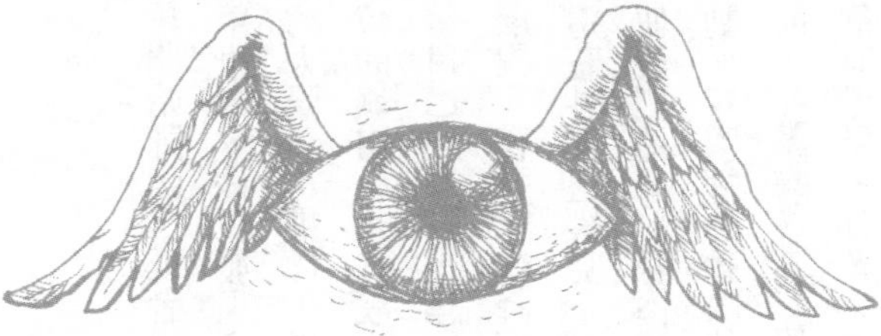

11.
夜

第三十章

夜幕開始降臨。或者說已經降臨。爲什麼夜晚不像黎明要用降落而不是升起？可是，假如你在日落時分眺望東方，你會發現夜晚是在升起而非降落。夜色從地平線升起，向天空延伸，像烏雲籠罩下的一輪烏黑的太陽。彷彿從一場看不見的大火中冒出的黑煙，正好在地平線下的一排起火線，灌木叢或者是哪個燃燒的城市。也許說夜幕低垂是因爲夜色濃重，好似一幅厚重的帷幕從眼前拉上。羊毛地毯一般。我眞希望自己在黑暗中也能看得分明，看得比現在分明。

這麼說，夜幕已經降臨。我能感覺到它像一塊石頭擠壓著我。沒有風。我坐在半開的窗戶前，撩起窗簾，這時外面已經見不到人影，不用再保持端莊穩重。我穿著睡袍，即使在大熱天也一樣長袖遮臂，爲的是使我們遠離自身肉體的誘惑，使我們無法用裸露的手臂摟抱自己。宛若月光的探照燈光下，一切靜止不動。花園裡的香味彷彿人體的熱氣在四周瀰漫，一定有什麼花在夜間開放，香味如此濃烈。彷彿就在眼前，紅豔豔蓬勃怒放，朝上搖曳著，像正午時分的柏油碎石路面閃閃發光。

在草地那兒，有人從柳樹下的黑暗中出現，走進亮光，後跟拖著長長的影子，清晰可見。是尼克，還是別人，某個無足輕重的人？只見他停下腳步，抬頭朝我的窗戶張望，一張被光映得雪白的長方形臉龐出現在我眼前。是尼克。我們相互對視著。我沒有玫瑰花可拋，他也沒有詩琴可以彈撥。但那種飢渴的本質卻是相同的。

我不能沉溺其中。我把左手邊的窗簾拉上，隔開兩人的視線，片刻之後，腳步聲重新響起，轉過彎不見了。

大主教說得對。一加一加一再加一不等於四。每一個都是獨一無二的，無法將它們相加。不能相互交換，不能以此換彼。無法相互代替。尼克不能代替盧克，盧克也不能代替尼克。應該這個字在這裡派不上用場。

人們無法控制情感，莫伊拉曾經說，但有辦法控制行爲。

再好沒有了。

環境決定一切；還是成熟決定一切？非此即彼。

在我們最後一次離開家的那個晚上，我在屋子裡來回走動。沒有裝箱打包，因爲我們不準備帶多少東西，臨走前還是不能露出一點點要離開的跡象。我只好四處走動，環顧家裡的一件件物品，看著我們爲一家人的生活作出的各種安排。我有種想法，將來我不會忘了這些東西的樣子。

盧克在客廳裡。他擁我入懷。兩人都感到辛酸悲哀。可是，即便在那種時候，我們也十分清楚自己是幸福的。何以見得？因爲我們至少還能相擁相抱。

那隻貓，他突然說。

貓？我靠在他毛衣上問。

我們不能把她留在這裡。

我還沒有想到那隻母貓。兩人誰都沒想到。決定得很突然，接下來便開始計劃。我一定想過帶她一塊走。可是不可能帶著貓，花整整一天時間穿越邊境。

放在外面不行嗎？我說。扔下她，走我們的就是了。

她會待在屋外不走，對著門叫。這樣就會有人注意到我們離開家了。

我們可以將她送人，我說。送給某個鄰居。話音未落，我便意識到這個主意多麼愚蠢。

我會處置牠的，盧克說。他用的是牠，而不是她，於是我知道他的意思是殺了牠。那是殺戮之前必不可少的環節，我心想。你得先造出一個物化的它，而那原先是不存在的。你得先想像，然後把它眞實化。他們殺人前一定是那麼幹的，我心想。過去我對此一無所知。

盧克找到藏在床鋪底下的貓。這些小動物向來無所不知。他帶著她往車庫走去。我不知道他對她做了什麼，也從未問過。我只是坐在客廳裡，兩手交疊著放在腿上。我應該和他一起去的，承擔起屬於我的小小的責任。我至少應該在事後問問牠的下落，而不要讓他獨自承受心理負擔，畢竟那個小小的犧牲，那個出於愛的謀殺，也是爲了我。

這是他們的滔天大罪之一。逼著人們去扼殺，心靈的扼殺。

可是，一切都終歸徒勞。我不知道是誰去告的密。可能是哪個鄰居，看到我們的車在大清早駛出車道，憑直覺判定我們要逃跑，於是跑去告密，以便在哪個名單裡記下一筆，獲得一顆盡忠報國的金星。甚至還有可能就是賣護照給我們的人，能夠兩頭漁利，何樂不爲？甚至那些僞造護照的人就是他們自己安插的也不無可能，他們這種人，什麼事都做得出。布下天羅地網，專等輕信的人上當。上帝的眼目遍布大地。

因爲他們有備而來，專門等著我們。被出賣的那一刻是最可怕的。當你確信自己遭人背叛，確信你的同類對你滿懷惡意的那一刻。這就好像乘在一座鋼纜被人從頂端砍斷的電梯裡。下墜，下墜，不知何時會撞擊地面。

我試著在腦海中回憶，把家人朋友的靈魂從他們的棲身之處喚起。我需要回想他們的樣子。力圖抓住他們，使他們的臉像相簿裡的照片，一動不動地定格在我的眼睛後面。可是他們不肯爲我安靜待著，而是飄忽不定，莞爾一笑便悄然消遁，他們的身體翻捲彎曲，就像焚燒的報紙被黑煙吞噬。短暫的一現，在空中閃著白色的微光。一抹光輝，一道曙光，電子的舞蹈。接著又是一張臉，許多臉。他們一轉眼便消逝了，不管我怎樣朝他們伸出手臂，他們還是從我身邊溜走了，黎明時分的幽靈。回到各自棲身的地方去了。陪陪我，我想說。可他們置之不理。

是我的錯。我記憶喪失了太多太多。

今晚我要祈禱。

伊利莎白嬷嬷和麗迪亞嬷嬷沒有跪在床腳，沒有跪在體操館的硬木地板上。她們倆一個雙臂叉在胸前，腰帶扣上掛著尖刺棒站在雙層門邊；另一個大步穿行在一排排身穿睡袍、跪在地上的女人中間，只要哪個人稍有懈怠，精神不夠飽滿，便用木棍輕輕敲打她的背、腳、屁股或手臂。麗迪亞嬤嬤希望我們的頭垂得不高不低，腳趾頭併攏朝前，雙肘彎成合適的角度。她對這件事的興趣部分是出自審美的考慮：她喜歡漂亮的外表。她希望我們全都看起來像刻在墓壁上的、屬於盎格魯・撒克遜時代的人物；或者像聖誕卡裡的天使，整齊劃一穿著象徵純潔的衣袍。但她同樣也清楚強其筋骨、勞其肌膚的精神價值：一點點小痛苦能幫助你們滌蕩心靈，她說。

我們祈禱的是將我們掏空，這樣我們才能以無瑕之身被重新填滿：被恩惠，愛，苦行，精子和嬰兒填滿。

哦，上帝，宇宙的主宰，感謝你沒有賜我男人之身。

哦，上帝，將舊我消滅乾淨。賜予我果實。克制我肉體，使我得以繁衍。

有些人念著念著，會陶醉其中，不能自拔，忘情於對自己的羞辱之中。一些人居然會呻吟哭泣起來。

珍妮，別出洋相了，麗迪亞嬤嬤喝道。

我坐在窗台上，透過窗簾望著空曠的花園，就這麼祈禱。我甚至連眼睛都沒合上。我的內心和外界是一樣的漆黑。或者說一樣的光明。

我的上帝。你在天國，這天國就在我的內心。

企盼你告訴我你的姓名，我是指眞實的姓名。你是那樣深不可知，遙不可及。

我希望知道你究竟有何大能。可是不管你能耐大小，求求你，幫助我度過這一切。雖然這一切也許並非你的所爲。我從不相信周圍發生的一切出自你的本意。

我有足夠的食物果腹，因此我不會浪費時間，向你祈求食物。它不是主要問題。問題是如何才能吞下肚去而不被噎著。

現在談到寬恕。請別忙著現在來寬恕我。還有更重要的事情等你去辦。比如：倘若其他人尚未陷入險境，就讓他們繼續安然無恙。不要讓他們受太多痛苦。假如他們必死無疑，就讓死神來得乾淨俐落。你甚至還可以爲他們提供一個天堂。正因爲如此我們才需要你。地獄不用靠你，我們自己就能創造。

我想我應該說我寬恕這一切的始作俑者，寬恕他們現在正在做的一切。我會盡力這麼做，但這太難了。

接下來是關於誘惑。在感化中心，誘惑的含義遠遠不只吃睡。知即誘惑。不知者免受誘惑，麗迪亞嬤嬤老這麼說。

或許我無意眞想知道正在發生什麼。或許我寧願不知道。或許我知道了會無法忍受。人類的墮落便是從無知到知。

那盞枝形吊燈雖然早已拆除，可它老是縈繞在我心裡，揮之不去。櫃子裡的鉤子也一樣能派上用場。我設想了各種可能。套上去後，只要用力向前扯，不要掙扎。

讓我們從罪惡中解脫。

再接下來是天國，權力，榮耀。此時此刻，要我相信這些實在太難了。但我還是要試試看。「心懷希望」，如同墓碑上所刻的。

你一定覺得被狠狠敲了竹槓。我猜想這也不是第一次了。

假如我是你，我一定會膩。我一定會煩死了。我想那就是我和你的區別。

這樣與你說話，我有一種極不真實的感覺。好像在向牆壁說話。我希望你能回答。我覺得形單影隻，寂寞難當。

孤獨地坐在電話機前。只是現在我不能使用電話。即使允許，我又能打給誰呢？

哦，上帝。這不是玩笑。哦上帝，哦上帝。我如何才能繼續活下去？

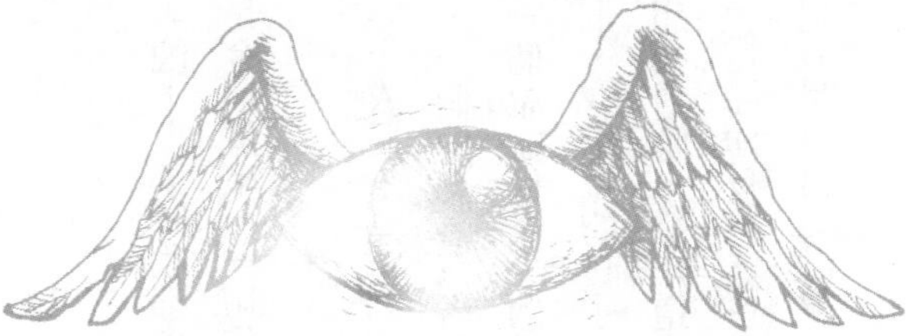

12. 蕩婦俱樂部

第三十一章

每天晚上上床時我都會想，清晨醒來我又會回到自己的家裡，一切將恢復原樣。

可是今早醒來，一切依然如故。

我穿上衣服，夏天的衣服，還是夏天，似乎時光在這個季節停滯不前。七月，一個個令人透不過氣的白天，一個個洗蒸汽浴般大汗淋漓的夜晚，難以入眠。我努力使自己跟上時間的腳步。我在牆上作出記號，一個記號代表一個星期裡的一天，每過七天，就在中間畫過一道橫線。可是有何用處？這又不是有期徒刑，有出獄的日子。這裡不需要時間來做什麼和完成什麼。但不管怎樣說，我所做的一切至少能讓我在想知道時，能知道是什麼日子。昨天是七月四日，是過去的獨立日，現在被廢除了。九月一日是勞動節，這節節日還保留著。雖然過去這個節日和母親沒有任何關聯❶。

不過我是靠月亮計算時間的。陰曆，而不是陽曆。

我彎腰穿上紅鞋。現在的鞋子輕多了，在裡面拘謹地開了些小小的洞，當然，和大膽挑逗的涼鞋根

---

❶勞動(Labour)一詞在英文裡也有「分娩」之意，在此語意雙關。

本不可同日而語。雖然平常時有鍛鍊，彎下腰還是費了些勁，我能感覺到自己的身體內部漸漸流通不暢，手腳不靈，有些不能隨心所欲。女人到了這種樣子，依我過去的想法，就是很老了。我覺得自己連走路都已老態龍鍾：踡曲著身子，脊椎骨彎成一個問號，缺乏鈣質的骨頭疏鬆得像風化的石灰岩。這是我在年輕時候、充滿想像的年紀裡常有的想法。也許人們在光陰所剩無多時，便會更加珍惜一切。我忘了考慮精力的消耗。有些時候我確實會格外欣賞一些事物，比如雞蛋、鮮花等，但我馬上會想這不過是一時風花雪月的感傷情緒罷了，頭腦中閃過柔和的科技彩印（Technicolor），就像過去在加利福尼亞大量印製的有落日圖案的美麗賀卡。高光澤度紅心紙牌。

那一瞬間，危險在視野裡暫時模糊。

我希望穿衣時盧克能在眼前，在這間屋裡，這樣我就可以和他拌拌嘴皮子。很荒唐吧，那確實是我所渴望的。不爲什麼大事，只爲雞毛蒜皮、無足輕重的日常小事爭吵一通，諸如誰來把碗碟放進洗碗機，該輪到誰來給要洗的衣服分類和清洗廁所等等。我們甚至可以爲什麼不重要，什麼重要而爭論不休。那該是多麼難得的享受啊。即使在過去我們也並非經常爲之。這段日子來我把所有爭吵過程都在頭腦裡編成了電影，當然也包括後來的和解。

我坐在椅子裡，天花板上的花環在我頭頂上漂浮著，像一個凝結的光環，一個零。宇宙空間星體爆炸形成的一個空洞，石子投向水面激起的一圈漣漪。一切都是白色的圓形。我等待著新的一天，等待著整個地球隨著那架亙古不變的時鐘圓面，逐漸展開、旋轉。猶如幾何圖形的日子就這麼循環往復，周而復始，平穩潤滑地逝去。上嘴唇已經布滿汗珠。我等待著，千篇一律的雞蛋早點很快就會送來，像這屋子一樣溫熱，蛋白外面包著一層綠膜，吃起來帶著點硫黃味。

接下來，就是和奧芙格倫一道去採購。

我們同往常一樣，來到教堂，看看墓碑。然後移步到圍牆前。今天只掛著兩具屍體：一個是天主教徒，但不是牧師，布告上畫著一個倒十字架，還有一個我不知道是什麼教派。屍體上只有一個紅色J的標記。它不代表 Jewish（猶太人），否則應該用黃色星。不管怎麼說，猶太人現在已所剩無幾。他們因爲被視爲雅各的後代而得到另眼相待。有兩條路任他們選擇。要麼皈依，要麼移民到以色列。如果新聞還有幾分可信的話，大多數人都選擇了移民。我曾在電視上見到一隻滿載猶太人的船隻，他們靠在船的欄杆旁，身穿黑衣，頭戴黑帽，蓄著長鬍鬚，盡力裝扮出猶太人的模樣，那些過去的服裝不知是從哪裡弄來的。婦女們頭戴披巾，面帶微笑，揮舞著雙手，當然，動作有些僵硬，彷彿在鏡頭前擺姿勢。另一個鏡頭拍的是一些有錢人，正排著隊上飛機。奧芙格倫說，一些非猶太人裝扮成猶太人也混出去了。但這條路並不好走，因爲想移民的人得經過各種測驗，越來越難了。

當然人們不會僅僅因爲是猶太人而被處以絞刑。被吊死的只有那些不肯保持安靜、拒絕作出選擇的猶太人。或者皈依不是出於眞心。這些也是在電視上看到的。深夜突擊查抄，從床鋪底下搜出私下藏匿的猶太教物品。包括猶太律法 (torahs)，有穗飾長方形披巾 (talliths)，還有大衛之盾 (Magen Davids)。還有這些東西的主人，他們滿臉怒容，毫無悔改之意，被眼目們往他們自家臥室的牆上推搡著。播音員用悲天憫人的話外音控訴他們背信棄義、以怨報德的行爲。

所以那個字母J並不代表猶太人。會是什麼呢？Jehovah's Witness（耶和華見證人）？還是 Jesuit（耶穌會會士）？不管它代表什麼，總之他是已經死了。

在經過這個例行的注目禮後，我們繼續上路。朝一些沒人的地方走，這樣兩人可以聊聊天。假如這可以稱之爲聊天的話。掐頭去尾的輕聲低語，從白色雙翼頭巾的縫隙中傳出。它更像是一封電報，一個有聲信號。被刪除的發言。

在任何地方都不宜站太久。我們可不想因閒逛罪而遭逮捕。

今天我們走的是與「安魂經卷」禱文店相反的方向，那裡有一個類似開放公園的地方，有一座很大的老式建築，裝飾華麗，鑲嵌著彩色玻璃，是典型的晚期維多利亞風格。過去這個地方被稱爲紀念館，但我從不知道它紀念的是什麼。某一類死者吧。

莫伊拉曾告訴我，在這所大學建校初期，那裡是大學生們的餐廳。她說，當時要是有女生進來，男生們就會用小圓麵包扔她。

爲什麼？我問。這些年來，莫伊拉越來越精於此道，滿肚子類似的趣聞軼事。我不太喜歡這樣，這種對過去心存積怨、耿耿於懷的態度。

爲了把她趕出去。

也許這更像往大象身上扔花生，我說。

莫伊拉大笑，她總是這樣。外星怪物，莫伊拉說。

我們站立著端詳這座大樓，從外表上看多少有點像是教堂，天主教堂。奧芙格倫說：「我聽說眼目們就在裡面擺酒設宴。」

「聽誰說的？」我問。附近沒有別人，我們儘可以自由交談，只是出於習慣，兩人聲音還是壓得低低的。

「小道消息。」她回答。她停頓了一下，眼睛斜視著我。隨著她雙翼頭巾的移動，我可以感覺到眼前隱約可見一團白色。「用一句暗號。」她說。

「暗號？」我問，「什麼作用？」

「靠這個暗號，」她說，「妳可以分辨出誰是自己人，誰又不是。」

雖然我看不出知道這個對我有何用處，還是忍不住問：「什麼暗號？」

「五月天，」她說，「我曾經用它試探過你。」

「五月天。」我重複道。我想起那天的情景。救救我。

「不到萬不得已的時候不要用。」奧芙格倫說，「萬一被捕時，認識越多組織內的人，越對我們不利。」

這些低語傳達的內容，這些內幕的透露，令我有些難以置信，但在當時我卻篤信不疑。儘管後來似乎顯得不太可能，甚至幼稚地像一場兒戲，像女子俱樂部活動，又像流行在校園裡的秘密。它還像過去每逢周末，完成作業以後，我總喜歡讀的間諜小說，或是深夜電視節目。暗號，不可與人言說的秘密，身分詭秘的人物，暗中接頭：這一切似乎都不應該是這個世界的本來面目。可話又說回來，這只是我自己的想像，是我從以往的歲月中得出的對現實世界某種看法的後遺症。

還有各種組織。建立人脈，這是母親的口頭禪之一，早已過時的陳腔濫調。即使到了六十多歲，母親仍在從事她稱之為「建立人脈」的活動。但就我所看到的情形而言，這個詞所指的不外乎就是與幾個女人共進午餐。

在拐彎處我與奧芙格倫告別。「再見。」她說完，腳步輕快地沿著人行道走開，我則踏上通往大主教家的小路。尼克在那。歪戴著帽子，今天連看都不看我一眼。但他顯然是在那裡等我的，等著向我傳遞無言的信息，因為一斷定我看到他，他便用軟羊皮往「旋風」車上重重擦抹了一下，快步往車庫方向走去了。

我沿著礫石路穿行在厚厚的濃綠草坪之間。賽麗娜坐在柳樹下，在她自己的椅子裡，枴杖擱在胳膊肘旁邊。她的裙子是易皺、涼爽的棉布。她的色調是藍色，水彩色，不像我是紅色，在吸熱的同時，又放出熱氣。她側身朝著我，正在編織。這麼熱的天氣她怎麼受得了弄毛線？不過也許她的皮膚已經麻木，也許她根本感覺不到，就像一個曾被灼傷的人一樣。

我垂下眼睛看著小路，輕輕走過她身旁，希望她不要看到我，反正我也知道即使看到，她也是視而不見。可這回不同。

「奧芙弗雷德。」她喊道。

我停頓了一下，不敢確定。

「叫你呢。」

我把被頭巾擋住的目光轉向她。

「過來，我找你有事。」

我穿過草坪，站在她眼前，目光低垂。

「你可以坐下。」她說，「來，坐在這個墊子上。你來幫我舉毛線。」她手裡夾著根香菸，身旁的草地上盡是菸灰，還有一杯飲料，不知是茶還是咖啡。「這裡太悶熱了。你需要點空氣。」她說。我坐下來，放下手中的籃子，裡面是千篇一律的草莓和雞。那個含有詛咒意味的詞出現在我腦海裡：新鮮事。她把一束毛線在我伸出的兩隻手上放好，開始把它繞成團。看上去我就像被捆綁住一般，彷彿被戴上手銬。或許換個說法更確切些：被蛛網罩住。毛線是灰色的，從空氣中吸入了潮氣，就像被尿濕的嬰兒床毯，散發著隱隱的綿羊味。起碼我的雙手會沾滿羊毛脂。

賽麗娜纏著毛線，嘴角叼著悶燃著的香菸，裊裊升起的煙霧令人嚮往。由於她雙手漸漸癱瘓，動作相當吃力、緩慢，但卻十分果斷。也許對她而言，編織是爲了鍛鍊意志，它甚至可能引起疼痛。也許這是一種療法：一天十行平針，十行反針。但她所做的一定遠遠超過了那個數。我對她那些常青樹木和幾何圖形的男女孩童有了不同的看法：那恰恰表現了她的固執，而這種固執並非都是那麼可鄙。

我母親從不織毛線活，也不碰任何女紅。可是每次她從乾洗店取回衣服，比如上好的襯衣、冬天的大衣等，她總要把安全別針收集起來，掛成一條鏈。然後找個地方把別針鏈別起來——床上、枕邊、椅背，或是廚房烤箱手套上——爲了不至於丟失。卻往往一轉眼便忘得乾乾淨淨。我常常會在家裡到處可以不經意地見到。它們是她存在的蹤跡，是某個不爲人所知的初衷的殘餘，彷彿道路上的路標，卻不知指向何處。向家庭生活的回歸。

「這麼說，」她停下動作，任由動物毛髮纏繞著我的雙手，接著從嘴角取下菸蒂扔出去。「還沒動靜嗎？」

我知道她指的是什麼。我們交談的話題不多，除了這件神秘莫測的事情，實在沒有什麼共同語言。

「沒有，」我說，「什麼動靜也沒有。」

「眞糟糕。」她說。難以想像她怎麼帶小孩。不過別操心，大部分時候會由馬大們照顧。她希望我能懷孕，這樣一切便告結束，我便可以從她眼前永遠消失，再不用屈辱地忍受汗涔涔的纏繞糾結，再不用在她那點綴著星星點點銀白色花朵的帳頂下用身體擺成兩個三角形。一切從此太平寧靜。我無法想像她會爲了其他原因而希望我有此幸運。

「你的時間不多了。」她說，不是發問，而是事實。

「不錯。」我不帶感情地回答。

她想點另一根菸，正摸索著打火機。顯而易見，她的兩隻手越來越不管用了。不過萬萬不能主動提出幫忙，那樣會冒犯她。就因爲注意到了她的弱點。

「也許是他不行。」她說。

我不清楚她什麼意思。她是說大主教呢，還是上帝？假如是說上帝，她應該說不行，不管說誰都屬於異端邪說。只有女人才不行，是她頑固地幽閉著不肯接納，或者是因爲破損而失效，或者是天生就有缺陷。

「是啊，」我回答，「也許是他不行。」

我抬頭望她，她則低頭看我。自從初次見面以來，這是第一次我們這樣長久地四目對視。那一刻在我倆之間拉長，索然寡味，平乏單調。她竭力想看清我究竟是否眞實。

「也許吧，」她說，手裡舉著沒有點燃的香菸，「也許你該換個地方試試。」

難道她是在建議匍匐著進行？「什麼其他方式？」我問。我必須保持嚴肅。

「借用別的男人。」她說。

「你知道我辦不到。」我說，小心翼翼不讓自己怒形於色。「這是違法行爲。你知道會受到什麼懲罰。」

「這個我知道。」她說。顯然她是有備而來，經過了深思熟慮。「我知道公開場合當然不行。但大家都這麼做。長久以來女人們一直如此。」

「你是說和醫生？」我問，頭腦裡回憶起那雙充滿同情的褐色眼睛，那隻脫掉了醫用手套的手。上次去時換了一個醫生。也許有人告密，要麼就是有女人舉報了他。當然，並不是沒有證據就會相信她的話。

「確實有人這麼做。」她說，此刻她的音調雖然仍有距離，卻幾乎可以稱得上友善；就像在考慮選用什麼指甲油。「奧芙沃倫就是這麼做的。當然，大主教夫人知情。」她停了停，讓我去仔細領會這句話。「我會幫你的。我保證你平安無事。」

我思忖著。「不要醫生。」我說。

「好的，」她表示贊同，至少在這一時刻，我倆親如密友。就如同這是一張廚房裡的桌子，兩人在一起討論怎麼去赴一個約會，設想一些屬於女孩子的促狹把戲，以及如何在男友面前賣弄風騷。

「有時他們會借機敲詐。不一定要是醫生。可以找一個我們信賴的人。」

「誰？」我問。

「我考慮找尼克。」她說，聲音幾乎是柔和的。「他跟我們很久了。忠心耿耿。由我來同他講。」

這麼說是尼克爲她在黑市上跑腿了。這是否就是他一貫得到的回報？

「大主教那裡怎麼辦？」我說。

「至於這個，」她的語氣堅定，不，不只是堅定，簡直是咬緊牙關，就像錢包猛地夾起，「只要不告訴他就是了，你說呢？」

這個想法縈繞在我們之間，幾乎近在眼前，幾乎可感可觸：沉重、無形、黑暗；有如合謀串通，出賣背叛。看來她確實想要這個孩子。

「這件事太冒險，」我說，「還不只冒險。」確實，這樣一來我的性命便處在危險之中，但不論我答應與否，遲早都要走到這一步的，不是這種方式就是那種方式。我們兩人都清楚這點。

「你還是答應為好。」她說。我心裡也這麼想。

「好吧，」我說，「我答應。」

她把身子往前探了探。「或許我可以為你弄點東西。」她說。因為我順從聽話。「你想要的東西。」

她又加上一句，聲音簡直像摻了蜜。

「什麼東西？」我說。我想不出有什麼我真正想要的東西，她會願意並有辦法弄來給我。

「照片。」她說，似乎在哄小孩，一塊冰淇淋，上動物園玩。我疑惑不解，再次抬頭看她。

「她的照片，」她說，「你的小女兒。不過我也沒有十分的把握。」

這麼說她知道他們把她安置在哪裡了，在哪裡撫養她。她一直都清楚。我喉嚨被什麼哽住了。這個狠毒的壞女人，居然不告訴我，不讓我知道任何消息。甚至不肯承認。她是木頭人，是鐵石心腸，根本不會體會別人的心情。我可不能把這些話說出口，我不能不看看即便是那麼小的一張紙片。我不能放棄這個希望。我不能說。

她是真的在微笑了，帶著幾分賣俏的神情，令人想起她從前作為電視模特兒的魅力，那種魅力如同靜電在她的臉上瞬息閃現。「這鬼天氣太熱了，別弄了，你說呢？」她說著，把我一直用雙手舉著的毛線取下來。然後，拿起那根不停在手中撥弄的香菸，有些不太自然地放進我的手心，合上我的手指。

「自己去找根火柴吧，」她說，「廚房裡有，你可以向麗塔要。就說是我吩咐的。不過，只能抽這麼一根，」接著她戲謔地又加上一句，「我們可不想毀了你的健康哦！」

第三十二章

麗塔正坐在廚房的桌子旁。她的面前擺著一個玻璃碗，裡面浮著一些冰塊。刻成玫瑰或鬱金香的蘿蔔在裡面上下滾動。在她面前還有一塊切菜板，她正在上面用水果刀不停地削，一雙大手靈巧但又無動於衷地運動著。身體的其他部位文絲不動，臉部也一樣。似乎她是在夢中耍弄刀技。白色的搪瓷桌面上，是一堆洗好未切的小蘿蔔。如同一顆顆小小的黃棕色心臟。

我進門時她連瞧都不瞧我一眼。只是在我把東西拿出來給她看時說了句，「喃，都買到了。」

「給我根火柴好嗎？」我問她。同時吃驚地發現僅僅因爲她的陰沉刻板和不苟言笑，竟令我感覺自己像一個乞討東西的孩子，胡攪蠻纏，一刻也不肯安靜。

「火柴？」她說，「你要火柴幹嘛？」

「她說我可以要一根。」我回答，不想承認是爲了抽菸。

「誰說的？」她一邊說，一邊繼續切蘿蔔，節奏一點沒有被打斷。「你沒有理由要火柴。你會把房子燒了的。」

「不信你儘管去問，」我說，「她就在外面草坪上。」

麗塔的眼睛朝天花板上望了望，似乎在默默詢問那裡的某個神明。然後嘆了口氣，笨重地站起身來，故意把兩隻手在圍裙上擦了擦，以示我這人有多麻煩。她慢吞吞地走到水槽上面的櫥櫃前，從口袋裡找到鑰匙串，打開鎖。然後彷彿自言自語地說：「夏天就鎖在這裡，這麼熱的天沒必要生火。」我想起從四月份開始，逢到比較涼的天氣，總是由卡拉負責把起居室和餐室的火生起來。

木頭火柴裝在滑動式紙盒裡，小時候我朝思暮想能得到這種盒子，拿給玩具娃娃當抽屜。她抽出盒子，仔細往裡面瞧了瞧，似乎在決定拿哪根給我。「一定是她自己的決定，」她嘴裡咕噥著，「你是別想說服她的。」她猛地低下碩大的腦袋，挑了一根火柴，遞給我。「別亂點火，」她說，「別點著了你房裡的窗簾。那樣就太熱了。」

「我不會的，」我說，「我拿火柴不是為了這個。」

她不屑於問我到底拿火柴幹什麼。「我才不管你是要把它吞了還是怎麼的。」她說，「既然她說可以給你一根，我就照辦，僅此而已。」

她離開我，重又回到桌旁坐下。然後從碗裡拿了一粒冰塊，扔進嘴裡。這不像她一貫的作風。我從未見過她幹活時吃零嘴。「你也可以來一塊。」她說，「真是的，這麼熱的天，還讓你在頭上頂著這些枕頭一樣的玩意兒。」

我很驚訝：她從來沒有主動給過我什麼東西。也許她覺得既然我的地位升高到可以擁有火柴，她也不妨來點小小的表示。難道我突然之間成了一個必須安撫的對象了嗎？

「謝謝。」我說。先是小心翼翼地把火柴放進藏著香菸的拉鏈袖子裡，以防受潮，然後取了粒冰塊。「這些蘿蔔削得眞漂亮。」我稱讚道，作為她主動給我禮物的回報。

「我喜歡照規矩辦事，僅此而已。」她說著，臉上又變了顏色。「否則沒辦法。」

我匆匆地穿過走廊，上了樓梯。快速穿過過道上的弧形鏡子，眼角只見一個紅色的影子，一股紅煙閃過。煙氣開始在我頭腦裡升騰瀰漫，嘴裡已經能聞到菸味，直逼心肺，使我全身充滿悠長濃重的暗黃褐色菸氣，接著便是尼古丁進入血液後產生的快感。

長時間沒抽菸，剛抽可能會覺得惡心。對此我不會感到意外。但即便是這樣想想也令人愉快。

我順著走廊走著，該到哪兒去抽呢？是在廁所裡，把水開著沖淡氣味呢？還是在臥室裡，把一串串煙吐到敞開的窗外去？會被誰抓個正著？誰會知道呢？

即便像這樣在嘴裡玩味著對未來的期待，陶醉在即將到來的快樂時，腦海裡還是泛起一些別的念頭。

我可以不抽這支菸的。

我可以撕碎扔到馬桶裡沖掉。或者可以嚼食裡面的菸草，一樣能獲得快感。一次嚼一點，剩下的藏起來。

這樣便能保存下那根火柴。我可以在床墊上弄個小洞，小心地塞進去。那麼細的一根東西，決不會被人發現。夜裡它就在我身下，我則安睡其上。

我可以把整座房子燒成灰燼。這個想法妙不可言，令我激動得打顫。

這不失爲一個逃離此地的辦法，能夠速戰速決，但希望渺茫。

下午，我躺在床上假寐。

昨晚，大主教兩手十指頂著指尖，看我把滑膩的護手霜塗到手上。怪怪的，我竟有了向他要根菸抽的念頭，但想想還是忍住了。我知道不能操之過急，不能一下要求太多東西。我不願讓他產生我在利用他的想法。而且我也無意打擾他。

昨晚他喝了點酒，蘇格蘭威士忌加水。她開始常常在我面前喝酒，據他說，是爲了一天工作之後鬆弛一下。我想他一定壓力不輕。不過他從未請我喝一杯，我也從不開口。兩人心裡都清楚我的身體要派什麼用場。每次，像眞有那麼回事似的和他吻別時，他的呼吸都散發著酒精的味道，我會像聞到菸味一樣把它深深吸入肺裡。我承認自己對這種無傷大雅的小小放縱樂此不疲。

幾杯酒過後他會變得不講道理，玩拼字遊戲時作弊。而且也慫恿我。於是我們都多拿了字母塊，拼出一些子虛烏有的單詞，並傻笑個不停。有時他會打開他的短波收音機，撥到「自由美洲廣播電台」，炫耀似的在我面前放上一兩分鐘，顯示一下他有這個特權。然後關上。該死的古巴佬，他說。說什麼小孩參加集體托兒所。

有時，遊戲結束後，他會坐在我椅子旁邊的地板上，握著我的手。他的頭位置比我低，抬頭看我時，就像小孩順從聽話的樣子。這個虛假的場面一定讓他想笑。

他高高在上，奧芙格倫說。身居上層，我指的是最上層。可在這種時候，難以想像。

偶爾我會假設我是他，這只是爲了猜測他下一步會做什麼的策略。儘管很難相信我對他擁有了某種權利，但我還是相信了，雖然有些猶疑。偶爾我會覺得已經能夠用他的眼光看自己，雖然有些模糊不清。他希望向我證明什麼，希望送我禮物，希望爲我服務，希望喚起我的柔情。

確實，他有所需求。尤其是在喝了酒之後。

有時候他牢騷不斷，有些時候則開朗達觀。有時他會力圖辯解，爲自己尋找理由。就像昨晚。過去的問題並不全在女人身上。最大的問題還在男人。他們已經一無所有。

一無所有？我說。可他們明明還有……

他們無所事事，他說。

他們可以賺錢，我的口氣有些難聽。此刻我已不再懼怕他。懼怕一個坐著看你往手上塗潤膚乳液的人很難。這種缺乏恐懼的心態十分危險。

那遠遠不夠，他說。那太抽象了。我是說男人與女人之間已毫無關係。

你這是什麼意思？我說。你怎麼解釋那些無處不在的色情角落？他們甚至把性機械化。

我談的不是性，他說。性只是一部分，是輕易就能得到的東西。隨便什麼人，只要用錢就能買到。問題是他們缺乏工作的動力，缺乏奮鬥的目標。我們有當時的統計數字。你知道他們那時候抱怨最多的是什麼嗎？是沒有感覺。男人們甚至開始對性失去興趣。對婚姻也興味索然。

現在他們有感覺嗎？我說。

是的，他說，目光望著我。他們確實有了感覺。他站起身，繞過桌子朝我坐的椅子走來。從後面把雙手放在我肩膀上。我看不到他。

我想聽聽你是怎麼想的，他的聲音從後面傳來。

我不怎麼想事情，我輕聲回答。他希望得到的是親暱，可那是我無法給他的。而且我的想法根本無足輕重，毫無價值，不是嗎？我說。我想什麼無關緊要。正因爲如此，他才能放心告訴我一些事情。

好啦，來，說說看，他催促著我，手上用了點勁。你這麼聰明的人，一定有自己的看法。

關於什麼？我說。

關於我們所做的一切，他說。關於事情的結果如何。

我使自己保持文絲不動。努力掏空思想。我想到沒有月亮的夜空。我沒有什麼看法，我說。

他嘆了口氣，鬆開緊捏的雙手，但仍放在我肩上。毫無疑問。他知道我怎麼想。

要炒蛋就得打破蛋，有失才有得，他這麼說。我們以爲可以創造一個更美好的社會。

更美好？我聲音細弱。他怎麼會認爲這樣更美好？

所謂更美好，並非對人人而言都是如此，他說。對某些人，它從來都意味著更糟。

我平躺著，潮濕的空氣擠壓著我，像鉛塊，又像泥土。我希望能下一場大雨，來場暴風雪就更好。烏雲、閃電、震耳欲聾的雷聲。也許會斷電，這樣就能以害怕爲由躲到廚房去，同麗塔和卡拉一道坐在桌子旁，她倆會容忍我的膽怯，因爲她們也一樣害怕。她們會讓我進去。到時會點起蠟燭，三個人你望著我，我望著你，各自的臉孔在搖曳不定的燭光和窗外撕破夜空的白色閃電中忽隱忽現。

我仰望天花板，望著那個石膏花的圓環。畫個圓，走進去，它會保護你。中間是那盞枝形吊燈，一根由撕開的床單編成的布條從吊燈上垂下來。她就在那裡像鐘擺一樣輕輕搖晃，就像孩提時雙手攀住樹枝任身體晃動。當時她確實安然無恙，受到完全保護，直到卡拉開門進來。有時我會感到她仍在這間屋裡，和我在一起。

我有種被埋葬的感覺。

第三十三章

傍晚時分，天空一片朦朧，陽光四散開來，但仍十分強烈，無處不在，就像古銅色的塵霧。我隨著奧芙格倫沿人行道輕快地走著。我倆是一對，前面是另外一對，街對面還有一對。從遠處看此番景象一定很不錯，有畫一般的效果，像壁紙上身著長裙、頭戴遮臉圓帽的荷蘭擠奶女工❶，又像一個擺滿做成小人形狀、身著當時流行服裝的陶瓷鹽瓶和胡椒瓶的架子，還像一群天鵝或別的什麼東西，一成不變、千篇一律地重複自己，但仍不失優雅。此番景象可謂悅人眼目，尤其讓那些眼目安心，這本來就是做給他們看的。我們正前往祈禱集會，去向眾人展示我們多麼恭順虔誠。

這裡看不到任何齒狀的蒲公英，草坪裡的雜草被除得一乾二淨。我希望能看到幾棵，哪怕一棵也好，像垃圾一樣胡亂長在那裡，目中無人地傲然挺立，難以除盡，一年四季都開著太陽一樣金黃色的小花。它是那樣明亮開朗，那樣平凡普通，不論對誰都一視同仁地燦爛盛開。過去我們會把它做成戒指、花冠或項鏈，手指上沾滿了蒲公英的苦汁。有時我會舉著一棵蒲公英湊近她：喜歡奶油嗎？❷低頭聞花時，她的鼻子上會沾上花粉（或是毛茛）。在蒲公英結籽的時候，我可以望見她在草坪上奔跑的身影，就

❶荷蘭擠奶女工以恭順、持家、愛清潔著稱。

❷毛茛屬植物在英文裡為 buttercup，其字面意義為「奶油杯」。

在我前面那塊草坪上，二三歲大的小人，揮舞著手，像一團跳動的光，一束烈火，空氣中到處是飛揚的蒲公英，好似一個個小小的降落傘。用力吹，看看是幾點。光陰就在夏日習習的涼風中隨之吹遠飄去了。雖然這就像用數雛菊花瓣來測定是否被愛一樣。我們也常常玩這個遊戲。

到了檢查站，我們排隊等候過關。兩個兩個地列隊等候，像一所私立女校的女生外出散步，卻遠遠超過了預定時間沒有回來。多少年過去了，女孩們漸漸長大，一切變得面目全非，腿腳，身體，裙子，全都變得奇大無比。就像中了邪。我寧願相信這是一個童話故事。但它不是。我們兩個兩個地接受檢查，通過，然後繼續上路。

一會兒後我們向右轉，經過「百合」，往下朝河邊的方向走。我希望我們能走遠點，走到開闊的河岸邊，那裡有大橋飛架兩岸，也是過去我們經常躺著沐浴陽光的地方。沿著彎彎曲曲的寬闊河道再一直往下走，就到了海邊。到那裡幹嘛呢？撿貝殼，還可以懶散地躺在油亮光滑的鵝卵石上。

我們不是去河邊，不可能看到沿路建築物上用藍色和金色鑲邊的白色小圓屋頂，樸實中不失俏麗。隊伍轉進了一座裝飾頗爲現代的高樓，門上懸掛著一面大旗，上面寫著「婦女祈禱集會，即日」的字樣。旗子蓋住了大樓先前的名字，這座樓是以某個被暗殺總統的名字命名的。紅色大字下面，是一行黑體小字，頭尾各畫有一隻帶翅膀的眼睛。那行字是：「上帝是救國之源。」門兩旁照例站著衛士，一邊兩位，共四位，雙臂貼緊身體兩側，目光正視前方。他們頭髮整整齊齊，一絲不亂，軍裝筆挺，年輕的面孔如石膏一般光滑，與商店裡的人體模形一樣幾可亂眞。每個衛士的肩上都揹著一挺衝鋒槍，準備反擊任何危險或顛覆活動。

祈禱集會將在大樓有頂的庭院裡舉行。那裡有一塊長方形的空地，屋頂是透明的。這不是全城的祈禱集會，那通常在足球場舉行，這只是一個教區的活動。靠右邊，一排排木頭摺椅已經擺好，那是給高官顯貴的妻子們坐的，這些官員間並無太大差別。上面有混凝土欄杆的長廊是給身分低微的女人坐的，包括馬大和穿著雜色條紋裙子的經濟太太。她們並沒有義務非參加祈禱集會不可，尤其是家務繁忙或孩子還小時更不必到場。儘管如此長廊上還是坐滿了人。我想大家是把它視爲一項娛樂了，像是歌舞秀或馬戲表演。

一些夫人已經落座，她們穿著最好的繡花藍色長裙。當身著紅裙的我們兩個兩個走向她們右側時，可以感到注視的目光從那裡射過來。我們被盯著，被評頭論足，被小聲議論著，就像能感覺到小螞蟻爬在裸露的肌膚上。

這裡沒有椅子。我們的區域被一根紅繩封鎖起來，就像過去電影院用來維持秩序的那種。這根繩子像畜欄或豬圈一樣把我們圈起，與他人分隔開來，使他人不致被我們玷污。我們走進去，熟練地一行一行排開，在水泥地上跪下。

「到後面去，」奧芙格倫在我耳邊輕聲提醒，「那樣談話方便些。」俯首跪在地上時，我聽到竊竊低語聲悄然四起，好似高高的枯草叢裡小蟲爬行弄出的沙沙聲響：眾多的耳語聲響成一片。在這種地方，我們可以自由交換信息，一個一個傳過去。這樣不容易被他們盯上誰或聽到我們說什麼。何況他們一定不希望在電視攝影機前中斷集會。

奧芙格倫用手肘暗示我，我慢慢偷偷抬起頭。從我們跪著的地方可以清楚地望見院子的入口，人們還在不斷擁入。她教我看的一定是珍妮，因爲此刻她正走進門來，身旁換了一個女伴，不是原先那位，這個我從沒見過。珍妮一定是又換了一家，調了一個新崗位。好像太早了點，難道是她沒有奶水餵孩子？這是她被弄走的唯一原因，再有，就是除非她和夫人爭奪孩子。這種事經常發生，遠遠超過人們的想像。我看得出來，一旦有了孩子，她可能捨不得放棄。紅裙子下面，她的身體照得異常瘦弱，幾乎皮包骨頭，整個人也失去了懷孕時的風采。一張臉孔蒼白瘦削，似乎全部的精力都被吸乾了。

「知道嗎，那孩子不正常，」奧芙格倫靠近我說，「是個畸胎。」

她是指珍妮生的孩子，那個經過珍妮身體踏上別處不歸途的嬰兒。那個名叫安吉拉的孩子。不能太早取名字的。我胃裡面感到一陣噁心。不，不是噁心，是空虛。我不想知道究竟是怎麼了。「上帝。」我說，經歷了這一切後，卻是徒勞。這比一開始就什麼都沒有更糟。

「這是她的第二胎，」奧芙格倫說，「不包括過去她自己的那個。前一胎懷了八個月後流產了，你不知道嗎？」

我們望著珍妮邁進這個用繩子圍成的圈子，臉上的面紗使她顯得煞氣重重，觸之不得。她看見了我，一定看見了我，然而她把目光越過我。這回全無了勝利的笑容。接著她轉身跪下，我只能看見她的背後和瘦削弓起的雙肩。

「她認爲是自己的錯，」奧芙格倫輕聲說，「連著兩胎。她覺得都是因爲她的過失。聽說是跟一個醫生，根本不是大主教的孩子。」

我不能說我知情，否則奧芙格倫會奇怪我怎麼知道。因爲就她所知，她是唯一可以爲我提供這類消息的人，這方面她知道的事情多得驚人。有關珍妮的事她是怎麼發現的？是從馬大那裡？還是從珍妮的採購女伴那裡？或是趁夫人們一邊喝茶飲酒，一邊編織毛線、聊八卦時，從門縫偷聽？假如我照夫人說的辦了，她會這樣談論我嗎？二話不說就同意了，眞是一點也不在乎，隨便什麼玩藝，只要有兩條腿，那個你知我知的東西管用就行。這個事情上，她們開放得很，跟我們的觀念完全不同。別的夫人們在椅子裡朝前探著身子，天哪，驚呼聲中充滿恐慌和好奇。她怎麼會這樣？在什麼地方？什麼時候？

她們一定對珍妮那樣做過。「太可怕了。」我說。珍妮雖然總把過錯攬到自己身上，獨自承擔那個孩子的先天缺陷。但人們怎麼都不會願意承認自己的生命毫無意義，也就是說，一無用處。缺乏情節。

一天清晨大家在穿衣時，我注意到只有珍妮還是一身白色棉布睡袍，一動不動地呆坐在床沿。

我往體操館的雙層門望去，看平日守在那裡的嬤嬤是否留意到。嬤嬤並不在那裡。那時她們對我們已放心了許多，有時會把我們獨自留在教室或飯廳裡，一次幾分鐘。或許她偷溜去抽菸或喝咖啡。

你看，我對隔壁床的阿爾瑪說。

阿爾瑪看了珍妮一眼。然後我們倆一起走到她身邊。穿上衣服，珍妮，阿爾瑪對珍妮的白色後背說。我們不想因爲你而增加祈禱的次數。可是珍妮還是一動不動。

這時莫伊拉也過來了。那是在她第二次重獲自由前。被她們施過刑的腳還跛著。她繞到床鋪那頭，她看清珍妮的臉。

你們過來，她對我和阿爾瑪說。頓時便聚集了一小堆人。你們別過來，莫伊拉對她們說。別把事情鬧大了，要是嬤嬤進來怎麼辦？

我望著珍妮。她睜著眼睛，卻無視我的存在。雙眼睜得又圓又大，牙齒露在外面，臉上帶著僵硬的笑容。她就這麼笑著，透過牙縫，小聲地自言自語。我只好又往前靠了靠。

你好，她說，但不是對我。我名叫珍妮。今天早晨由我來服務。先來點咖啡好嗎？

上帝，莫伊拉在我身旁驚呼。

別亂詛咒，阿爾瑪說。

莫伊拉抓住珍妮的肩膀使勁晃動。醒醒，珍妮，她大聲說。別用那個字眼。

珍妮笑了。今天可是個好日子，她說。

莫伊拉朝她臉上來回搧了幾個耳光。醒醒，回到這兒，她喊。回到這裡來！你不能待在那裡，你不再屬於那裡了。一切都已一去不返。

珍妮的笑容顫抖起來。她把手放到腮幫上。你爲什麼打我？她說。嫌不好喝嗎？我可以再端一杯來，你不用打我的。

你不知道她們會怎麼對妳嗎？莫伊拉說。她聲音低沉卻不由分說。我名叫莫伊拉，這裡是紅色感化中心。你看看我。

珍妮的目光開始集中到眼前。莫伊拉？她說。我不認識什麼莫伊拉。

他們不會送你去醫院的，所以你想都別想，莫伊拉說。她們才不會勞心費神爲你治病。甚至連送你去隔離營都嫌麻煩。你再這樣顛三倒四，癡迷呆傻，她們會把你弄到化學實驗室一槍斃了。然後把你像對壞女人一樣和垃圾一起燒了。忘了吧。

我想回家，珍妮說。她開始哭起來。

耶穌上帝，莫伊拉說。夠了。嬤嬤馬上就會進來，我敢肯定。快閉上嘴巴，穿上該死的衣服。

珍妮還在抽抽搭搭，但終於站起身來開始穿衣。

同樣的事後來又發生了一次，我不在場，莫伊拉對我說，你到時只要狠狠打她幾巴掌。不能眼睜睜地看她精神錯亂。那個毛病是會傳染的。

當時，她一定已經在計劃如何逃脫。

第三十四章

庭院裡可以落座的地方已經坐滿，我們一邊竊竊私語，一邊等待。主持集會的大主教終於出現了。他是個大塊頭，已開始禿頭，看上去像一位上年紀的足球教練。他身穿肅穆的黑色制服，披掛著一排排獎章和勛章。令人一眼難忘，我卻故意不去注意他的外表，而是竭力想像他與其夫人和使女在床上的情景，拚命噴射精液，像一隻發情的鮭魚，臉上卻裝出索然無味的樣子。上帝讓人類多多生養，大量繁殖時，也指這個人嗎？

這位大主教走上台階來到台前。講台上垂著一塊紅布，上面繡著一隻帶白色翅膀的碩大眼睛。他往室內掃視了一眼，群眾立刻鴉雀無聲。連舉手之勞都免了。隨後他的聲音進入麥克風，從喇叭裡傳出來，濾去了低音，變得金屬般刺耳尖利，似乎那些話不是從他嘴裡說出來，也不是發自他的身體，而是那些喇叭本身發出的聲音。這聲音呈現金屬顏色，牛角的形狀。

「今天是感恩的日子，」他開口道，「讚美的日子。」

他先是一番歌功頌德，我一句沒聽，只管想自己的事。接著是冗長的祈禱，譴責忘恩負義的女人，之後是讚歌：「基列的乳香❶。」

---

❶「基列的乳香」(Balm of Gilead)在古代被視為治療疾病的良藥。見《聖經．創世紀》第三十七章二十五節，《聖經．耶利米書》第八章第二十二節。此語目前常用來指製作咳嗽糖漿的北美楊樹。

「基列的炸彈❷。」莫伊拉過去常這麼偷樑換柱。

接下去才進入主要議程。二十名剛從前線凱旋歸來新近受勳的天使軍士兵，由儀仗隊陪同，邁著整齊的步伐走進院子中間的空地。立正，稍息。接著二十名全身潔白，頭戴面紗的少女由各自的母親挽著手，羞答答地走上前來。如今交新娘的儀式不再由父親完成，而是由母親來完成，而且整個婚姻也由母親操辦。不用說現在時興的是包辦婚姻。這些女孩已多年未與男子單獨交往，從這一切實行後便開始了。

她們有多大年齡？還記得過去的事嗎？還記得身穿牛仔褲和運動鞋，打壘球，騎單車，讀自己愛讀的書的情景嗎？雖然其中一些尚不到十四歲——如今的策略是讓她們盡早結婚生子，機不可失，只爭朝夕——但她們一定還記得。小她們三歲四歲五歲的也還能記得，不過年紀再小的就不會有印象了。她們將永遠身著白色，在女孩堆裡長大，永遠保持沉靜。

比起拿走的，我們給予女人的東西要多得多。想想她們過去所經受的煩惱。難道你忘了那些供單身男女幽會的酒吧間，那些中學時代與陌生男孩初次見面所遭遇的輕薄無禮？還有人肉市場。難道你忘了在不同女人之間，在那些輕易就能得到男人和得不到男人的女人之間存在著多麼可怕的鴻溝嗎？一些人不惜孤注一擲，靠絕食來減肥，要不就是在乳房裡塞滿矽膠把它弄得碩大無朋，把鼻子切掉裝上假鼻子。想想人類遭受的種種苦難。

---

❷在英文裡，「乳香」(balm)與「炸彈」(bomb)諧音。

他朝那疊舊雜誌揮了揮手。她們老是怨聲不斷。這個問題，那個問題。記得報紙上的廣告嗎，某女，漂亮迷人，三十五歲……靠這種辦法，她們個個都找到了男人，無人例外。到眞的結婚後，會生一二個孩子，然後丈夫便開始厭倦，出走，消失。剩下母子幾個只好靠救濟度日。要麼做丈夫的就是待在家裡，成天打罵孩子。倘若這些女人是職業婦女，孩子便索性送進托兒所，或者扔給某個無知粗暴的女人照看，爲此還得從少得可憐的工資中付錢給他們。金錢成了衡量所有人價値的唯一標準，她們得不到作爲母親所應得的尊重。怪不得她們索性連孩子也不生了。以此來保護自己，無牽無掛、沒有煩惱地完成自己作爲生物人的命運。更有甚者，這種做法還得到強有力的支持和鼓勵。好，輪到你來說說了。你是個聰明人，我想聽聽你是怎麼想的。我們究竟忽略了什麼東西？

愛，我說。

愛？大主教不解。哪一種愛？

戀愛，我說。

大主教望著我，目光和孩子般直率坦蕩。哦，你是說這個，他說。我讀過那些雜誌。過去人們推崇的就是這個東西，不是嗎？它是否眞的物有所値，所謂的戀愛？包辦婚姻的結果往往一樣美滿，有時甚至更好。

談情說愛，麗迪亞嬷嬷帶著厭惡的口氣說。可別讓我逮著。姑娘們，這裡可不許害相思病或想什麼六月新娘的美事。她搖著手指。這裡需要的不是愛情。

從歷史的角度來看，那些均屬於畸形年代，大主教說。歷史的偶然罷了。我們所做的是使一切回歸自然。

婦女祈禱集會通常用來舉行類似的集體婚禮。男子祈禱集會則主要爲慶祝戰事的勝利。這些都是我們理應爲之大慶大賀的喜事。當然有時候也會爲某個修女宣布放棄原有信仰而舉行。這在早些時候大範圍搜捕捉拿她們時比較多見。不過如今偶爾還會抓到幾個，從隱秘的地下藏身處把她們像挖鼴鼠一樣挖出來。這些女人的神情也與那些棲身地下的小動物一般無二：目光遲鈍，畏懼光亮。上年紀的立刻被送往隔離營，年輕豐腴的則竭力說服她們皈依。一旦大功告成，我們便全聚集到這裡來，看她們舉行皈依儀式，同意放棄獨身生活，爲大眾利益獻身。她們先是下跪，大主教爲之祈禱，然後各自領取紅色面紗，和我們一樣。不會讓她們當夫人，怕把如此大權在握的位置交給她們過於危險。她們身上有一種女巫般的妖氣，某種神秘莫測、迥異於常人的東西，不管怎麼擦洗，腳上有多少鞭痕，單獨監禁多少時間，那副神情依然故我。她們腳上總是鞭痕累累，同時也總是被單獨監禁著，於是便有傳言說：要她們放棄信仰可不容易。實際上，多數人選擇了去隔離營。我們誰也不願抽籤抽到她們做採購同伴。她們比我們更灰心失望；和她們在一起很難做到輕鬆愉快。

母親們把女兒帶到指定的位置上後回到自己的座位。她們中有些人小聲抽泣起來，一些人握著手輕輕拍著相互安慰，更有一些人用起了手帕，惹得人們側目而視。大主教繼續主持集會：

「願女人廉潔自守，以正派衣裳爲裝飾，不以編髮、黃金、珍珠和高價的衣裳爲裝飾；

「只要有善行，這才與自稱是敬神的女人相宜。

「女人要沉靜學道，一味地順從。」說到這裡，他環顧了我們一眼。「一味地。」他又重複了一遍。

「我不許女人講道，也不許她管轄男人，只要沉靜。

「因爲先造的是亞當，後造的是夏娃。

「且不是亞當被引誘，乃是女人被引誘，陷在罪裡。

「然而女人若常存信心、愛心又聖潔自守，就必須在生產上得救❸。」

在生產上得救，我在心裡想。那麼在過去，我們又是靠什麼得救呢？

「這些話他應該對夫人們去說，」莫伊拉小聲嘀咕，「在她們貪杯雪利酒的時候。」她是指有關自守的那番話。現在又可以放心說話了。大主教已經主持完集會的主要部分。新郎新娘正在互換戒指，然後是新郎替新娘揭開面紗。我在心裡發出噓聲。好好看看，如今一切已成定局，無可挽回。過些時候，這些天使軍士兵將有資格分到使女，特別是如果他們新娶的夫人不能生育。到那時，你們這些姑娘的日子就難過了。所見即所得，包括他的青春痘和其他所有一切。你絕不能愛上他。這一點你很快就會發現。只管默默完成自己的職責。每當夜深人靜，平躺在床上之時，心中倘有什麼事不能釋懷，儘可以往天花板上看。誰知道你會在那裡看到些什麼？葬禮上的花圈和天使，還是一團團灰塵雲集，形狀像星星或別

❸此段出自《聖經·提摩太前書》第二章九—十五節。

的什麼，或是蜘蛛留下的不解之謎。好奇的腦袋總是裝滿了問題。

有什麼不對嗎，親愛的？那個千篇一律的玩笑又來了。

沒有啊，爲什麼這麼問？

你動了。

只要不動就好。

麗迪亞嬤嬤說，我們追求的是女人與女人之間親密無間、相濡以沫的精神。女人們必須團結一致，同心協力。

親密無間，呸！莫伊拉從廁所隔間的木縫裡衝我說。和麗迪亞嬤嬤幹得親罷了，就像過去常說的。你敢打賭她只是讓珍妮下跪嗎？你以爲在辦公室裡她們會幹些什麼？她準是和珍妮幹得起勁，讓珍妮在她那個又老又癟，乾草一樣沒有一點水分的——

莫伊拉！我喝住她。

莫伊拉怎麼啦？她小聲說。你明知道你也這麼想的。

這樣滿嘴粗言穢語是沒有用的，我說，雖然忍不住也想笑出聲來。儘管如此，我還是自以爲應該保留一些可以稱之爲尊嚴的東西。

你老是這麼軟弱無能，莫伊拉親暱地責怪道。怎麼沒用，當然有用。

她說得對。此刻我跪在這堅硬無比的地上，耳邊聽著集會不疾不徐地進行，終於明白了這一點。用下流話悄悄議論那些當權者確實威力無比。它包含了某種令人快樂的成分，某種惡作劇一般、不可告人、偷嘗禁果、發抖戰慄的成分。它像一道符咒，一種魔力。它使高高在上的當權者頓然威風掃地，使他們降低到分母的位置，一變而成常人可與之相匹敵的凡人。在廁所隔間的油漆上，不知誰曾畫出這樣一行字：麗迪亞嬷嬷口淫。它像一面在山頭高高飄揚的反叛之旗。光是想想麗迪亞嬷嬷幹這種事本身就讓人開心振奮。

於是，此刻在這些天使軍士兵和他們無精打采的白色新娘中間，我開始任想像馳騁：粗重的咕噥聲夾雜著汗水，潮濕的陰毛一次次相互交戰，或者不如說，一次次恥辱地敗下陣來，那個東西像長了三個星期的胡蘿蔔，不得要領的笨拙撫摩充滿痛苦，手下的肌膚冷冰冰毫無反應如同沒下鍋的魚。

集會終於宣告結束，我們魚貫而出。奧芙格倫在我耳邊用她低而清晰的聲音說：「我們知道你在和他幽會。」

「和誰？」我說，竭力不朝她看。我當然知道是誰。

「你那位大主教。」她說，「我們知道你一直在和他偷偷見面。」

我問她怎麼知道的。

「反正知道就是。」她說，「他想要什麼？玩性變態遊戲？」

很難向她解釋他到底要的是什麼，因爲我也無法用確切的語言來稱呼它。我怎麼向她形容我們之間發生的一切？可以確定的是她一定會笑。於是我避重就輕，應了句：「就算是吧。」那樣至少還能體現一些高壓統治的尊嚴。

她想了想。說：「你一定覺得難以置信，他們許多人都是這樣。」

「我無能爲力。」我說，「我無法拒絕。」她應該知道這點的。

我們已經走上人行道，這裡不便交談，一來前後距離太近，二來周圍沒有了交談人群的隱蔽，太引人注目。我們默不作聲地走著，故意落在後面，她終於抓住時機說了一句，「你當然不能。不過有什麼發現請告訴我們。」

「你指哪方面？」我問。

我感到而不是看到她的頭轉動了一下。「任何事。」

第三十五章

此刻，在我屋裡悶熱難耐的空氣裡，又出現一塊需要塡補的空間和時間；被晩餐所分割。餐盤送上樓來，彷彿這屋裡住著一個行動不便的人。一位病人，一個被人廢掉的人。沒有有效護照。沒有出路。

那天的情形就是這樣，我們試圖用剛弄來的假護照跨越國境，那上面的個人資料全是僞造的：比如盧克從未離過婚，根據新頒布的法律，這樣我們才算是合法夫妻。

我們對那個人說了要去野餐後，他朝車裡望了望，看到我們的女兒睡在那些被她玩得掉了毛的玩具動物裡，拿著我們的護照進屋去了。盧克拍拍我的手臂，彷彿想舒展一下身子似的下了車，透過移民大樓的窗戶注視那人的舉動。我待在車裡。點燃一根菸，鎭定自己，深深吸上一口，徐徐吐出，沉浸在虛假的愜意中。我望著兩名身穿陌生軍裝的士兵，那時，這身軍裝已逐漸爲人們所熟悉。他們懶洋洋地站立在黃黑相間的升降式關卡旁。一副無所事事的樣子。其中一個正望著遠處橋面上的海鳥，牠們時而翱翔翻飛，時而停足在橋欄杆上。我不禁隨著他的目光也朝牠們望去。一切都呈現著往常的顏色，只是亮了一些。

但願一切順利，我在心裡祈求。保佑我們如願以償。保佑我們過去。保佑我們到對面去。只要這一次讓我如願，我什麼都願意做。我會為肯傾聽者做些什麼，我永遠不會知道。

這時盧克回到車裡，未免太快了一點，只見他打開車鎖，掉頭就開。那人拿起了電話，盧克說完，開始加油門快速前進。前面出現沙石路，接著是樹林。我們跳下車，狂奔起來。一間藏身的農舍，一隻逃命的小船，我不知兩人心中期待的是什麼。盧克說護照不會有問題，兩人來不及做任何打算。或許盧克心裡早已有計劃，一種像地圖似的東西。至於我，只管拚命向前跑：向前，向前。

我不想講下去了。

我可以不講的，我可以什麼都不講的，不管對自己還是對別人。我滿可以安安靜靜地坐在這裡。可以告退，到此為止。因為它有可能讓你深陷其中，陷在過去，不能自拔，萬劫不復，無以逃脫。

別讓那些雜種騎在你頭上。她從這句話裡受益無窮。

為何而戰？

那絕對不行。

愛？大主教說。

這個話題不錯。我了解這個東西，可以來談談。

不，是戀愛，我更正道。墜入愛河，這是過去人人都曾有過的經歷，儘管方式各不相同。他怎麼可以如此滿不在乎，甚至嗤之以鼻。似乎它在我們的生活中不足掛齒，是無用的虛飾，是一時的心血來潮。恰恰相反，愛艱難棘手，絕非易事。它在我們的生活中舉足輕重，人們通過它了解自己。假如哪個人不曾戀愛，就不像正常人，而像是外星人。這是誰都明白的道理。

墜入愛河，我們這樣形容。他讓我傾倒。我們是墮落的女人。這種向下墜落的感覺令我們癡迷：它是那樣的美妙動人，像飛，但同時又那麼可怖，那麼極端，那麼希望渺茫。上帝就是愛，人們曾這麼說，我們卻將其顛倒過來。愛，就像天堂，總是近在咫尺。越是難以愛上身邊那個男人，我們對抽象絕對的「愛」便越發堅信不疑。於是我們總在等待，等待愛的化身出現。等待那個字眼變成活生生的人。

它也曾發生。那種愛來去短暫，像肉體的疼痛不易記住。某一天你會望著那個男人，心裡想，我愛過此人，用的是過去式，並且會湧上一種奇怪的感覺，不知自己怎麼竟會做了這麼一件令人吃驚的蠢事，同時會恍然大悟為什麼朋友當初對此避而不談。

此刻回憶起這一切，讓人感到無限安慰。

還有些時候，即便還在熱戀中，陷在情網裡，你會在午夜夢醒，月光透過窗子灑在他熟睡的臉上，使他眼窩的暗影比在白天顯得更凹更深，這時你會想，誰曉得他們獨自一人或與其他男人在一起都幹些什麼？有誰知道他們說些什麼或有可能上哪裡？誰知道他們的眞面目，在每日所見的外表下面？

在那些時刻，你多半會想：假如他不愛我了會怎麼樣？

你還會想起在報紙上讀到的新聞，關於在壕溝裡或林子裡或廢棄的出租屋內的冰箱裡發現女屍的報導——多數是女的，偶爾也有男的，最可怕的是有時還有孩子——他們穿著衣服或一絲不掛，有的遭人強姦，但都死於非命。總有一些地方人們不願涉足，每天得小心翼翼，仔細鎖緊門窗，拉上窗簾，不敢熄燈，以防萬一。這些舉動和祈禱的作用一樣：希望藉此得以獲救。它們多半能夠奏效。要麼就是冥冥之中什麼起了作用，只要從你還活在人世便足以證明。

不過這一切只與黑夜有關，和你所愛的男人毫不相干，至少在大白天是如此。同那個男人在一起，你希望的是兩人共同努力。努力也指健身（Work out），爲了這個男人保持身體苗條。假如你全力以赴，或許那人也會努力。或許你們可以同心協力，破除萬難。否則，其中一個，大部份是男人，將帶著他那迷人的肉體走開，回到自己的生活軌道，扔下你獨自一人痛苦地用健身鍛鍊抵制肉體的誘惑。倘若兩人未能相廝相守，那一定是其中一個觀念出了問題。我們生活所發生的事，據說都是來自頭腦中正負力量的作用。

不喜歡就換一個，我們互相這麼說，對自己也這麼說。於是我們換掉那個男人，再找一個。我們相信，新的總是勝過舊的。我們是修正主義者，修正的是我們自己。

眞奇怪，我還記得過去怎麼想。彷彿一切都唾手可得，天經地義，沒有意外也沒有界限，似乎我們可以任意重塑生活範圍。我也一樣，也曾那麼做過。盧克不是我的第一個男人，也不會是最後一個，倘若他不是以這種方式被凍結。時光戛然中止，停在半空，在樹林後面，在倒下的動作中。

要是在過去，會有人送來一個裝著他的遺物的小包裹。據母親說，戰爭期間就是這麼做的。照理該哀悼多久？那句話是怎麼說的？以你的一生悼念摯愛的人。是的，他曾經是我摯愛的人。

至今依舊是，我喃喃道。依舊是，依舊是，就這麼三個字，你這蠢蛋，難道連這麼幾個字都記不住嗎？

我用袖子擦了把臉。要是在過去我不會有這個舉動，怕把化的妝弄壞。但現在沒有什麼東西會被弄掉。此刻臉上不論是什麼表情，都沒有絲毫虛假，雖然我自己是看不到的。

請你原諒。我是過去的難民，像所有難民一樣，我常常會回憶起已經脫離或被迫脫離的原先的生存方式和習俗。那裡的一切從這裡的角度去看或許顯得離奇古怪，而我則對之魂牽夢繞，念念不忘。如同二十世紀一位在巴黎街頭喝茶的逃亡白俄。我徜徉在過去，一次次企圖返回那些遙遠的小徑。我變得脆弱傷感，不堪一擊，完全迷失了自己。默默流淚，是雙淚長流，不是嚎啕大哭，坐在椅子裡，淚水慢慢溢出眼眶，源源不斷，就像一塊擠不乾的海綿。

就是這樣。漫長的等待。等待中的女人 (Lady in waiting)，這是過去孕婦服專賣店的稱呼。聽起來更像是某個在車站候車的女人。等待也意味著一處地點：也就是等待時的那個地方。對我而言，就是這間屋子。這兒的我是一塊空白，夾在不斷插入的事件之間，夾在他人之間。

敲門聲響起。一定是卡拉，端著餐盤。

卻不是卡拉。「東西帶來了。」是賽麗娜的聲音。

於是我掉頭望去，迎上前。她拿著一張拍立得照片，閃著亮光的正方形。這麼說這種相機還在生產。一定還少不了家庭相冊，全是孩子的照片，但不會有使女。從未來的角度來看，我們並不存在的。

不過這並不妨礙那些孩子待在相冊裡，供夫人們在樓下一邊嚼著美味大餐，一邊等待嬰兒出生時觀賞。

「妳只能看一分鐘，」她的聲音帶著共謀者的低語。「我要在他們發現之前還回去。」

一定是哪個馬大弄來給她的。看來馬大之間也有關係網，而且從中能得到某種好處。知道這一點眞好。

我接過照片，轉過來。這是她嗎？她長得是這個樣子嗎？我的寶貝。

變化如此之大，長高了許多，也已經會笑了，這麼快。身穿白色長裙，就像從前初入教堂，參加第一次領聖餐儀式。

時光並未靜止不動。它漫過我的身體，將我沖刷一淨，彷彿我只是一個沙子做的女人，被粗心的孩子丟在靠河邊太近的地方。我在她心裡已經被沖掉了。如今只剩下一個影子，遠遠隱在這張光滑發亮的照片表面下。影子的影子，就像死去的母親被漸漸淡忘。我已經不復存在，這一點從她眼裡看得清清楚楚。

可她還活著，穿著潔白無瑕的長裙。她在長大，在繼續生存。這豈不是一件好事？一件幸事？儘管如此，我還是無法忍受，無法忍受就這麼被抹去、忘卻。寧願她什麼也沒有帶給我。

我坐在小桌子旁，用叉子吃著奶油玉米。叉子湯匙可以給我，刀子卻絕對別想。供應肉食時，會事先替我切好，似乎我自己沒有辦法切或者沒有牙齒。但我兩樣都不缺。正因如此，才不能給我刀子。

第三十六章

我敲他的房門，聽到回答，調整了一下表情才進門。他站在壁爐旁，手裡舉著已快見底的酒杯。通常他要等我來之後才喝點烈酒，雖然我知道他們在晚飯時已經喝了葡萄酒。他的臉有些發紅。我努力猜測他到底喝了多少杯。

「嗨，」他招呼道，「小美人兒今晚好嗎？」

有幾杯，但不太多，因爲他的笑容是裝出來的。而且舉止得宜。

「很好。」我說。

「來點小小的刺激如何？」

「對不起，你說什麼？」我問。我感到這句話背後有著尷尬及試探的意味。

「今晚我想給你一個小小的驚喜。」他說完笑起來，像是竊笑。我注意到今晚他說的所有話裡都帶著「小」字。他想把一切都縮小，包括我這個人。「一件你一定喜歡的東西。」

「是什麼？」我問。「是中國跳棋嗎？」我放肆的說；他似乎樂於看我這樣，尤其是喝了幾杯之後。他喜歡我舉止輕浮。

「比那更好。」他說，故意吊我胃口。

「我眞等不及了。」

「太好了。」說著，他走到桌子旁，在抽屜裡摸索了一陣。然後把手藏在身子後面，走到我面前。

「猜猜看。」他說。

「動物、植物還是礦物？」我說。

「嗯，動物。」他故作嚴肅地說，「我得說，毫無疑問是動物。」他把手從背後拿出來，乍一看，那上面抓的似乎是一把淡紫和粉紅的羽毛。接著他一下抖開。原來是一件衣裳，顯然是女裝：胸前爲乳罩式，上面覆蓋著紫色的星狀閃光飾片。短及大腿根部的裙邊布滿網眼，周圍綴著羽毛，上半身也是。跟我猜想的「束腹」差不多。

我奇怪他從哪裡弄來這東西。所有類似的「奇裝異服」照理都已被徹底銷毀。我記得曾在電視上看到銷毀場面，是在不同城市拍攝的新聞鏡頭剪輯，一個個城市依次報導過去。在紐約，這項活動被稱爲「曼哈頓大掃除」。時代廣場上燃起熊熊大火，周圍聚滿密集的人群，個個嘴裡念念有詞。女人們每當感覺到攝影機鏡頭對準自己，便立刻高舉雙臂，一副感激涕零的樣子。臉上輪廓分明、面無表情的青年男子不斷往火堆裡扔著無數暗黃綠色、紅色和紫色的絲綢、尼龍和仿皮以及黑色、金色和閃閃發亮的銀色綢緞；還有比基尼內褲和透明乳罩，上面用粉紅緞子做的心形圖案遮住乳頭。製造商、進口商和推銷員跪在地上向公眾謝罪。他們頭上戴著笨蛋高帽❶似的圓錐形紙帽，上面是紅墨水寫的「厚顏無恥」。

不過一定會有漏網之魚，不可能清除得那麼徹底。這東西一定和那些雜誌一樣：是通過非法途徑得

---

❶舊時學校中作為懲罰成績差的學生戴的一種圓錐形紙帽。

到的。它散發著濃重的黑市氣味。它不是嶄新的，已被人穿過，腋窩下有點起皺，還有些汗漬，其他女人的汗漬。

「我只能目測一下大小，」他說，「希望能合身。」

「你想讓我穿那個東西？」我說。我知道自己的聲音聽起來一本正經，很不情願，但這個主意還是不無誘人之處。我從未穿過和這東西有一點點類似的衣服，那麼耀眼眩目，誇張顯眼，像演戲似的，是了，它一定本來就是戲裝，要麼就是從某個不復存在的夜總會裡弄來的演出服。我穿過的服飾中和這東西最接近的便是泳衣，還有一套粉色蕾絲背心式內衣，是從前盧克買給我的。儘管如此，這東西還是讓人內心發癢，充滿孩子氣的盛裝打扮的誘惑。再有，它是那樣的招搖搶眼，對嬤嬤們該是多大的譏諷，罪孽深重，卻又是那麼的隨心所欲，自由自在。自由，如同其他所有東西，純屬相對而言。

「好吧。」我說，不想表現得太迫不及待。我希望讓他覺得我是在給他面子。現在也許就要接觸實質了，他的深藏不露的真正慾望很快就會水落石出。他是不是在門後藏著一根馬鞭？會不會拿出「鐵靴子」❷，把他自己或我弓身夾在桌子上？

「這是用來掩人耳目的。」他說，「你還得在臉上化化妝。我這裡有那些玩藝兒。不這樣根本進不去。」

「去哪裡？」我問。

「今晚我要帶你出去。」

---

❷舊時一種鉗足夾腿的刑具。

「出去？」這個詞彙早已過時，不用說，現在再沒有什麼地方可以讓男人帶女人出去了。

「出這個家門。」他說。

不用說我也知道這個提議太冒險，對他如此，對我更是如此。無論如何我還是想去。任何事情，只要能打破這單調劃一的生活，攪亂被眾人認爲高尙體面、理所當然應該遵守的常規，我都想做。

我告訴他不想當著他的面穿。我仍然羞於在他面前展現身體。他說他把身子轉過去，並眞的這麼做了。於是我脫去鞋子、襪子和棉襯褲，在寬大的裙子裡套上那件羽衣。然後把裙子脫掉，把兩根細細的綴滿閃光飾片的帶子攀上雙肩。還有鞋子，淡紫色的，跟高得出奇。整個行頭都不是太合身，鞋子偏大了些，腰有點緊，但還算能穿。

「好了。」我說。他轉過身。我自我感覺蠢極了，眞想有面鏡子瞧瞧自己的模樣。

「很迷人，」他說，「現在來弄臉。」

他所有的不過是一支唇膏，放得很久了，軟塌塌快要融化的樣子，散發著一股人造葡萄酒的味道，還有就是一些眼線膏和睫毛膏。沒有眼影，也沒有胭脂。有那麼一瞬間，我好像忘了該如何使用這些東西。我先是試了試眼線膏，一下就把眼皮弄得烏黑一團，好像剛和人打過架。我用植物油做的護手霜將它擦去，重新來。又在顴骨上抹了些唇膏，揉進皮膚。我這麼做時，他則爲我舉一面銀背面的鏡子。我認出它是賽麗娜的。一定是從她屋裡拿來的。

至於頭髮就無計可施了。

「太棒了。」他說。此時他已開始興奮起來，好像我們正精心打扮，準備去參加一個聚會。

他走到櫃子前，拿出一件帶帽子的披風。淡藍色的，屬於夫人們的顏色。這一定也是賽麗娜的。

「把帽子拉下來遮住臉，」他說，「注意，別把妝弄花了。這是爲了應付檢查站。」

「沒通行證怎麼辦？」我說。

「放心，」他說，「我爲你弄到了一張。」

就這樣我們出發了。

車子輕快地駛過黑下來的街道。大主教拉著我的手，活像電影院裡的一對少男少女。我緊緊抓著裹在身上的天藍色的披肩，像一位守規矩的夫人理應做的那樣。從帽子的縫隙中，我可以望見尼克的後腦勺。此刻他帽子戴得端端正正，身子坐得端端正正，脖子挺得端端正正，整個人都端端正正。他的姿勢在對我的行爲表示非難，或者這只是我的想像？他知道我在這件披風下面穿著什麼嗎？是他弄來的嗎？假如眞是這樣，他是對此感到憤怒、衝動、嫉妒還是沒有任何感覺？我倆確實有相似之處：都是被人視若無物的小人物，都有任務在身。我不知道他是否明白這一點。當他爲大主教，順便也爲我打開車門時，我試圖捕捉他的眼神，讓他朝我看。他的舉動卻彷彿根本沒看到我。爲什麼不呢？因爲這份工作輕鬆簡單，只需跑跑腿，討討好，他當然捨不得失去它。

檢查站根本不成問題，儘管我心跳得厲害，頭腦裡血壓驟然升高，一切還是如大主教所料，平安無事，順利通過。膽小鬼，莫伊拉會這麼說。

過了第二個檢查站，尼克說：「先生，是這裡嗎？」大主教說「是的」。

車子駛到路邊，大主教說：「現在我得請你趴到地板上。」

「趴到地板上？」我說。

「我們得進大門。」他說，似乎這話對我有某種意義。我想問他究竟準備去哪裡，他卻說想給我個驚喜，現在暫且保密。「那地方夫人們可去不了。」

於是我貼著車廂平躺下來，車子重又上路。接下來的幾分鐘裡，我眼前一片漆黑，什麼也看不見。披風下面悶熱無比。這是一件冬天用的厚披風，不是夏天用的薄棉布披風，聞起來一股樟腦丸味。他一定是從儲藏的衣物中找出來的，知道這樣才不至於被她發現。儘管他已經很體貼地移開了腳讓我躺的地方大些，我的前額還是碰到了他的鞋子。從前我從未如此靠近過他的鞋子。這雙鞋硬幫幫的文絲不動，像金龜蟲的外殼：漆黑發亮，神秘莫測。它們似乎和腳風馬牛不相及。

又經過另外一個檢查站。我聽到說話聲，公事公辦、畢恭畢敬的口吻，電動車窗拉下來又升上去，顯然是在出示通行證。這回他不會出示那張被認爲是我的通行證。此刻的我在眾人前已經不復存在。

車再次啓動，然後再次停下，大主教扶我起來。

「動作得快點，」他說，「這是後門。把披風給尼克。照老時間來接。」他對尼克說。這麼說他不是第一次幹這種事。

他幫我脫下披風。車門打開了。我感覺涼風吹過我幾乎裸露的皮膚，這才意識到已是大汗淋漓。轉身關車門時，我望見尼克正透過車窗注視著我。這會兒他肯定正眼瞧我了。從他目光中我讀不出是輕蔑，還是無動於衷？在他心目中我是否就是這個模樣？

我們走在一座大樓後面狹窄的走道上，這是一座式樣頗爲新潮的紅磚大樓。一排排垃圾筒立在大門旁，散發出炸雞變質後的味道。大主教有開門鑰匙，門是灰色的，式樣普通，和牆在同一平面上。我想是鋼製的。門裡面是一條水泥空心磚築成的走廊，頂上有許多盞日光燈。這是一條地下通道。

「到了。」大主教說。接著把一個標籤套在我手腕上，紫色的，繫在橡皮圈上，就像機場用的行李標籤。他吩咐我：「要是有人問起，就說你是夜女郎。」然後挽起我裸露的上臂往前走。這時我眞希望有面鏡子，看口紅是否完好，羽衣是否過於滑稽可笑，過於紛亂不整。在這麼亮的燈光下，我這一身看起來一定很嚇人。但一切都太晚了。

白癡，莫伊拉說。

第二十七章

我們沿走廊前行，穿過另一扇與牆齊平的灰色大門，眼前又出現一條走廊，不過燈光柔和多了，還鋪著地毯。地毯是棕紅的蘑菇色，走廊兩旁有許多門開著，上面寫著號碼：101，102。電閃雷鳴的暴風雨天氣裡，人們常會這麼數數，看距離雷聲有多近。這麼說這是飯店。從一扇門後傳來嬉笑聲，一個男人和一個女人的笑聲。我很久沒聽到這種笑聲了。

我們走進一個位於中央的庭院。高而寬敞：有好幾層樓高，頂上是天窗。庭院中間有一處噴泉，噴出圓形的水花，像一株結籽的蒲公英。到處可見盆栽植物和樹木，爬藤從陽台垂掛下來，橢圓形玻璃電梯沿壁上下升降，像巨型軟體動物。

我知道身在何處。我到過這裡：很久以前，那無數個下午，和盧克一道。那時它是飯店，如今則擠滿了女人。

我停下腳，一動不動地盯著她們。在這兒我可以隨便盯著看一件東西，東張西望，左顧右盼。沒有白色雙翼頭巾擋住我的視線。去掉了頭巾，感到異常的輕鬆，就像去掉了一個沉重堅實的東西。

那些女人有的坐著，有的懶懶地躺著，有的隨便蹓達著，還有的背對背倚靠著。男人們混跡其中，許多男人，但都穿著黑色制服和西裝，千篇一律，分不出彼此，形成一種像背景的東西。女人則完全不同，一律熱帶打扮，身穿各式各樣鮮豔燦爛的節日盛裝。有渾身羽毛，閃閃發亮，下身短到大腿根，上身低到胸口，和我同樣打扮的；有穿舊式的花邊女內衣，短睡袍，娃娃衫睡衣，若隱若現的半透明晨袍的；還有穿泳裝或比基尼的。我還見到一個女人，身著針織衫，胸前用兩塊大扇貝殼圖案蓋住乳頭。還有些人穿著跑步短褲，晒日光浴時穿的三角背心或有彩色襪套的緊身體操服，就像過去在電視上常看到的。甚至還有些人身著啦啦隊長的專用服裝，小小的百褶裙，特大的字母橫跨胸前。我猜想她們是把能弄到的全都搜羅來了，才會弄成這麼個大雜燴。所有女人都是濃妝艷抹，我意識到自己已經不習慣看到女人化妝。在我看來，她們的兩眼顯得太大太黑，閃閃發光；雙唇太紅太濕，在血裡浸過了一般，潤濕晶亮。或者換個角度說，有如小丑，顯出一副滑稽相。

乍看這番景象很是開心熱鬧。像化裝舞會。這些人就像個頭超大的孩子，用翻箱倒櫃找出來的衣服盛裝打扮起來。她們對此感到快樂嗎？可能，但這是她們由衷渴望的嗎？單靠看是看不出來的。

這裡裸露的屁股太多。對此我已經大不習慣。

「就像回到了從前。」大主教說。他的聲調聽起來十分喜悅，甚至可以說興高采烈。「你不覺得嗎？」

我努力回想從前是否就是這個樣子。此刻，我實在無法確定。它是包含了這些東西，但其成分比例卻大不相同。一部描寫過去的影片並不等於就是過去。

「是啊。」我說。我所感受的並不是單一的事件。這些女人並不讓我感到驚恐不安或震撼；我只把她們當做逃避的一群人。官方對這幫人不予認可，拒絕承認她們的存在，但她們確實存在。至少這一點很重要。

「別老盯著別人，」大主教說，「會穿幫的，放自然些。」他重又領我往前走。有人瞧見了他，向他打招呼，並朝我們走來。大主教挽住我上臂的手驟然收緊。「保持鎮定，」他小聲說，「別慌。」

你所要做的，我對自己說，不過是閉緊嘴巴裝出什麼也不懂的傻相。這並不難。

在那人和後來的幾個人面前，大主教替我應付了所有交談。他沒有多說我的情況，沒有必要。他說我是新來的，於是他們看看我，便轉而談起別的話題。我這身打扮確實達到了瞞天過海的效果。

他仍挽著我的胳膊，說話時，他難以覺察地挺直了脊背，胸脯撐起，聲調越來越有活力，顯得生氣勃勃、輕快詼諧。我猛然想到他是在炫耀。一方面向那些人炫耀我，對此他們心領神會。個個裝出正人君子的模樣，手雖然不動，眼睛卻在我的乳房、大腿上滴溜溜轉個不停，似乎這麼做理所應當。另一方面他也是在向我炫耀。向我顯示他一統天下的凜凜威風。管他什麼清規戒律，他想破就破，而且就在他們眼底下，完全不把他們放在眼裡，然後一走了之。也許他已經到達那種飄飄然的境界，如同人們所說的，大權在握，容易令人忘乎所以。人一旦到了那種境界，便會自以為是，認為自己是不可或缺的大人物，萬事皆可為之，只要想做，沒有做不了的事。有兩次，他自覺沒人注意時，竟對我眨起眼睛。

他的整個舉動簡直像小孩子幼稚的表演，煽情得令人起膩，但意思卻再明白不過，一眼就能望穿。

表演夠了之後，他又帶我來到一張蓬蓬的花沙發旁，過去飯店大廳裡常有這種沙發。實際上我記得這個大廳裡，就曾有過這種裝飾著花卉圖案的沙發，深藍的底色，綴滿粉紅的新藝術花卉。「我想你的腳一定痠了，」他說，「那麼高的鞋子。」他說的沒錯，我內心充滿感激。他扶我坐下，也坐在我旁邊。一隻手搭在我肩上，他的袖子碰在我皮膚上，有點刺。如今我已是如此不習慣被人觸碰。

「怎麼樣？」他說，「你覺得我們這個小俱樂部如何？」

我再次環顧四周。那些男人並不像我起初以爲的那樣屬於同一種族。在噴泉那邊，有一小群身著淺灰色西裝的日本人，更遠那一頭則是一片白色：顯然是阿拉伯人，身上裹著睡袍式長衣，腦袋纏著頭巾，手腕處綁著吸汗帶。

「這是個俱樂部？」我說。

「嗯，我們之間是這麼稱它的。俱樂部。」

「我以爲這類東西是絕對禁止的。」我說。

「這個嘛，公開場合確實如此，」他說，「不過畢竟大家都是人嘛。」

我等他說下去，他卻住了口，於是我說：「此話怎講？」

「就是說我們不能欺騙自然，」他說，「自然要求男人的生活豐富多彩。它合乎天理，是傳宗接代不可少的一部分。是自然的安排。」我沒有吭聲，於是他繼續道，「女人天生就明白這點。過去她們爲什麼要買那麼多不同的衣服？就是爲了讓男人上當，錯以爲她們是幾個不同的女人，日日如新。」

他說話的口氣好像對此深信不疑，不過他說許多事情都是用這種口氣。也許信，也許不信，也許半信半疑。說不出他到底相信什麼。

「這麼說來，因爲如今女人沒有不同的衣服，」我說，「你們便只剩下不同的女人了。」這話明顯是在挖苦，但他並不承認。

「它解決了不少問題。」他說，對我的話完全不加理會。

我沒有回答。我開始對他煩起來。眞想對他冷若冰霜，沉下臉一聲不吭地度過當晚剩下的時間。但我知道自己捨不得這麼做。不論如何，這畢竟是在外面度過一個夜晚。

我眞正渴望的是與那些女人交談，但機會渺茫。

「這些都是什麼人？」我問。

「只有官員才有資格到這裡來，」他說，「各行各業的高級官員。當然還包括貿易代表團。這個地方有利於促進貿易。是見面洽談的好地方。沒有它別想做生意。我們盡量提供和別處一樣好的服務。另外在這裡還可以聽到很多事情，各種各樣的消息。有時候男人會把決不會講給男人聽的事說給女人聽。」

「不，」我說，「我是說那些女人。」

「噢，」他說，「嗯，一些是貨眞價實的妓女。過去的職業女郎——」他哈哈大笑起來。「這些人沒法被同化。不管怎麼說，她們更喜歡這兒。」

「那其他人呢？」

「其他人？」他說，「嗯，各種人都有。那邊那位，穿綠色裙子的那個，是位社會學家，或者說曾經是。那個是律師，另外那個曾經是某企業的行政主管，經營速食連鎖店或飯店之類的。據說如果只是想聊天，她倒是個很好的伴。她們比較喜歡這裡。」

「和什麼比較？」我問。

「和其他選擇，」他說，「就連你都會更情願待在這裡。」他說話忸怩作態，他想探聽我的態度，想聽恭維話，我知道這場嚴肅的談話已經結束。

「不知道。」我說，做出認眞思考狀。「這活可不輕鬆。」

「不過你一定得減肥，」他說，「這點在這裡要求很嚴格。增加十磅就會關你單獨禁閉。」他是在開玩笑嗎？很可能，但我不想知道。

「好了，」他說，「趕緊融入這裡的氣氛，想喝點酒嗎？」

「我不能喝，」我說，「這你清楚。」

「就一次不要緊，」他說，「不管怎麼說，不喝酒顯得不正常。這裡可沒有不能抽菸不能喝酒的規矩！你看，她們在這裡確實能享受到一些好處。」

「那好吧。」我說。心中竊喜，我已經好些年滴酒未沾了。

「想喝什麼酒？」他說，「這兒的酒應有盡有。全是進口的。」

「那就來杯琴湯尼。」我說，「不過請調淡點，我不想讓你丟臉。」

「你不會讓我丟臉的。」他說，咧了咧嘴。接著突然站起身，拿過我的手，在手心吻了一下。然後往吧台走去。他可以叫女侍來的。周圍有一些穿著清一色的黑超短裙，乳房處繡著絨球，但似乎根本無法攔下她們。

接下來我便看見了她。莫伊拉。她在噴泉旁與兩個女人站在一起。爲了確定是她，我反覆辨認。又怕引起別人注意，不敢連續張望，只是一次次飛快瞥去。

她的衣服怪怪的，是一件曾經鮮亮，而如今卻破舊得完全不成樣子的黑色錦緞禮服。沒有肩帶，用縫在裡面的鋼絲托起乳房。可是對莫伊拉來說太大了，顯得一隻乳房高，一隻乳房低。她下意識地把衣服往上拽。她側過身子時可以看到她身後連著一塊毛茸茸的棉絮，看上去像是爆米花一般「撲」地打開的衛生棉，我意識到這應該是尾巴。她腦袋上立著兩隻耳朵頭飾，不知是兔耳還是鹿耳；其中一隻不知是脫了漿還是斷了金屬絲，軟塌塌地耷拉著。脖子上繫著黑色蝴蝶結，腳穿有網眼的黑色襪子，足蹬黑色高跟鞋。她向來對高跟鞋深惡痛絕。

這套既陳舊過時又怪裡怪氣的行頭，令我想起過去的什麼，但一時又想不起到底是什麼。一齣舞台劇，還是音樂喜劇？姑娘們裝扮成兔女郎，慶祝復活節。在這裡它有什麼意義？爲什麼認爲兔子對男人具有性吸引力？這麼一件破舊不堪的衣服怎麼會吸引男人？

莫伊拉正在抽菸。她吸了一口後，把菸遞給她左邊的女人，那人穿著綴滿紅色閃光金屬飾片的衣服，拖著一根又長又尖的尾巴，頭上立著銀白色的角。一副魔鬼打扮。這會兒莫伊拉兩手交叉，放在用金屬絲撐起的乳房下面。兩腳不斷變換著重心，那雙腳一定很疼；脊椎也微彎。她百無聊賴地望著四周。眼前的一切對她一定是再熟悉不過。

我懇求她看我一眼，認出我，她的目光只在我身上一掃而過，就像我只是一棵棕櫚樹，一張椅子。莫伊拉，你一定得轉身瞧瞧我，我在內心拚命懇求著，別讓什麼男人過來找你，別走。這時和她在一起的另外一個女人，那個穿著一件粉色的睡袍、鑲邊皮毛已糾結破爛的女人，已經有人要了。此刻已走進玻璃電梯，剎那間不見了蹤影。莫伊拉再次轉過頭，或許是想看看有什麼可能捕獲的目標。站在那裡沒人要的滋味一定不好受，就像在中學的舞會上遭人冷落。這回她的目光總算抓住了我。她看到我了。她很清楚，這時不能有任何反應。

我們面無表情、漠然冷淡地端詳著對方。然後她把頭往右邊輕輕一翹。又從紅衣女人的手裡拿過菸，放到嘴邊，五指張開在空中停留了片刻，然後便轉過身去。

這是我們之間的老暗號。就是說我要在五分鐘之內去洗手間，就在她的右邊。我往四周望了望：哪裡有洗手間的影子？再說沒有大主教的陪同，我也不敢貿然起身。在這裡我人地生疏，什麼也不熟悉，很可能會遭到盤問。

一分鐘，二分鐘。莫伊拉走開，沒有再往周圍看上一眼。她只能暗地祈禱我看懂了她的手勢，能夠尾隨而去。

大主教回來了，手裡端著兩杯酒。他俯身朝我微笑，把酒放在沙發前面的黑色長咖啡茶几上，然後坐下。「開心嗎？」他當然希望我如此。這畢竟是一次款待。

我報以微笑。並問：「這裡有洗手間嗎？」

「當然有。」他說。同時小口啜著酒，並未主動指給我看。

「我想去一下。」我心中倒數著剩下的時間。現在只能按秒鐘計算。

「就在那邊。」他點頭同意。

「要是有人攔住我怎麼辦？」

「把標籤給他看，」他說，「沒事的。他們會知道你已經有人要了。」

我站起身，腳步不穩地穿過大廳。走到噴泉旁時，踉蹌了一下，差點跌倒。都怪高跟鞋。沒有大主教挽著讓我保持平穩，我有些失去平衡。好些個男人望著我，我想他們的目光裡驚奇多於色慾。我覺得自己像個傻瓜。我有意把左手舉在眼前，彎起手露出標籤。沒有人開口說什麼。

第三十八章

我終於找到女洗手間的入口。那上面依舊寫著「女洗手間」的字樣，是燙金的花體字。從入口到洗手間有一段走廊，一個女人坐在門邊的桌子旁，監督著進出的人。這個女人已不再年輕，身著絳紫色的寬大女袍，塗著金色的眼影，但我還是一眼就看出她是嬷嬷。尖刺棒放在桌上，刺棒的皮套圍在腰上。這裡可開不得玩笑。

「十五分鐘。」她朝我說。又從桌上紫色紙箱抽出一張給我。這有點像從前大商場裡的更衣室。接著我聽到她對我身後的女人說，「你剛剛才來過。」

「我又急了。」那個女人說。

「必須隔一個小時，」嬷嬷說，「你知道規矩。」

女人開始抗議，聲音裡透著焦躁絕望。我推門進去。

我記得這個地方。裡面有一塊休息區，粉色的燈光柔柔地照著，有幾張安樂椅和一張沙發，上面印著墨綠色的竹子。沙發上方是一架壁鐘，金絲鑲邊。這裡的鏡子仍然保留著，正對沙發就有一面長方形鏡子。在這兒，你得十分在意自己的容貌。穿過一個拱門，屋裡的另一頭是一排隔開的洗手間，也是粉色的，還有盥洗盆和更多的鏡子。

幾個女人脫了鞋，正坐在椅子裡或沙發上吞雲吐霧。我進去時她們一齊盯著我。空氣中充滿香水味和污濁的菸味，以及從娼的人身上慣有的氣味。

「新來的？」其中一個說。

「對。」我說。兩眼四處尋找著莫伊拉，卻不見蹤影。

那些女人板著臉，繼續抽菸，彷彿這是件再正經不過的事。屋裡另一頭，一個穿著緊身連衣褲、身後黏著一根橘黃色仿皮尾巴的女人正在補妝。這裡就像劇院的後台：到處是化妝用的油彩、煙霧和各種讓觀眾產生幻覺的道具。

我遲疑不定地站著，有些手足無措。我不想向她們打聽莫伊拉，害怕因此惹禍上身。這時只聽沖水聲「嘩」地一響，莫伊拉從一個粉色的單間裡走了出來。她搖搖擺擺地朝我走來。我等著她的手勢。

「放心，」她對我和那幾個女人說，「她是我朋友。」那些女人笑起來，我們倆緊緊擁抱。我的雙臂摟著她，她的鋼絲壓進我的胸脯。我們相互親吻對方的臉頰，兩邊各一下。然後才分開。

「太可怕了。」她說。對我咧了咧嘴。「你這身打扮像個巴比倫的蕩婦！」

「就是要這個效果，難道不是嗎？」我說，「你不看看自己，根本就是衣冠不整，一副邋遢相。」

「不錯，」她說，拉了拉胸前的衣服，「這種式樣根本不適合我，再拉幾下就要散了。但願他們能到哪裡挖出一些知道怎麼剪裁衣服的裁縫，讓我稍微體面些。」

「是你自己挑的嗎？」我說。心想也許和其他行頭相比，她寧願選這件，起碼它只有黑白兩色，不是那麼花稍俗氣。

「才不是，」她說，「是政府統一發的。我猜想他們認爲這就是我。」

我仍不相信這就是她。我又摸了摸她的胳膊。然後哭起來。

「別這樣，」她說，「眼線會弄花的。再說也沒有時間。來，挪一挪。」她對坐在沙發上的兩個女人說，那種專橫跋扈、大大剌剌的口氣一如既往，而且和從前一樣，無往不勝。

「反正我的時間也到了。」其中一個女人說，她穿一雙嬰兒藍的「風流寡婦」牌綁帶鞋和白色襪子。她站起身，握握我的手，說，「歡迎你。」

另一個女人熱心地往旁邊挪了挪身子，我和莫伊拉坐了下來。兩人迫不及待地脫掉鞋子。

「你來這裡幹什麼？」莫伊拉緊接著就說，「不是不高興見到你，可對你眞不是件好事。你犯了什麼過錯？對他那個東西有失恭敬嗎？」

我望望天花板。「有沒有竊聽器？」我說。然後用指尖小心翼翼地擦眼睛周圍。指尖滿是黑色。

「有可能。」莫伊拉說，「想抽支菸嗎？」

「求之不得。」我說。

「哎，」她對身旁的女人說，「借支菸，好嗎？」

那個女人心甘情願地把菸遞過來。看來莫伊拉依然是個的借東西好手。我笑起來。

「可能也沒有監聽器。」莫伊拉說，「我想不出他們會對我們什麼話感興趣。這種話他們已經聽得夠多了，再說除了進黑色篷車，誰也別想從這裡出去。既然你到了這裡，一定也清楚。」

我把她頭拉過來，對著她耳朵小聲說，「我只是暫時的，」我告訴她，「只有今晚。這地方我根本就不能來。是他偷偷把我帶進來的。」

「誰？」她也壓低了聲音。「和你在一起的那個傢伙？我和他打過交道，是最難對付的。」

「他是我的大主教。」我說。

她點點頭。「他們有些人喜歡這麼做，爲的是尋求刺激。好比在祭壇上或其他什麼聖潔的地方淫亂：誰讓你們是眾望所歸、貞潔無邪的聖女呢。他們巴不得看到你們個個濃妝艷抹。不過是拙劣的權力炫耀罷了。」

我倒不曾有過這種想法。把它用到大主教身上，卻似乎過於武斷。不用說他的動機要微妙得多。不過話說回來，驅使我這麼想的只是虛榮心而已。

「我們沒有多少時間了，」我說，「把一切都告訴我。」

莫伊拉聳了聳肩膀。「有什麼用處嗎？」她說。但她知道有用的。

以下就是她說的，聲音時大時小。我記不大全，因爲沒辦法寫下來。我盡量補上細節：時間不多，她只是大致說了一下。另外這番話是分兩個時間說的，第二次我們又找了個機會待在一起。我盡力保留她說話的口氣。用這個方法讓她永遠活著。

「我把伊利莎白嬤嬤那個老妖婆像聖誕節的火雞一樣綁在暖氣爐後，當時我眞恨不得殺了她，不過我很慶幸沒這麼做，不然日子會更不好過。我簡直想不到從感化中心出去會那麼輕而易舉。我胸有成竹的穿著那件棕色的袍子往前走，直到走出他們的視線。我並沒有什麼宏偉計劃，甚至沒有經過周密的思考，完全不像他們所想像的。當然在他們盤問我時，我編造了許多東西。你會開口的，特別是當他們用電擊和別的刑具逼供時。你不會在乎自己說了什麼。

「我昂首挺胸地大步朝前走，心裡盤算著下一步的行動。他們下令我們報刊停業時，逮捕了好多我認識的姊妹，我想現在剩下的恐怕也都給抓去了。我敢肯定他們手裡有名單。我們眞傻，以爲只要轉入地下，只要把辦公室裡的所有東西轉移到人們家裡的地下室和後房間，都萬事大吉，就可以繼續活動了。沒有用的。因此我知道那些人家一定不能去。

「我大致清楚自己在城市的哪個位置。雖然對腳下的那條街沒有一點印象，我還是從太陽的位置判定出北方。參加女童子軍的經歷還是滿管用的。我想不妨朝那個方向走走，看能否找到市中心或廣場或其他建築。那樣我便清楚確切位置了。另外我想不要走小路，沿著大街走會更好些。更不令人生疑。

「我們在感化中心期間外面設立了更多的檢查站，到處都是。第一個檢查站簡直把我嚇得屁滾尿流。一拐彎猛地就出現在我眼前。我想這時在眾目睽睽之下如果轉身往回走，難免要引起疑心。於是我虛張聲勢地走過去，就像起先過大門一樣，板著臉，一副嚴肅的表情，嘴唇緊閉，對他們視而不見，就當他們是討厭的痛瘡。就像嬤嬤們說到男人這個詞時臉上的表情。這個法子確實靈驗，在其他幾個檢查站也屢試不爽。

「我心裡急得快瘋了。我並沒有多少時間，那個醜老太婆很快就會被人發現，並發出警報。隨即就會派軍隊出來抓我：一個步行的假冒嬤嬤。我絞盡腦汁回憶熟人的名字，想找一個投奔處。最後我終於想起了郵寄名單。當然，我們早已把它銷毀了；或者說並沒有銷毀，而是在我們當中將它撕開，一人記下一部分，然後銷毀。當時我們還在寄有關資料，只是信封上不再貼我們的標幟。那樣太冒險。

「於是我努力回想我記下的那部分。我不會把挑中的名字告訴你，因爲我不想給他們惹麻煩，但願他們現在仍平安無事。我可能早已把他們供出去了，我根本想不起來受刑時都說了些什麼。什麼都可能說出來的。

「我之所以選擇他們是因爲這兩人是一對夫婦。成家的人比起單身尤其同性戀者要安全得多。另外我還想起他們名字旁邊『Q』的標誌，這說明他們是Quaker（貴格會教徒）。爲了便於組織遊行，對那些有宗教信仰的我們通常都標明其所屬教派。這樣很容易就知道誰適合參加什麼活動。比如，就不好去號召有『C』（Catholic 天主教）標誌的人參加支持墮胎的遊行。最近我們已不大組織這種活動。我還想起了他們的地址。我們曾經互相嚴格測試過，因爲準確地記住所有內容——包括郵遞區號——等太重要了。

「不知不覺我走到了彌撒街，我終於弄清楚自己的確切位置，並知道了他們家位於何處。這會兒我開始擔心其他事情：這些人見到嬤嬤朝他們家走來，會不會索性關上門，假裝不在家？但這是唯一的機會，無論如何也得試試。我想他們不至於會開槍射我。這時已經差不多五點了。我已經走得筋疲力盡，尤其是學嬤嬤們邁著該死的軍人步伐，昂首挺胸，弄得我累死了。而且從早飯到現在，我什麼也沒吃。

「當然，那時我並不知道，在這一切剛開始的那段日子裡，嬤嬤們甚至包括感化中心都尚未對外界公開。起初完全是在重重鐵絲網後面秘密進行的。即便大局已定，還是有人反對他們的做法。因此偶爾看到幾個嬤嬤，也不會了解她們的角色。最多以爲她們是隨軍護士。人們已學會不到萬不得已，決不輕易開口提出疑問。

「於是這家人立刻讓我進門。來開門的是女主人。我告訴她我是來做問卷調查的。這麼做是爲了不要讓她露出吃驚的表情，以防附近有人監視。但一進門，我就脫掉了頭巾，告訴他們我的眞實身分。我知道自己在鋌而走險，他們大可打電話報警或採取其他背叛我的行動，但就像我說的，此時已別無選擇。還好他們沒有這麼做。他們送給我一些衣服，包括一件女主人的裙子。又在火爐裡燒掉了嬷嬷服和通行證。他們知道做這件事得趕緊。他們不願我久留，這一點很清楚，他們已嚇得魂不守舍。他們有兩個孩子，都不到七歲。我了解他們的意思。

「我去上廁所，那兒所見的一切格外令人愜意。浴缸裡漂著塑膠魚和其他玩具。然後我坐在樓上孩子的房間裡，和他們一起玩耍，堆積木，他們的父母則待在樓下，商量該拿我怎麼辦。我當時一點也不害怕，事實上我感覺舒服極了。聽天由命吧，可以這麼說。隨後女主人給我端來三明治和一杯咖啡，男主人說他將帶我到另一家去。他們不敢打電話。

「另一家人也是貴格會教徒。可眞是找對了人，因爲他們是『婦女地下連絡網』的一個據點。等前面那對夫婦離開後，他們說要把我弄出國去。至於怎麼出去就不告訴你了，因爲有些站點至今還在工作。他們互相之間採取單線聯繫，永遠是一對一。這麼做有好處——特別是如果有人被捕——但也有不利之處。一旦某個站點遭破壞，整條路線便阻斷了，一直要等到與情報員聯繫上，再建立一條路線。他們組織之嚴密遠遠超過我們的想像。他們成功滲透進一些重要部門，其中一個便是郵局。那是一位開小貨車的駕駛員。我混在郵包裡跟著他過了橋，進到市區。我現在之所以可以把這段經過告訴你是因爲不久之後他就被逮捕了，最後被吊死在圍牆上。你會聽人議論這種事，尤其在這裡，聽得太多了。對此你一定很吃驚。連大主教們自己都會跟我們說，我想他們肯定是認爲我們聽了也沒地方去傳，最多只是在我們這堆人當中說說，根本無傷大局。

「我現在說起來好像很簡單，實際上完全不是那麼回事。我幾乎時時刻刻都在擔驚受怕。其中最難受的事就是知道有些人正爲你冒著生命危險，而他們大可不必如此。但他們說之所以這麼做是爲了宗教信仰，我不該把它當做是爲我個人。這麼說令我好受了些。每天晚上他們都要默禱。一開始我很不習慣，它老是使我想起感化中心的情景。說實話，它讓我反胃。我不得不拚命忍住，對自己說這完全是兩碼子事。起初我眞是很反感。但我猜想那正是支撐他們繼續抵抗的精神力量。他們多少也知道一旦被捕會有什麼下場。雖然了解得不詳細，但都知道。那時電視上已開始播放有關內容，包括審判等等。

「那是在大規模宗派搜捕開始之前。當時只要你說信仰基督教並已婚，當然是初婚，他們基本都能放你一馬。他們先是集中力量對付其他教派。他們要先把這些人控制住，然後才開始制伏大眾。

「我一直躲躲藏藏，過了大約有八到九個月。從一個安全住處轉移到另一處。那時這種地方已越來越多。並非都是貴格會教徒，有些人甚至沒有任何宗教信仰。這些人只是不滿他們的做法而已。

「我差點就成功出去了。他們把我北上弄到了塞勒姆(Salem)❶，然後又跟著滿滿一卡車雞來到緬因州(Maine)❷。一路上那種味道熏得我幾乎要吐出來。你有沒有想過被滿滿一車子雞欺負是什麼滋味，而且每隻雞都暈車？他們打算讓我從邊境過去，不坐汽車或卡車，那已經難以辦到，而是沿海岸乘船過去。

---

❶俄勒岡州首府，位於美國西北部。

❷位於美國東北部。

我一直到行動當晚才知道這個消息，每一個步驟都是這樣，要到臨發生的前一刻才讓我知道。他們就是這麼小心翼翼。

「因此我並不知道發生了什麼。也許有人臨陣畏縮，或者其他什麼人受到懷疑。要麼就是因爲那條船，或者他們認爲那個船夫夜裡出海太頻繁。那個時候，那裡以及所有靠近邊境線的地方一定都布滿了眼目。總之，我們剛從後門出來走向碼頭時就被逮捕了。我和那個船夫以及他的妻子。這是一對老夫妻，五十多歲的年紀。在沿海捕撈業遭到破壞之前，他以打撈龍蝦維生。我不知道他們後來怎麼樣了，因爲我被單獨抓到一輛車裡。

「我以爲自己這下算完了。再不然就是被送回感化中心，交給麗迪亞嬤嬤和她的鋼鞭去處置。你知道，她向來樂於此道。嘴巴上假慈悲，口口聲聲說什麼憎罪孽，惜罪人的好聽話，實際上最喜歡折磨人。我確實想過自殺，假如有辦法我早已這麼做了。但是兩個眼目一直虎視眈眈地守著我。他們不怎麼說話，只是坐著，斜著白眼緊盯住我不放。我根本無計可施。

「我沒有被送回感化中心，而是到了別處。那之後的情形我就不說了。我不想提它。我想說的只是他們沒有留下任何疤記。

「接著他們給我看了一部影片。知道是講什麼的嗎？是關於隔離營生活的。在那裡，女人們所有時間都在清洗。如今她們的腦袋裡已被清洗得乾淨無比。有時就只是清洗屍體，戰場下來的屍體。那些死在貧民區的屍體最可怕，扔在那裡沒人理，時間一長，臭不可聞。這幫人不喜歡看到死屍橫陳街頭，怕引起瘟疫什麼的。於是隔離營的女人便負責焚燒那些屍體。還有一些隔離營情況更糟，專門和有毒傾倒物和輻射洩漏物打交道。據說在那裡最多不出三年鼻子就會脫落，皮膚會像橡皮手套一樣剝落下來。他們才不會費心給你多吃東西補充營養，或是讓你穿什麼防毒衣帽。為了省錢嘛。反正那裡大部分人都是他們早就想除掉的。聽說有些隔離營沒這麼苦，主要是種莊稼：比如棉花和番茄等等。不過給我看的影片裡沒有這方面內容。

「都是些上年紀的女人，我打賭你一定曾經奇怪為什麼街頭上再也見不到幾個這樣的人。還有把三次機會都白白毀了的使女，再有就是像我這樣屢教不改、不可救藥的女人。全是些被社會遺棄的人。當然，她們全都不育。假如開始時不是這樣，到那裡過上一段時間後便必定如此。如果還不肯定，他們會在你身上動個小小的手術，那樣就能保證你不育。我得說隔離營也有一些男人。不是所有背叛性別的人都在圍牆那裡處死。

「所有人都穿著長裙，就像在感化中心一樣，不過是灰色的。從那些鏡頭來看，男女都是一樣的裝束。我想讓那些男人穿裙子是為了挫敗他們的銳氣，讓他們抬不起頭來。呸，連我都抬不起頭來。這教人怎麼忍受？思來想去，我寧願穿這件東西。

「接下來，他們說我這人太危險，不能再讓我回到感化中心過舒服日子。他們說我會敗壞那裡的風氣。他們說，有兩條路讓我選擇，一是待在這裡，二是去隔離營。呸，除了修女誰會願意去隔離營。我是說，我不是什麼殉道士。好些年前我就已經結紮了，所以連手術都不用動。這裡所有人的體內都沒有活的卵子，你知道那東西會導致什麼問題。

「於是我就到這兒來了。在這裡甚至連面霜都發。你真該想些法子到這兒來。你會有三四年的好時光，等你那東西不中用時，他們自會送你去墳場。這裡的食物不壞，有菸有酒，連白粉都有，只要你需要，而且只需上晚班。」

「莫伊拉，」我說，「你說的不是眞的吧。」她把我嚇壞了，在她聲音裡我聽到的是麻木不仁，意志渙散。難道他們眞的對她做了什麼，拿掉了她身上的什麼東西──什麼？──那個從前對她必不可少的東西？既然我自己並未做到，又怎麼能期望她一如既往，用我所認爲她應該具備的勇氣膽略，堅強地活下去，敢怒敢恨？

我眞不願她像我一樣，委曲求全，苟且偷生。那眞是尊嚴掃地。我希望看到的是威武不屈的莫伊拉，虛張聲勢的莫伊拉，具有英雄氣概的莫伊拉，孤軍作戰的莫伊拉。這些都是我缺乏的。

「別爲我擔心。」她說。她一定多少猜出了我的心思。「我這不是好好的就在你跟前嗎？不管怎麼說，試著這麼看：這裡並不壞，周圍有很多姐妹。簡直可以說是女同性戀者的天堂。」

她終於開始說笑了，整個人也顯出一些活力，我稍感安慰。「他們讓你們這麼做嗎？」我說。

「不只是讓，見他媽的鬼，我看他們是巴不得我們這麼做。知道他們私下怎麼稱呼這個地方嗎？『蕩婦俱樂部』。嬤嬤們心想反正我們是不可救藥了，索性撒手不管，隨便我們去胡作非爲。至於大主教們對我們下班後都幹些什麼根本就不會說什麼。不管怎麼說，女人和女人幹讓他們覺得十分刺激。」

「那其他人呢？」我說。

「這麼說吧，」她說，「她們並不太喜歡男人。」她又聳聳肩。一副無可奈何的樣子。

我想講的就是這些。一個關於莫伊拉如何逃跑、並終於逃之夭夭的故事。如果我不能說這些，我會說她炸了「蕩婦俱樂部」，五十位大主教身在其中。我希望她的結局轟轟烈烈，與驚人之舉相聯繫，與肆無忌憚的暴行相聯繫，那樣才符合她的性格。但就我所知，那一切並未發生。我不知道她最後的結局如何，甚至不知道她是否在人世，因爲從那以後，我再也不曾見過她。

第三十九章

大主教有客房鑰匙。他去前台拿鑰匙，我則坐在花沙發上等他。他帶著狡黠的表情把鑰匙給我看。我應當明白。

我們乘著橢圓形的玻璃電梯向上攀升，布滿爬藤的陽台在眼前一晃而過。我還應該明白自己正在被炫耀。

他打開房門。一切都與過去的某個時候一如既往，絲毫不差。窗簾一模一樣，上面是密密麻麻的花卉圖案，與藍底色上橘黃的罌粟花床單相呼應。外面一層白色的薄窗簾是用來阻擋陽光的。方角的梳妝台和床頭桌，不帶一點人情味。還有檯燈。牆上掛著畫：一盆水果，幾個按固定格式擺放的蘋果，花瓶裡插著花，毛茛和橘黃山柳菊，色彩與窗簾協調。一切都別無兩樣。

我讓大主教稍等，進了浴室。剛才抽的菸令我耳鳴不止，琴湯尼則使我渾身乏力困倦。我把洗臉毛巾弄濕，貼在額頭上。一會兒後，我開始四處尋找看是否還能找到單獨包裝的小塊香皂。還真有。上面印有吉卜賽人的那種，是從西班牙進口的。

我呼吸著香皂的味道，消毒的味道，站在白色的浴室裡，傾聽著遠處隱隱的流水聲，沖馬桶的聲音。奇怪的是我有了種在家的舒適感覺。馬桶有某種寬慰人心的作用。至少身體機能還是充分民主的。

人人都得大便，莫伊拉會這麼說。

我坐在浴缸邊上，眼望著乾淨的毛巾。它們曾經使我激動亢奮。它們曾意味著一件事的後果，愛的後果。

我看到你媽媽了，莫伊拉說。

在哪裡？我說。整個人大爲震撼，驚惶失措。我意識到自己一直認爲她早已遠離人世。

不是親眼見到，是在那部關於隔離營的紀錄片當中。有一個特寫鏡頭，是她，沒錯。雖然裹在那身灰衣裡，我還是一眼就認出她了。

感謝上帝，我說。

爲什麼要感謝上帝？莫伊拉說。

我以爲她已經死了。

她還不如死了，莫伊拉說。你應該求她早死。

我記不得最後一次見到她的情景了。她和其他所有事情混在一塊，沒有一點特別之處。她一定是隨便過來走走。她經常如此，一陣風似的在我們家飄進飄出，來來去去，好像我是母親，她是孩子。她無憂無慮的樣子也像孩子。有時候，她在搬遷之間，也就是剛剛搬進一個地方或剛剛搬出一個地方，會來借用我的洗烘兩用機洗衣服。也許當時她是過來向我借東西：鍋，或者是吹風機。那也是她的習慣。

當時我不知道那就是訣別，否則我一定會努力記住。可是我竟連當時說了什麼都記不清了。

一星期過去了，二星期，三星期，當所有一切急轉而下，形勢驟然變得無比嚴峻時，我曾嘗試和她通電話。但沒有人接，再試，還是沒有人接。

她沒有告訴我要去哪裡，不過也許是因爲她覺得沒有必要。並非每次去哪裡她都告訴我。她有車，也還沒有老到開不動。

最後，我接通了大樓管理員的電話。他說近來都沒見到她。

我萬分焦慮。心想她也許是得了心臟病或是中風，這不是沒有可能，雖然在我記憶中她從未生過病。她向來健康。至今仍堅持在一個叫「鸚鵡螺」的健身中心鍛鍊，每隔兩周都要去游一次泳。我常對朋友說她比我更健康，這話也許一點不假。

盧克和我驅車來到市區，盧克嚇唬管理員打開了公寓房間。盧克說，她也許已經死了，躺在地上。拖越久越不可收拾。你想過那會發出什麼味道嗎？管理員說了些必須經過許可之類的話，但盧克很有說服力。他明白告訴他我們既不願等也不會走。我哭起來。也許是眼淚打動了他。

當那人打開房門，眼前出現的是凌亂不堪的房間。家具打翻在地，床墊掀開，梳妝台抽屜扔在地上，裡面的東西撒了一地。但母親卻不在裡面。

我去報警，我說，我已經停止哭泣，只感覺從頭冷到腳，牙齒咯咯打著寒噤。

別，盧克說。

爲什麼不？我說。我瞪著他，怒目而視。他站在慘遭劫難的客廳裡，只是呆望著我，雙手插進口袋裡，人在不知所措時常會有這個茫然的舉動就是不要，他說。

在大學時，莫伊拉常說，你媽媽好乾淨。後來變成：她好有活力。再後來變成：她好可愛。她不可愛，我會說。她是我母親。

老天，莫伊拉說，你眞該看看我媽媽的模樣。

我想著母親清掃致命有毒物質的情景，就像過去在俄羅斯，讓不能幹活的女人清掃灰塵，把她們最後一點力氣也搾乾。只是這種灰塵將致她於死命。我覺得難以置信。毫無疑問，她的高傲、樂觀、精力以及活力，都將促使她逃離那鬼地方。她一定會想出法子來的。

但我知道這不是眞的。這只是像小孩子常做的那樣，把責任推給母親。

我已經悼念過母親。但我還會悼念她，反覆悼念。

我把思緒拉回來，拉回這兒，拉回這家飯店。我需要回到此地。此刻，在白色燈光下這面大鏡子前，我端詳起自己。

這是仔仔細細的審視，慢條斯理，平心靜氣。我的臉簡直不成樣子。剛才經莫伊拉修補過的睫毛膏此刻又花了，紫色的唇膏已經褪去，頭髮凌亂地披散著，掉了毛的粉紅羽毛艷麗俗氣，如同狂歡節上花枝招展的傻妞。一些星狀的閃光飾片也掉了。也許一開始就掉了，我沒注意。我就像一個拙劣的模仿者，身穿別人的衣服，化著難看的妝，顯出一種陳舊的華麗。

我希望我有把牙刷。

我可以就這麼站著，沒完沒了地想下去，但時間在流逝。

我得在午夜前回到住處，不然我就會變成童話故事裡的南瓜，或者是馬車。算起來，明天又該是舉行授精儀式的日子，因此今晚賽麗娜希望我好好保養一下自己。倘若我不在，她會調查的，結果會怎樣？

再說，想換換口味的大主教正在等我。我可以聽見他來回踱著。接著腳步聲停在浴室外面。只聽他清了清嗓子，裝腔作勢地「嗯哼」了一聲。我打開熱水龍頭，表明已經好了或馬上就好。我得趕緊恢復正常。我洗著雙手。讓自己活動活動，免得整個人慵怠無力。

出來時，他已經躺在那張大床上，並且脫去鞋子。不用他吩咐，我主動在他身邊躺下。我不想如此，躺下來確實舒服，我太累了。

終於兩人獨處了，我心想。事實是我並不想單獨和他在一張床上。我寧願賽麗娜也在。寧願玩拼字遊戲。

可是我的沉默並沒有使他退縮不前。「是明天對吧？」他柔聲說。「我想我們不妨提前一天。」他轉向我。

「你爲什麼帶我到這裡來？」我冷冷地說。

這時他已開始撫摩我的身體，如人們所說，從頭到腳，一點一點地沿著左邊身子下去，到左大腿外側，再到左小腿。最後停在足上，用手指像鐲子似的在我的腳踝處很快環繞了一下，花紋就刺在那裡，那是他能夠讀懂的盲文，是牲口烙印。那是被人占有的標誌。

我提醒自己他還算是個好人，換個環境，我甚至會喜歡他。

聽到我的話，他停下手。「我以為換個地方你會喜歡。」他知道這還不夠，又說，「我只是想試試。」這也不夠。「你說過想了解情況。」

他坐起身，開始解扣子。剝去威嚴的教士服之後，是否會更糟？他身上只剩下一件襯衣，下面是小得可憐的腹部。幾撮毛。

他把我身上的一根帶子拉下，另一隻手滑進羽毛，但全無用處。我躺在那兒，像一隻沒有生命的死鳥。他不是魔鬼，我心想。我沒理由表示高傲或厭惡，在那種情形下，所有情緒都得拋之腦後。

「也許我應該把燈關了。」大主教說，口氣沮喪而且顯然大失所望。他說這話前我曾注視了他片刻。脫去了制服，他顯得更瘦小，更蒼老，像一個風乾的東西。問題是，只要和他在一起，我就無法改變和他在一起的模式。往常我也都是木頭人一樣一動不動的。但毫無疑問，在這裡我們應該有所不同，而不是像現在這樣乏味無聊和老套。

裝裝樣子吧，我對自己喊。你應該記得怎麼做的。早點把這事結束，不然你得在這裡待上一整夜。讓自己亢奮起來。手腳動起來，喘出點聲音來。至少這一點你可以做到。

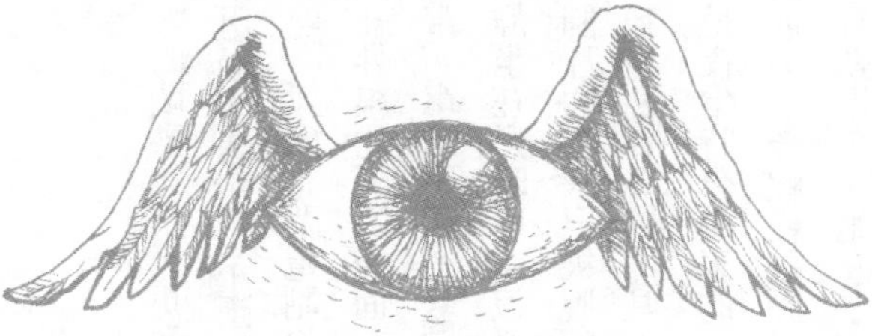

13.

夜

第四十章

夜晚的悶熱比白天更難忍受。雖然電風扇吹著，但沒有東西擺動，儲存了一天熱氣的四堵牆壁，此時像剛用過的烤箱，不斷散發著熱氣。雨一定很快就要來了。我幹嘛盼望下雨？它只會使空氣更加潮濕、悶熱。遠處有閃電劃過，但沒有打雷。往窗外望去，我可以看見天空陰霾密布、昏暗低沉，夾雜著灰濛濛紅外線的天際後面有微光閃現，彷彿在翻湧的海水中才得以一見的閃爍的波光。探照燈沒開，這有些反常。電源中斷。要麼就是賽麗娜一手安排的。

我靜坐在黑暗中；沒必要用燈光來突出我依然活著的事實。此刻我重又穿回紅色的修女服，那件綴滿閃光飾片的羽衣已被脫掉，口紅也已用衛生紙擦去。我希望什麼都看不出來，希望我身上什麼味道也沒有留下，包括他的味道。

她是夜半時分過來的，如她先前所言。我聽見她枴杖點地，拖著步子，隱隱地順著地毯沿走廊那頭由遠而近，然後輕輕敲門。我沒有吭聲，只是跟在她後面，穿過樓道，下樓。她可以走得很快，比我想像的要有勁得多。她左手牢牢抓著樓梯欄杆，也許很痛，但強忍著，努力保持鎮定。我心裡想：此刻她一定正疼得咬緊嘴唇。但她想要那個孩子健健康康。下樓時我見到鏡子裡兩個影子一晃而過，一個紅，一個藍。我和我的對立面。

我們經過廚房出去。廚房空無一人，只有一盞昏暗的小燭光夜燈還亮著，顯出空曠的廚房在夜間特有的寧靜。長台面上的碗碟，瓶瓶罐罐，以及粗陶罐子在微弱的光線中影影綽綽，顯得無比沉重。刀具已經收進木頭擱架裡。

「我就不和你一起出去了。」她低聲說。聽她低聲說話感覺真是奇特，彷彿她是使女中的一員。通常夫人們是不會壓低聲音說話的。「出了這扇門，向右走，會看到另一扇門，門沒鎖。只管上樓敲門，他在等你。我就坐在這裡，沒有人會看到你。」這麼說她會等我，以防萬一出什麼麻煩。以防卡拉和麗塔醒來，爲了辦什麼事從廚房後面的屋裡出來進到廚房。如果是那樣，她會對她們說什麼？說她睡不著。說她想喝杯熱牛奶。她那張巧言善辯的嘴巴定會讓她們信以爲眞。我敢肯定。

「大主教在樓上他自己的臥房裡，」她說，「這麼晚他不會下樓，向來不會。」那只是她的想法。

我推開廚房門，邁出去，停了一會兒讓眼睛適應。我已經很久很久不曾獨自在夜裡出門了。雷聲轟鳴，暴風雨越來越近。那些衛士她是不是已經打點好了？我會被當做秘密潛行者開槍打死的。我希望她收買了他們：比如用菸或是威士忌，也可能他們對這個種馬場的把戲一清二楚，假如這個不成，下次她會換他們也難說。

車庫門只有幾步之遙，我走過去，腳無聲地踩在草坪上，迅速打開門潛入。樓梯很暗，暗得我什麼也看不見。我摸索著拾級而上：這裡鋪著地毯，我想是蘑菇色的。這裡過去一定是公寓套房，租給學生或有工作的單身漢居住。附近許多大房子裡都有這種套房。過去人們把它稱作套房。我很高興還想起這些。獨立門戶，廣告上會用這個詞，那意味著你可以享受性而不會被人窺視。

我走到樓梯頂端，舉手敲門。他親自來開門，還會有誰呢？屋裡有一盞燈，僅有一盞，卻亮得令我直眨眼睛。我目光越過他，不想與他對視。這是一個單人房，裡面是一張摺疊床，已經鋪好，房間另一角是一套廚房用的設備，另外一扇門應該是通往浴室。屋裡的陳設輕便簡練，如軍人一般，簡單得不能再簡單。牆上沒有畫，也不見任何植物。就像在野外宿營。床上灰毯子上印著「美國」字樣。

他退後一步側身讓我過去。他穿著襯衣，舉著菸，菸是燃著的。在屋裡悶熱的空氣中，我嗅著他渾身上下的菸味。我眞想脫掉衣服，沐浴其中，把它擦在我的皮膚上。

沒有前戲，他知道我爲何而來。他甚至什麼也沒說，沒有必要浪費時間，這只是一件例行公事而已。他從我身旁移開，關燈。外面，就像給我們的動作打上標點一樣，驟然劃過一道閃電，緊接著就是打雷。他在脫我的衣服，一個用黑暗做成的男人，我看不見他的臉，我幾乎喘不過氣來，幾乎站立不住，我不再站著。他的嘴貼在我身上，還有他的雙手，我等不及了，而他已經在動了，哦，愛，這久違的感覺，我的肌膚重新有了生命，雙臂抱著他，倒下，似水的柔情將我包圍，不絕如縷，沒有窮盡。我知道這種機會也許不再。

這是我編造的。實際不是這麼回事。以下才是眞正發生的情形。

我走到樓梯頂端，舉手敲門。他親自來開門。屋裡亮著一盞燈，令我直眨眼睛。我越過他的眼睛，看到一間單人房，床鋪已經鋪好，屋裡的陳設輕便簡練，如軍人一般。沒有畫，但毯子上印著「美國」的字樣。他穿著襯衣，手裡拿著菸。

「嗨，」他對我說，「來一口。」沒有前戲，他知道我爲何而來。讓人弄大肚子，未婚先孕，遇上麻煩，這些都是從前人們對這件事的說法。我把菸拿過來，深深地吸了一口，還給他。兩人手指幾乎碰都沒碰。可是那口菸已經讓我暈了。

他什麼也沒說，只是望著我，臉上不見一絲笑容。假如他準備碰我，最好還是對我友善些。我覺得自己又蠢又笨，雖然我清楚自己既不蠢也不笨。但是，他在想什麼？爲什麼他一聲不吭？也許他以爲我一直都在「蕩婦俱樂部」與大主教或更多的人鬼混。我居然會在乎他想什麼，這讓我有些惱火。還是實際點吧。

「我時間不多。」我說。眞是笨嘴笨舌，我想說的並非這個。

「我可以射進瓶子裡，你再倒進去。」他說，臉上沒有笑。

「沒必要這麼粗暴吧。」我說。也許他覺得自己被利用。也許他想從我身上得到些什麼，某種情感，某種認可，承認他也是人，而不只是專事生殖的雄蕊。「我知道這對你不容易。」我試探道。

他聳聳肩。「我可不是白做工。」他惡聲惡氣地回答。但仍然沒動。

我是花錢雇來的，你也是花錢雇來的，我在心裡反覆念叨著。那我們就看錢辦事好了。他不喜歡塗脂抹粉，不喜歡珠光寶氣。我們將冷面相對。

「你常到這兒來嗎？」

「像我這樣的好女孩怎麼會到這種地方來？」我應道。兩人都笑起來：這樣好多了。這表明我們都知道自己在演戲，在這樣一個佈景中我們還能做什麼呢？

「離別❶更增思念情。」我們引用的是過去午夜場電影中的對白，而那些影片是更早時候拍的：這種對話可以追溯到很久很久以前，與我們所處的年代相隔遙遠。即便是我母親也不這麼說話，從我懂事時就不曾有過。現實生活中恐怕沒有一個人會這麼說話，一開始就是編造出來的。但這句傷感多情、苦中作樂的性調侃居然如此輕易就浮現腦海，眞是令人不可思議。現在我終於明白它的用處了，明白它一直以來的用處：是爲了把自己的內心包裹掩護起來，使他人無法企及。

我黯然神傷，因爲我們的談話方式無比悲涼：消失的音樂，褪色的紙花，襤褸的綢緞，回聲的回聲。一切都消失了，不可能再來。猛然間我失聲痛哭。

他終於走上前來，抱住我，輕輕拍打我的背，就那麼拍著我，安慰我。

「別哭了，」他說，「我們可沒有多少時間。」他攬著我肩膀，引我到摺疊床邊，讓我躺下。他甚至沒忘了先把毯子掀開。他開始解扣子，然後開始撫摩，並在我耳邊親吻。「不要情調，」他說，「可以嗎？」

這句話曾經有別的意味。過去它指的是：不要附加條件。如今則意味著：不要英雄氣概。它意味著：如果眞有什麼事，別爲我冒險。

然後就過去了。就這樣。

我知道這種機會也許不再。別了，即便在當時我也這麼想，別了。

實際上並沒有什麼雷聲，是我加進去的。爲了掩蓋我羞於弄出的聲音。

---

❶此處「離別」(abstinence)有「禁欲」之意。

以上也不是真實情形。我不能肯定實際情形究竟如何，不能完全肯定。我所希冀的只是一種重述：愛情所感受的向來只是隱約。

在進行到中途時，我想到坐在廚房裡的賽麗娜。她一定在心裡想：下賤。她們對誰都可以張開腿。只要給根香菸就成。

事後我曾經想：這是一次背叛。倒不是說事情本身，而是指我自身的反應。假如我證實他已不在人世，是否會有所不同？

我不想有愧。我希望自己沒有羞恥心。我希望自己無知。這樣我就不會知道自己有多麼愚昧。

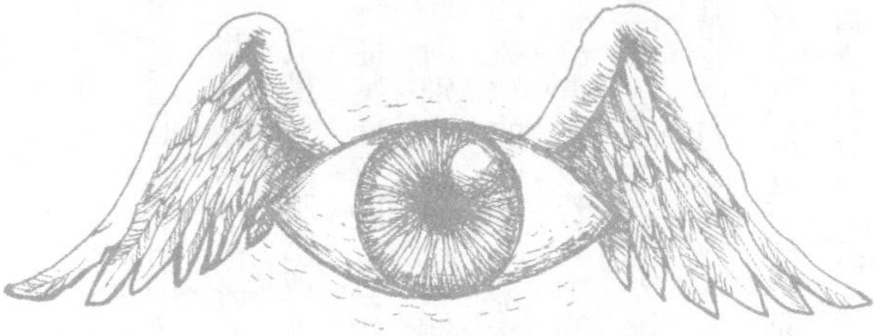

14.
挽救

第四十一章

我希望這個故事有所不同。希望它多幾分啓發性，可以多些光明面，如果不能更高興，至少也有活力。少一些猶豫，少被分心。希望它更有條理。希望它與愛情有關，或者與某種啓發人生有關，甚至於與日落、飛鳥、暴風雨或冰雪有關。

也許從某種意義上來講它確實與這些事物有關，只是與此同時，總會有別的東西阻撓，那些竊竊私語，那些對別人的思忖猜測，那些無法證實的蜚短流長，那些不曾出口的話語，那些暗中潛行和躲躲閃閃。那些難熬的時間，厚重得有如油炸食品或濃濃大霧。突然地，所有這些紅色事件，如爆炸般濺撒在原本端莊穩重，宛若夢中的街頭。

很抱歉這個故事中充滿了痛苦。很抱歉它只是零散的碎片，就像被機槍掃射或被暴力撕裂的人體。但我卻無能爲力改變它。

我曾試圖加進一些怡神悅目的事物。比如鮮花，因爲假如連花都沒有，那會是個什麼地方？但一遍遍講這個故事令我心痛。一遍就足夠了：每次不都是這樣嗎？但我還是不停地講著這個充滿傷感、飢渴、悲慘的故事，講著這個進展艱難緩慢、殘缺不全的故事，因爲我畢竟還是希望你能聽我講這個故事，正如我也願意聽你講一樣。但願能有機會，但願能同你見面，但願你能逃出來，在未來的某個時候，在天堂或牢獄或地下，總之逃到別的什麼地方。那些地方的共同點是都不屬於這裡。和你講點什麼，至少說明我相信你的存在，相信你就在那裡，相信你是活生生的人。對你講這個故事，我使你得以存在。我講，即你在。

因此我還要講。因此我強迫自己不停地講。我現在就要講到你最不喜歡聽的一段，在這段故事中，我舉止輕浮，行爲不端，但我還是盡力不遺漏掉。在聽了前面一切後，不管我還有什麼沒講，你也該聽聽，雖然內容不多，卻都是實情。

接下去故事是這樣的。

我又去找尼克。出於自願的，一次又一次，沒讓賽麗娜知道。不是應召而去，沒有任何藉口。不是爲他，完全是爲自己。我甚至沒有想過這是在把我自己給他，說實在的，我有什麼可給的？我並沒有慷慨施與之感，相反，我充滿感激之情，爲了他每次的接納。他大可不必如此的。

爲了到他那裡去，我變得毫無顧忌，碰運氣。從大主教那裡回來，我會順原路回到樓上，然後再沿著過道，從後面馬大們走的樓梯下去，穿過廚房。每次我都會聽到廚房門在我身後「喀噠」一聲關上，每次都幾乎令我回頭。它聽起來那麼刺耳，像老鼠夾的聲音，又像武器的聲音，但我不回頭。而是快步穿過那幾英尺被照得通亮的草坪，探照燈又回來了，我在頭腦裡時刻準備著子彈穿過我的身體，甚至不等呼嘯聲響起。我會在暗中順著樓梯摸索著拾級而上，靠在門上歇一會兒，讓雙耳沸騰的血液平靜一下。恐懼是一帖強力興奮劑。然後我會輕輕敲門，乞者般怯生生的敲門聲。每次我都會想他一定不在，或者更糟，想他會拒絕讓我進去。他可能會說他不想再爲我破壞規矩，自己找死。最最糟的是，可能會告訴我他已對我失去興趣。但這些他什麼也沒做，令我感到自己眞是三生有幸，能得如此稀世恩寵。

我說過這段不好。

經過是這樣的。

他打開房門。身上穿著襯衫，沒有塞進去，而是鬆鬆地垂在外面。手裡拿著一把牙刷，或是一根菸或盛有東西的杯子。在這兒他有自己的小庫存，我想全是黑市的玩藝兒。他手裡總是忙著，似乎他的生活一如往常，沒有盼我來，沒有在等我。或許他眞的沒盼我來，沒在等我。或許他對未來毫無預感，或者不願傷腦筋也沒膽量去好好想想。

「太晚了嗎？」我說。

他搖搖頭表示不晚。我們倆如今都明白在我們之間根本不存在太晚的問題，我這麼問不過是出於禮節罷了。這讓我更覺身處主動，似乎我有兩條路可以選擇，何去何從由我決定。他站到一邊讓我過去，隨手把門關上。然後他走到房間那頭關上窗子。接著關燈。兩人之間沒有什麼交談，特別在這個階段。我只顧忙著寬衣解帶，已經脫去了一半。我們把談話留到後面。

和大主教一起時，我總是閉起眼睛，即便只是分手時的那一吻。我不想那麼近看他。可在這裡卻完全不同。每次我都把兩眼睜得大大的。眞希望屋裡有點亮光，比如，模仿大學時代的做法，在瓶子裡插根蠟燭，但那樣太冒險。於是我只好將就，以照在樓下、透過和我房間一樣的白色窗簾洒進屋裡的探照燈燈光應付了事。我希望看到他身上所有的一切，將他盡收眼底，牢牢記住，把他的形象儲存在我心裡，爲了日後可以回憶：他身上的線條，肌肉組織，皮膚上閃閃發光的汗珠，以及那張略帶嘲諷、含而不露的長臉。我早先對盧克也該如此，多注意他身上的細微之處，包括每一顆痣每一塊疤每一道傷痕。可是我卻沒有這麼做，他的身影便日漸淡沒。日復一日，夜復一夜，他的身影漸漸逝去，我越來越失去信心。

對這個人，只要他喜歡，我願意穿上粉色的羽衣錦裳，戴上紫色的星狀飾片，或隨便什麼別的東西，甚至包括兔子尾巴。但他對這些裝飾一無所求。每次我們做愛都做得死去活來，就好像我們確知這種機會是最後一次。而每當又有機會，對兩人都是一份驚喜，一份額外的禮物。

和他待在這裡讓我感到安全。他的小屋就像一個洞穴，兩人緊緊相偎其間，任屋外狂風大作，暴雨滂沱。當然，這只是一種臆想。這間屋子是最危險的地方之一。萬一逮著別想活命。但我毫不在乎。再有，我何以如此信任他？這本身就是缺乏考慮。我怎麼會想當然地自以爲了解他，哪怕是一絲絲的了解？他到底是什麼人，究竟是幹什麼的？

我把這些不安的竊竊私語拋到一旁。只顧口無遮攔地亂說一氣。我說得太多了，把不該說的都說了。我告訴他有關莫伊拉和奧芙格倫的事，但沒提盧克。我還想說有關我屋裡那個女人的事，那個在我之前住在那裡的女人。但我沒說。我嫉妒她。要是在我之前她也來過這裡，也在這張床上躺過。我不要聽。

我對他說了我的眞名，並由此感到自己終於爲人所知。我簡直就像個大笨蛋。眞不該這麼沒頭腦。我把他當成了一個偶像，一個用硬紙板剪的圖樣。

與我相反，他談得極少：不再閃爍其辭，也沒有調侃玩笑。他只是不斷地提問題。他似乎不關心我說什麼，只對我身體的潛在價值反應靈敏，但在我說話時他始終望著我。始終望著我的臉。

難以想像一個我如此感激涕零的人會背叛我。

我們誰也不曾使用過「愛」這個字眼，一次也不曾，那是玩命，是冒險，會招來大禍。

今天見到了一些不同的花朵，枝葉更乾爽，輪廓更分明，都是些在盛夏開放的品種：像雛菊和金盞菊等，季節的腳步正慢慢走向秋天。我和奧芙格倫一起行走時，見到好些花園裡零零星星開著這些花朵。我幾乎沒聽她說話，我已經不再信賴她。她對我絮絮低語的一切顯得極不眞實。對我來說，如今那些話還有何用處？

你可以趁黑夜摸進他房間，她說。仔細檢查他的書桌。一定有什麼文件、批注等等。門是鎖著的，我喃喃道。

我們可以爲你弄把鑰匙來，她說。難道你不想知道他是什麼樣的人，是幹什麼的嗎？但我目前的興趣已經不在大主教身上。我得竭力不對他顯露冷漠。

一切照舊，尼克說。不要有任何改變。不然會被他們察覺。他吻著我，自始至終注視著我。答應我好嗎？千萬別出差錯。

我把他的手放在我的小腹上。有了，我說。我覺得有了。再過幾個星期就能證實。

我知道這只是癡心妄想罷了。

那他就會愛死你了，他說。她也一樣。

可這孩子是你的，我說。絕對是你的。我希望他是。

但我們追求的並非這個。

我辦不到，我對奧芙格倫說。我太膽小。總之這種事我根本不行。我會被抓住的。

我連讓自己的語氣裡帶幾分遺憾都做不到，我竟變得如此懶怠。

我們會救你出去，她說。到情況萬分危急，大難臨頭，眞正迫不得已時，我們會負責救援。

但事實是我已不想離開，不想逃跑，不想越境投奔自由。我只想待在這裡，和尼克在一起，在這裡我對他觸手可及。

對你講這個，我確實感到自慚羞愧。但這件事本身的意義卻不僅於此。即便到了今日，我仍然認爲自己說這件事是在誇耀，不無自得的成分，因爲它清楚表明了我曾處在何種絕望的境地，從而使我所做的一切都變得合情合理，情有可原，多麼値得。就像在得了一場險些送命的大病之後，向人們講述自己大難不死的經歷，又像戰爭中的倖存者講述有關戰爭的故事。所有這些故事都一本正經。

這樣一本正經地說到一個男人，要是在過去，簡直難以想像。

過一些日子後，我變得有理智了些，我不再想「愛」這個字眼。我說，我不過是在爲自己創造某種生存方式罷了。早期移民的妻子們一定也是這麼想的，還有在戰爭中倖存下來的女人，假如她們尙未失去男人。人性是如此容易適應環境，隨遇而安，母親會這麼說。人的適應性眞是不可思議，只要有些許補償，對什麼都能習以爲常。

很快就會有了，卡拉把衛生棉給我時說。快了，怯生生的笑容中一副無所不知的樣子。她知道嗎？她和麗塔知道我夜裡偷偷從她們的樓梯下去幹什麼嗎？難道是我洩漏了秘密，大白天做夢，癡癡傻笑，在以爲沒人看見時輕輕撫摩臉頰？

奧芙格倫已經不再對我抱任何指望。她很少再低聲說什麼，更多的是談論天氣。我並不對此感到遺憾。相反，我如釋重負。

第四十二章

鐘聲持續不斷地響著，從老遠的地方便能聽到。已是上午時分，這天沒有供應早飯。到大門口時，我們兩個兩個排成縱隊進入。這裡戒備森嚴，重兵把守，專門挑選的天使軍士兵全身防暴裝備——頭戴前面有透明塑膠面罩的頭盔，活像一隻隻金龜子，每人手裡都拿著長棍和毒氣霰彈槍——他們在圍牆外面築起密密的封鎖圈，以防裡面爆發激烈情緒。牆上的鉤子空無一人。

這是一個專門爲婦女舉行的教區挽救儀式。挽救儀式向來是男女分開的。舉行這個儀式的消息昨天剛剛公布，前一天才通知。這點還要過一陣子才會習慣。

伴隨著鐘聲，我們走在曾留下無數學子足跡的小道上，穿過曾經是教室和學生宿舍的大樓。重新置身此地令人感覺無比奇特。從外觀上看不出有什麼改變，只是大多數窗戶都拉下了百葉窗。如今這些大樓歸眼目們所有。

我們排成縱隊走上昔日圖書館前面的大草坪。由下至上的白色階梯依然如舊，圖書館的正門也還是老樣子。草坪上臨時搭起了一個木頭台子，就像過去每年春季用來舉行畢業典禮的那種。我想到帽子，一些母親們戴的色彩柔和的帽子，以及學生們身上穿的黑的和紅的畢業禮服。但這個台子還是不大一樣，因爲台上豎著三根綁著一圈圈繩子的木頭柱子。

在台子前方有一個喇叭，旁邊不顯眼的地方有一台攝影機。這種儀式我只參加過一次，是在兩年前。挽救婦女儀式並不經常舉行。沒有必要。這些日子以來我們已是如此循規蹈矩。

我眞不想講這個故事。

我們各就各位：夫人們和她們的女兒坐在後排的摺疊木椅上，經濟太太和馬大們坐在邊上和階梯上，最前面是使女，首當其衝，眾目所向。我們不坐在椅子上，而是跪著，這次膝下有塊墊子，不大，是紅色天鵝絨的，上面什麼字也沒有，連「信仰」都沒有。

幸虧天氣不錯：不太熱，有雲，但還算晴朗。要是雨天跪在這裡可就慘了。大概這就是那麼晚才告訴我們的原因：只有到前一天才可能知道確切天氣。再沒有什麼理由比這更好了。

我跪在紅色天鵝絨墊子上。盡力去想晚上的情形，想著在黑暗中，在從白牆壁反射過來的探照燈光中做愛的情形。被擁抱的感覺歷歷在目。

一根長長的繩子蛇一般從第一排墊子前面向後蜿蜒，經過第二排，一直穿過後排的椅子朝後面延伸，彎彎曲曲，像從空中俯視的一條古老久遠，水流緩慢的江河。繩子是棕色的，很粗，聞起來一股瀝青味。繩子的前端連到台上。看上去像保險絲，又像是氣球的繫帶。

台上靠左邊，是幾個將受到挽救的人：兩個使女，一個夫人。夫人被挽救可不多見，我不由對這位產生了濃厚興趣。眞想知道她究竟幹了些什麼。

大門開啓之前她們就在台上了。幾個人都坐在摺疊木椅裡，如同準備接受獎勵的畢業班學生。她們兩手放在大腿上，看上去似乎十分安詳地交疊著。身子微微晃動，也許是打了針或吃了藥，這樣便不至於大吵大鬧。最好一切順利。她們是被固定在椅子上的嗎？長裙遮著，誰也看不出。

一隊官員沿著右邊階梯走上台來：走在前面的是三個女人，爲首的是位嬤嬤，稍後一步是兩位黑帽黑衣的挽救者。其他嬤嬤緊隨其後。竊竊私語戛然而止。前面三位排好位置，嬤嬤位於中間，左右兩邊是身穿黑袍的挽救者，然後把臉轉向我們。

是麗迪亞嬤嬤。我們有多少年沒見面了？我已經開始把她當做只在記憶中存在的人物，此刻她卻就在眼前，只是蒼老了一些。從我這裡看得很清楚，她鼻子兩旁的法令紋更深了，眉頭上皺紋如刀刻一般。她不停眨著兩眼，神經質地笑著，東張西望，審視台下的觀眾，不時地舉起一隻手擺弄頭巾。喇叭裡突然傳出一聲奇怪的憋在嗓子裡的聲音：原來是她在清喉嚨。

我全身顫抖起來。仇恨充滿我的口腔，如同唾沫恨不得一吐爲快。

太陽出來了，台上以及台下的人頓時亮起來，彷彿聖誕節常見的耶穌誕生塑像。我可以望見麗迪亞嬤嬤眼窩下的皺紋，坐在台上的女人們蒼白的臉蛋，眼前草地上那根繩子上的毛狀纖維，包括青草的葉片。一棵蒲公英就在我眼前，蛋黃色。我感到飢腸轆轆。鐘聲終於停了。

麗迪亞嬤嬤站起身來，用兩隻手理了理裙子，向前一步走到麥克風前。「各位女士，你們好。」她說，喇叭傳出來的是一陣短促刺耳的尖利噪音。我們中間不知是誰居然笑出聲來，眞是難以置信。不過在那種緊張的氣氛下，麗迪亞嬤嬤試音時臉上氣急敗壞的神情確實讓人無法不笑。這本該是莊重嚴肅的場合。

「各位女士，你們好。」她又說了一遍，聲音細小低沉了些。她用的是女士而非姑娘是因爲在場的還有夫人。「我相信大家都清楚是什麼不幸的事件將我們帶到這裡來，在這樣一個明媚的上午，大家肯定更願意做別的事情，至少我是如此，但責任就是嚴厲的監工，或許在這個場合，我應該用女監工，正是因爲責任我們才聚集於此。」

她繼續這樣說了有幾分鐘，但我沒聽。這些話，或是類似的話，我早在過去就已經聽夠了：千篇一律的老生常談，千篇一律的口號，千篇一律的陳腔濫調：諸如未來的火炬，人類的搖籃，擺在我們面前的任務，等等等等，不一而足。當然，這番發言之後，肯定少不了禮貌的掌聲，然後大家會在草坪上喝茶吃點心。

這只是開場白，我心想。現在她要切入重點了。

只見麗迪亞嬤嬤在口袋裡翻了半天，拿出一張皺巴巴的紙來。慢呑呑地打開，慢呑呑地看，根本不需要那麼長時間的。她故意教我們難受，讓大家知道她是何等舉足輕重的人物，讓大家在她不出聲閱讀時眼巴巴地望著她，炫耀她獨有的權力。眞惡心，我心想。但願這一切快快結束。

「過去，」麗迪亞嬤嬤說，「在挽救正式開始之前，習慣上都要詳細陳述犯人的罪行。但是，我們現在發現，這種公開宣判，特別是電視公映以後，總會有人模仿，導致類似的罪行相繼發生，這麼說也許不太確切，應該說惡性爆發才對。因此我們決定，爲了盡力維護大家的利益，從今天起廢止這項程序。挽救將立即進行。」

一片低語聲響起。對我們而言，那種罪行是一種秘密語言。通過這些罪行，我們得以看到自己究竟可以有多大能耐。因此，這個決定沒有人會喜歡。但這點從麗迪亞嬤嬤臉上是絕對看不到的，她只是一味地微笑著，眨著眼睛，彷彿沉浸在熱烈的掌聲中。現在我們只有靠自己去想，自己去猜了。第一個女人，也就是被戴著黑手套的手抓著上臂拎起來的這位。是因爲看書嗎？不會，那只是斬手，而且是在連犯三次以後。要麼是因爲行爲不貞，或是企圖謀殺她那家大主教？抑或是大主教夫人？後者更有可能。我們心裡是這麼想的。至於那位夫人，多半只因爲一件事需受到挽救。她們可以對我們爲所欲爲，但絕不能殺死我們，法律上不允許。無論是用編織針或花園裡用的剪子還是從廚房裡偷來的刀子都不行，殺死懷孕的使女更是罪加一等。當然，還可能因爲通姦。這個罪名自古有之。

要麼就是企圖逃跑。

「奧芙查爾斯（Ofcharles）。」麗迪亞嬤嬤宣布道。這些人我都不認識。那個女人被帶上前來，她走起路來似乎需要全神貫注，先是抬起一邊腳，然後是另一邊，她絕對是被上了麻醉藥了。只見她嘴角掛著一絲含混不清，迷糊游離的笑意。一邊臉頰面對攝影機不自然地痙攣抽搐著。當然，這不是實況轉播，這個鏡頭是不會播出來的。兩名挽救者把她雙手反綁在身後。

背後有人開始乾嘔。

沒讓我們吃早飯，原因就在於此。

「肯定是珍妮。」奧芙格倫小聲說。

我曾見過這個情景，白布袋套上頭後，女人便被托舉到高高的凳子上，就像被托舉上公共汽車一樣，放妥後再把絞索小心套住脖子，彷彿它是一件衣服，然後踢掉凳子。我聽到四周響起一片長長的嘆息聲，就像充氣床墊放氣的聲音，我看到麗迪亞嬤嬤把手擋在麥克風前，蓋住她身後發出的其他聲音。

我俯向前去，和眾人一齊把雙手放在面前的繩子上，繩子毛刺刺的，在炎熱的太陽光下繩子的瀝青有些黏。然後把手放在心臟的位置，表示我與挽救者團結一致，贊成並參與了處死這個女人。台上懸空的兩隻腳開始亂蹬，被那兩個黑衣女人抓住，使勁往下拉。我不想再看了。我把目光轉向青草，轉向繩子。

第四十三章

三具屍體吊在那兒，即便有白色口袋套著，她們的腦袋還是長得出奇，像吊著脖子掛在肉店櫥窗裡的死雞，又像剪掉翅膀，飛不起來的鳥兒，遇難的天使。使人無法移開目光。在幾條裙子底下，幾雙腳晃悠著，兩雙紅鞋，一雙藍鞋。要不是那些繩子和袋子，乍看之下，她們彷彿在翩翩起舞，芭蕾舞的騰空動作，加閃光燈拍下來。她們看上去像經過精心編排，像娛樂演出。一定是麗迪亞嬤嬤的主意把藍色置於中間。

「今天的挽救儀式到此結束，」麗迪亞嬤嬤面朝麥克風宣布，「接下來……」

我們全都把臉轉過來，豎起耳朵盯著她，等待下文。她向來樂於此道，喜歡把停頓的時間拉得老長。人群中泛起一陣波動。接下來或許還有一些事情。

「你們可以起來了，圍成圈。」她對台下的我們微笑著，神態慷慨寬厚。看來她是要給予我們些什麼東西了。賜予。「現在，按順序排好。」

她是對我們說話，對使女們說話。一些夫人和她們的女兒已經離開。大多數還沒走，不過都遠遠待在後面，在一旁觀看。她們沒有加入我們的圈子。

兩名衛士走上前來，捲起粗繩，騰出地方。其他人把墊子拿開。我們開始在台前的草坪上擠來擠去，一些人搶占前面靠近中央的那圈，多數人則用力插到前後兩排中間，這樣前後都有一層保護。在任何一個類似的集體活動中，千萬不能動作遲緩，退縮不前。那表明你性格冷漠，缺乏熱情。這裡是充滿活力的地方，細微的聲浪此起彼伏，個個身手敏捷，群情激奮。人人身體緊繃，兩眼放光，彷彿在瞄準什麼目標。

我不想在前也不想在後。我無法斷定會發生什麼事，但憑感覺肯定不會是什麼我願意近看的。但奧芙格倫已經抓住我的手，把我拖到第二排，前面一排的人寥寥無幾。我不想看，但也沒有退後。這方面的傳說我曾聽到過一些，卻不大相信。不管我聽到了什麼，我對自己說：他們應該不至於那麼過分。

「你們知道參與處決的規則，」麗迪亞嬤嬤說，「你們先等著，聽到我哨子響後才動手，隨你們愛怎樣就怎樣，聽到第二次哨響就住手。明白嗎？」

我們中間響起一片嘈雜聲，算是無形的贊同。

「那好。」麗迪亞嬤嬤說。然後點了點頭。這時兩名衛士從台後走了出來，不是剛才抬走繩子的那兩位。他們倆一起半抬半拖著另一個人。此人也穿著衛士的軍裝，但頭上沒戴軍帽，軍服也又髒又破。臉上被砍得傷痕累累，淺紅褐色的傷口顏色發暗。皮膚腫著，凹凸不平，滿臉是鬍渣。看上去不像是臉，倒像是一棵叫不出名字的蔬菜，一棵被壓壞的球莖植物或塊莖植物，一棵沒長好的東西。即使離得那麼老遠，我也能聞到他身上的味道：夾雜著糞便和嘔吐物的味道。金黃色的頭髮散落在臉上，一綹一綹纏結著，上面沾著什麼？乾了的汗水？

我滿懷厭惡地盯著他。他看上去像個醉鬼；像個喝醉後和人打了一架的酒鬼。他們把個醉鬼帶到這裡幹什麼？

只聽麗迪亞嬤嬤開口道：「這個人，他犯了強姦罪。」她的聲音顫抖，半是因爲氣憤，半是出於某種勝利的喜悅。「他曾經是名衛士。但他濫用了値得信賴的地位，使其軍裝蒙羞。他凶殘的同夥已被擊斃。大家都知道，根據《聖經．申命記》第二十二章二十三至二十九節，對犯強姦罪者，將處以死刑。我還想加一句，受害者是你們其中的兩個，他們以槍口威逼實行強姦。情節十分殘忍。我無意渲染細節弄髒你們的耳朵，只想說受害者之一是位孕婦，如今嬰兒已經夭折。」

四周響起一片嘆息聲。我在不知不覺中捏緊了拳頭。這太不像話了，如此侵犯我們。還有那個嬰兒，受了多少苦才好不容易懷孕的。當時我確實有一種殺戮欲，恨不得把他千刀萬剮，挖出他的眼睛，將他撕得粉碎。

眾人往前擁，搖著頭，鼻孔翕動，呼哧呼哧地嗅吸著死亡的氣息。我們相互對視，每個人臉上都充滿仇恨。槍斃太便宜他了。那人的腦袋含混不清地搖晃著：他聽到麗迪亞嬤嬤的話了嗎？

麗迪亞嬤嬤等待了片刻，然後臉上泛起微笑，把哨子舉到唇邊。接著我們便聽到哨響，哨聲尖銳清脆，就像很久以前的排球賽。

兩名衛士鬆開那人的手臂往後退。只見那人腳步搖搖晃晃——是被上了麻藥了嗎——接著便跪倒在地。他的兩眼在浮腫的臉上瞇起來，似乎燈光太強受不了。他一定是一直被關在黑牢裡。只見他舉起一隻手摸摸臉，彷彿想感覺一下自己是否還活著。所有這些都是在極短的時間內發生的，但感覺中卻無比漫長。

沒有人向前移動一步。女人們面帶恐懼望著他，彷彿他是一隻筋疲力盡的老鼠，正拖著身子爬過廚房。他乜斜著眼望著我們，一群圍著他的紅衣女人。一邊嘴角微微翹起來——是在笑嗎？眞是不可思議。

我努力想看清他的模樣，看清在累累傷痕底下他長得什麼樣。我想他大約三十歲左右。不是盧克。

但很可能是，我知道。有可能是尼克。我知道不管他做了什麼，我都絕不能碰他一下。

他說了些什麼。聲音含混不清，似乎他喉嚨受了傷，成了大舌頭。可我還是聽清楚了。他說的是：

「我沒有……」

剎那間，人潮猛地朝前擁去，就像從前在搖滾音樂會上，門一打開，那種迫不及待像大浪一般將我們淹沒。空氣中充滿了刺激，人人都躍躍欲試。無拘無束，隨心所欲。這就是自由。在我身體裡，也同樣熱血沸騰，激動得發暈，眼前到處是一片紅色。但就在紅衣人流觸到那人之前，奧芙格倫已經撥開前面的女人，揮動雙臂，搶先跑上前去。她將那人推翻在地，抬起腳凶猛無情地狠狠踢他的頭，一下，二下，三下，既準又狠。這時只聽人聲鼎沸，喘息聲，低沉的咆哮聲，叫喊聲響成一片，紅色的身體一擁而上，他的身影頓時被淹沒在手臂和拳腳中，從我眼前消失了。一聲巨大的尖叫從某個地方傳來，彷彿馬受驚時的嘶叫。

我沒有跟著跑，竭力使自己站著不動。有什麼東西從後面打到我。我踉蹌了一下。等我站穩腳跟回頭望去，我見到那些坐著的夫人和女兒們全都向前傾著身子，台上的嬤嬤們興致盎然地往下張望。在那裡一定看得更爲清楚。

那人成了一個沒有生命的東西。

奧芙格倫回到我身旁。她面孔緊綳，毫無表情。

「我看到你的行爲了。」我對她說。這會兒我重新有了感覺。我感到驚愕，氣憤，惡心。簡直野蠻透頂。「你爲什麼要那麼幹？你！我原以爲……」

「別朝我看，」她說，「她們正盯著。」

「我不管。」我說。聲音越來越高，忍無可忍。

「控制一下自己。」她說。她假裝爲我撣掉手臂和肩膀上的灰，湊近我耳朵。「別傻了。他根本不是什麼強姦犯，而是政治犯。是我們自己人。我把他打昏是讓他不再受苦。你知道她們是怎麼對待他的嗎？」

自己人，我心想。居然是名衛士。聽起來令人難以置信。

麗迪亞嬷嬷再次吹響哨子。但眾人並沒有立刻住手。兩名衛士擠進去，將她們拉開。一些人躺在草地上，她們是被誤打或誤踢了的。還有一些人昏厥過去。她們滯留在後面，三三兩兩，或者孤身一人，顯得恍惚迷茫。

「現在去找同伴重新排好隊。」麗迪亞嬷嬷對著麥克風說。但沒幾個人聽她的。一個女人朝我們走來，走路的樣子似乎在黑暗中摸索。是珍妮。她臉頰上有一道血痕，白色的頭巾上血跡斑斑。她面帶微笑，燦爛的微笑。眼神渙散。

「嗨，你們好，」她說，「近來如何？」她右手緊緊抓著一綹金髮。嘴裡小聲地「咯咯」笑著。

「珍妮。」我說。可她不予理會，完全視若無人，處於自由落體的狀態，與外界隔絕。

「祝你們玩得開心。」她說著，逕自從我們身邊穿過，向大門走去。

我目送著她的背影。心裡想，出去容易。我甚至一點也不爲她感到惋惜，雖然我本該如此。我感到憤怒。但我並不爲此覺得驕傲，一點也不。可是，那正是關鍵所在。

我的手聞起來一股溫熱的瀝青味。我恨不得立刻回到樓上浴室裡，用氣味難聞的肥皂和浮石反覆刷洗，一直到把這股味道消除乾淨。這股味道令我作嘔。

但與此同時我還感到餓。這太荒謬了，卻是實話。死亡令我飢餓。也許是因爲我被掏空了，或者這是本能反應，通過這點來證實我還活著，還能反覆默念至少那幾個字：我活著，我活著。我依然，活著。

我渴望上床，做愛，立刻就做。

我頭腦裡泛起一個詞：津津有味。

我可以吞下一匹大馬。

第四十四章

一切重又恢復正常。

我怎麼可以把這一切稱爲正常？不過與早上相比，現在可謂正常。

午餐是黑麵包夾起司三明治，一杯牛奶，幾根芹菜，一些罐頭青豆。像小學生的午餐。我吃完了所有東西，但不是狼吞虎嚥地一掃而盡，而是細細品嚐，讓飯菜的香味在舌頭上久久停留。接下來我準備像往常一樣出去採購。我甚至對此盼望不已。按慣例行事讓人感到某種安慰。

我從後門出去，走上小路。尼克正在洗車，帽子斜戴著。他沒看我。這些日子來，我們一直回避目光接觸。害怕互相對視的話，會洩漏一些秘密，即使在無人的房子外面也難保不被人發覺。

我在拐彎處等奧芙格倫。她遲到了。終於看見她走過來，一個裹著紅布和白布的身影，像風箏一樣，邁著我們個個訓練有素的步伐，不疾不徐地朝我走來。我望著她，起初並未發覺有何異常。等她漸漸走近，我才發現。她看上去不對勁。無法具體形容。既沒有受傷，腳也沒有瘸。只是好像整個人縮小了。

等她更近一些時，我終於明白了。她根本不是奧芙格倫。兩人身高一樣，但瘦得多，而且臉色是淺褐色而不是桃紅。她走到我面前停下。

「祈神保佑生養。」她招呼道。臉上一本正經，嚴肅古板。

「願主開恩賜予。」我應道。盡力不表現出驚訝。

「你一定是奧芙弗雷德吧。」她說。我說是的，然後兩人一起向前走去。

怎麼回事，我心想。腦袋裡翻江倒海。這可不是好消息。她到底怎麼了，怎樣才能打聽到又不顯得對這事過於關心？按規定我們之間不能有友情，也不許講忠誠。我努力回憶奧芙格倫應在這家剩下多少時間。

「主賜給了好天氣。」我說。

「真讓人心情舒暢。」她的聲音平和，低沉，含而不露。

兩人過了第一個檢查站，誰都沒再開口。她不言不語，我也一聲未吭。她是在等我開口，聽聽我的底細呢，還是她根本就是個虔誠信徒，正在專心致志地默念沉思？

「奧芙格倫被調走了嗎，這麼快？」我開口問，雖然明知道她並沒有。早上我才見到她。要真是那樣，她會告訴我的。

「我就是奧芙格倫。」這個女人回答。字字正確，絲毫不差。新來的這位當然是奧芙格倫，而原來的奧芙格倫，不管她此刻身在何方，都不再是奧芙格倫。我一直不知道她的真名。在茫茫姓名的大海中，你就這樣迷失了方向。現在要想找到她絕非易事。

我們去了「奶與蜜」食品店，又進了「眾生」肉店，在那裡我買了雞，新的奧芙格倫則買了三磅絞碎的純精牛肉。店裡照例排著隊。我見到幾個認識的女人，互相微微點了點頭，以此來表示自己至少還有人認識，還存在。出了店門，我對新來的奧芙格倫說：「我們得去圍牆那兒。」我不清楚自己說這話是什麼目的。也許是想試試她的反應。我急需了解她是否自己人。如果是，如果我能確定，也許她能告訴我究竟奧芙格倫出了什麼事。

「隨便。」她說。是無動於衷，還是小心謹愼？

圍牆上掛著上午處死的那三個女人，仍穿著裙子，仍穿著鞋子，頭上仍罩著白布袋。她們的手臂已經鬆綁，僵硬規矩地放在身子兩旁。藍色位於中間，左右兩邊紅色，只是顏色似乎褪了色不再鮮艷，變得黯淡無光，像死蝴蝶，又像在沙灘上風乾的熱帶魚。她們身上了無光澤。我們站立著，默默無語地望著她們。

「讓我們以此爲鑑。」新來的奧芙格倫終於開口道。

起初我沒有說話，因爲我極力想弄清這句話的含義。她可以指以此爲鑑，不要忘了這是一個毫無公理、殘忍野蠻的黑暗政權。那樣的話，我應該附和。但她所指的也可能恰恰相反，即我們應該循規蹈矩，不要輕舉妄動，自找麻煩。倘若一意孤行，則罪有應得。倘若她指的是這個，我應該回答感謝上帝。她的聲音平板、單調，什麼也聽不出來。

我心懷僥倖地答了一句：「是啊。」

對這話她沒有回答，但我眼角感覺有道白光閃過，似乎她飛快地瞧了我一眼。

片刻後，我們轉身重新上路回家。這段路很長，我們心照不宣地用相同的速度大步向前走，使兩人看上去和諧一致。

我想也許應該耐心等待，不要急於作進一步打探。這樣未免操之過急。我應該等上一兩個星期，或者更長一點時間，仔細觀察她，從她不經意說出的話裡試探她的口氣，就像奧芙格倫曾試探過我那樣。現在奧芙格倫不在了，我整個人又敏捷起來，懶散一掃而光，我的身體不再只貪求舒服，而是感覺到正處在危險之中。我不該草率行事，不該冒無謂的風險。但我急需知道。我拚命忍著，一直到走過最後一個檢查站，前面只剩下幾個街區。這時，我再也忍不住了。

「我和奧芙格倫並不太熟，」我說，「我指的是原先那個。」

「是嗎？」雖然她十分謹慎小心，到底還是有了回應，這使我備受鼓舞。

「我是在五月才認識她的。」我說。我感覺到渾身發熱，心跳加速。這太拐彎抹角了。起碼不是眞話。接下去我該怎麼說才能過渡到那個關鍵詞？「我想是在五月的第一天。過去人們常把它稱爲五月天。」

「是嗎？」她聲音不大，口氣也無動於衷，卻滿含威脅。「這種叫法我記不清了。你居然還記得眞讓我吃驚。你應該盡力……」她停頓了一下。「從腦袋裡清除掉這種……」她又停頓了一下。「往日的回聲。」

剎那間我渾身發冷，寒意如水一般滲進我的皮膚。她是在提醒我。

她不是自己人。但知道內情。

剩下的路程我走得心驚肉跳。我又做蠢事了。在這之前我從未想過，但此刻我明白了：假如奧芙格倫被捕，她可能會供出別人，我也必在其中。她肯定會招供。她承受不了的。

但我對自己說，我什麼也沒做，並未眞的怎麼樣。我只是知道內情而已。只是沒有去告密而已。

他們知道我孩子在哪裡。假如他們把她帶到我眼前，威脅要怎麼怎麼她，那該怎麼辦？或者眞的下手。我簡直不敢想像他們會對她怎麼樣。或者是盧克，假如盧克在他們手裡該怎麼辦？或者是母親或是莫伊拉或是任何一個我熟悉的人。噢，上帝，別讓我選擇。我會受不了的，我知道。莫伊拉說得對。我會什麼都說出來的，要我說什麼就說什麼，血口噴人，誰都可以牽連上。不錯，我先是會尖聲叫喚，甚至哭哭啼啼，然後就會嚇成一灘爛泥，隨便什麼罪行都招認，最後被吊死在圍牆上。收起鋒芒，少惹麻煩，小心度過難關，我過去常這麼告誡自己。但現在這話毫無用處。

接下來的一路上我就這麼在心裡自說自話。

在拐彎處，我們照例轉向對方。

「我主明察。」這位新來的、陰險狡詐的奧芙格倫向我道別。

「我主明察。」我回了一句，努力使聲音聽起來熱情洋溢。好像這種台詞能使我們之間發生的一切有所改觀。

接著她作出一個出乎意料的舉動。她湊上前來，兩人頭上的雙翼幾乎碰到，我看到她蒼白的淺褐色眼睛近在我眼前，還有雙頰上細細的紋路。她的聲又輕又快，細微得如同乾樹葉的沙沙聲響。「她上吊自殺了，」她說，「在挽救儀式之後。她看到抓她的車來了。這樣更好。」

說完，她便沿街走遠了。

第四十五章

我像是窒息般地呆立了片刻，就像被人踢了一腳。

這麼說她死了，而我還安然無恙活著。她搶在他們前面結束了自己。我感到如釋重負。對她心懷感激。她死了我才得以活命。往後我會哀悼她的。

除非這個女人在撒謊。這絕對有可能。

我深呼吸幾下，給自己補充氧氣。前方的道路從一團漆黑變明亮。我重新恢復了意識。

我轉身打開大門，把頭靠在門上鎮定了一會兒才走進去。尼克在那裡，仍在洗車，嘴裡輕輕吹著口哨。他顯得十分遙遠。

親愛的上帝，我心想，你讓我絕處逢生，現在你要我做什麼我都在所不辭。我願意消滅自我，倘若你眞的希望如此。我願意掏空自己，成爲一個名副其實的聖餐杯。我願意放棄尼克，忘掉其他人，不再抱怨。我願意接受命運的安排，願意作出犧牲，願意懺悔，願意放棄原有信念，願意公開聲明放棄。

我知道這麼做不對，還是忍不住要想。所有在紅色感化中心灌輸給我們的東西，所有我極力抵制的東西，此刻都如潮水一般湧上心頭。我不要疼痛。我不想作舞者，雙腳騰空，頭部成爲一個無臉的長方形白布袋。我不願當掛在圍牆上的玩偶，不願成爲沒有翅膀的天使。我想繼續活下去，隨便怎麼活都好。我情願將自己的身體交給別人任意使用。他們可以隨心所欲地對我。我將卑躬屈節，逆來順受。我第一次對他們眞正擁有的權勢有了切身的感受。

我經過花圃和柳樹，朝後門走去。我要進門去，進去就安全了。到了房間，我要跪下，心懷感激地大口吸入屋裡散發著家具上光劑的污濁空氣。

賽麗娜已經從前門出來，正站在台階上。她喊我過去。她想要什麼？是想讓我到起居室幫她纏灰色毛線嗎？我兩隻手肯定會抖個不停，她會發現異常的。但我別無選擇，還是朝她走了過去。

她站在頂層台階上，居高臨下地望著我。兩隻藍色眼睛怒氣沖沖，閃閃發亮，與皺癟蒼白的皮膚形成強烈對比。我把目光從她臉上掉開，盯著地上，盯著她的腳和枴杖的底端。

「我信任你，」她開口道，「還盡力幫助你。」

我還是沒有抬頭。內心充滿犯罪感。事情終於敗露了，她究竟發現了什麼？我罪惡累累，到底她是要指控哪一樁？要想找出答案，最好是保持沉默。如果現在就自譴自責，承認這個，承認那個，勢必釀成大錯。很可能會不打自招出一些她根本沒有疑心的事來。

也許什麼事也沒有，也許只是因爲那根藏在床鋪裡的火柴。我垂下頭。

「怎麼樣？」她說，「沒什麼要爲自己辯解的嗎？」

我抬起頭。「爲了什麼？」我費了好大勁才結結巴巴說出這幾個字。可是聽起來卻顯得口氣很衝。

「你自己看吧。」她說。她那隻沒拄枴杖的手從背後拿出來。手上是那件披風，冬天用的披風。「上面有唇膏印，」她說，「你怎麼可以如此下賤？我早就告訴過他……」她扔下披風，同時把瘦骨嶙嶙的手裡抓著的另一件東西也隨手扔了。綴滿閃亮金屬小飾片的紫衣滑溜溜地落到石階上，如蛇皮一般，在陽光下閃閃發光。「竟敢在我背後搗鬼，」她說，「你本該留點什麼給我的。」她到底愛不愛他？她舉起枴杖，我以爲是要打我，但她沒有。「把那個可惡的東西撿起來回到你屋裡去。和過去那個簡直是一樣爛。娼婦。你也別想有什麼好下場。」

我弓著背，拚命支撐著自己。身後尼克已經停止吹口哨。

我想轉過身，跑到他跟前，用雙臂抱住他。這麼做太蠢，他什麼忙也幫不上。他自身難保。

我走到後門，進了廚房，放下籃子，走上樓梯。我顯得有條不紊，鎮靜自若。

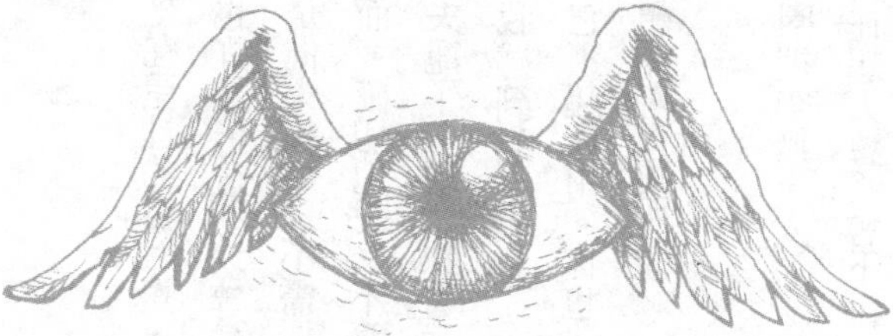

15.
夜

第四十六章

我坐在屋裡的窗台邊，等待。大腿上是滿滿一抱揉皺的星狀飾片。

這也許是最後一次等待了。但我不清楚自己在等待什麼。你在等什麼？人們過去常這麼說。這句話的意思是催人快點。不需要回答的。爲什麼要等？則是不同的問題，我也不知該怎樣回答。

然而，確切地說又不算等待。它更像是一種缺乏掛念的掛念狀態，至少在這兒沒有時間。

我失寵了，那意味著我不再得寵。我應該對此大感痛心。

但我感到的是平和，寧靜，毫不在意。別讓那些雜種騎在你頭上。我一遍遍地對自己重複著這句話，但它不起作用。你也儘可以說，別讓那兒有空氣。或者，別活了。

我想你可以那麼說。

花園裡空無一人。

我在想天會不會下雨。

外面，天色逐漸昏暗下來。四周一片微紅。很快天就會黑下來。現在就暗了不少，不用太久。

我可以做好些事。比方說，我可以放把火燒了這房子。我可以把衣服和床單攏成一堆，用那根藏起來的火柴點燃。如果點不著也就算了。若是點著了，也是件大事，多少能表明我的存在。可是幾束火苗，很容易就能撲滅。另外我可能弄出滾滾濃煙，把自己嗆死。

我可以把床單撕成條，編成帶子，一頭綁在床腳，試著破窗而出。可是窗玻璃是防震的。

我還可以去找大主教，跪在地上，像人們說的，披頭散髮，抱住他的腿，懺悔、哭泣、哀求。別讓那些雜種騎在你頭上。我可以用那句拉丁文說。不是祈禱。我眼前清楚地呈現出他的皮鞋，漆黑鋥亮，堅硬，不可穿透，深深包藏秘密。

再不然我可以用床單做成索套套在脖子上，一頭拴在櫃子裡，用力往前拉，結束自己的性命。

我可以躲在門後，等她帶著隨便什麼判決、苦行或懲罰令、一瘸一拐地沿過道走進門時，一躍而上，將她擊倒打昏，對準她的頭猛踢。讓她不再受苦，我也不再受苦。讓她從我們倆的苦難中解脫。

這樣能爭取不少時間。

我可以從容不迫地下樓，往前門出去，走上街頭，極力保持鎮定自若，一副目標明確的樣子，看看自己到底能走多遠。但是紅色太顯眼了。

我還可以到車庫那頭尼克的屋裡去，像過去一樣。可以想想他會不會讓我進門，肯不肯為我提供庇護。這次可是出於需要。

我在心裡胡思亂想。似乎都值得一試，又似乎都不可行。此刻感覺到的只是身體的疲乏，兩腿酸痛，眼睛發澀。最後你就是這麼完了的。「信仰」不過是個繡上去的字眼。

我朝窗外的暮色望去，想到現在已是寒冬季節。雪花輕柔地飄落，毫不費力地將大地萬物裹上柔軟的銀裝。快要下雨了，月色迷濛，使一切都顯得模糊不清，色彩難辨。據說，除了一開始的寒冷，凍死是沒有痛苦的。只需躺在雪地用雙手畫出羽翼天使形狀，睡去便可。

在我身後，我感覺到她的存在，我的女前輩，酷似我的人，身著綴滿星狀飾片和羽毛的霓裳，在枝形吊燈下懸在空中，像一隻停止飛翔的鳥兒，一個變成天使的女人，等著被人發現。這次是被我。我怎麼會以爲自己在這裡是孤單一人？我們兩人一直都是在這裡的。戰勝它，她說。這場鬧劇已令我厭倦，我不想再保持沉默。你誰也保護不了，你的生命對誰都毫無價值。我希望它早點結束。

我站著不動時，聽到了黑色篷車的聲音。我先聽到然後才看到。它伴隨著暮色一道出現，像是聲音變成了固體，又像是凝固的一塊黑夜。它駛進車道，戛然停下。我只能看見那隻白色眼睛和兩隻翅膀。一定用的是螢光漆。影影綽綽中有兩個人跳下車來，走上前門的台階，揿響門鈴。我聽到門鈴在門廳裡「叮咚」響起，就像雅芳小姐。

這麼說，更可怕的結果來了。

我白白浪費了太多時間。我應該趁還有機會時爭取主動。我應該去廚房偷把刀來，或者設法弄把剪刀。還有花園裡的大剪子，毛衣針。只要有心尋找，這裡處處都是武器。我本應該多留些心的。

可是現在想這些爲時已晚。他們已經走上鋪著土灰玫瑰色地毯的樓梯。腳步聲沉重發悶，前面的地板隨之震動。我背朝窗戶。

有人推開門，我以爲是陌生人，不料卻是尼克。他啪地把燈開亮。我一時難以確定是怎麼回事，除非他是一夥的。這種可能性歷來存在。尼克，秘密眼目。卑鄙的人從事卑鄙的伎倆。

下流傢伙，我心想。我正張嘴要說，只見他走上前，湊近我，放低嗓子。「別擔心，是『五月天』。放心跟他們走。」他用我原來的名字叫我。何以見得這就有特殊意味？

「他們？」我說。我看到他身後站著那兩個人，過道頂上的燈光使他們的頭顱看上去像骷髏。「你一定是瘋了。」我疑心重重，望著他頭頂上方，一位黑色的天使告誡我遠離他們。我幾乎能望見它。他爲什麼就不該知道「五月天」？所有的眼目肯定都知道此事。到目前爲止，他們一定已經從不知多少具身體裡，多少張嘴巴裡把這個詞用力擠壓出來，搗碎，扭曲。

「相信我。」他說。這句話從來就不是護身符，提供不了任何保證。

但他一說完我還是立刻就接受了。畢竟這是我的唯一機會。

他們一人在前，一人在後，把我夾在當中下了樓梯。腳步不疾不徐，一路燈光照著。不管我多麼害怕，一切都平平常常。從這裡我可以看到那口鐘，看不見時間。

尼克沒有和我們一起走。可能從後樓梯下去了，不想被人看見。

走道上，賽麗娜站在鏡子下面往上看，一臉懷疑。她身後是大主教，起居室的門開著。他的頭髮異常灰白。他看上去焦慮而無奈，但已經從我身邊退縮，與我拉開距離。不論我對他還意味著什麼，此時的我也意味著一場災難。夫妻倆肯定剛爲我大吵了一場，她一定讓他吃盡了苦頭。不管怎樣，我心裡還是對他充滿了歉意。莫伊拉說得對，我是個軟弱無能的人。

「她做了什麼？」賽麗娜說。這麼說，他們並不是她叫來的。她爲我準備的懲罰不管是什麼，都要隱秘得多。

「我們不能說，夫人，」我前面的那個人說，「對不起。」

「我想看看是誰授權的，」大主教說，「有授權令嗎？」

我簡直要喊出聲來，身子也往扶梯上靠，完全不顧顏面了。這麼說我可以阻止他們，至少暫時阻止他們。如果他們是眞的，就會站著不動，假如是冒牌的，就會立刻跑掉，把我繼續留在這裡。

「我們不需要有授權令，先生，不過一切都符合規程，」還是先前那個人回答，「她犯了侵犯國家機密罪。」

大主教把手放到頭上。我到底說了些什麼，對誰說起，又被哪個與他作對的人發現了？也許從現在開始，他將成爲一個危及國家安全的危險分子。我居高臨下地望著他；他整個人在縮小。他們已經開始實行清洗，還會有更多的人遭到清洗。賽麗娜臉色驟然發白。

「賤貨，」她說，「他那樣對你，你竟如此恩將仇報！」

卡拉和麗塔推擠著從廚房出來。卡拉已經哭了起來。我曾經是她的希望，但我令她失望了。如今她的身邊將永遠不會有孩子。

篷車停在車道上，雙層門敞開著。那兩個人現在站在左右，一人抓著一隻胳膊肘拉我上車。我無從知道這究竟是我生命的結束還是開始：我把自己交到陌生人的手裡任其發落，因爲我別無選擇。

於是，我登上車子，踏進黑暗也許光明之中。

史料

關於《使女的故事》的歷史記載

以下是二一九五年六月，「第十二屆基列研究研討會」會議紀錄的部分文字。由國際史學會大會主辦，在努納維特地區迪奈大學舉行。

主席：迪奈大學高加索人類學系克里森．穆恩❶教授。

主要發言人：英國劍橋大學二十～二十一世紀檔案館館長皮艾索托教授。

克里森．穆恩：

很高興歡迎各位蒞臨今天上午的討論會。看到眾多學者聚集在此聆聽皮艾索托教授的演講，令我不勝欣喜。相信皮艾索托教授的發言一定精彩絕倫，富有價值。基列研究會的同仁們一致認爲，這段歷史很值得我們進一步研究，因爲它是重新繪製世界版圖、特別是這個半球的決定性因素。

在演講開始之前，先宣布幾件事。明天的垂釣活動將按原計劃進行。如果有人忘了攜帶雨具和驅蟲

❶克里森．穆恩（Crescent Moon），意為「新月」，愛特伍用意在表示女教授為印第安人。

劑，可以到登記台購買，收費低廉，儘可放心。「漫步自然」和「戶外懷舊演唱」安排在後天舉行，因爲根據我們一貫正確的冉寧・多格❷教授的預測，屆時天氣有望轉晴。

這裡我想提醒大家，本次由基列研究會主辦的其他活動，歡迎大家參加。明天下午，來自印度巴洛達大學西方哲學系的切特吉教授將作題爲「早期基列國家宗教中的克利須那❸和卡莉❹成分」的報告；星期四上午的報告人是布倫教授，他來自德克薩斯共和國聖安東尼奧大學軍事史系。主題爲「華沙戰略：基列內戰中的城市包圍策略」，屆時他將引用大量實例，相信一定十分精彩。這些活動想必大家都會殷切希望參加。

另外我還要提醒我們的發言人遵守時間——雖然此話有些多餘。除了得留下足夠的提問時間，我想誰也不願意像昨天一樣誤過了午餐時間。（笑聲）

皮艾索托教授不用我來介紹，他早已赫赫有名。即使無緣和他相識的人，從他浩瀚的著作中也已對他耳熟能詳。著有：《歷代節約法令：文獻分析》，以及著名研究成果，《伊朗與基列：從日記中展現的兩個二十世紀後期的單一神權國家》。大家都知道，皮艾索托教授與同事諾特里・維特教授合編了正在審議中的這部書稿，他在推動這本書錄音轉述成文字、注釋和出版。講題是：「鑑定《使女的故事》眞實性」。

---

❷冉寧・多格 (Running Dog)，意為「走狗」，有戲謔之意。

❸印度教中的一派。

❹印度教女神，形象可怖，既能造福生靈，也能毀滅生靈。

有請皮艾索托教授。

掌聲。

皮艾索托：

謝謝主席。相信各位都很欣賞昨天晚餐上可愛的紅點鮭❺，此刻我們在欣賞一個同樣可愛的來自北極地區的會議主席❻。這裡使用的「欣賞」意思極其明確，不包括早已廢棄不用的另一層意思❼。（笑聲）

還是言歸正傳吧。就我演講的題目，談幾個與所謂的書稿有關的問題。這部名爲《使女的故事》的書稿，大家已經熟悉。我之所以稱它爲「所謂的」，是因爲擺在我們眼前的東西並非它的原始樣貌。嚴格來說，它剛被發現時，根本稱不上書稿，也沒有書名。《使女的故事》這個名字是維特教授加上去的，這在一定程度上當然是爲了向偉大的喬叟❽表示敬意，可是，當我說相信所有的雙關語都是有意爲之，特別是這個雙關語與古語中那個帶有下流意味的詞「尾巴」❾有關，而在某種程度上，這個詞又正是我們這個長篇故事論述的基列社會歷史階段中爭端起因，那些和我一樣與維特教授有私交的人都會明白我話裡的意思。（笑聲，掌聲）

---

❺產於加拿大北部及阿拉斯加。

❻「紅點鮭」(arctic char)和「來自北極地區的會議主席」(Arctic Chair)在英文裡諧音。

❼此處使用的「欣賞」(enjoy)一詞，在古英語中還有「與女人性交」之義。

❽喬叟（Geoffrey Chaucer, 1340?-1400)英國著名詩人，其代表作《坎特伯里故事集》（The Canterbury Tales）反映十四世紀英國社會各階層的生活面貌，體現了人文主義思想。

❾在英文中，「故事」(tale)與「尾巴」(tail)為同音異義詞，而tail又有「（女人）陰部」之意。

這件物品——我覺得用「文獻」這個詞有些不妥——是在昔日班各城舊址發掘出來的，它位於基列政權統治開始之前的緬因州。我們都知道，這座城市曾經是作者提到的「婦女地下連絡網」的一個著名據點，後來被愛開玩笑的歷史學家們戲稱為「不貞女子地下連絡網」。（笑聲，哼哼聲）因此，我們研究會對它產生了特別的興趣。

這件物品的本來面目是一個小鐵箱，美國軍用品，生產時間大約是一九五五年。這點並無多大意義，因為大家都知道，這種小鐵箱在商店裡作為「軍用剩餘物資」經常有售。但這個箱子用過去郵寄包裹時用的那種膠帶緊緊封住，裡面大約有三十卷卡式錄音帶，這種錄音帶早已在大約八九十年代期間隨著雷射唱盤的出現而銷聲匿跡。

讓我提醒各位，此類東西並非首次發現。舉個例子，各位一定很熟悉那件放在西雅圖近郊住宅區一個車庫裡的《A．B．自傳》，以及在過去的紐約中部錫拉丘斯城附近，為了建造新會堂時偶然挖掘出來的《P．日記》。

維特教授和我對這項新發現感到十分興奮。多虧幾年前我們優秀的館內古文物技師組裝了一架能夠播放這種錄音帶的錄放機，於是我們立刻著手進行將錄音轉述成文字的艱巨工作。

錄音帶共約三十卷，敘述間夾雜著不同數量的音樂。一般來說，每盤錄音帶開始時都先是兩到三首歌，顯然是為了掩人耳目，接著音樂突然中斷，換上說話聲。是一個女聲，根據我們的聲紋專家判斷，從頭至尾均為同一人。錄音帶上的標籤標著真實日期，不用說是在早期基列時代開始之前的某個時期，因為所有此類世俗音樂在基列政權統治下都是明令禁止的。例如，有四卷「貓王金曲」、三卷「立陶宛民謠」、三卷「喬治男孩」和兩卷「曼多瓦尼柔和弦樂」，另外還有一些標題只有一卷。其中「搖擺姊妹」是我最喜歡的一卷。

雖然標籤眞實無假，卻並不一定都貼在相應的錄音帶上。此外，錄音帶沒有按一定順序擺放，隨便散亂著，也沒有編號。因此，整個故事完全靠維特教授和我把一段段口述按照其在表面上的進展依脈絡整理而成。不過，正如我在別處所說，這種組合畢竟是猜測，只能視爲大致正確，還有待進一步研究。

文字轉述工作完成之後，我們又反反覆覆核對了幾遍，因爲有口音、指稱不清以及古詞使用等諸多因素的干擾，確實給我們帶來了很大困難。接下來便是決定這些經過千辛萬苦得來的材料屬於什麼性質。有幾種可能。首先，這些錄音帶也許是僞造的。大家都知道，此類贗品屢見不鮮。這類故事的轟動，使出版商不惜投入大量資金，大撈一把。在我看來，歷史上的某種時期很快成了其他社會及其擁護者並非特別出於教育目的的傳說素材，也使許多僞善者的沾沾自喜顯得理直氣壯。請容許我加入我個人的意見，對基列人進行道德審判時必須謹慎。當然，如今我們都知道這種審判是這個文化所特有的，難以避免。此外，基列社會因爲有人口壓力，必須受到支配，我們在此慶幸不用受其支配。因此，我們要做的不是指責，而是理解。（掌聲）

回到主題。這種錄音帶很難僞造，看過錄音帶的專家向我們保證，這些實物絕非僞造。至於錄音的時間，也就是重疊在音樂帶上的聲音，已經超過一百五十年。

假定這些錄音帶都是眞的，那麼，敘述屬於什麼性質？顯而易見的，不可能是在那段時間裡錄製的，假如作者說的是實話，她不可能拿到錄音機和錄音帶，也不可能有隱蔽的地方來做這件事。此外，敘述中帶有思考，我覺得足以排除同步發生的可能。情感的流露幾乎不動聲色，如果不是因爲鎮定，就是事後的回想。

假如可以確定敘述者的身分，便可以著手說明這份文獻——以下將如此稱呼——究竟是怎麼形成的。爲此，我們試著以兩條線進行調查。

首先，我們試著從昔日班各城的城市平面圖和其他現存的文獻，來確定當時位於發掘地上的屋主。根據推斷，這所房子有可能是當時「婦女地下連絡網」的一個「庇護所」。作者也許就藏在屋內閣樓或地下室裡，待上幾個星期或幾個月。她可以利用這段時間錄音。當然，也不排除這些錄音帶是製作好之後才弄到我們說的地方的。我們希望能夠順線找到屋主的後代，並希望透過他找到其他材料：包括日記，或者找到家人之間的趣聞軼事什麼的。

不巧，這條線索斷了。假如這些人眞是地下交通網的站點，可能早就被發現並逮捕了，在這種情況下，相關資料都將被盡數銷毀。於是我們開始另一種方法。我們查詢了那段時期的所有史料，試圖將著名歷史人物和作者講述中提到的人物對號入座。只能零星找到一些倖免於難的資料，因爲基列政權習慣在清洗運動和內部動亂後，清理電腦內容並銷毀列印資料，不過還有一些列印資料保存了下來。其中一些確實被偷偷運到了英國，被五花八門的「挽救婦女」協會作爲宣傳之用，那時在不列顚群島有很多這樣的組織。

我們不奢望找到講述者。內容顯示，她是第一批招來完成生育任務的婦女之一，用來分發給那些符合資格享受這種服務的上層官員。這個政權輕而易舉便收買了一大批這種女人，方法非常簡單：再婚及同居關係皆屬通姦行爲，逮捕女方，並以她們行爲不端、道德敗壞爲由，沒收她們的孩子，讓沒有子嗣、盼子心切的上層人家領養（到了中期，這項政策適用於未在國教教會舉行的婚姻）。這樣一來，在基列政權中身居高位的男性便可以在那些生育了一個或多個健康孩子，從而證明有良好生育能力的女性中進行挑選。在高加索種人口出生率急劇下降的年代，能生育健康孩子是求之不得的美德，這種現象不僅在基列，在當時的大多數北高加索社會也都能看到。

我們不太清楚是什麼導致人口銳減。當然，在基列之前，普遍的節育方法顯然會導致不育症，包括墮胎。當時還有一些不育是強迫的，這可以用來解釋高加索人和非高加索人之間不同的統計數字。但並非人人如此。還要我來提醒大家那是一個什麼樣的年代嗎？Ｒ型梅毒氾濫成災，愛滋病病毒流傳，一旦蔓延開來，許多有性能力的青年人便從生殖群中被淘汰。死胎、流產、天生畸形十分普遍，日益嚴重。這種趨勢與各種核電站事故、核廢料以及那一時期特有的蓄意破壞事件有緊密關聯，與此相關的還有化學與生物戰爭儲備物資及有毒廢料洩漏，這些廢料成千上萬，合法、不合法的都有——在某些地方，這些有毒物質被隨便倒進下水道裡——再有就是隨意濫用化學殺蟲、除草劑以及其他噴劑。

但不管出於何種原因，其影響卻是有目共睹的。基列政權並非當時作出反應的唯一國家。例如，羅馬尼亞先基列一步，早在八十年代就開始禁止所有節育措施，對女性人口要求實行義務妊娠試驗，並將生育與升職、加薪掛鉤。

對我稱之爲生育服務的需要早在基列前期得到社會認可，當時這種需要主要通過以下一些不盡人意的方法來滿足，例如「人工授精」、「生育診所」以及雇用「代理孕母」。基列以違反教規爲由廢除了頭兩個方法，但第三個方法因爲在《聖經》中有先例可循，被法定並實行。從而用古老的在《舊約》開始時期和十九世紀前猶他州實行過的同期一夫多妻制，代替了基列前時期屢見不鮮的分期一夫多妻制。歷史告訴我們，在新制度取代舊制度時，都無一例外地要吸收舊制度的許多成分，中世紀的基督教教義體系中的異教成分以及從先前的沙皇秘密警察演變而來的蘇俄KGB即是明證。基列也不例外。例如它的種族政策，是牢牢植根於基列前時期的，種族恐懼助長了聲勢，使基列得以順利取代政權。

敘述者作爲普通人，必須放在她身處的歷史的大環境進行審視。然而除了她的年齡、普通的身體特徵以及她居住的地方外，我們對她知之甚少。她應該是一位知識女性，只要是在當時任何一所北美大學畢業的人都可以稱爲有知識的人。（笑聲，幾聲哼哼）大家知道，這種人遍地都是，無濟於事。她認爲沒有必要把眞名告訴我們，確實，在她進入「拉結—利亞感化中心」後，與名字相關紀錄都已遭到銷毀。「奧芙弗雷德」並不能提供任何線索，就像「奧芙格倫」一樣，它是一個源於父名的姓，由表示介系詞和故事中那位高層人物的名字構成。這類名字只有在進入某一個大主教家裡後才開始使用，離開時便隨之放棄。

文獻中的其他名字對身分確定和眞實性鑒別同樣也毫作用處。「盧克」和「尼克」完全是空有其名，就像「莫伊拉」和「珍妮」一樣。很有可能這些全是化名，以防萬一錄音帶被人發現。假如眞是如此，它將證明我們的觀點不無根據，也就是說這些錄音帶是在基列境內錄製的，而不是在境外錄好後再偷運回來給「五月天」地下組織使用。

以上種種可能性排除後還剩下一種可能。我們覺得，假如能夠確定「大主教」的身分，整個研究一定會有所進展。我們認爲，這個身居高位的人物很有可能是首批機密「雅各之子智囊團」成員，就是這個團體費心建了基列的哲學和社會體系。它是在超級大國軍事僵局得到公認，秘密「勢力範圍協議」簽署之後不久成立的，這項協議使超級大國們得以不受外國干擾，自由處置國內日益擴大的反叛勢力。「雅各之子智囊團」的正式會議紀錄都在其中葉時期「大清洗」運動中銷毀，該運動使許多基列締造者名聲掃地，慘遭清洗。不過通過同爲社會生物學家的林普金教授用密碼寫成的日記，我們還是掌握了一些資料。（眾所周知，有關自然界一雄多雌性的社會生物理論被基列政權利用來作爲推行的科學依據，就像達爾文主義被早期思想體系利用了一樣。）

從林普金留下的資料中，我們知道有兩個人可能性較大，也就是兩個姓名中帶有「弗雷德」的人。一位是弗雷德里克·R·沃特佛，另一位是B·弗雷德里克·賈德。沒有照片，但據林普金說，賈德是位妄自尊大的人，他在日記上的原始記載是這樣的，「前戲對我來說就像是打高爾夫球。」（笑聲）林普金在基列政權建立後也沒能活多久。多虧他有先見之明，將日記存放在家住加拿大卡加立 (Calgary) 的嫂子家裡，我們才有幸一睹。

沃特佛和賈德兩人均有引起我們注意的特點。沃特佛有市場調查研究的背景。據林普金的說法，是負責女性服裝的設計，同時也是他提出把使女的服飾定爲紅色。這個想法似乎出自於二戰期間加拿大戰犯營裡德國戰犯所穿的紅色囚服。另外似乎是他發明了「參與處決」這個概念。「挽救」這個概念想必也是他的主意，雖然在基列政權開始時，這個最初在菲律賓使用的詞成爲一個普通名詞，用來指消滅政敵。正如我在別處所說的，基列獨創或本土的東西極少，它善於組合。

而賈德則似乎對外觀包裝不太感興趣，他更關心的是策略。是他提議使用一種含義不清的名爲「C·I·A」的小冊子作爲「雅各之子智囊團」的戰略手冊，內容全是有關如何破壞外國政府穩定性。同時也是他制訂了「美國政界要人」的謀殺名單。他還被懷疑精心策劃了總統日❿的謀殺，那必定需要大量人員滲入國會的保安系統，否則美國憲法不可能凍結。「國有家園」以及用船運送猶太教難民離開基列的計劃也是他的主意，根據這個計劃，猶太人遣返回國的方案交給私人企業完成，是爲了獲取暴利，不只一船的猶太人在大西洋上被活活傾入海裡。據我們對賈德的了解，他不會感到難受。他屬於強硬派，據林普金認爲，以下這些話便出自他口中：「我們的最大錯誤是教會她們識字。我們不會重蹈覆轍。」

此外，林普金還認爲是賈德構想出了「參與處決」的形式，雖然名稱不是他取的。他認爲那不僅是清除顛覆分子殺雞儆猴的做法，還可以充當基列女性群體的出氣筒。縱觀人類歷史，代罪羔羊已經被醜化，而平日備受禁錮的使女們，每隔一段時間，能夠有機會靠赤手空拳把一個男人撕成碎片，對此她們一定感激不盡。它行之有效，廣受歡迎，到了基列政權統治中期，這個做法得以規範化，一年四次，分別在夏至冬至以及春分和秋分舉行。從中可以看到早期大地女神繁殖儀式的影響。正如我們在昨天下午的小組討論會上聽到的，基列雖然在形式上毫無疑問是父權制的，但在實質上偶爾卻是母權制的，就像從社會結構中產生的部門。正如基列的締造者們所知，要想建立一個高效的極權主義制度或其他制度，首先得爲小部分特權階層的人提供一些利益和自由，以補償那些被廢除掉的東西。

❿總統日，指美國總統華盛頓和林肯的出生紀念日，為多數州的法定假日，定於每年二月的第三個星期一。

關於這點，我想就鎮壓女性的管理機構，即眾所周知的「嬤嬤」們說幾句。賈德——根據林普金的資料——從一開始就認爲，通過女人來管理女人，是達到生育或其他目標的最好辦法。這一點在歷史上有不少先例可循。事實上，任何一個靠武力或其他方式奪取的國家都具有這一特點：即用當地人管理當地人。而在基列，之所以有許多女人願意充當「嬤嬤」的角色，一來是因爲她們對「傳統價值」深信不疑，二來也因爲可以從中獲取好處。當權力稀罕的時候，只要一丁點兒便可令人趨之若鶩。另外一點誘惑來自反面：沒有子女或老處女可以通過擔任嬤嬤一職，逃避成爲廢人、被裝船送往可怕的隔離營的厄運。隔離營由吃苦耐勞的人口組成，主要用來擔任消耗性有毒物質的清理工作。當然，幸運的話，可能會被分派去從事危險性不高的工作，比如摘棉花和採水果等。

主意是賈德出的，卻由沃特佛執行。除了他，還有誰「雅各之子智囊團」成員想得出，嬤嬤們的名字必須是基列前時期裡女性熟悉的商品名，使其產生親近感——這些化妝品、蛋糕、甜點，甚至藥品⓫，這招眞是漂亮，它使我們越發感到，沃特佛在他鼎盛時期，不愧是天才。賈德在他自己的領域也是如此。

這兩位先生都沒有子嗣，因此有資格獲得使女服務。維特教授和我在合寫的《早期基列的「種子」觀》一文中提出，和許多大主教一樣，這兩人也染上了導致不育的病毒。這種病毒是在基列以前對流行性腮腺炎進行的秘密基因剪接試驗中產生的，原來準備摻入供應莫斯科高級官員食用的魚子醬裡。由於

⓫如莎莉嬤嬤名字源於「莎莉雪藏蛋糕」(Sara Lee Cakes)，伊利莎白嬤嬤名字源於「伊利莎白・雅頓化妝品」(Elizalbeth Arden) 等。

許多人認爲該病毒難以控制，過於危險，這項試驗在「勢力範圍協議」簽訂後停止，儘管有人希望將該病毒傳播到人口過多的印度。

然而，不論是賈德還是沃特佛都未曾與名叫「潘」或「賽麗娜．喬伊」的女人結婚。這一點似乎是作者惡意的杜撰。賈德妻子名爲班比．梅，沃特弗妻子叫西爾瑪。不過西爾瑪確曾當過書中寫的那類電視人物。這是從林普金的日記中得知的，他對此出言不遜，毫不客氣。基列政權對上層官員配偶從前離經叛道的行爲向來諱莫如深。

所有證據偏向沃特佛。例如，我們了解到，大約就在作者描述的事件發生後不久，在最早的一次清洗運動中，沃特佛的生命也到了末日。他被控犯有自由主義傾向，私自藏有大量異端畫刊和文學讀物以及窩藏顛覆分子。當時基列政權尚未開始實行秘密審判，還在用電視轉播，因此審判過程通過衛星被轉錄下來，錄影帶現在就存在我們館裡。沃特佛的鏡頭不很清晰，但他的頭髮確實是灰白的。

至於沃特佛被控窩藏的顛覆分子很可能就是「奧芙弗雷德」。她被歸入此類人物是因爲她的逃跑事件。而且憑這些錄音帶可以確定，很可能是「尼克」幫助她的。他所使用的方法說明他是「五月天」地下組織成員，這個單位與「婦女地下連絡網」不同但有聯繫。後者是純粹的解救性組織，而前者則是半軍隊性質的。據說，許多「五月天」組織的特工人員滲透了基列的高層權力組織。以私人司機身分安插到沃特佛身邊顯然是極其成功的一招，眞是一舉兩得，因爲「尼克」同時還是一名眼目，這類私人司機和貼身僕人一般都身兼二職。

當然，沃特佛一定有所覺察，但由於所有的高層大主教也都兼任眼目的指揮官，他不會太在意，也不妨礙他自認爲只是輕微犯規的好事。像多數後來遭到清洗的早期基列大主教一樣，他認爲自己的地位穩固。基列中期，官風便謹愼多了。

以上這些都是我們的猜想。即便猜想確切無誤——也就是說，沃特佛確實是故事裡的「大主教」——也還有許多盲點。假如我們不知名的作者別有稟賦的話，本來是可以由她來塡充的。例如，假如她有記者和間諜的直覺，便可以多告訴我們一些有關基列王朝的運作情況。要是現在能拿到從沃特佛私人電腦印出來的材料，哪怕只有二十來張，我們將不惜代價。儘管如此，能夠得到歷史女神賜予的點點滴滴，我們已是感激不盡。

至於講述者命運如何，這點還不甚了了。她是否被成功偷運出基列邊境，進入當時的加拿大，然後去了英國？這將是一個明智之舉，因爲那時的加拿大並不希望與其強大的鄰國對抗，常有搜捕行動。如果眞是如此，她爲何不隨身帶走那些錄音帶？也許事出突然，也有可能她害怕路上被攔截。反過來說，她也許再次被捕。若是眞的抵達英國，爲什麼不像其他成功逃往國外的人一樣，向外界公開這個故事？可能她害怕假如「盧克」還活著（這種可能性微乎其微），他會因此遭到報復，甚至還會連累女兒，因爲基列政權爲了鎮壓國外反對勢力，往往不擇手段，株連九族也有可能。例如我們不只一次聽說某個不夠小心的逃亡者會收到一隻手，一隻耳朵，或一隻腳，藏在罐裝咖啡裡，用眞空包裝快遞寄來。要麼就是她也像某些逃出虎口的使女一樣，習慣了受人保護的生活，一旦到了外面世界，竟變得無所是從，選擇隱居的生活。我們無從得知。

另外，對「尼克」策劃她逃脫的動機，也只有靠推測。可以斷定，一旦奧芙弗雷德的同伴奧芙格倫與「五月天」的關係被人發現，他便處於危險境地，因爲作爲一名眼目，他十分清楚，奧芙弗雷德一定會遭到審問。與使女私通的刑法極其嚴厲，即使身爲眼目也無法免責。基列社會是極端拜占庭式社會，任何過失都會被政權內看不見的敵人暗算。當然，他也可能親手結束她的性命，這不失爲明智之舉，但情感因素不能不考慮。此外，正如我們所知，兩人都認爲她肚子裡有了他的孩子。基列時期誰會捨得放棄做父親的機會？它是身分的象徵，備受珍視。於是，他喊來一幫眼目解救小隊，雖然眞假難辨，但肯定聽命於他。這麼做可能也導致了他的滅亡。這點同樣永遠無從知道。

到底我們的講述者是否已平安抵達國外過新生活？或者是否在藏身的閣樓上被人發現，逮捕，送往隔離營或「蕩婦俱樂部」甚至被處決？這份文獻雖然可謂滔滔不絕，但在這些問題上卻緘默無語。我們可以把歐律狄刻⑫從冥界中喚回來，卻無法使她開口作答。我們回頭看她，不過一會兒功夫，她便從我們的掌握中滑離，逃開。正如所有歷史學家都知道的，過去是一片黑暗，充滿回聲，我們可以聽到聲音，但具體內容卻因爲聲音的來源含混不清而不甚清楚。儘管我們盡力而爲，但還是無法用這個昌明時代的眼光，破解往日的回聲。

掌聲。

有人要提問題嗎？

---

⑫Eurydice源自希臘神話。歐律狄刻為歌手俄菲俄斯之妻，新婚之夜被蟒蛇殺死，其夫以歌喉打動冥王，冥王准她回生，但要求其夫在引她返回陽世的路上不得回頭看她，其夫未能做到，結果她仍被抓回陰間。

愛特伍作品集 9

使女的故事

THE HANDMAID'S TALE

作者	瑪格麗特·愛特伍(Margaret Atwood)
譯者	陳小慰
發行人	蔡澤松
出版	天培文化有限公司 台北市105八德路3段12巷57弄40號 電話/02-25776564・傳真/02-25789205 郵政劃撥/19382439
九歌文學網	www.chiuko.com.tw
印刷	晨捷印製股份有限公司
法律顧問	龍躍天律師・蕭雄淋律師・董安丹律師
發行	九歌出版社有限公司 台北市105八德路3段12巷57弄40號 電話/02-25776564・傳真/02-25789205
初版	2002年9月
增訂新版	2017年6月
新版9印	2024年2月
定價	380元

書號	0304009
ISBN	978-986-6385-94-0

（缺頁、破損或裝訂錯誤，請寄回本公司更換）

版權所有・翻印必究 Printed in Taiwan

THE HANDMAID' S TALE by MARGARET ATWOOD
Copyright: © 1985 BY O. W. TOAD LIMITED
This edition arranged with CURTIS BROWN - U.K.
through Big Apple Agency, Inc., Labuan, Malaysia.
Traditional Chinese edition copyright:
2002 TEN POINTS PUBLISHING CO., LTD.
All rights reserved.

國家圖書館出版品預行編目資料

使女的故事 / 瑪格麗特・愛特伍 (Margaret Atwood)著. ; 陳小慰譯. – 增訂新版. -- 臺北市：天培文化出版： 九歌發行, 2017.06

面； 公分. -- (愛特伍作品集 ; 9)
譯自 : The handmaid’s tale
ISBN 978-986-6385-94-0(平裝)

885.357 106007860